태도는
사실보다 중요하다

― 역경을 이겨내는 다섯 가지 시선

태도는 사실보다 중요하다 - 역경을 이겨내는 다섯 가지 시선

초판 1쇄 인쇄 | 2011. 11. 21.
초판 1쇄 발행 | 2011. 11. 30.

지은이 | 이영호
발행인 | 황인욱
발행처 | 圖書出版 오래

주　소 | 서울특별시 용산구 한강로2가 156-13
이메일 | orebook@naver. com
전　화 | (02)797-8786~7, 070-4109-9966
팩　스 | (02)797-9911
홈페이지 | www.orebook.com
출판신고번호 | 제302-2010-000029호

값 27,000원
ISBN 978-89-94707-48-8

www.basemi.net

태도는
사실보다 중요하다

－역경을 이겨내는 다섯 가지 시선

이영호 저

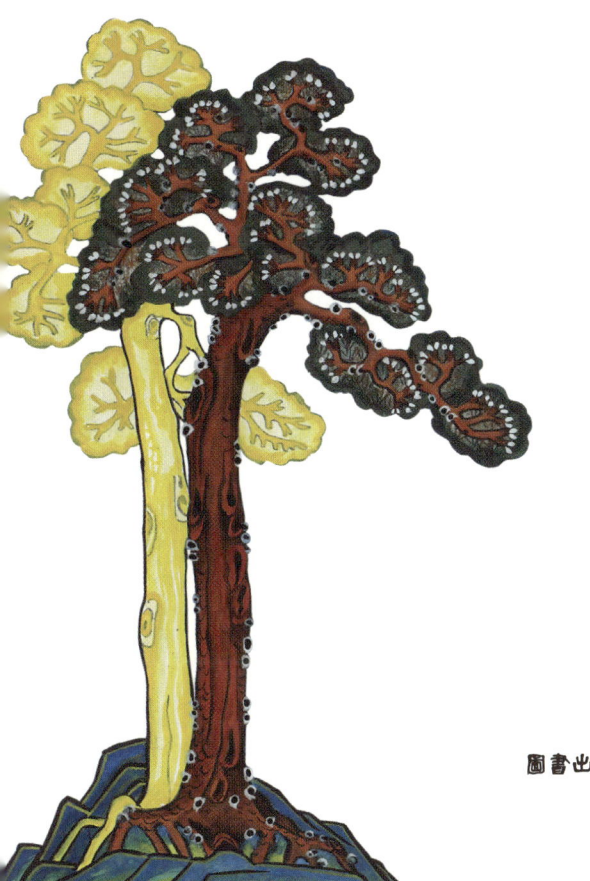

圖書出版 오래

태도는
사실보다 중요하다

다시 땅끝에 서다

"바다의 처음과 끝을 알려거든, 땅끝에 이르러 지나온 길을 돌아보는 것이 필요하리라. 처음과 끝은 불이 不二 다. 사람과 자연이 그러하듯, 냇물이 흘러 강이 되고 다시 바다로, 그리고 구름이 되어 다시 땅을 적시는 것처럼 처음은 끝이고 끝은 다시 처음이다. 나는 육지의 끝에서 바다를 보았고, 바다에서 다시 육지를 바라보며 오늘도 새롭게 출발한다."

위 글은 필자의 저서 '황금바다 — 바다에서 미래를 묻다'의 맨 마지막 글이다. 당시 한반도 밖에서 한반도를 보면서 사고영역을 넓히고 싶었고, 객관적인 한반도의 가능성과 위상을 파악하고 싶었다. 태평양, 인도양을 거쳐 대서양과 북극과 남극에 이르기까지 5대양에서 만난 한국인들의 땀방울과 현지인들의 미소를 보면서 가능성을 확인하였다. 결론은 바다로 진출하는 것이야말로 세계와 소통할 수 있는 길이며, 한반도의 한계를 극복하기 위한 창구는 바다여야 한다는 것이었다.

그리고는 모천으로 회귀하는 연어마냥 다시 한반도의 바다를 한 걸음 한 걸음 걷듯이 보고 싶었다. 그래서 다시 배타적 경제수역 EEZ 을 따라 한반도를 이루는 해상경계구역의 극점들을 짚는 여정을 시작하였다. 이 바닷길에서 우리나라 해양수산의 문제점들도 많이 발견하였으나 또한 가능성을 찾을 수 있었다. 우리 한민족의 미래가 분명 바다에 있음을 확인하였고, 내 자신이 해양강국의 초석을 다지리라 결심하였다.

'황금바다'의 마지막 여정을 땅끝바다에서 마무리하였다. 땅끝에 서서 그동안의 바다와 함께 했던 여정을 소회하며 푸른 바다만큼이나 부푼 꿈을 꾸었었다.

4년이 흐른 뒤 나는 다시 땅끝바다에 섰다. 유구한 바다와 산천 앞에서 스스로 초라한 내 모습을 보면서 가슴속의 모든 것들을 토해내듯이 바다를 보며 힘껏 고함을 질러본다. 가슴 저 밑에서부터 차고 올라오는 뜨거움이 용출된다. 분노인지 서러움인지 한참을 꺼이꺼이 토해내고 있을 때 강렬한 빛 하나가 머리를 관통하는 느낌이 들었다. 고개를 들어 다시 바다를 보았다. 거기에는 황금색 바다가 펼쳐져 있었다.

　사람들에게 바다 색을 물으면 대부분 푸른색이라고 한다. 그렇게 배
웠고 그렇게 생각하면서 살아왔기 때문일 것이다. 그러나 정작 바닷가에
서본 사람은 바다의 물빛이 결코 푸른색만이 아니라 다양한 색이라는 것
을 안다. 하늘이 시커먼 구름으로 뒤덮일 때의 바다는 검은 회색이고, 눈
이 부시게 하늘이 푸른 날의 바다는 하늘 닮은 푸른빛이다. 바다는 시시
각각 그렇게 하늘의 색에 따라 변한다.

　바다 색은 하늘빛에 따라서 변하지만 마음의 빛깔에 따라 슬픔의 빛
이 되기도, 환희의 빛이 되기도 한다. 내가 보는 바다는 하늘빛으로 물들
어 황금빛인데, 너무나 찬란하여 오히려 내 마음속에서는 슬픔으로 일렁
이는 것이다.

　땅끝 전망대에서는 바다와 하늘의 구분이 없다. 바다 위에 연꽃이 피
어나듯 섬들이 꽃처럼 둥둥 피어난다. 하늘처럼 바다가 눈높이로 솟아오
르고 거기에 섬들이 구름처럼 둥실둥실 떠다닌다. 하늘과 바다가 하나 된
풍경, 이곳 땅끝에서만 볼 수 있다. 나는 서러움도 잊고 태양을 꿀꺽꿀꺽

삼키고 있는 바다의 황홀경에 빠져있다가 울돌목에 시선이 꽂혔다. 태양을 삼킨 바다는 황금빛에서 핏빛으로 물들어 있었다.

충무공께서도 이곳에서 같은 풍경을 보셨으리라. 그때는 지금보다 훨씬 빈한하였고 생과 사의 갈림길에 놓인 위기상황이었다. 그럼에도 불구하고 일념으로 도탄에 빠진 나라와 백성을 어떻게 하면 구할 수 있을 것인가를 궁리하셨다. 생각이 충무공께 미치자 정신이 번쩍 들었다. 충무공이라면 이 상황에서 어떻게 하셨을까. 공께서 백의종군하며 걸었던 그 길을 걸으면서 공의 눈으로 세상을 보자. 단지 조망이나 응시가 아닌 "역경을 이겨낸 영웅의 눈으로 본다면 이 시대를 읽을 수 있는 어떤 통찰력이 생기지 않겠는가?"라는 생각이 들었다.

당장 울돌목으로 가서 충무공을 만나고 싶었다. 저 붉은 바다에 내 가슴속의 설움을 다 토해 내고 싶었다. 어둠과 함께 바다의 깊은 심연 속에 그 모든 것들을 가라앉히고, 내일 새벽 나는 그 자리에서 찬란한 일출을 맞이하리라 다짐했다. 서둘러 자리를 정리하며 울돌목을 향하여 달렸다. 충무공을 만나겠다는 생각에 들떠 황금햇살로 가슴은 이미 벅차올랐다.

역경을 이겨낸 선지식들을 만나다

　　복잡다난 複雜多難 한 세상을 살다 보면 순간순간 어려움에 봉착하고 중요한 결정을 내려야 할 때가 한두 번이 아니다. 그때마다 조언을 구할 수 있는 사람이 곁에 있다면 실수를 줄일 수 있고 우리의 삶은 지혜를 더해갈 것이다.

　　시대는 다르지만, 지금 내가 살고 있는 이 땅 위에서 아직도 그들의 흔적과 자취가 생생히 살아있는, '충무공 이순신'과 더불어 '해상왕 장보고', '다산 정약용', 그리고 '고산 윤선도'를 만나, 그분들은 어떻게 역경을 극복했는지와 삶의 지혜를 구할 수 있다면 나뿐만 아니라 어려움에 처해 있는 많은 사람들에게 용기를 줄 수 있지 않을까 생각이 들었다.

　　역사는 계속 순환반복된다. 다만 종류만 다를 뿐 천 년 전에도 오백 년 전에도 늘 서민들의 삶은 고달팠고, 권력쟁탈을 위한 소용돌이가 있었다. 그러나 내가 만난 위대한 선인들은 역경에 침몰되지 않았고 각자의 방식으로 자기실현을 이루었다. 그동안 피상적으로만 알던 역사 인물들을 탐구하면서 각각 다른 매력에 매료되었고, 위대함에 고개를 숙였다.

　　충무공 이순신(1545~1598). 우리 국민들 대부분은 거침없이 전장으로 나가 왜적을 섬멸한 불세출의 명장으로만 이해하고 있다. 나는 누구나 익히 아는 충무공을, 행적을 따라 걷고 역사의 현장을 직접 찾아가면서 公의 눈과 마음으로 생각하고 세상을 바라보고자 하였다. 거기에는 너무나 인간적인 이순신이 있었다. 그럼에도 불구하고 자신이 선택할 수 있는 것은 오직 '위국충정의 길' 이외에는 없었다. 公에게 하늘이 부여한 그의 운명이었고 우리 민족에게 주는 위대한 선물이었다.

　　公은 생애에서 가장 힘든 시기에 가장 빛나는 행보를 보여 주었다. 힘들수록 타협하지 않고 정도를 걸었다. 자신의 고난에 대해 원망보다는 주어진 조건을 면밀히 검토하고 묵묵히 극복할 방안을 모색했다.

이는 公이 남들과는 다른 초인적인 능력을 가졌기 때문이 아니라, 인간이기 때문에 피할 수 없었던 수많은 난관을 의지로써 극복하고자 최선을 다했기에 가능했던 것이다. 열두 척의 배만 남았을 때도 그는 체념할 줄 몰랐고, 최악의 조건 아래서도 최선이 무엇인지 끊임없이 자신에게 물었다. 자신을 도와주는 조력자들을 진심으로 믿었으며 이 믿음에서 난제를 풀어갈 단초를 발견하곤 했다. 公은 마지막 순간까지 자신이 남은 그 모든 것을 나라를 위해 바쳤으며, 불굴의 의지와 뛰어난 위기관리 리더십을 우리에게 남기고 가셨기에, 우리들의 가슴에 영원히 살아있는 불멸의 영웅이 되었다.

청해진에 해상왕국을 설치하고 해상무역왕으로서 명성을 떨친 장보고(?~841) 대사는 우리 역사에서는 미아 迷兒 와 같은 존재였다. 국내에서 발간된 장보고와 관련된 저서와 논문들을 두루 살펴보았지만 거의 대동소이하였다. 장보고는 출생에서부터 사망에 이르기까지 미스터리의 연속인데다, 해외에서 평가하는 바와는 비교가 안 될 만큼 국내에서는 저평가되고 있다는 점이 안타까웠다.

때로는 동시대가 아닌 수백 년 후에 쓰여진 역사서보다는 유적지와 설화, 구전과 같은 흔적이 더 정확할 수 있다는 생각으로 '장보고의 눈'으로 청해진의 흔적을 하나하나 추적해 나갔다. 그리고 일본과 중국의 유적지답사와 결부시켜 구슬을 꿰듯 장보고와 청해진에 대한 미스터리를 풀어 나갔더니, 어느 순간 그 모든 것들이 일관성 있게 연결됨을 알 수 있었다.

이 책에서 장보고에 대해 그동안 논란이 되었던 미스터리들은, 우리 후손들이 위대한 우리 조상을 찾겠다는 의지와 적극성 결여에 있다는 생각이 들었다. 장보고의 흔적은 기대 이상으로 많았으며, 앞으로 더 적극적으로 유적복원과 발굴이 이루어질 수 있도록 앞장서야겠다는 결심을 하게 되었다.

장보고 대사는 이미 1,200년 전에 글로벌 리더가 되었다. 장보고의 해양개척 정신과 홍익인간 정신은 우리 후손들이 반드시 계승하여야 할 위대한 유산이다. 이제 장보고정신을 재조명하고, 21세기 한민족 글로벌 네트워크 구축으로 제2의 장보고 시대를 열어야 할 것이다.

　　조선의 위대한 개혁정신, 다산 정약용(1762~1836)은 그저 베껴 쓰기만 해도 수십 년이 걸릴 경집 經集 232권과 문집 260여 권을 강진 유배 18년간 모두 정리해냈다. 참고할 서적도 넉넉지 않은 척박한 환경에서 이뤄낸 경이로운 성과였다.

　　다산 정약용의 수식어는 그의 아호만큼이나 많다. 그에 대한 탐구를 하면서 그의 다재다능하고 전방위적인 해박함에 놀라지 않을 수 없었다. 그는 경전의 미묘한 뜻을 낱낱이 파헤친 걸출한 경학자 經學者 였으며, 복잡한 예론을 분석해낸 예학자 禮學者 였다. 목민관의 행동지침을 정리해낸 탁월한 행정가요, 아동교육에 지대한 관심과 실천적 대안을 제시한 교육자며, 역사를 손금 보듯 꿰고 있던 해박한 사학자였다.

　　그런가 하면, 화성 축성을 설계하고 기중기와 배다리와 유형거 遊衡車 를 제작해낸 토목공학자요 기계공학자였으며, '아방강역고'와 '대동수경'을 펴낸 지리학자였고, '마과회통'과 '촌병흑치' 등의 의서를 펴낸 의학자였다. 거기에 형법의 체계와 법률적용을 검토한 법학자였으며, 속담과 방언을 정리한 국어학자였다. 또한 백성의 아픔을 함께한 시인이었으며, 날카롭고 명철한 이론을 펼친 문예비평가였다. 그러므로 다산이야말로 현대가 요구하는 통섭형 지식창조학자라고 부를 수 있을 것이다.

　　다산이 돋보이는 것은 이론과 현장을 아우를 줄 알았으며, 진리를 위해서라면 주자 朱子 를 비판하였고 실용에 맞지 않으면 임금 앞에서도 승복하지 않았다. 그가 가장 혐오했던 것은 공리공론이었으며, 항상 자신의 몸과 마음이 흩어지지 않도록 경계했던 수신의 대가였다. 다산의 경학과 경제의 핵심주제를 관통하는 것은 언제나 위국애민 爲國愛民 이었다.

안타까운 것은 그의 많은 개혁서와 실용서들이 조선의 개혁에 영향을 미치지 못하였다는 점이다. 역사가 발전하지 못하고 다람쥐 쳇바퀴 돌 듯 제자리 걸음해서인지 오늘날에도 그의 학문과 연구내용은 많은 시사점을 제시해 주고 있어 여전히 그는 우리 곁에 살아 있는 위대한 학자이다.

그리고 한국의 미적 철학을 원림 園林 에서 찾은 고산 윤선도(1587~1671)의 자취를 찾아가 조선선비의 정신과 풍류를 배우고 싶었다. 고산은 어쩌면 바다의 가치를 알고 바다를 사랑한 최초의 조선 선비였을 것이다. 고산은 그곳이 어디든지 자신이 거처하는 곳을 사랑하고 아름답게 가꿀 줄 아는 사람이었다. 임재선사의 수처작주 입처개진 隨處作主 立處皆眞 을 실천하였다.

물론 당시대 일반백성들의 삶에 비추어 볼 때 그의 삶은 너무나 호사스러웠고, 그의 마음은 백성의 삶보다는 조정을 그리워하는데 가 있었다. 그러나 이제 우리 국민들도 삶의 질을 추구하는 상황에서, 고산의 정원과 조경에 대한 빼어난 식견과 감각은 매우 유효하다. 또한 다산보다 수세대를 앞서 살았으면서도 국문으로 만든 시조를 많이 남겨 우리 국문학사에 큰 획을 그었다는 점도 높이 사야 할 것이다. 역사는 지금도 흐른다. 어제와 오늘 그리고 내일은 하나의 끈으로 이어졌다. 아무리 버리고 싶은 과거라도 그것이 오늘의 바탕이고 내일로 들어가는 문이다. 버려야 할 것은 어제와 오늘을 무시한 채 무조건 미래를 강조하는 관념론의 허구일 뿐이다. 과거와 현재가 없는 미래란 사상누각이다. 우리는 미래를 잘 살기 위해서는 현재 우리들의 모습을 과거의 거울에 비춰보는 노력이 필요하다. 거기에 우리의 참모습이 있기 때문이다.

나는 '농어촌 전문가'라는 타이틀을 좋아한다. 결국 이 책도 그 시각에서 쓰여졌다. 왜 우리 한국은 삼면이 바다인데도 대양지향적이지 않고 좁은 땅덩어리에 집착하는지, 해양천시문화는 어떻게 생겨난 것인지, 국토의 효율적인 활용방안은 무엇인지, 그리고 앞으로 우리가 나아가야 할 방향은 무엇인지에 대하여 심사숙고하였다. 결국 '이영호의 눈'은 위대한 선인들을 고찰하고 연구한 결과를 정리한 결론에 해당되는 셈이다.

부디 그대도 용기내시길 빌며

누구나 살면서 '역경이라는 벽'을 만난다. 그런데 사람마다 그 벽을 대하는 태도는 다르다. 몇 가지 유형으로 나누어 볼 수 있는데, 첫 번째 유형은 벽을 만나면 바로 포기하거나 벽을 원망하며 돌아서거나, 아니면 이리저리 둘러보고 결국 되돌아간다. 두 번째 유형은 벽을 부숴버리겠다고 덤비는 사람이다. 벽을 부수면 벽이야 통과하겠지만 상황은 만신창이가 되고 말 것이다. 세 번째 유형은 사다리를 대든지, 밧줄을 걸든지 통과할 방법을 생각해 내고 실행에 옮기어 기어이 넘고야 만다. 그리고 네 번째 유형은 아예 벽이라고 생각하지 않고 그대로 통과해 버린다. 남들이 보기에는 도저히 불가능한 상황이지만 담쟁이 넝쿨처럼 무심한 마음으로 거뜬히 해 내는 사람이다.

'벽'은 누구나에게 똑같이 주어진 '사실'이다. 그런데 '태도'를 어떻게 하느냐에 따라 결과는 전혀 다르게 나타난다. 첫 번째 '포기형'과 두 번째의 '무모형'은 벽을 피해가거나 통과한다고 하더라도 역경을 극복할 수는 없다. 세 번째 유형과 네 번째 유형이 바로 역경을 극복하는 방법이다. 이 두 가지 유형에 의하여 역사발전과 문명의 진화가 이루어졌으며, 시련을 극복하고 성공한 사람들의 대부분 또한 이 두 유형에 속한다.

이 책에서 역사의 길을 따라가며 만난 네 분의 선각자들은 공교롭게도 모두 억울한 삶을 살다가신 분들이다. 그러나 그분들은 각자의 방식으로 억울함을 승화시켰고 모두 역경을 훌륭하게 극복해 내신 분들이다.

공자는 삼인행필유아사언 三人行必有我師焉(세 사람이 길을 가면 그중에 반드시 나의 스승이 있다)이라 했다. 모든 것을 본받고 싶은 롤 모델이든, 아니면 "나는 저렇게 살지 말아야지" 하는 반면교사이건 배우는 이들에겐 모두 좋은 스승이 될 수 있을 것이다.

나는 그분들을 스승을 대하는 마음으로 만났다. 복福 중에서 가장 큰 복이 사람 잘 만나는 것이고, 그중에서도 스승 잘 만나는 복이 제일 크다고 한다. 스승은 인생 항해의 나침반이기 때문이다. 그런 의미에서 제 인생의 여정에서 나침반 역할을 해주신 선인들은 한분 한분이 모두 나의 귀한 스승이시다.

또한, "훌륭한 선원은 험한 파도가 만든다"는 말이 있듯이 시련도 또 다른 인생의 스승이라고 생각한다. 인생의 성공에는 올바른 삶의 방향과 타인에 대한 사랑과 배려가 함께 있어야 한다. 그리고 시련이 닥쳤을 때 이를 어떻게 극복하고 어떤 마음으로 받아들이느냐에 따라 진정한 의미의 성공을 이야기할 수 있다고 생각한다.

부디 이 책의 독자가 단 한 사람만이라도 나와 같은 감동과 용기를 얻을 수만 있다면, 그동안 4년의 시간이 헛되지 않았고 오히려 그 시간들을 감사할 수 있으리라 생각해 본다.

2011년 10월

등헌 이영호

05 미래를 향한 새로운 시선 - 이영호

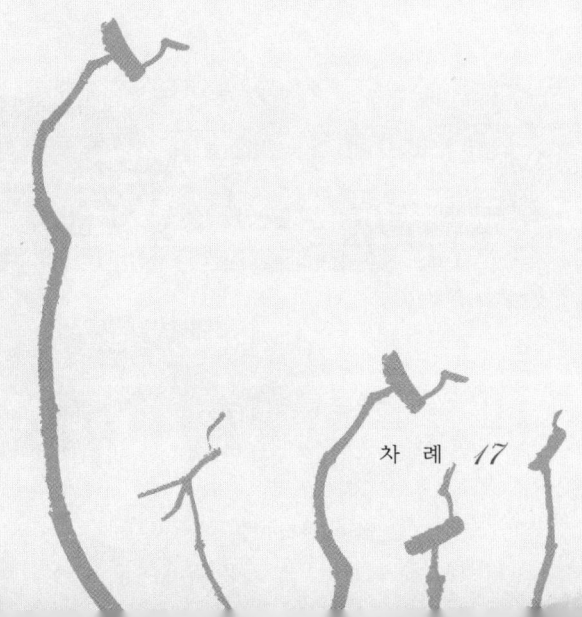

01

불멸의 혼
— 충무공 이순신

나는 울음 우는 바다
– 울돌목

외강내유 外剛內柔 형 사나이, 인간 이순신

울돌목은 해남군 우수영과 진도군 벽파면을 잇는 진도대교 일대의 바다다. 우르릉 쿠르릉 소리를 내는 울돌목은 바다가 소리 내어 울음 우는 것 같다고 하여 '울두목', '울돌목' 또는 '명량 鳴梁'이라고 부른다. 좁은 해협으로 쏟아질 듯 모여든 물이 앞다투어 서해로, 다시 남해로 달리면서 그렇게 요란한 소리를 내지른다. 이렇게 바다가 요란한 것은 아직도 힘든 세월을 겪고 있는 바다의 아우성이다. 들고나는 물살이 절정에 이르는 시각에는 흐르는 물소리가 20리 밖에서도 들릴 정도로 거세다. 아무리 크게 울어도 누구도 알아채지 못할 것 같은 이 바다에서 충무공은 자신의 설움을 다 쏟아내지 않았을까.

충무공은 22년간 무관을 지냈던 분이다. 그래서였을까 군부가 지배했던 유신 체제에서 충무공의 이미지는 '성웅 이순신'으로 완성되어, 구국의 상징이며 전설이자 신화와 같은 존재가 되었다. 우리 국민들이 가장

존경하는 역사의 인물로 세종대왕과 이순신 장군을 1, 2위로 꼽는다. 세종대왕과 충무공은 다같이 53세의 길지 않은 삶을 살았다는 점에서 우연의 일치를 보이기도 한다. 그러나 두 분의 삶에는 닮은 점보다 다른 점이 두드러진다. 무엇보다도 세종대왕이 순경 順境 속에 있었던 성군이라면 충무공은 역경 逆境 의 극한상황과 싸워 이긴 성웅이었다.

나는 충무공 이순신을 탐구하면서, 공이 남긴 「난중일기」와 「임진장초」를 읽으며 영웅의 겉모습에 가린 인간의 순수한 내면을 만나 그와 함께 울고 웃었다. 난중일기에는 반복되는 엄중한 진중생활에 대한 기록과 더불어, 다정다감한 한 인간이 토로하는 회포와 가족애, 특히 어머니에 대한 사랑이 가득 담겨 있다.

또한 임란 개전 초부터 이순신을 일종의 강박관념처럼 괴롭혀온 문제의 인물, 경상좌수사 원균 元均 의 존재에 대한 가감 없는 감정이 드러나 있다. 이순신은 한산대첩 閑山大捷 의 영웅에서 하루아침에 '조정을 기만하고 임금을 무시한 죄, 적을 토벌하지 않고 나라를 저버린 죄, 다른 사람의 공을 빼앗고 모함한 죄, 방자하여 꺼려함이 없는 죄' 등 얼토당토 아니한 죄명으로 붙잡혀 모진 고문을 당하게 된다. 죽음 직전에 우의정 정탁 鄭琢 의 주장으로 '무죄'를 인정받았으나, 관직을 박탈당하고 행주대첩의 영웅 권율 權慄 도원수 밑에서 백의종군하기 위한 두 번째 백의종군 길에 오른다.

4개월 간의 백의종군 기간 동안 이순신은 난중일기에서 억울함, 비통함, 초라함, 원망 등을 적고 있다. 옥중에서 풀려나온 바로 그날 아들과 조카들이 찾아와 문후드리지만 '더해지는 슬픈 마음을 이길 길이 없다'고 적고 있다. 그 뒤 약 1주일쯤 지나 고향 아산에 머물고 있을 때, 고향 사람들이 위로해 준다고 찾아와 술도 같이 마시고 노래도 불렀으나 '나는 노래를 들어도 조금도 즐겁지 않았다'고 적고 있다. 논산에 머물고 있을 4월 21일자 일기에서는 '비통한 생각에 견딜 수가 없다'고 적고 있다.

이런 비통한 마음은 백의종군길 내내 지속되고 있다. 남원에 머물고 있을 4월 24일자, 구례에 머물고 있을 4월 26일자 일기를 비롯하여 순천에 머물고 있을 5월 2일자, 다시 구례로 돌아와 있던 5월 22일자 일기에서도 계속 이런 심정을 토로하고 있다.

설상가상 어머니를 여읜 슬픔도 컸다. 겨우 빈소만 차려놓고 3일 만에 종군길에 오르지 않을 수 없었으니 어쩔 수 없는 불효막심한 처지와 신세가 한탄스러워 심한 자괴감에 빠져 눈물을 흘렸다. 순천에 머물었던 5월 4일자와 6일자의 일기에서 측은하다 싶을 정도의 심정이었다. 심지어 죽고 싶은 심정까지 적었다. 순천에 머물었던 5월 6일자 일기에서는 '왜 어서 죽지 않는지' 또 구례에 머문 5월 23일자 일기에서도 '죽을 날만 기다린다'고 적고 있다. 정말 죽고 싶을 만큼 힘든 상황이었던 것이다.

그런가 하면 원균에 관한 원한을 토로했다. 백의종군 이전의 난중일기에서는 그래도 '원수사 元水使', '원공 元公'이라 예의를 갖춘 호칭을 썼지만 이제는 영영 정이 떨어져 있다. 백의종군 시절의 정유일기에서는 '흉물'이라 여러 번 지칭하고 있다. 아니면 '음흉한 자', '음흉한 원', '원영감'이라 불렀다. 또한 원균에 대하여 '可笑(가소롭다)'라는 표현을 썼다. 인간적으로나 지휘관으로서나 통 신뢰할 수 없구나 싶을 때 이런 호칭을 써서 자신의 울분을 토해냈다.

그렇지만 이순신은 노상 슬픔에만 젖어 있고 자탄만 하거나 절망에 빠져 있었던 것만은 아니었다. 백의종군의 몸이지만, 시국이 잘못 되어가거나 왜적들에게 우리 수군이 패하고 있다는 소식을 들을 때면 우국충정에서 분개도 하고 통탄도 하였다. 우리 수군이 계속 패전하고 있다는 소식을 들은 7월 14일부터 16일 일기에는 '분함을 이기지 못했다', '분통이 터졌다', '분하여 간담이 찢어지는 것만 같았다'라고 적고 있다. 그러다가 7월 15일 통제사 원균이 칠천량해전에서 대패했다는 소식을 들은 7월 18일자 일기에서는 '하도 기가 막혀 통곡했다'고 했다.

이런 장군의 인간적인 심정이 가장 극적으로 표현된 시점은 통제사로서 해남 지역에 머무르고 있을 바로 그해 10월 14일자 일기에서다. 저녁나절 고향 아산에서 왜군에게 죽은 아들 면의 전사통지를 받았다. 갓 스물 나이에 아깝게도 죽었으니 너무나 큰 충격에 마음이 흔들려 통곡하고 또 통곡한다. 가히 하늘에 닿을 정도의 애통한 심정을 다음과 같이 토로한다.

"하늘이 어찌 이다지도 인자하지 못하는고. 간담이 타고 찢어지는 것 같다. 내가 죽고 네가 사는 것이 이치가 마땅하거늘, 네가 죽고 내가 사니 이런 일그러진 이치가 어디 있겠는가! 천지가 캄캄하고 해조차 빛이 변했구나. 슬프다, 내 아들아! 나를 버리고 어디로 갔느냐? 남달리 영특하여 하늘이 너를 이 세상에 머물게 해두지 않은 것이냐? 내 지은 죄가 네

몸에 미친 것이냐? 내 이제 세상에 살아 있어 본들 앞으로 누구에게 의지할꼬! 너를 따라 같이 죽어 지하에서 같이 지내고 같이 울고 싶건마는 네 형, 네 누이, 네 어머니가 의지할 곳이 없으니 아직은 참으며 연명이야 한다마는 마음은 죽고 형상만 남아 있어 울부짖을 따름이다. 하룻밤 지내기가 일 년 같구나" 이것은 죽은 아들에게 바치는 아버지의 조사였다.

'인간 이순신'은 비통하고 원망하며, 미워하기도 하고 자신의 처지를 한탄하기도 했다. 그러나 자신의 일기에 그렇게 썼을 뿐 자신들을 해하려는 이들을 향해 칼을 뽑지 않았으며, 자신의 임무를 망각하거나 태만하지 않았다.

이순신은 외강내유 外剛內柔 형 사나이였다. 자신의 슬픔을 부하들과 식솔들에게 직접 표현하지 않았다. 안으로 안으로만 삭히며 사나이의 진정한 눈물을 흘렸던 것이다. 겨우 울분과 서러움을 표현할 수 있었던 것은 그의 일기장과 그리고 자신보다 더 크게 우는 울돌목 갯바위에 앉아 속이 후련하도록 꺼이꺼이 울음을 토해냈을 것이다. 그리고는 다시 일어서고자 다짐하며, 운명과 당당하게 맞서 걸어갔으리라.

이순신은 마지막 전투인 노량해전 전에 "천지신명이시여! 이 원수놈들을 무찌른다면 지금 죽어도 유한이 없겠습니다"며, 하늘을 우러르며 기도를 올렸고, 마침내 자신의 목숨과 나라의 운명을 살렸다. 그렇게 그의 목숨을 온전하게 나라를 위해 바쳤기에 우리들의 가슴에 영원히 살아있는 불멸의 영웅이 되었다.

비운 뒤에야 채울 수 있다

예루살렘에는 통곡의 벽 Wailing Wall 이라는 유대교와 이슬람교의 성지가 있다. 수많은 사람들이 울면서 기도하는 곳이다. 이곳에서 우는 것은 부끄러운 것이 아니라 자연스러운 것이다. 구 예루살렘 시가지의 동편에 있으며, 돌로 이루어진 고대 이스라엘 신전의 서쪽 벽의 일부로, 유대인들은 신전의 상실을 슬퍼하고 재건하는 것을 바라고 있다. 이슬람교도들도 이곳을 돔 모스크 다음가는 성지로 여기고 있다. 이 통곡의 벽에 소원을 적은 종이를 끼워 넣으면 성취가 더 잘 된다는 이야기가 있다.

유럽의 어떤 비평가는 "세계에서 바이올린 연주에 가장 천부적인 재능을 가진 두 민족은 동시에 세계에서 가장 슬프게 우는 민족이다. 유대민족과 한국 민족이 곧 두 민족이다"고 했다는데, 그 이유는 세계적으로 명성을 가진 국제음악상인 '레벤트리트상 Leventritt Prize'을 수상한 세계 정상의 두 바이올리니스트인 '정경화'는 한국 출신이고, '핀커스 주커만'은 이스라엘 출신이기 때문이라는 글을 읽은 적이 있다.

그런데 이스라엘에 통곡의 벽이 있듯이 우리나라에도 '참으로 울기 좋은 장소'인 울돌목이 있다는 사실이다. 남자는 쉽게 눈물을 흘려서는 안 된다고 배웠다. 이런 사회분위기 속에서 나 역시 실컷 목 놓아 울어 본 기억이 없는 것 같다. 특히 남자는 태어나서 세 번만 울어야 한다는 전통적인 금기에 세뇌당하여 남들에게 눈물을 보인다는 것을 죽기보다 싫어하는 이들도 있다. 그러나 한 번쯤 실컷 울어보는 것은 카타르시스 작용을 하여 정신건강도 좋다고 한다.

사람은 차가운 가슴과 냉철한 이성으로 사는 것도 멋있어 보이지만 눈물이 없다면 인간미가 없지 않을까. 울고 싶을 때 참지 말고 울돌목으로 오시라 권하고 싶다. 울돌목에서 '통곡의 벽'처럼 사람들이 마음을 달랠 수 있다면 얼마나 좋겠는가.

"나는 울음 우는 바다 울돌목
힘든 세월 견디며 살아온 바다가

온몸을 갯바위에 부딪치며

그대보다 더 큰 소리로 운다.

그대의 설움 저 깊은 심연으로 빨아들이는

나는 울음 우는 바다 울돌목

이순신도 나와 함께 통곡하였느니

아무도 그대의 울음소리 듣지 못한다.

울고 싶은 자 울돌목으로 오라

다시 일어서고 싶은 자 울돌목으로 오라.”

울돌목을 바라보며 혼자서 끄적거린 졸시다. 그런데, ‘울기 좋은 장소’하면, 연암 박지원의 ‘호곡장 好哭場’이란 단어가 떠오른다. 연암은 열하일기’에서 목 놓아 실컷 울고 싶은 장소를 추천하고 있는데, 그곳은 바로 ‘만주벌판’이다. 그는 광활한 만주벌판을 처음 본 소감을 “참으로 울기 좋은 장소로다! 이곳에서 한번 실컷 울어보고 싶구나”라고 했다.

아마도 연암이 이곳을 와 봤다면 “울돌목이야말로 호곡장이로구나” 했을 것이다. 그렇다면, 울돌목을 ‘통곡의 바다’로 만들어 관광자원화하면 어떨까 하는 생각을 해본다. 그러기 위해서는 안전장치가 필요하리라. 의지가 약한 사람은 힘들 때 바다에 가지 말라고 충고하는 말이 있기 때문이다. ‘바다’의 어원이 ‘받다’에 있어서 자살충동을 느낀다는 것이다. 안전하면서도 울어도 아무도 흉보지 않는 곳, 아니 반드시 그곳에서는 실컷 울어야만 되는 곳, 그런 장소가 오늘날의 현대인들 특히 이 시대의 아버지들에게 하나쯤은 필요하지 않을까.

충무공이 울부짖었을 울돌목에서 나도 다 비워내려고 노력했다. 노자 老子 는 혁신하려면 ‘날마다 비우라’고 했다. 내가 가진 억울한 마음도 원망과 미움도 버리지 않고는 나는 다시 일어설 수 없으리라. 더불어 내가 가진 고집과 편견도 버려야 하리. 그리고 그동안 쌓은 작은 성과들에 집착하기보다는, 한 발짝 물러나는 것이 채우고 쌓는 일보다 중요할 수 있겠다는 생각으로 비우고 또 비워냈다. 나 역시 불멸의 혼, 충무공처럼 다시 일어설 수 있기를 바라면서….

충무공 이순신을
만나러 가는 길

기복수직교서 起復授職教書 를 받다

    1597년 7월 23일 이순신에게 한 통의 편지가 전달되었다. 선조 임금
이 내린 교서였다. "무슨 할 말이 있으리오, 무슨 할 말이 있으리오 尚何言
哉 尚何言哉." 선조는 다섯 달 전 그를 내친 일에 대해 사과하는 말이었다.
선조의 진심어린 후회가 이어졌다.

    "그대의 직함을 갈고 그대로 하여금 백의종군하도록 하였던 것은 역
시 이 사람의 모책이 어질지 못함에서 생긴 일이었거니와 그리하여 오늘
이같이 패전의 욕됨을 만나게 된 것이라 무슨 할 말이 있으리오"라며 미
안함과 자신의 못남을 사과하였다.

    1597년 원균이 칠천량해전에서 참패하고 목숨을 잃자 선조는 그제
야 이순신을 다시 생각한다. 이순신을 통제사직에서 물러나게 한 일에 대
한 깊은 후회를 담아 내린 교서가 바로 '기복수직교서 起復授職教書'다. '기
복'은 어버이 상중에 벼슬자리에 나아간다는 의미고, '수직'은 통제사직
을 준다는 뜻으로, 기복수직교서는 모친상을 당한 이순신에게 벼슬을 내

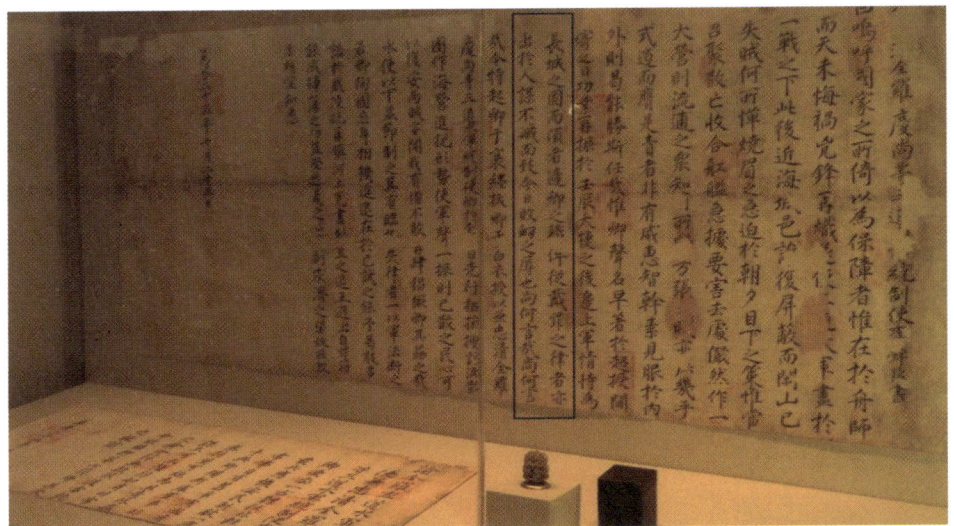
▲ 기복수직교서

린 교서를 말한다.

기복수직교서에는 후회와 더불어 이순신을 다시 통제사에 임명하려는 선조의 뜻이 담겨 있다. 선조는 백성을 사랑하고 부하를 아꼈던 이순신의 정신을 다시금 떠올려 그가 흩어진 군대를 모아 남은 전쟁을 승리로 이끌 것이라고 믿었던 것이다. 교서 말미에 쓰여 있는 이 말은 당시 선조의 마음이 어땠는지를 그대로 보여준다.

"이제 그대를 평복 입은 속에서 뛰어올려 도로 옛날같이 전라좌수사 겸 충청전라경상 등 삼도수군통제사로 임명하노니 그대는 도임하는 날 먼저 부하들을 불러 어루만지고 흩어져 도망간 자들을 찾아다가 단결시켜 수군의 진영을 만들고 나아가 요해지를 지켜 줄지어다." 이 편지에서 선조는 오직 믿을 사람은 이순신밖에 없다는 심정을 전하고 있다.

위대한 전설, 이순신

어떻게 조선은 그토록 무방비 상태였던 것일까? 그러면서도 어떻게 이순신은 그 같은 폐허 속에서 전쟁을 승리로 있었을까? 새삼 신비감과 궁금증이 들지 않을 수 없다.

조선은 건국 이후 200여 년 동안은 여진족과 거란족이 국지적인 싸움은 있었지만 큰 전쟁 없이 소중화 小中華 로서 안주하고 있었다. 대신 당파 싸움과 사화 등으로 권력투쟁에 의한 내부적인 분란은 끊임없이 벌어지고 있었다.

반면, 일본은 1587년 일본의 전국시대를 통일한 토요토미 히데요시 豊臣秀吉(1536~1598)가 통일 후 저항과 반란을 억누르고 그 에너지를 외부로 방출시키고자 전쟁을 준비하고 있었다. 마치 히틀러가 나치당을 중심으로 권력을 잡자 전쟁을 일으킨 것처럼.

그러나 조선은 위기의식을 못 느끼고 있었다. 1590년 3월 일본의 요청으로 토요토미 히데요시의 즉위를 축하하는 사절단인 조선통신사를 파견하였는데, 이들은 1591년 귀국하여 일본 동향을 보고하는 자리에서 서인이었던 황용길은 "토요토미 히데요시를 보니 용기와 지략이 있어 보이고 침략본능이 느껴졌다"라고 한 반면, 동인인 김성일은 "그는 서목鼠目 (쥐의 눈)을 가진 자로서 침략할 위인이 못 된다"고 복명하였다. 조정에서는 상반된 두 사람의 의견 중에서 김성일의 의견을 받아들였고, 아무런 방비도 하지 못한 채 1592년 임진왜란을 맞게 되어, 관군의 미흡한 초기 대응으로 일본군의 공격에 전혀 대응하지 못하였다.

일본은 '명나라를 치는 데 길을 빌려 달라 征明假道 '[1]는 명분을 제시했다. 일본군은 18일 만에 부산에서 서울까지 파죽지세로 진격하였다. 일본군은 수군이 남해안을 장악하고 호남곡창지대를 점령하여 군량미를 제공할 전략을 가졌었는데, 당초 예상과는 달리 수군이 계속 참패하는 바람에

---

1 이에 동래부사 송상현은 나무푯말에 '戰死易假道難'라고 써서 답을 보냈다. "싸워서 죽기는 쉬우나 길을 비켜주기는 어렵다"는 그의 의지대로 그는 일본군에 끝까지 저항하다 순절하였다.

난관에 봉착하게 되었다. 그것은 1년 전 전라좌수사(여수)로 임용되어 열심히 전쟁을 대비했던 이순신이 있었기 때문이었다. 거기에 곳곳에서 의병들이 목숨을 걸고 저항하였다. 1593년 이순신은 호남인들이 목숨을 걸고 의병을 일으키고 군량미와 자재를 댔으며, 지리에 밝은 지역민들이 스스로 수병으로 지원하여 전쟁에 승리할 수 있었다며, "호남이 없었다면 나라도 없었을 것이다 若無湖南是無國家"라고 하였다. 자고이래로 호남인들은 목숨바쳐 나라를 지키는 데 늘 선봉에 나섰으니 충무공의 극찬을 떳떳하게 받아들여도 부끄럼이 없을 것이다.

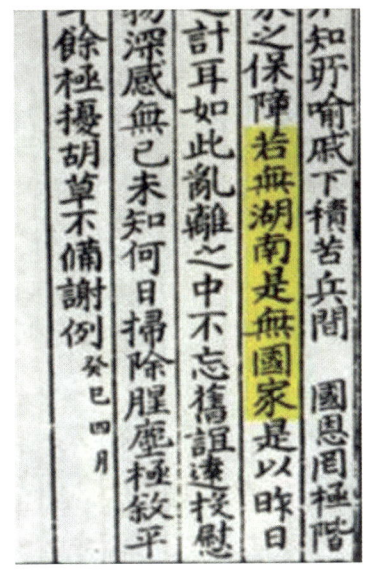

▲ 약무호남시무국가[3]

이순신은 처음 옥포해전 승리 이후 학익전[2] 전략으로 유명한 한산도 대첩에서도 일본 수군을 크게 무찔렀다. 이로 인하여 일본군의

2 학이 날개를 편 듯이 진을 쳐서 적을 둘러싸서 섬멸시킴.

3 충무공이 사헌부 지평 현덕승에게 보낸 편지에 포함된 글로써, 유득공(柳得恭)이 1795년(정조 19년) 왕명에 따라 편찬한 '이충무공전서(李忠武公全書)'에 실려 있다.

사기가 꺾이게 되었다. 이때 선조는 명나라 원군을 끌어들여 일본과 강화회담을 시도 하였다. 마치 한국을 배제하고 북한과 UN군이 휴전협정을 하듯이, 조선을 배제하고 명과 일본 간의 회담결과로 전쟁은 소강상태에 들어 갔으나, 1597년 다시 일본이 쳐들어오는 정유재란을 맞이하게 되었고 강화회담은 결렬되었다. 이때 원균이 칠천량 전투에서 참패하게 되자, 선조는 급히 이순신에게 다시 수군통제사의 명을 내렸던 것이다. 이에 이순신은 남은 12척의 배로 330척의 일본군을 무찌른 명량대첩에서 기적적인 승리를 이루어 냈다.

이때 일본은 토요토미 히데요시가 사망하였기 때문에 일본군에게 본국으로 귀국하라는 명령을 하달하였다. 명나라 수군 진린은 일본군에게 퇴로를 주자고 하였으나, 이순신은 일본군의 퇴로를 차단하고 1598년 11월 노량대첩에서 마지막 해전을 이끌었다. 그는 이 전쟁에서 "나의 죽음을 적에게 알리지 말라"는 명언을 남기고 자신의 전부를 나라를 지키는 데 온전히 불사른 후 위대한 전설이 되었다.

'이순신의 백의종군 길' 체험

우리나라는 단기간 내에 급속도로 성장해 왔기 때문에 국민들의 피로감이 누적되었는지 이제는 경제성장과 더불어 최근 웰빙 붐이 일고 있다. 많은 사람들이 여가활동과 건강을 위하여 '올레길'과 '둘레길' 걷기가 각광을 받고 있다. 각 지자체들에서는 요소요소에 이런 산책로들을 앞다투어 만들고 있는데, 해남군의 경우 '국토순례일번지 땅끝'의 이미지를 가지고 있으므로 땅끝과 울돌목까지를 '이순신의 백의종군 길'로 만들어 많은 사람들이 체험할 수 있도록 했으면 하는 생각을 해본다.

그냥 보고 가는 관광이 아니라 직접 체험하고 오래오래 기억에 남을 수 있는 문화관광이 되어야 한다. 역사 속에서 살아있는 이순신과 생생한 대화를 하면서 그 해결책을 찾도록 유도하는 것이다. 심리학과 행동과학 및 문화관광을 적절하게 혼합하여 스토리텔링을 구성하는 것이다. 마치 충무공이 그랬던 것처럼, 정신과 육체를 모두 비워낸 상태에서 이 길을 걸으면서 프로그램이 정한 코스를 마치고 나면 '새로운 출발'을 할 수 있는 용기와 힘이 날 수 있게 구성되어야 한다. 예를 들면,

제1단계(백의종군 길 등록), 우수영에서 등록 및 오리엔테이션을 갖는다.

제2단계(비움의 길), 울돌목에서 마음속의 울분을 쏟아 내거나 반성의 시간을 갖는 프로그램 진행

제3단계(명량대첩), 자신의 부정적인 생각들과 싸워 이겨내는 프로그램 진행

제4단계(채움의 길), 울돌목에서 땅끝 전망대까지 백의종군하는 마음으로, 걷는 프로그램을 진행한다. 물론 중간 중간 테마가 있어야 할 것이다. 걷기명상 지도와 더불어 중간 중간에 과거·현재·미래의 자신에게 보내는 엽서띄우기와 같은 이벤트 코스도 준비하고 농어촌 체험을 하면서 식사도 해결하는 기회도 제공할 수 있을 것이다.

제5단계(새출발), 육지의 시작인 땅끝 전망대에서 새로운 각오로 인생의 재출발을 다짐하는 프로그램을 실시한다. 백의종군 길을 무사히 마친 데 대한 메달 하나쯤은 걸어 주어도 좋을 것이다.

누구나 살아가면서 인생의 전환점이 필요할 때, 또는 인생이 지치고 힘들어 모든 것을 내려놓고 싶을 때, 아니면 새로운 출발점에 서고 싶을 때 찾고 싶은 곳을 만들 수 있다면 특화 상품이 될 수 있으리라 본다.

'명량대첩' 체험

조선시대에는 5대 수영이 있었다. 충청수영과 경상좌수영 및 경상우수영, 그리고 전라좌수영, 전라우수영이다. 울돌목이 한눈에 바라보이는 해남 화원반도에는 전라우수영 관광단지가 조성되어 있다. 우리의 생각과는 달리 해남에 우수영이 있었고, 여수에 좌수영이 있었다. 이는 임금이 보는 방향에서 좌, 우가 결정되기 때문이다.

우수영에는 명량대첩 전시관이 있다. 이곳에는 명량해전을 재현한 조각품들과 각종 조형물과 함께 산책로 등이 조성되어 있고, 거북선과 판옥선, 무기류 및 각종 유물 등이 전시돼 있다.

명량대첩기념비는 진도대교 북단에 있다. 이 비는 1688년(숙종 14년)에 전라우수사 박신주에 의해서 세워졌다. 비문의 글은 당시 이조판서였던 이민서가 지었고 글씨는 당대의 명필 이정영이 썼다. 비문의 내용은 '명량해전은 기적 같은 전투였으며, 이순신이 용병과 지리에 뛰어나 귀신도 감동케 하고, 옛 명장들도 이에 미치지 못할 뿐 아니라 그 충의가 해와 달을 뚫는다'는 것이다.

명량대첩비는 이순신을 기리는 남해안의 여러 비석과 사당처럼 일제에 의해 모진 수난을 당하고 말았다. 1942년에 전라남도 경찰부가 비석 철거에 나선 것이다. 나라에 어려운 일이 있을 때마다 땀을 흘린다는 전설이 있었는데, 경술국치일에도 땀을 흘렸고 일제 강점기 동안에도 땀을 흘린다는 소문이 파다했으니 일제가 이를 가만둘 리가 없었다. 더구나 사람들은 이 땀이 이순신의 눈물이라고 말했고 머지않아 독립될 것이라고 술렁거렸다. 결국 전남 경찰부는 인부 열 명을 데리고 비석 철거 작업을 시작했다. 하지만 비석은 움직이지 않았다. 그러자 비 뒷면의 좌대를 쪼아내고 비를 뽑아갔다.

해남지역 주민들은 명량대첩비(보물 503호)를 되찾기 위하여 1950년

▲ 매년 가을 울돌목에서 열리는 명량대첩 재현행사

부터 '명량대첩비 이전 추진위원회'를 조직하여 경복궁 근정전 뒤뜰에 방치돼 있던 비를 옮겨왔다. 명량대첩비를 보면서 나는 일본사람들의 문화재에 대한 마인드에 대하여 다시금 생각하게 되었다. 일제의 입장에서 보면 뽑아 내 버리고 싶었을 것이다. 그렇지만 그 만행을 이해한다는 것이 아니라, 그나마 다행인 것은 뽑아낸 비를 파괴하지 않고 경복궁 뒤뜰에 옮겨 두었다는 점이다. 그래서 오늘날 제 자리를 찾아 줄 수 있게 되었고, 우리 후손들이 그 뜻을 되새길 수 있으니 천만다행이 아닌가 싶다.

마침 명량대첩비를 찾아간 날, 해남 우수영관광단지와 진도군 녹진관광지 일원에서 열리는 명량대첩축제가 한창이었다. '초요기를 울려라' 행사는 조선시대 전쟁터에서 대장이 장수들을 지휘할 때 사용하던 군기로, 명량대첩의 현장에 스며있는 역사·문화유산을 체험하는 프로그램이다. 서울에서 출발하는 순간부터 프로그램이 진행되었는데 울돌목에 버스가 도착하여 진도에서 점심을 먹은 뒤 해남 우수영에서 거북배를 타고 진도대교와 벽파진을 왕복하며 이순신의 고독을 느낄 수 있다.

그 밖에 강강술래 대동놀이와 명랑대첩 해전재현 행사 등이 열린다. 특히, 울돌목 바다에서 숨겨간 한·중·일 민초 후손들이 한자리에 모여 선조 영혼들에게 헌화하며 평화의 바다와 상생의 화합 행사를 하는 것을 보니 가슴 뭉클하였다.

임진, 정유재란은 당시 조선인구의 3분의 1일나 되는 300만 명의 사람들이 죽임을 당하는 전란이었다. 그런데 '명랑대첩축제'라는 이름은 아무래도 마음에 걸린다. 414년 전의 명랑해전을 재현하는 행사에 매년 십수억 원의 예산을 투입하여 현대인들의 흥미를 끄는 감각적인 행사가 대부분이다. 전쟁을 희화시키기보다는 '명랑대첩 기념제'로 전환하여 동북아평화와 사회통합적인 방향으로 행사를 치루는 것이 성숙한 모습이라고 생각한다. 더불어 국가 위기상황을 맞이해서 수행도량에서 분연히 떨치고 일어선 서산대사와 사명대사와 같은 승군들과 이름없이 스러져 간 의병들을 국가적 차원에서 위로하고 감사하는 제향을 함께 올리는 것이 오늘을 사는 우리 후손들의 도리라고 생각한다.

보배로운 섬, 진도문화 체험

명랑대첩의 현장 벽파진부터는 진도 珍島 다. 이름 그대로 보배로운 섬, 진도에는 다도해 해상국립공원으로 지정된 조도6군도, 특히 아름다운 관매도 풍경, 운림산방, 신비의 바닷길, 그리고 쌍계사와 진돗개 등 너무나 볼거리도 많고 특산물도 많다.

그런데 관광객들이 무심코 지나치는 임진왜란과 관련된 유적지들이 아련히 전해온다. 해전이 한창일 때 군복 입은 여인들이 강강술래를 했다는 망금산, 이영을 이어 노적봉을 만들어 군량미가 쌓여 있는 것처럼 위장했다는 군내면 독굴산, 백토를 풀어서 쌀뜨물로 위장했다는 분토리 등이다.

진도 고군면 도평리 지방도로 옆 야산에는 비석도 제단도 없는 무덤들이 모여 있다. 일명 떼무덤이라고 불리는데 232기나 되는 무덤 중 200여 기는 정유재란 때 숨진 사람들의 것이라고 한다. 칠천량의 전투 패전 이후 서진하는 왜군을 피해 이순신을 찾아왔던 많은 백성들이, 이순신이 명량에서 대승을 거둔 후에 곧바로 북서쪽으로 흐르는 밀물을 타고 신안군의 당사도로 빠지는 사이에 살아남은 왜군들에 의해서 희생된 사람들의 무덤이라고 한다. 순하디 순한 이 땅의 민초들이 그렇게 풀잎처럼 쓰러졌던 비극의 현장이다. 그들을 위로하는 추모비라도 세워야 하며, 우리 후손들이 가슴아픈 역사의 현장에서 각오를 새롭게 다짐해야 하는 곳이기도 하다.

진도하면 고려시대 삼별초 항쟁으로 유명한 용장산성을 들러보아야 한다. 몽고 침입에 무릎을 꿇은 고려왕조와 달리 배중손이 이끄는 삼별초는 끝까지 패배를 인정하지 않았고 강화를 출발해 진도에까지 들어왔다.

▲ 용장산성

▲ 용장사 약사여래석불좌상

삼별초는 용장산성을 쌓고 대몽항쟁을 계속하며 행궁도 짓고 온을 왕으로 추대해 그들만의 나라를 꿈꿨다. 하지만 그 꿈은 9개월 동안의 꿈으로 끝나고 말았다. 비록 여몽연합군의 공격으로 새로운 나라의 꿈은 사라져버렸지만 그 정신만은 영원토록 우리 역사에 남을 것이다.

용장산성 바로 옆에는 아담하고 아름다운 '용장사龍藏寺'가 있다. 용장사 약사전에 모셔져 있는 약사여래석불좌상은, 어느 시인의 "내 차라리 차가운 돌부처가 되리라"는 싯귀처럼 진한 역사의 슬픔을 모두 껴안고 굳

▲ 운림산방

어버린 지장보살의 모습이라는 생각이 들었다.

용장산성과 멀지 않은 첨찰산 자락에, 유배 문화의 진수를 보여주는 운림산방이 있다. 운림산방은 첩첩산중에 아침저녁으로 피어오르는 안개가 구름 숲을 이룬다고 해서 붙여진 이름이다. 운림산방은 진도의 양천 허씨가 몇 대에 걸쳐 살았던 곳이다.

양천 허씨는 원래 경기도 사람들이었는데 광해군 때 역모로 몰려 임해군과 함께 진도로 들어왔다가 그대로 눌러앉아 지금에까지 이르렀다고 한다. 가장 멀고 험한 유배지였던 이곳으로 귀양 온 선비들은 여기에 있는 동안 더욱 소리 높여 글을 읽고 묵을 갈았는데 정착해서 5대에 걸쳐 남종화의 전통을 완성했고. 진도 시서화 詩書畵 의 뛰어난 멋과 맥은 지금까지 이어지고 있다. 운림산방의 소치기념관에는 소치 小痴 허유의 4남인 미산 米山 허형, 남농 南農 허건, 임인 林人 허림, 임전 林田 허문까지 소치 가문의 명작들을 만날 수 있다.

▲ 진도 들노래

또, 진도는 소리의 고장이다. 진도아리랑, 진도북춤, 진도만가 등 진도의 한과 애환이 서린 소리가 아직도 생활 속에 살아 있어 전문적인 소리꾼뿐만 아니라 여염집 사람들까지도 모두 소리를 한다고 한다. 의신면의 운림예술촌 빗기네 민속전수관에서는 주민들이 모여 공연하는 빈지레기타령, 흥그레타령, 지전타령, 북춤, 진도아리랑 등의 소리를 들을 수 있다. 첨찰산 고갯길을 넘으며, 아마도 이곳이 진도의 아리랑 고개가 아니겠는가 하는 생각이 들었다. 아마도 허씨일가의 유배문학과 진도인들의 삶이 버무러져서 민중예술인 창 唱으로 승화되었으리라.

고금도 해상수국 체험

그동안 충무공 이순신의 유적지 성역화에 대한 많은 노력이 있었다. 그러나 역사적인 중요성에 비추어 유적지관리가 미흡한 곳 중의 하나가 고금도 충무사이다. 이순신은 1598년 2월 17일 나주 보화도에서 진영을 고금도 통제사 군영으로 진을 옮긴다. 선조실록에 쓰인 이순신의 '이진 移陣 보고서'에 "우리 수군은 멀리 나주 경내의 보화도에 있으므로 낙안과 흥양 등의 바다에 출입하는 왜적이 마음 놓고 마구 돌아다녀 매우 통분스럽습니다. 그리고 바람이 잔잔하니 이는 왜적이 소란을 일으킬 때이므로 2월 16일에 여러 장수들을 거느리고 보화도에서 바다로 나아가 17일에 강진 경내의 고금도로 진을 옮겼습니다. 고금도 역시 호남 좌우도의 내외 바다를 제어할 수 있는 요충지로 산봉우리가 중첩되고 후망이 잇대어져 있어 형세가 한산도보다 배나 좋습니다. 남쪽에는 지도가 있고 동쪽에는 조약도가 있으며 농장도 많지만 직업을 가지지 않은 사람(피난민)도 거의 1,500여 호나 되기에 그들로 하여금 농사를 짓게 하였습니다"라고 하였다.

또한, 이순신 조카 이분이 쓴 '행록 行錄'에 따르면 그 규모가 한산도

보다 10배 이상 크다고 적고 있다.

"고금도는 강진에서 남쪽으로 30여 리쯤 되는 곳에 있어 산이 첩첩이 둘러쳐져 지세가 기이하고, 또 그 곁에 농장이 있어서 아주 편리하다. 공은 백성들을 모아서 농사를 짓게 하여 거기서 군량을 공급받았다.이때 군사의 위세가 이미 강성해져서 남도 백성들로 공을 의지하여 사는 자들이 수만 호에 이르렀고 군대 위세의 장엄함도 한산진보다 열 배나 더하였다."

고금도 통제사 군영은 현재 완도군 고금면 덕동리 일원이다. 이순신은 이곳에 운주당運籌堂 을 세웠다. 한산도 군영이 몰락한 이후 통제사의 위엄을 바로세우고자 함이었는데 이미 고금도는 본영 역할을 하고 있었다. 명량해전을 승리로 이끈 후라서 수많은 군사 희망자들과 피난민들이 자발적으로 장군의 휘하로 몰려들었다. 장군은 이들을 거두어 군사로 양성하고 농사를 지어 군량을 공급받은 것이다. 또한 서해상의 진을 남해상으로 옮김으로써 본격적인 일본군과의 정면승부를 예고하는 것이었다. 유성용의 징비록에 따르면 고금도 시절의 군사는 8,000여 명에 이른다고 했다.

▲ 고금도진 지도(출처: 규장각한국학연구원)[4]

　　조선 수군이 동쪽으로 진을 옮기자 남해안의 일본군은 아연 긴장할 수밖에 없었다. 고금도에서 하루 이틀이면 고흥과 순천의 일본군 기지를 공격할 수 있기 때문이다. 순천의 일본군은 1598년 2월 24일부터 예교성을 쌓는 작업을 시작하였다. 조선 수군이 고금도로 진을 옮긴 지 불과 1주일 만이다. 말할 것도 없이 이순신의 공격을 두려워하였기 때문이다.

　　그런데 선조 임금은 이순신을 격려하기보다는 한없는 의혹과 위협을 느꼈다.

　　"천 리 넘게 떨어진 절해고도, 조정의 통제를 벗어난 곳에서 이순신이 다시 군영을 세우고 산업을 일으켰으니 그 자의 실력이 무섭다. 해상의 모든 권한은 이순신이 가지고 있다. 해변인들이 구름처럼 몰려들어 이순신을 하늘처럼 떠받들고 있다고 한다. 만일에 신뢰 못할 해변인과 이순

---

4 지도의 위쪽이 서쪽이고 아래가 남쪽으로 그려져 있으며, 진의 중심을 기준으로 동서로 산의 방향이 서로 반대로 되어 있다. 이는 여러 방향에서 투시함으로써 지역의 모습을 역동적으로 표현하고자 한 것으로 해석되고 있다. 그리고 주변섬들과 수심, 관청과 선소(船所)의 모습이 자세히 그려져 있다.

▲ 충무공 가묘 유적지(월송대)

신이 칼을 거꾸로 잡기라도 한다면 사직社稷이 위태로울 것이다"라고 하였다. 이순신은 조정의 지원도 없이 혼신의 힘으로 자력으로 왜군에 맞서고 있었는데 오히려 조정은 그 세력이 자신들의 정권을 위협할까봐 의심의 눈초리를 보냈던 것이다.

특히, 고금도는 1598년 11월 19일 노량해전에서 충무공이 순국하자 80여 일간을 본영이었던 이곳에 유해를 모셨던 곳이다. 그 이듬해인 1599년 2월 11일 정식으로 발인하여 고향인 충남 아산에 모셨던 곳이다. 지금도 그 흔적이 남아 있는데 충무사 맞은편에 위치한 이순신의 가묘 터가 바로 그것이다. 월송대라고 불리는 작은 언덕에 올라가면 한여름에도 금잔디가 깔려 있는 넓은 터가 나온다. 월송대에는 이름답게 언덕 전체에 키 큰 소나무가 빽빽이 서 있는데 신기하게도 묘가 있던 터에는 풀 한 포기 자라지 않는다. 입에서 입으로 전해오는 이야기에 따르면 풀숲에 가려 바다가 보이지 않는 것을 이순신이 원치 않았기 때문이라고 한다. 이 풀숲에 그의 혼이 스며들어 죽어서도 바다를 지키고 있다는 것이다.

지금의 고금도에는 고금도 통제사 군영의 위엄은 찾기 힘들다. 이순신 생신일인 4월 28일 충무공 탄신기념제가 열리고 있는 사당인 충무사와 부속건물만이 있다. 그러나 충무사는 원래부터 충무공의 얼을 기리는 사당으로 설립된 것이 아니다. 정유재란 마지막 해인 1598년 7월 16일 5천 명의 수군을 이끌고 이순신과 함께 연합전선을 펴 왜적의 침략을 막아낸 명나라 도독 진린 장군이, 이곳에서 머물 때, 관왕(관우)을 배향하기 위하여 지은 사당이 있었고, 이후 현종 때 절도사 유비연이 암자(옥천암)를 지어 진린과 더불어 충무공을 추모하였는데, 일제시대 때 이들 모두가 수난을 당하였다가 해방 후 그 터에 충무사를 새로 지어 충무공의 제사를 지내고 있다.

현재의 충무사는 제를 모시는 사당으로서의 역할은 충분하나, 많은 사람들이 찾고 충무공의 위국충정의 정신을 알리기에는 부족한 점이 많다. 또한 고금도가 한산도에 버금가는 본영이 있었는데도 불구하고 지금의 모습은 그 자취를 찾아보기 어렵다. 시각을 달리하여 그 위상과 면모를 제대로 갖추는 작업이 필요하다는 생각이 들었다.

바닷속 샘, 충무공께서 마신 물 '약샘' 체험

완도 입구에 있는 작은 섬 '달도'에는 정유재란 당시 충무공 이순신 장군이 마시고 구토와 설사가 나왔다는 '약샘'이 있다. 달도는 해남군 북평면과 완도군 군외면 사이에 작은 섬이지만 연륙이 되어 지나치기 쉬운 곳이다. 남창대교를 지나면 오른쪽으로 야트막한 언덕처럼 느껴질 듯한 산이 '망뫼산'이다. 정유재란 당시 산 정상에 망루를 설치하고 적의 움직임을 관찰했다고 해서 지어진 이름인데, 망뫼산 땅속으로 흘러내리던 물이 바닷가에서 솟아 샘이 됐다고 한다.

약샘이 있는 위치는 지름 1m, 깊이 50㎝ 정도인 표지석이 있어 바닷물이 빠지면 쉽게 눈에 띈다. 약샘은 바닷물이 들 때면 물에 잠기지만,

바닷물이 빠지고 2~3시간 가량 지나 염도를 측정해보면 0.05% 이하(바닷물 3.5%)로 일반 먹는 물과 별 차이 없다니 참으로 신비한 물이 아닐 수 없다.

충무공 배앓이 낫게 하소서
간절한 기도가 모여
바닷속 깊은 물 길어올렸나.

충무공 배앓이 나았다는 소식에
솟아나는 기쁨을 못이겨
말갛게 웃음지으며 솟아나는 샘물.

수없이 많은 파도 스쳐갔어도
아직도 지워지지 않는
동그란 눈웃음.

나는 약샘을 들여다 보며 샘 솟고 있는 동그란 물의 모양이 나라를 지키기 위하여 애쓰신 충무공을 낮게 하였다는 기쁨이 솟아나는 약샘의 해맑은 얼굴로 보여 혼자서 끄적거려 보았다.

이곳 달도에서는 정월 보름이면 망뫼산에서 당제를 지내고 있다고 한다. 전쟁이 끝나고 피난갔던 주민들이 고향으로 돌아온 뒤, 망뫼산에 사당을 지어 충무공을 기리고 있는데 동남동녀 童男童女 6명을 선발, 약샘 물을 헌수한다고 한다.

달도에서 땅끝바다로 가는 길로 들어서서 오른쪽으로 돌면 정유재 란시 일시적으로 본영을 두었던 이진성이 있다. 달도와 이진성 사이의 바 다는 적의 관측을 막을 수 있고 또한 큰 바다로부터 오는 풍랑을 피할 수 있으며, 해남으로부터 보급물자들을 조달할 수 있는 매우 중요한 전략요 충지였다. 그러나 지금은 이진성터도 그 자취를 찾아보기 힘들 정도이다. 다행히 이진성에도 우물터가 남아 있으므로 이곳 약샘과 함께 개발하고 보존할 수 있어 많은 사람들이 충무공의 정기를 함께 느꼈으면 하는 바람 이다.

지자체의 보이지 않는 가치, 자본화 방안

우리나라 역사상 바다를 외면했을 때는 나라가 쇠약했었고, 바다를 중시했을 때 대외적으로 강했었다는 점에서 고금도 충무사의 위상을 높 일 필요가 있다. 우리나라가 해양강국이 되기 위한 상징적인 역사유적지 를 더욱 적극적으로 발굴하고 보존해야만 한다. 지금은 지식창출의 시대 이다. 눈에 보이는 유적뿐만 아니라 전설마저도 자원이다. 지자체장들이 보이지 않는 가치를 발견하고 활용할 수 있는 통찰력을 가질 때 지자체의 재정자립도에 기여할 수 있는 자본화가 가능할 것이다.

고금도는 한산도보다 열 배 이상 큰 본영이었음에도 현재는 사당 이외에 그 흔적을 찾아 볼 수가 없다. 현재 한산도 충무공 유적지는 잘 개발되어 있다. 건물을 짓고 박물관과 전시실을 짓자는 것이 아니다. 충무공이 여기서 가난한 피난민들과 함께 농사를 짓고, 염전을 일구며, 고기를 잡아 경제력을 확보하며 수군을 양성했던 그 현장을 발굴하고 복원하여 자라나는 청소년들이 생생하게 역사를 체험할 수 있도록 해 주자는 것이다. 또한, 앞에서 하나의 아이디어로 제시한 백의종군 길 체험이나 명량해전 체험이 자기계발 프로그램과 연계하여 진행된다면 더욱 시너지 효과를 낼 수 있으리라고 본다.

세상에는 수많은 상품이 넘쳐나고, 연일 매스컴과 거리에서는 신상품들이 소비욕구를 자극하고 있다. 소비를 하려면 재화가 있어야 하는데 내가 팔 것은 없으면서 자꾸만 사들이기만 한다면 결국 파산하고 말 것이다. 내가 팔 수 있는 것이 많아야 부자가 된다. 그것이 노동력이든 재능이든 간에.

소비자가 지갑에서 돈을 꺼낼 때는 상품의 가격보다 상품의 가치가 더 높다고 판단될 때이다. 여기에서 상품의 가치는 실제적인 용도나 성능은 물론 무형적인 심리적, 정서적 만족도를 포함하는 넓은 의미이다. 그러므로 자신이 팔 제품은 소비자가 돈을 주고 사고 싶은 마음이 들도록 하는 가치가 있는 그 무엇이다.

오늘날 개인이나 기업뿐만 아니라 지방자치단체들도 이러한 고민에 빠져 있다. 각자가 가진 특징과 캐릭터, 이미지를 살려 특화하고 축제도 벌인다. 사실 아이템이 비슷비슷하다 보니 인접 지방자치단체들 간에 분쟁도 벌어진다. 일일이 언급하는 것이 우스울 정도로 이미 상대가 선점한 것도 자신들의 것이라고 주장하며 분쟁하기도 한다. 객관적인 시각으로 볼 때, 상대가 가진 것을 가져오려고 노력하는 시간에 차별화와 특화에 더 노력하는 것이 바람직하다는 생각이다.

논어에 화이부동 和而不同 이라는 말이 있다. 남이 이미 하고 있는 일

▲ 벽파전첩비

에 대하여 내가 그를 쓰러뜨려서는 안 된다는 원리이다. 오케스트라에서 비올라와 바이올린은 서로 경쟁하지 않는다. 즉, 자신의 영역에서 타인이 필요한 가치를 발견해 내는 것이 중요한 것이다.

함평군은 자원이 없어 '나비'라는 생태곤충을 키워 친환경 함평이라는 이미지를 복원하였다. 함평 나비축제로 인하여 관광수익뿐만 아니라 지역경제에 미치는 효과가 수천억에 이르는 것으로 분석되고 나타나고 있다.

이에 비하여 자원이 있음에도 이를 진흙 속에 묻어 두고 방치해서는 안될 것이다. 전설과도 같은 충무공 이순신의 체취가 남아있는 유적들을 보다 더 발굴하고 많은 국민들의 정신교육의 장으로 활용될 수 있기를 바란다.

불가능할 것 같은 상황 속에도
반드시 길은 있다

내가 가진 자원을 최대한 활용하라

최근 들어 경영전략에서 각광받고 있는 이론이 있다. 루멜트 Rumelt 와 바니 Barney 등이 주장하는 자원기반이론 Resource based Theory 이다. 이 이론의 가장 기본적인 논리는 기업의 수익원천을 외부 요소가 아닌 기업 내부의 잠재 요소에서 찾는다는 점이다. 그런데 과연 기업 내부의 어떠한 요소(자원)가 핵심역량으로서 기업의 수익(성공)을 이끌어 낼 수 있느냐는 문제로 연구의 초점이 맞춰진다.

여기에는 세 가지 요소가 필요하다. 가치 value , 희소성 rarity , 모방불가성 inimitablity 이다. 즉, 기업이 성공하려면 가치를 창출할 수 있는 구조여야 하고 그 가치는 동시에 희소성과 다른 경쟁자로 하여금 모방할 수 없는 것이어야 한다는 논리다. 이에 따라 자원기반이론은 조직문화, 기업 브랜드 등과 같은 무형요소를 자주 거론하는데 이는 이들 요소가 다른 외형적 요소에 비해 모방이 상당히 어렵기 때문이다.

조선의 이순신은 이미 400년 전에 자원기반이론적 관점에서 현실상황을 파악하였다. 조정도 포기하고, 원균의 칠전량 전투 패배 후 인수받은 얼마 되지 않은 군사들의 사기는 떨어질 대로 떨어져 있었다. 별망군 別望軍의 보고에 의하면 적의 수는 수천에 이른다고 하였지만, 자신이 가진 함선은 겨우 12척에 불과했다.

그러나 이순신은 절망하지 않았다. 조정에 원군을 요청하지도 않았다. 냉철한 이성과 통찰력으로 지형지물과 자신이 가진 자원을 최대한 활용할 수 있는 방안을 강구하였다. '아직도 12척이 있다 尙有十二'는 말은 公의 긍정적인 사고방식을 상징한다. '아직 반이나 남았다'가 '반밖에 남지 않았다'는 것보다 훨씬 긍정적인 희망을 갖게 하듯이, 12척이나 남은 배에, 수리해서 쓸 수 있는 한 척의 배를 발견하여 도합 13척의 배로 수백 척의 적군에 대항하였다. 그리고는 우수영을 중심으로 진을 여러 차례 옮기기도 하고 정교한 탐색과 정보 수집을 거듭한 결과 명량에서 이길 수 있는 실마리를 찾은 것이다.

충무공이 위대한 것은 '불가능할 것 같은 상황 속에도 반드시 길은 있다'는 것을 몸소 보여 주었기 때문이다. 살다보면 우리는 얼마든지 위기에 빠질 수 있다. 중요한 것은 어떻게 그 위기에서 탈출하느냐이다. 모든 것을 다 잃었다고 생각될 때가 어쩌면 가장 많이 얻을 수 있는 기회일지도 모른다. 세상에 원래부터 존재하는 것은 세상에 없다. 충무공은 내가 처한 환경과 조건이 아무리 혹독하고 어렵더라도 반드시 그 속에는 새로운 성공의 싹을 찾을 수 있다는 진리를 자신의 인생 전체에서 보여주었다.

지형지물을 최대한 활용하라

통제사가 되었지만 휘하에 전선이 없던 이순신은 마음고생이 많았다. 배설이 경상우수영 함대를 쉽사리 넘겨주지 않고 버텼기 때문이다. 1957년 8월 17일자 난중일기에는 '수사 배설이 배를 보내 주지 않았는데,

| 물때표 용어 정리 |

밀물	들어나는 물, 들물, 창조
썰물	빠지는 물, 줄어드는 물, 날물, 낙조
만조	물이 최고로 늘어난 상태에서 다시 썰물행위의 행동직전 정시상태
간조	물이 최저로 빠진 상태에서 밀물행위의 행동직전 정시상태
조석	물이 들어오고 나가는 시작점의(만조, 간조) 일별 시간표시
조류	밀물과 썰물행위에서 일어나는 물의 흐름, 유속
본류	우리나라 해역의 밀물과 썰물의 흘러가는 기본방향
반류	지형 형태에 따라 본류의 떠밀림과 부딪침에 의한 역류현상
와류	본류의 부딪침과 떠밀림에 의한 소용돌이, 후수물, 합수물
간류	본류의 떠밀림에 의하여 옆으로 비켜가는 흐름
격조	조류가 암초 지대에 지날 때 일어나는 파장 급조라고도 함
사리	만조, 간조의 수위차가 높고 조류흐름도 가장 빠른 시기(음력 15일, 30일)
조금	만조, 간조의 수위차가 낮고 조류흐름도 가장 약한 시기(음력 8일, 23일)
무시	조금 다음날 조금물때와 비슷한 수위와 조류속도의 약한 시기(예비조금)

그가 약속을 위반한 것은 참으로 통탄스런 일이다'라고 적혀 있다. 이후 8월 19일자 기록에 배설을 비롯한 여러 장수들과 함께 교서에 숙배肅拜를 올렸다고 하니 이때에야 인수인계를 한 것이다. 이때 확보한 배가 겨우 12척이었던 것이다. 이순신에게 함대를 넘겨 준 배설은 9월 2일 새벽에 탈영해 버렸다.

그동안 이순신은 고민하고 또 고민하였으리라. 지형지물을 살피던 충무공은 울돌목이 하루에 네 번, 순류와 역류를 반복된다는 것을 확인하였다. 섬과 육지 사이에 낀 이 작은 해협은 폭이 너무나 좁은 데다 하루에 조류가 네 번이나 바뀐다. 그래서 조류변화를 잘 알지 못하면 거센 물살에 휩쓸리기 쉬운 곳이다. 울돌목의 폭은 평균 500미터 내외다. 가장 좁은 곳은 324미터 내외. 암초가 차지하는 곳을 빼고 육지와 섬의 바위 턱을 제외하면서 실제로 배가 다닐 수 있는 폭은 120미터 내외라고 한다.

폭은 이렇게 좁은데 남해와 서해의 물이 끊임없이 모여든다. 많은 물이 좁은 해협으로 한꺼번에 몰려들기 때문에 거품이 하얗게 일어날 만큼 물살이 빠르다. 조수간만의 차도 커서 하루에 두 차례 들고나는 밀물과 썰물의 차이가 2~3미터가 넘는다. 암초에 부딪히면 소용돌이가 일기도 한다. 진도대교가 생긴 이후 많이 완화됐다고 하지만 지금도 울돌목의 물살은 유속 11.5노트, 시속 22킬로미터에 이른다.

자칫하면 적을 섬멸하기 전에 우리가 먼저 죽을 수 있는 상황이기도 하였지만, 거친 물살 속에서 위기를 넘길 묘안을 찾아내고 오직 나라를 지킬 수 있으리라는 희망으로 만면에 희색이 넘쳤을 이순신! 눈물겹도록 존경스러운 통찰력의 소유자였다.

정보를 조직화하라

드디어 9월 16일 명량대첩의 날이 밝았다. 이날의 난중일기는 전투 상황을 소상하게 그리고 있을 뿐만 아니라 가장 불리한 상황에서 적을 꺾은 감동이 절절히 배어 있는 명문이다.

약한 함대로 강한 적을 막기 위해서는 넓은 바다가 아니라 비좁은 해협이 적당하다. 명량해협의 북서쪽 양도 인근 해역에서 일자진으로 처음 진을 맞이했을 때의 조수 방향은 조선군에게는 역류, 일본 측에는 순류였다. 조선군은 적당한 물때를 선택하여 전투에 임했을 것이다. 명량의 조류 정보에 어두운 일본은 처음부터 패배하고 있었다.

조선군은 전진과 후퇴를 거듭하며 적의 예봉을 저지하는 한편, 노군이 잠시 쉬는 방법으로 뱃머리를 적 방향으로 둔 채 천천히 뒤로 물러났고 승기를 잡았다고 착각한 일본군은 빈 공간을 가득 채우며 북서쪽으로 몰려들었다.

때마침 보름 즈음이라 명량의 물결은 더욱 사나웠다. 일본 함대는 오전 아홉 시경에 순류를 타고 몰려왔다. 물은 동에서 서로 빠르게 흘렀다. 그래서 일본군은 잠시 기다렸다. 이윽고 낮 열두 시 즈음, 물의 흐름이 조금 잦아들자 일본 함대가 움직이기 시작했다. 울돌목으로 들어온 것이다. 일본군에게 순류는 조선 수군에게는 역류다.

일본군도 두 시간 안에 전투를 끝내야 한다는 것을 알고 있었다. 열두 시에서 두 시 사이의 완만한 순류를 타고 전진하면서 조선 수군을 무찌르고 울돌목을 빠져나가야 했다. 하지만 이순신의 함대는 길을 열어주지 않았다. 적의 수와 기세에 눌릴 만도 한데 이순신은 전혀 흐트러지지 않았다. 적의 해협 진입 속도를 늦추면서 천천히 후퇴하던 조선 수군이 조수방향이 바뀌자 공세로 전환하였다. 조수가 조선군에게 순류로 바뀌는 순간부터 대대적인 역공을 펴자 역류를 탄 일본군은 뒤로 밀려나기 시작하였다.

그런데, 후퇴하는 일본군에게 큰 문제가 생겼다. 일본 함대는 넓은 바다에서 명량해협 구간으로 진입하면서 전후좌우의 함선 간격이 촘촘해지는 형국으로 되었다. 병목현상에 묶인 것이다. 음력 16일의 조수는 '사리'나 마찬가지이므로 강력한 물살을 거슬러 갈 수가 없는 지경이었을 것이고 좁은 해협에 330척이나 되는 함선들이 전진도 후퇴도 할 수 없는 상황에서 자기네 배들끼리 좌충우돌하면서 깨지며 질서가 와해됐을 것이다. 이 때 조선 수군은 순류에 올라타서 불화살과 대포만 쏘아대며 기선을 제압하였다.

이순신이 가진 자원은 330척의 왜군함대 앞에 초라한 겨우 13척의 배 그리고 위험천만의 울돌목의 조류가 있었다. 그리고 아무도 생각하지 못하였던 자원인 어부들을 군함으로 위장한 어선들에 태우고 북을 울리게 했다. 그리고 울돌목 양 언덕에는 많은 군대가 있는 양 민초들의 강강술래를 부르게 했던 것이다. 세계 그 어느 전투 현장이 이보다 감동적일 수 있을까. 민과 군이 합동으로 적을 물리친 것이다.

초요기를 세워라, 절대 물러서면 안된다

조정에서는 단지 몇 척의 전선만으로는 천여 척에 이르는 일본 수군을 감당하기 불가능하니 이순신에게 수군을 해산하고 육지로 올라와 싸우라는 지시를 내린다. 조선의 조정은 늘 난관에 부딪치면 도망갈 궁리만 하는 나약한 정부였다. 그러나 이순신은 반드시 바다에서 적을 막아야 한다는 지론을 굽히지 않고 장계를 올린다.

왜군의 배는 330척이 넘는 함대를 거느렸고 사기가 충천해 있었지만, 조선 수군은 겁에 질려 있었다. 객관적인 전력으로 봐서는 백전백패, 이길 수가 없는 싸움이었다. 하지만 이순신은 희망을 버리지 않았다. 오히려 물러설 수 없는 막다른 골목에 서 있는 사람처럼 전투 의지를 불태웠다. 좁고 물결이 거센 명량의 바다와 수많은 전투를 통해서 터득한 최고의 해전법, 이 둘의 절묘한 조화였다.

명량대첩의 상황을 소상하게 기록한 난중일기에 보면 대장선이 공격의 최선봉에 섰음을 알 수 있다. 불리한 상황을 맞아 지도자가 솔선수범을 보임으로써 난관을 타개하려는 희생적 리더십의 발현이다. 그 전투과정을 난중일기에 소상히 적고 있다.

'맑다. 이른 아침에 별망군 別望軍 이 와서 보고하기를 "셀 수 없이 많은 적선들이 명량을 거쳐 우리 배를 향해 들어오고 있다"고 하였다. 곧 여러 배에 명령을 내려 닻을 들어 올리고 바다로 나가니 적선 330여 척이 우리 여러 배를 에워쌌다. 여러 장수들은 스스로 중과부적이라고 여기고는 문득 회피할 생각만 하였다. 우수사 김억추는 이미 저 멀리 아득한 곳으로 물러나 있었다. 나는 노를 독촉하여 돌진해 들어가면서 지자 地字 , 현자 玄字 등 각종 총통들을 마구 쏘아대니 대포 소리가 마치 바람 불듯, 우레 치듯 하였다.

군관들도 배 위로 나와 촘촘히 늘어서서 빗발같이 쏘아대니 적들은 당해 내지 못하고 다가섰다 물러났다 하였다. 그러나 적선들이 워낙 여러 겹으로 둘러싸고 있어서 장차 형세를 예측할 수 없었으므로 한 배에 탄 사람들은 서로 돌아보며 겁에 질려 안색이 파랗게 변하였다. 나는 부드럽게 타이르기를 "적선이 비록 1,000척이라 하더라도 우리 배를 당해 내지 못할 것이므로 절대로 동요하지 말고 있는 힘을 다해 적을 쏘라"고 하였다. 그리고 여러 장수의 배들을 돌아보니 그들은 먼 바다로 물러서서 바라만 보고 앞으로 나오지 않는 것이었다.

나는 배를 돌려서 곧바로 중군장 김응함의 배로 가서 먼저 그의 목을 베어 효시하고 싶었으나 내 배가 머리를 돌리면 여러 배들은 차차 멀리 물러나고 적선들이 점점 더 가까이 접근해 온다면 사세가 크게 그르쳐질까봐 곧 호각을 불어 중군 영하기 中軍令下旗 를 세우게 하고, 또 초요기[5] 招搖旗 를 세우게 하였다. 그러자 중군장 미조항 첨사 김응함의 배가 차츰 내 배로 접근해 왔는데, 거제현령 안위의 배가 먼저 이르렀다. 나는 배 위에서 직접 안위를 부르며 말하였다. "안위야, 네가 군법에 죽고 싶으냐, 도망간다고 어디 가서 살 것이냐?"고 하니 안위가 황급히 적선 속으로 돌진해 들어갔다. 다시 김응함을 부르며 말하였다. "너는 중군장이 되어서 멀리 피하고 대장을 구원하지 않으니 어찌 그 죄를 면할 것이냐. 당장 처형하고 싶지만 적세 또한 급하므로 우선 공을 세우도록 해 주겠다"고 하였다.'

충무공은 대장을 구하지 않고 뒤로 물러선 부하들에 대해서는 호되게 꾸짖었으며, 긴박한 순간에도 이성적으로 부하들의 잘못을 깨우쳐 주며 전쟁을 이끌었다.

'항복해 온 왜인 준사 俊沙 라는 자는 안골포의 적진에서 투항해 온 자인데 그가 내 배 위에 타고 있다가 내려다보며 말하기를 "저 무늬 있는 붉은 비단옷을 입은 놈이 안골포의 적장 마다시입니다"라고 하였다. 내가 물 긷는 군사인 김석손을 시켜서 갈고리로 마다시를 뱃머리 위로 끌어올리도록 하였더니 준사가 펄쩍펄쩍 뛰면서 말하기를 "맞다, 마다시다"라고 하였다. 그래서 곧바로 그의 몸을 토막 내서 판옥선 장대 높이 내걸도록 하였다. 지휘관의 시신이 내걸린 것을 본 일본군들은 공포에 떨어 기세가 크게 꺾였다. 우리의 여러 배들이 일제히 북을 치며 나란히 전진하면서 각각 지자포, 현자포를 쏘고 또 화살을 빗발같이 쏘아대니 그 소리가 강

---

5 전쟁이나 행군시 대장이 장수들을 부르고 지휘·호령하던 신호기. 진법(陳法)에 기초한 신호체계.

과 산을 진동시켰다. 적선 30척을 들이받아 깨뜨리자 적선들은 물러나 달아났으며 다시는 우리 수군에 감히 가까이 오지 못하였다.'

화염에 휩싸인 일본 배들은 방향을 바꾸어 후방 함대 쪽으로 밀려갔다. 또 다른 혼돈이 이어졌다. 일본군은 완패했고 왜장들은 입을 다물지 못했다. 마침내 일본 함대는 빗발치는 화살과 화포를 헤치고 퇴각하기 시작했다. 이를 본 충무공은 난중일기 말미에 '이번 승리는 실로 천행 天幸 이었다'라고 적고 있다.

지금도 명량대첩은 세계 해전사에서 '기적' 같은 전투로 통한다고 한다. 상식적인 상황에서 벌어진 전투가 아니라는 것이다. 그러나 명량대첩을 분석하고 연구한 전문가들은 이 전투가 이순신이 말한대로 '천행'만은 아니었으며 치밀한 전략과 전술에 의한 완벽한 전투라고 분석하였다.

죽을 각오로 임하면 못할 것이 없다

13척의 낡은 배로 기적 같은 전투를 승리로 이끈 명량대첩 전야의 난중일기는 '천행'이라고 표현할 수밖에 없는 그의 심정이 고스란히 전해진다.

'여러 장수들을 불러 모으고 "병법에 이르기를 죽으려 하면 살고, 살려고 하면 죽는다 했고, 또 한 사람이 길목을 지키면 천 명도 두렵게 할 수 있다 必死則生 必生則死 一夫當逕 足懼千夫"는 말이 있는데, 모두 오늘 우리를 두고 이른 말이다"고 엄격히 약속했다. 이날 밤 신인 神人이 꿈에 나타나 가르쳐 주기를 '이렇게 하면 크게 이기고 이렇게 하면 진다"고 했다' (정유년 9월 15일). 살고자 하면 죽고 죽고자 하면 산다. 죽기를 각오하고 싸워 이기겠다는 강력한 의지를 다짐했고, 한 치의 오차도 없이 전략이 수행되었기에 승리가 가능했던 전투였다.

충무공은 우리 역사에서 충군애족의 표상으로서 완벽한 영웅으로 표현되어 왔다. 한편으로는 TV 광고에서 성큼 성큼 우리에게 다가와 스타크래프트를 즐기며 '유쾌, 통쾌, 상쾌'를 외치며 웃는 모습을 보이기도 할 만큼 사랑받는 친숙한 인물이며, 광화문 네거리에서 눈을 부릅뜨고 아직도 우리나라를 지키고 있는 수호신이자, 매일매일 사람들의 호주머니 속에서 사랑받는 동전 속의 인물이기도 하다.

분명히 충무공은 414년 전 생물학적으로는 죽었다. 그러나 우리 민족의 가슴속에는 민족의 수호신과 같은 존재로 생생하게 살아남아 있는 것이다. '死卽生'이란 이런 것이다. 위기상황에서 국면전환용으로 '벼랑끝 전략'으로 죽기 살기로 대처하면 살아날 방법이 있다는 뜻이 아니라, 살고자 버둥대지 않고 인생 자체를 던져 재가 됨으로써 우리 민족의 가슴속에 영원히 살게 된 것이다.

정체성과 주체성을 가져야 한다

나는 이순신을 통하여 인간의 정신력이 생산성을 가져온다는 것을 배웠다. 인간의 정신세계는 시대와 상황의 함수이기도 하다. 우리 민족의 역사는 결코 찬란한 역사만은 아니다. 고구려 시대의 융성기를 제외하면 대부분이 가난과 외침에 의해 고통받은 역사로 점철되어 있다. 이러한 민족 수난사는 병자호란, 임진왜란에 이르러 극에 달하였다. 임진록이나 병자록을 보면 필설로 말할 수 없는 실로 처참한 상황이 많이 수록되어 있다.

이러한 가난은 일제식민지를 겪고 6.25를 겪으면서 1960년대까지도 계속되었다. 1960년대와 1970년대를 통해 박정희 대통령은 가난을 극복하기 위해서 첫 번째로 해야 할 일을 소극적·부정적 성격을 개조하는 것이라고 생각하였다. 1972년부터 전개된 '새마을 운동'이라는 이름으로 우리 국민의 정신력을 개발하는 일대 민족운동이 전개되었다.

우리 역사상 유신정권은 군부독재의 상징이지만, 먹고사는 문제를 해결하고 정신력 계발에 일대전환기를 마련한 박정희 대통령의 업적은 절대로 과소평가해서는 안된다고 생각한다. 우리는 새마을 운동에 의해 국민정신의 고양을 성취했고, 그 결과 세계를 놀라게 하는 생산성을 이룩했다.

나는 이순신의 눈으로 오늘의 시대상을 보면서 우리 국민들의 너무나 나약한 국가관이 떠올려지기에 마음이 가볍지 않다. 우리는 아프고 초라한 역사일지라도 우리 자신의 역사를 외면해서는 안 된다. 역사는 우리의 정체성과 주체성을 일깨워 주기 때문이다. 정체성을 모르고 주체성을 잃은 민족은 거품과 같은 존재이다. 고통과 절망 앞에 끝내 무릎 꿇지 않고 목숨 바쳐 지키고자 하였던 충무공이 당부하고 싶은 말일 것이다.

나를 버리면
모두를 구할 수 있다

영웅 뒤에는 외로운 여인이 있다

행복한 가정에는 대개 정형화된 공통점이 있다. 거기에는, 가족 간에 사랑이 있고, 먹고 살 만한 경제력이 있고 장래에 희망이 있다. 이 세 가지 조건 중 하나라도 충족되지 않는다면 행복한 가정이라고 할 수 없다. 첫 번째와 두 번째는 부모에 의해 결정되는 것이라면 세 번째 조건은 아무래도 아이들을 통해서 확인된다. 대부분의 가장들은 이 세 가지 조건을 충족시키고자 자신을 희생하고 노력하며 산다.

그러나 가정보다는 국가를 우선순위에 두는 가장을 만난 집안은 모든 의사결정과 가치기준이 가장에 의해서 좌우되고 나머지 식솔들은 가장의 목표를 위하여 일심동체가 되어 지원해 주어야만 하니 모두 고생길로 접어든다. 가족 간에 서로 사랑을 표현하거나 확인할 방법이 없으니 그러려니 하고 체념하고 살아야 하고, 가장이 가정을 돌보지 않으니 경제적으로 안정되지 못할 것은 자명한 이치다. 다만, 자긍심과 자부심으로 버텨나가지 않을까 싶다.

이순신도 그러하였다. 늘 전장터에 나가 있으니 식솔들을 거둘 만한 상황이 못 되었다. 이순신과 스무 살에 결혼한 방씨는 보성군수 방진의 딸이었다. 이순신이 무과를 선택한 단서는 이순신의 장인과 아내에게서 엿볼 수 있다. 이순신의 장인은 보성군수를 지낸 방진이었다. 아내는 방진의 외동딸이었다. 당시는 남자가 처가살이하는 것이 흔한 시대였다. 이순신도 따라서 처가살이는 아닐지라도 장인 방진의 도움을 받았다. 그의 장인은 무예가 뛰어났는데 이순신은 결혼 후 장인으로부터 무술을 배워 무관시험에 응시하게 되었다.

이순신은 노모와 아내, 아들 셋과 딸 하나 그리고 요절한 형님들이 남긴 조카들과 형수까지 대식구가 함께 살았다. 정읍현감으로 있을 때 거느리는 식솔들이 많으니 그만큼 공유물을 탐하지 않을까 하는 생각에서 말들이 많자, "내가 차라리 식구를 많이 데리고 온 죄를 입는 한이 있어도, 이 의지할 곳이 없는 것들을 돌보아 주지 않을 수 없다"며 형님의 유가족들을 돌보아 주었다.

그런데 정읍현감 시절인 7개월 간을 제외한 기간은 계속 변방의 전쟁터로 나가 있어야 했으니, 남편 대신 대식솔을 책임지는 일은 부인 방씨가 홀로 해야만 했다. 이순신의 강직한 성품으로 볼 때 나라에서 받은 녹 이외에는 다른 수입이 있을 수 없었을 것이니 그 고단함은 짐작하고도 남을 만하다.

그런 그의 아내가 병이 났다. 이순신도 보통사람들처럼 아내의 병세를 걱정하였음을 일기에 적었다. '앉았다 누웠다 하면서 잠을 이루지 못하고, 촛불을 켠 채 뒤척이며 지냈다. 이른 아침에 세수하고 조용히 앉아 아내의 병세가 어떤지 점을 쳐봤다'는 것이다.

요즘 남자들 같으면 아내가 아프다는 소식을 들으면 한달음에 달려 갔을텐데, 군무에 전념하였던 충무공이 할 수 있었던 것은 걱정하고 점쳐 보는 것이 아내사랑의 전부였던가 보다.

　나중에는 아내의 병세가 매우 위중하다는 소식을 듣고도 '나랏일이 중하니 어찌 다른 일에 생각이 미칠 수 있으랴. 세 아들 딸 하나가 어떻게 살아갈 것인가, 마음이 아프고 괴롭다'고 적고 있다. 아내의 생사가 위태로운데 아내를 잃는 슬픔보다는 아이들 걱정을 하고 있는 남편이었다. 부인 방씨의 외로운 삶을 짐작해 볼 수 있는 대목이다. 그러나 부인 방씨는 남편에 대한 무한한 신뢰와 존경을 지닌 현숙한 부인으로 유명하였다.

　오늘날에도 소위 나랏일을 한다는 이유로 동분서주하는 남편들 때문에 고생하는 아내들에게 부인 방씨의 이야기를 전하고 싶다. 부인 방씨를 닮으라는 뜻이 아니고, 영웅 뒤에는 이렇게 힘들고 외롭지만 부모님께 효도하고 자식을 잘 키워 낸 어진 아내가 있었기에 가능했다는 사실을 알고, 혹시 귀댁의 남편도 그러하다면 후대까지 남을 영웅이 될 인물일지 모르니 적극 도와주라는 뜻이다.

얼마전 어느 기업체 부설 경제연구소가 CEO 413명을 대상으로 설문 조사를 하였다. '오늘의 내가 있기까지 가장 힘이 되어 준 것은 무엇인가'라는 질문에 19.7%의 CEO가 '순망치한脣亡齒寒'을 들었다고 한다. 이는 '춘추좌전'에 나오는 사자성어로 '입술이 없으면 이가 시리다.' 즉, 입술과 이의 관계처럼 이가 아무리 중요한 역할을 해도 입술이 없으면 이가 시려 그 기능을 상실할 수밖에 없는 것처럼, 누군가 옆에서 도와주기 때문에 오늘의 자신이 있었다는 것이다. 그런 의미에서 나도 가끔은 아내의 손을 잡고 말해주고 싶다. "당신이 내 옆에 있기에 내 인생이 따뜻합니다"라고.

가장 귀한 것을 나라를 위해 바치다

이순신의 막내 아들은 의병으로 활동하다 죽었다. 막내 아들 면을 잃고 말로는 다 표현할 수 없는 아비의 심정을 난중일기에 통곡으로 적었다. 충무공도 얼마나 자식들을 사랑하고 귀하게 여겼다는 것을 알 수 있다. 그런 귀한 아들들을 전쟁터로 데리고 나갔다는 것은 철저한 자기희생 정신이 없다면 불가능한 일이다.

이순신은 임진왜란 7년간 주요 해전에 장남을 데리고 다녔다. 스무 살 된 아들을 적의 칼날에 잃고도 또 다른 아들과 함께 전쟁을 치뤘다. 이때 의병장 고경명도 아들과 함께 전장을 누비다 동반 전사했다. 원균마저도 칠천량해전에서 아들을 데리고 백병전을 벌이다 나란히 숨을 거뒀다. 이렇게 자신이 가진 가장 귀한 것을 나라에 바친 선인들이 있었기 때문에 조국은 굳건한 것이다.

또한, 우리는 임진왜란 당시 나라를 구한 위대한 분들의 이름을 기억해야만 한다. 자신의 사재를 몽땅 털어 의병을 조직하여 분연히 일어난 곽재우 장군, 승병을 일으켜 앞서 싸운 서산대사와 사명대사, 죽음으로써 저항한 진주성의 김시민 장군과 동래부사 송상현, 절체절명의 순간에 한

양 수복의 기회를 만들어 낸 권율 장군, 적장을 껴안고 죽음을 택한 의랑 논개등이 있었다. 공이 많고 적음을 떠나 자신의 하나밖에 없는 목숨을 바쳐 나라를 구한 분들이 계셨기에 오늘의 우리가 있는 것이다.

그런데, 현 정부 내각의 군 면제 비율은 24.1%로 나타났고, 장차관 손자들의 군 면제 비율이 무려 17.4%이며, 18대 국회의원 중 형 집행으로 면제된 사람이 9명, 장기대기로 면제된 이가 6명, 고령으로 면제된 사람은 5명, 질병으로 인한 면제는 23명 그리고 신장체중 부적합 및 생계곤란자 각 1명씩으로 무려 45명에 달한다.

면제 판정을 받을 당시의 사정이 어땠는지는 몰라도 국민의 3대 의무를 이행하지 않은 사람들이 어떻게 국민을 대표할 수 있는지에 대해 다시 생각해 봐야만 한다. 또한 그들을 선출한 국민들의 무개념도 문제가 있다는 생각이다.

공자는 군자는 '우환 憂患 의식'을 가져야 된다고 강조했다. 우환의식이란, 이웃과 사회를 걱정하며 내가 과연 무엇을 할 것인가를 고민하는 의식으로서, 자고이래로 지도자들의 사명감으로 여겨 온 덕목이다. 공자보다 130년 뒤의 맹자는 '종신지우 終身之憂'라고 표현했는데, 우환의식은 내 몸 다할 때까지 종신토록 잊지 말아야 할 근심이라는 것이다. 그 근심은 개인의 근심이 아니라 지도자로서 백성들을 위해 봉사하고 혼신을 다하는 근심이다.

국민을 위해 봉사하겠다고 나서는 위정자들이 병역미필을 어떻게 설명할 수 있을까. 자신들의 자식을 군대에 보내지 않으면서 어떻게 국방에 대해서 이야기할 수 있단 말인가. 물론 모두 그럴싸한 변명을 하겠지만, 나 혼자 잘 먹고 잘 살려면 절대로 리더가 되겠다고 나서서는 안 된다. 국가와 국민들을 위하여 평생을 멍에처럼 지고 가야 할 종신의 근심을 가지고 있는 사람만이 진정 손들고 나서야 한다.

구국의 일념으로 자존심을 버리다

    명량해전 이후 선조는 명나라에 원군을 요청하였다. 명나라에서는
수군 제독 진린 陳璘 을 파견하였다. 진린은 성질이 사납기로 유명하였고
이순신은 성질이 대쪽 같았기 때문에 조선 조정에서는 두 사람이 만나면
불협화음이 생길까봐 매우 불안해 했다고 한다. 그런데 이순신은 조선 함
대를 이끌고 수십 리 길을 마중나갔다. 그리고 저녁에 주안상을 차려 융
숭하게 대접하고 왜적의 수급 首級 수십 개를 진린에게 바쳤다. 이순신이
진린에게 바치는 뇌물인 셈이었다. 진린은 이순신 덕분에 전쟁도 치루지
않고 황제에게 조선에 오자마자 첫 승리를 거두었다는 승전보를 전할 수
있었다.

    충무공이 진린에게 눈앞의 체면이나 자존심을 버린 것은 자신이 '을'
이라는 사실을 명확히 인식한 것이었다. 나라를 구하기 위해서 진린장군
과 역할에 대한 협상을 명확히 하여 마찰이 없도록 하기 위한 지혜로운
선택이었다. 조선의 힘만으로는 도저히 일본군을 물리칠 수 없었기에 어
떻게든 비위를 맞춰서 일본군을 함께 물리쳐야 한다는 보다 큰 대의를 위
해 자존심을 과감하게 접어버린 것이다.

    나라를 위해서라면 철저한 을의 입장에서 비굴하게라도 협상하는 바
로 이런 점이야말로 충무공을 진심으로 존경할 수밖에 없는 진면목이 아
닌가 싶다. 공은 머리를 숙이고 체면을 버리는 것이 자존심을 잃는 것이
아니라, 나라를 잃는 것이야말로 자존심을 잃는 것이라는 것을 몸소 실천
하여 가르쳐 준 것이다.

    진린 제독은 이러한 장군의 인격에 감복해 자신의 부하들에게 장군
보다 한 발 자국도 앞서 걷지 말라고 엄명했다. 장군의 지시에 따르라는
뜻이다. 진린은 이순신을 가리켜 '천지를 주무르는 재주와 나라를 바로
잡는 공을 지닌 위인'이라고 칭송하고, 당의 황제에게 아뢰어 충무공에게

명의 도독인 都督印 을 내리게 하였다. 진린은 자신 앞에서 체면이나 자존심을 내세우지 않는 이순신을 경멸한 것이 아니라, 마음으로부터 감복하고 존경하였던 것이다.

孝를 忠으로 승화시키다

조선 시대의 오륜구도에서는 부자관계를 인간이 사랑으로 맺어진 기본적 관계로 보았으며 이를 아내, 형제, 이웃으로 확대하여 첫째는 자기완성, 둘째는 부모공양을 통하여, 셋째 사회안정에 기여하게 된다는 내용을 담고 있었다. 효의 자연스런 확대가 충에 이르는 것이며, 국가는 家의 확대이고 효자 없는 곳에는 충신이 있을 수 없다는 내용이다.

이름난 효자였던 충무공은 늘 어머니의 건강을 염려하며 소식을 기다렸다. 그는 1593년 5월 4일 일기에, '오늘은 어머니 생신이건만 적을 토벌하는 일 때문에 가서 축수의 술잔을 드리지 못하게 되니 평생 유감이다'라고 쓰고 있다. 충무공은 어머니에 대해 효성이 지극했던 것으로 유명하다. 이순신의 난중일기 속에는 어머니에 대한 효심이 곳곳에 배어 있다.

임진란이 일어났을 무렵 그의 어머니는 78세였다. 충무공도 50세를 넘었지만 늘 어머니를 그리워하고 문안을 드렸으며, 어머니의 소식만 듣고도 반가워하고 몇날만 소식이 끊겨도 걱정하였다. 갑오년 정월 12일 일기에는 다음과 같이 적혀 있다.

'하루 종일 노를 저어 밤중에 어머니를 찾아뵈니 백발이 부수수한 채 나를 보고 놀라 일어나 앉으시는데 기력이 흐려져 몇 날을 더 보존하시기가 어려울 지경이었다. 눈물을 머금고 서로 붙들고 앉아 그 마음을 즐겁게 풀어 드리기 위하여 장년의 시름을 잊고 소년의 모습으로 어머니를 위로하였다'라고 기록되어 있다. 이 같은 효성을 다하는 것도 잠시였다. 왜군들의 침범이 계속되자, 기력이 조금 회복된 어머니를 모셔두고 다시 임지로 떠날 수밖에 없었다.

1593년 삼도수군통제사가 되었을 무렵 노환의 어머니에게 효성을 다하지 못함을 안타깝게 생각하던 이순신은 어머니를 잠시 뵙고자 진주에 있던 도체찰사 이원익에게 휴가를 청하였다. "자식이 아침에 나가 돌아오지 않아도 어버이는 문 밖에서 기다린다고 하거늘 하물며 찾아뵙지 못한 지 3년이 지났으니 얼마나 안타까이 기다리시겠습니까? 요즘 인편에 들으니 노환이 날로 심하여 여생이 얼마 남지 않으신 것 같습니다. 죽기 전에 자식 얼굴을 다시 한번 보는 것이 소원이라고 하신답니다. 아, 다른 사람들이 들어도 눈물을 흘리겠거늘 자식된 심정이야 어찌 말로 다 표현할 수 있겠습니까?" 이처럼 어머니에 대한 충무공의 효성은 남달리 지극하였다.

4월 11일의 일기에는 이렇게 적혀 있다. '새벽 꿈이 몹시도 뒤숭숭하였다. 병드신 어머니를 생각하니 마음이 괴롭고 눈물이 흐른다'. 충무공은 종 순화를 보내어 어머니의 안부를 자세히 알아 오도록 하였다. 그때 충무공의 다른 가족은 고향에 있었지만 어머니만은 순천에 와 계시도록 해 두었다. 가까운 곳에 어머니를 모시고 자주 찾아 뵙기 위해서였다. 13일 아침 해정을 향하는 길에 종 순화가 "대부인께서는 고향 아산으로 돌아오시는 도중 별세하셨다 합니다"고 전하자 이순신은 통곡하였다. '불초자의 옥사 때문에 병환이 나시더니 기어이 돌아가셨구나…' 이순신은 슬픔과 원통한 마음을 가누지 못한 채 게바위라는 나룻터로 달려 나갔다. 영구를 실은 배가 이미 당도해 있었다. '자식된 도리로서 임종을 지키기는커녕 죄를 받아 옥중에 있었으니 불효를 더한 것이 아니옵니까?' 하고 통곡하며 영구를 모시고 고향에 이르니 이순신은 가슴이 더욱 메어 왔다.

그런데 다음날 4월 17일 금부서리 이수영이 곧 길을 떠나기를 재촉해 왔다. 어머니의 상중인데 선조로부터 수군통제사에 임명한다는 '기복수직교서'가 도착한 것이었다. 어머니의 장례도 치르지 못하고 임지로 떠나야 했다. 이순신은 종가 선묘에 고하고 비장한 마음으로 백의종군의 길에 올랐다. 이러한 광경을 본 이웃과 백성들은 군민 할 것 없이 통곡하며 이순신과 함께 슬픔을 같이하였다.

어머니에 대한 충무공의 이러한 효성은 나라에 대한 충성으로 이어졌고 위태로운 왜구의 침범 앞에서 목숨을 다하여 싸우고 장렬한 순국을 맞은 것도 부모에 대한 효성의 바탕이 있었기 때문이리라.

도시의 플라타너스가 된 나의 어머니

충무공의 난중일기를 읽고 있노라니 4년째 병석에 누워계시는 어머니의 생각에 절로 눈물이 흐른다. 새벽마다 정한수를 올리고 기도하셨던 나의 어머님은 지금은 24시간 하루종일 기도하고 계시는 모습이다.

가로변에 죽 늘어서 있는 플라타너스를 올려다본다. 스스로 사람의 길에 서 있고 싶어 하지 않았으련만, 사람들은 플라타너스에게 유난히 인색하게 대하는 듯하다. 도시청결이 우선인 사람들은 나무에 빗물 들어갈 틈만 남기고 바닥을 콘크리트와 쇠창살로 에워싸 버렸다. 그럼에도 불구하고, 척박한 아스팔트 틈바구니에서도 굳건하게 뿌리를 내리고 무성하게 잎을 키운다.

찬비 내리고 매서운 바람이 거리를 휘젓고 달리기 시작하면 나무는 하나하나 잎을 떨어뜨려 내며 막바지 겨울 채비를 한다. 어쩌면 겨울 식량이었을 낙엽마저 사람들이 몽땅 쓸어가 버린다는 것을 눈치채서였을까. 나무는 마지막 몇 장의 잎은 차마 떨어뜨리지 못하고 가지에 매단 채 겨울을 난다. 겨울 동안 사람들은, 나무 나름의 스타일은 깡그리 무시한 채 가지를 닥치는 대로 뭉툭 뭉툭 잘라버렸다. 검버섯처럼 얼룩얼룩한 얼굴과 뭉툭하게 가지를 잘린 채 죽은 듯이 늘어서서 겨울을 나는 그 나무를 보면서, 병석에 4년째 누워 계시는 어머니와 비슷한 모습을 느꼈다. 아니 어쩌면 내 자신 같다는 생각이 들었다.

내가 도로변의 플라타너스를 유심히 보기 시작한 것은 지난 겨울부터였다. 무심코 올려다본 겨울풍경 속의 플라타너스에는 두세 장의 마른 잎이 아슬아슬하게 매달려 있었다.

어머니는 플라타너스 마냥 원래의 얼굴과는 많이 다른 모습으로 힘겹게 생명줄을 붙들고 계신다. 해와 달이 뜨고 지고, 꽃이 피고 열매 맺으며 계절은 어김없이 순환하고 있는데, 어머니는 동면하듯이 밤, 밤, 밤으로 이어지는 나날로 겨울을 다섯 번째 맞이하셨다. 혼자서는 식사를 하거나 움직일 수도 없다. 그저 하루 종일 깊은 잠에 빠져 있는 어머니를 사람들은 식물인간 상태라고 하였다. 그래도 꽃과 나무가 사람에게 말을 걸어오듯이 어머니는 미세한 표정변화와 떨림을 전한다. 조금만 반응을 보여도 우리는 어머니가 우리를 알아보는 거라고 좋아하지만, 의사 선생님은 냉정하게 일축해 버렸다. 그냥 생물학적인 반응일 뿐 인지기능을 완전히 상실하였기 때문에 감정표현이 아니라고….

2007년 12월 7일, 그날은 강원도 KBS 춘천 방송국에서 다섯 시간 동안 강원도 해양수산자원 보존과 발전방안에 대한 생방송에 참여했었다. 당시 대선후보였던 정동영의 선거운동을 하기 위해 일부러 잡았던 일정이었다. 그런데 그 시간, 시골 집 앞길을 걸으시던 어머니를 운전 미숙한 여성의 차에 사고를 당하셨다. 그 정황을 목격한 사람은 없지만 현장은 처참했다. 소식을 듣고 달려간 아버지께 가해자인 중년의 그 여인은 오히려 화를 냈다고 한다.

응급실 의사는 48시간을 견디기 힘들 거라고 했다. 아버님은 황망한 속에서 장례준비를 하셨지만, 우리 자식들은 남은 48시간을 장례식 준비가 아닌 어머니를 살릴 수 있는 최선의 시간으로 만들자는 데 합의했고, 천리 길을 달려 연대 세브란스 병원으로 이송했다. 온몸이 바스라지다시피 했는 데도 현대 의학의 힘은 위대했다.

평생 한 번도 병원에 입원해 본 적이 없는 강인한 체력과 하루도 쉬지 않고 새벽기도를 올리셨던 강인한 정신력의 소유자셨던 어머니는 수차례의 수술과 여러 번의 위험한 고비를 극복해 내셨다.

지난해 우리나라 최초로 존엄사 대상 논란이 되었던 '김 할머니'와 어머니는 소위 식물인간 상태로 세브란스에 같이 계셨다. 그분은 특별한 외상 없이도 산소마스크를 낀 채 꼼짝 못하고 중환자실에 계셨지만, 어머니는 온몸에 상처투성이인 채로 관을 주렁주렁 달고 뇌신경외과로 심장병동으로, 재활병동으로 옮겨 다니면서 생사를 넘나들며 치료를 받으셨다.

지금 김 할머니는 고인이 되셨지만, 우리 어머니는 비록 머리에는 뇌수를 조절하는 관, 목에는 호흡을 돕는 관, 위에는 식사와 약을 주입하는 관이 붙어 있지만 자가호흡을 하신다.

큰 병원에 계속 입원할 수 있으면 안심이련만, 보험제도상 응급상황을 넘기면 재활병원으로 옮겨야만 된다. 주무신 듯하지만, 재활치료용 여러 가지 운동기구와 자전거를 능숙하게 타시고, 마사지하는 손길을 느끼는 표정도 지으신다. 그렇다고 해서 맘을 놓을 수 있는 상황은 아니다. 유동식만 드시면서도 맹장염에 걸리고 겨울이면 폐렴도 걸린다. 수시로 관도 교체해 줘야 하고 진찰도 받아야 된다. 어머니 간호 총괄책임자인 나는, 그때마다 큰 병원으로 긴급 후송하고 한 고비를 넘길 때까지 비상체제에 들어간다.

이렇게 기막힌 시간들을 보내고 있지만, 우리는 어머니가 살아 계신다는 것만으로도 감사한다. 교통사고를 낸 사람들로부터 단돈 1원의 위자료도 받지 않았고, 정식으로 사과를 받지도 못하였다. 딱 한번 응급실에서 보았을 뿐, 아직까지 단 한 차례도 서로 이에 대한 언급을 하지 않았다. 그 사람들을 원망하기에 앞서 어머니를 살리는 것이 너무 급했기 때문에 그들은 우리의 관심대상이 아니었다. 그들을 원망할 시간에 우리는 간절하게 기도를 올렸었다.

이제 시간이 흐른 지금, 이미 용서는 우리의 몫이 아니다. 사람의 도리를 강요할 수 없는 것이고 법이 못한 부분은 양심이 대신 할 것이기 때문이다. 가해자 차량은 종합보험을 들지 않았다. 다행히 우리 5남매와 아버지까지 자동차 보험계약이 가족의 사고에도 전액 보상을 받을 수 있는 보험이어서 돌아가면서 병원비 지원을 받으니 얼마나 감사한 일인지 모른다. 우리 자식들은 아직도 따사로운 어머니의 체온을 느낄 수 있고, 언제든지 달려가 얼굴을 볼 수 있는 것만으로도 감사한다.

그렇게도 오지 않을 것만 같던 봄이 어느 날 우리 곁에 와서 만물을 소생시키듯이, 어머니의 길고 긴 겨울도 언젠가는 끝날 것이다. 알 수 없는 심연 속에서 동면하듯이 깊은 잠에 취해 있는 듯 보이지만, 어느 날 마법이 풀리듯 기지개를 켜며 툭툭 털고 일어나실 거라는 희망을 가지고 어머니의 겨울나기를 지켜보고 있다.

플라타너스가 온종일 하늘 향해 경배하듯이, 두 팔을 올려놓으면 올려놓은 대로 마주 잡아주면 마주 잡은 대로 하루 종일 그렇게 계시는 우리 어머니. 나는 어머니께서 눈을 감고 자식들을 위한 기도를 올리고 계신다고 생각한다. 그 기도에 가장 많이 들어갈 이 아들이 함께 손을 마주 잡고 기도를 올린다.

절망을 이겨낸
의로운 힘

환경이 나쁘다고 원망하지 마라

이순신은 덕수 이씨 12대 손이다. 그의 시조인 이돈수 李敦守 는 고려 중엽 고종 때 신호위 중랑장 神虎衛 中郎將 의 벼슬을 지냈다. 7대조인 이변 李邊 은 영중추부사 홍문관 대제학을 지냈다. 그러나 이순신의 조부 이백록 李百祿 은 조광조 등의 사림과 교류하다가 기묘사화 己卯士禍 에 연루돼 고난을 겪으면서 집안이 몰락하다시피 하였다. 이로 인해서 아버지 이정 李貞 은 하급 무관직인 병절교위 秉節校尉 를 지낸 바 있지만, 평생을 백면서 생 白面書生 으로 지냈다고 한다.

1545년 4월 28일 이순신은 아버지 이정 李貞 과 어머니 초계 변씨 卞 氏 의 셋째 아들로 태어났다. 이순신의 형제들은 희신 羲臣 , 요신 堯臣 , 순 신 舜臣 , 우신 禹臣 으로 4형제였다. 그가 태어날 무렵 이미 가세가 크게 기 울어 있어 어린 시절은 한양 건천동(서울 인현동)에서 자랐으나 가난 때문 에 청소년기는 외가인 아산에서 성장하였다.

이순신의 어린 시절을 확인할 수 있는 문헌은 찾지 못하였다. 그러나 조선시대에는 한때는 명문가였더라도, 대역죄를 지었거나 3대에 걸쳐 일 정벼슬을 지낸 이가 없으면 제대로 된 양반대접을 받을 수가 없었다. 그런 데 이순신의 조부가 역적이었고 아버지는 이렇다 할 벼슬을 지낸 바 없는 몰락한 가문의 후손으로 태어나 여러 형제들과 함께 성장했고, 가난 때문에 외가에서 자랄 수밖에 없었다면 무척 힘든 생활이었으리라 짐작할 수 있다.

이처럼 신분제도가 엄격했던 그 옛날에도 이순신은 환경에 굴하지 않고 훌륭하게 성장하여 나라를 구한 역사적인 인물이 되었다. 그래서 우리 청소년들에게 이순신은 귀감이 되는 위인으로 추천함에 손색이 없는 것이다.

조상이 높은 벼슬을 지냈다는 것은 가문의 자긍심이다. 이런 가문의 후손일수록 자신이 가문에서 가장 못난이가 되어서는 안 된다는 것을 일깨워 주어야 한다. 그리고 자신도 후손들의 선조가 된다는 것을 알려주어 행실을 바로 할 수 있도록 가르쳐야 한다. 내세울 것이 없는 가문이라면, 지금부터라도 가문을 바로 세울 수 있는 기둥이 되도록 유도하는 것도 자녀들의 목표와 열정을 키우는 한 방법이다.

현대에 있어 양반의 기준은 무엇일까. 전통적인 신분제도는 갑오개혁, 갑오경장이라고 불리는 구한말 일본의 강요에 의해 고종이 폐지하였지만, 내부적으로는 신분제도의 의식은 계속 잔존해 있었다. 그러나 6·25 전쟁은 생과 사의 갈림길에서 기존의 가치관에 대변혁이 일어났다. 우선 살아남는 게 중요한 시기였다. 유신정권 이후 경제성장이 가속화되면서 농촌사회의 기반이 무너지고 산업화와 도시화로 마침내 신분제도는 구시대의 유물이 되었으며, 양반 운운하는 것 자체가 불필요하게 되었다.

그러나 최근 들어 천민자본주의라고도 하는 황금만능주의적 사고가 팽배해지면서 '돈'으로 신분을 규정짓는 사례들이 나타나고 있다. 심지어

주소지가 '현대판 호패제도' 역할을 하고 있는데, 요즘 사람들은 처음 대면하는 자리에서 "어디 사느냐"고 묻고 그 대답으로서 상대의 신분과 수준을 한눈에 파악한다고 한다는 것이다.

시절 인심이 그렇다고 해서, 돈이 모든 것을 결정짓는 것은 아니라는 것을 자녀들에게 주지시켜 주어야 한다. 설령 현 시대가 돈의 위력이 강력하다고 해도 조선시대의 신분제도만큼이나 인생을 좌지우지하지는 않는다. 대한민국은 민주국가이고 국민은 모두 독립적인 자유인이기에 기회는 평등하며, 자신의 노력과 의지가 우선이라는 올바른 가치관을 가질 수 있도록 지도해야 한다.

조상이 높은 벼슬을 지냈다는 이유나 현재 부모가 많은 돈을 가진 것보다는 오히려 국가와 민족을 위하여 희생한 독립운동가 집안이나 훌륭한 학자를 배출한 집안임을 자랑으로 삼아야 한다.

이런 점에서 파성 설창수가 쓴 의랑 논개의 비문은 시사성을 제공한다. 논개는 비록 기생의 몸이었으나 왜장을 안고 푸른 바닷물에 뛰어들어 꽃잎처럼 졌다. 충절을 지키려는 그 의지와 행실이야말로 권세 높은 왕이나 썩은 벼슬아치들보다 훨씬 값진 것이며, 민족의 가슴에 영원히 살아있는 위대한 민족혼임을 강조하고 있다.

'의랑 논개의 비'

하나인 것이 동시에 둘일 수 없는 것이면서
민족의 가슴팍에 살아 있는 논개의 이름은 백도 천도 만도 넘는다.
마지막 그 시간까지 원수와 더불어 노래하며 춤췄고
그를 껴안고 죽어 간 입술은 앵두보다 붉고
서리 맺힌 눈썹이 반달보다 고왔던 것은
한갓 기생으로서가 아니라

민족의 가슴에 영원토록 남을 처녀의 자태였으며
만 사람의 노래와 춤으로 보답받을 위대한 여왕으로 서다.

민족 역사의 산과 들에 높고 낮은 권세의 왕들 무덤이
오늘날 우리와 상관이 없으면서
한 줄기 푸른 물과 한 덩이 하얀 바위가
삼백 예순 해를 지날수록
민족의 가슴 깊이 한결 푸르고 고운 까닭이란
그를 사랑하고 숭모하는 뜻이다.

썩은 벼슬아치들이 외람되이 높은 자리를 차지하여
민족을 고달피고 나라를 망친 허물과
표독한 오랑캐의 무리가 어진 민족을 노략하므로
식어진 어미의 젖꼭지에 매달려 애기들을 울린 저주를 넘어
죽어서 오히려 사는 이치와
하나를 바쳐 모두를 얻는 도리를 증명한 그를 보면 그만이다.

피란 매양 물보다 진한 것이 아니어
무고히 흘려진 그 옛날 민족의 피는
어즈버 진양성 터에 풀 거름이 되고 말아도
불로한 처녀 논개의 푸른 머리카락을 빗겨
남가람이 천추로 푸르러 굽이치며 흐름을 보라.

애오라지 민족의 처녀에게 드리고픈
민족의 사랑만은 강물따라 흐르는 것이 아니기에,
아아 어느 날 조국의 다사로운 금잔디 밭으로
물 옷 벗어 들고 거닐어 오실 당신을 위하여
여기에 비를 하나 세운다.

바라는 바가 이루어지지 않는다고 실망하지 마라

이순신은 첫 시험에서 낙방하고 21살에 결혼해 22살부터 무예를 익혀, 28살 때 무과시험을 쳤으나 마지막 시험인 말 타기를 하다 불행히도 말이 그만 발을 헛디뎌 낙마하는 바람에 어이없게도 낙방했다. 4년 후 다시 무과에 도전한 이순신은 4등에 해당하는 병과 丙科 로 합격한다. 이때가 32살이었으니 10년 이상을 도전한 셈이다.

무과에 합격하고도 이순신은 14년 동안 변방오지의 말단 수비 장교로 돌았다. 32살에 종 9품 권관을 시작으로 하여 봉사(종8품) → 군관(종8품) → 만호(종4품) → 봉사(종8품) → 군관(종8품) → 권관(종8품) → 주부(종6품) → 만호(종4품) → 현감(종5품) →군수(종4품) → 첨사(종3품) 등을 거쳐 가까스로 관운이 열려 정3품의 무관직 전라 좌수사가 되었다. 이어 2년 6개월 만에 종2품의 최초 삼도수군통제사가 되었다.

이순신의 보직을 보면 함경도, 충청도, 전라도 등 외관을 전전하였다. 그 와중에도 임금의 오해와 의심으로 모든 공을 뺏긴 채 옥살이를 하거나 모함을 받아 두 번이나 백의종군 길에 올라야만 했다.

무과에 급제한 1576년 그해 겨울 이순신이 제수받은 첫 관직은 함경도였다. 이어 35세 봄에 훈련원봉사가 되고, 그해 겨울에는 충청병사군관이 되었다. 이순신이 수군과 처음 인연을 맺은 것은 36세 때 전라도 발포수군만호를 제수받은 때였다. 그러나 38세 때 군기경차관으로부터 모략을 받아 파직을 당하고 다시 훈련원에서 일을 보다가 39세 때 함경도 남병사 이용의 군관으로 있게 되었으며 그해 겨울(1583년) 함경도 건원보권관이 되고 이어 훈련원참군으로 승진했다. 비로소 번듯한 보직은 전라도 정읍현감 7개월이었으며, 이후 진도군수로 임명되었고, 승진하여 지금의 완도인 가리포 수군첨절제사로 전직되었다가 부임하기 전에 또 한 번 승진하여 마침내 전라좌도 수군절도사가 되었다.

이순신은 왜란이 일어나기 불과 1년 2개월 전에 전라좌도수군절도사가 되어 스물세 번 싸워 스물세 번 이겼다. 마침내 왜란이 끝나는 해전에서 세상을 떠났으니 일본의 침략으로부터 나라를 구하라고 하늘이 보낸 인물이라 하지 않을 수 없다.

조정은 이러한 이순신의 공적을 기려 난이 끝난 그해 12월 4일 이순신을 우의정에 봉했으며 그 후 6년이 지나 다시 좌의정을 추증하고 덕풍부원군에 봉함과 동시 선무 1등 공신으로 추대하였다. 그리고 돌아가신 지 45년이 되는 인조21년에는 '忠武'라는 시효를 내렸으며 사후 175년이 되는 정조 17년에는 영의정에 증직되었다. 이를 보면 조정은 물론이요 일반 백성들도 대를 이어 이순신을 추모하는 마음이 간절했음을 알 수 있다.

맹자는 큰 인물들은 밑바닥의 쓰라린 환경에서 태어나 처절한 고생을 하는 경우가 많다 하였다.

天將降大任於斯人也 하늘이 장차 그 사람에게 큰일을 맡기려고 하면
必先勞其心志 반드시 먼저 그 마음과 뜻을 괴롭게 하고
苦其筋骨 근육과 뼈를 깎는 고통을 주고
餓其體膚 몸을 굶주리게 하고
窮乏其身行 그 생활은 빈곤에 빠뜨리고,
拂亂其所爲 하는 일마다 어지럽게 한다
是故 動心忍性 그 이유는 마음을 흔들어 참을성을 기르게 하기 위함이며
增益其所不能 지금까지 할 수 없었던 일을 할 수 있게 하기 위함이다

일이 잘 안 풀리고 시련이 많은 것은 하늘이 그 사람을 귀하게 쓰려고 한다는 말은 시련기에 있는 사람에게 참으로 위로가 되는 말이다. 그래서 지도자의 내공은 피와 땀과 눈물, 이 세 가지를 얼마나 흘렸는가에 따라서 달라진다고 하는 모양이다.

신체조건 때문에 포기하지 마라

이순신은 평생 동안 고질적인 위장병과 전염병으로 고통받았으나 병마에 지지 않는 강인한 정신력의 소유자였다. 우리는 그를 통하여 외부적 조건이나 신체적 조건보다는 의지와 열정이 더 중요하다는 것을 알 수 있다.

이순신은 무관이었지만 7년 동안의 전쟁 중에도 세세하게 기록하여 우리에게 귀한 정보를 제공한 국보 제76호인 '난중일기'를 쓴 인문학적 통찰력을 갖춘 분이었으며, '칼찬 시인'이자 '선비 장수'였다. 또, 우리나라 역사 인물 가운데 두뇌 활용능력이 가장 높은 '한국인 브레인 파워' 1위로 이순신이 선정된 바 있다는 한 매체의 조사 결과도 있었다.

장군의 54년 간의 일생을 볼 때, 초기 32년은 수학과 수련의 시기였고, 22년을 공직자로서 봉사하였다. 22년 중에서도 15년의 세월은 고행의 기간이요, 정의를 실천하는 과정에서 겪은 시련의 기간이기도 했지만, 나라를 구한 위대한 시간이었다.

이순신의 과거 등용과정을 통하여 오늘날의 청소년들과 청년들이 그의 불굴의 의지를 배워야 한다는 생각이다. 부모들도 마찬가지이다. 모든 사람이 신체조건이나 지능지수가 같을 수 없다. 우리 조상들은 대추나무에 대추를 많이 열리게 하려면, 대추나무에 염소를 묶어 괴롭히거나 나무를 자주 두들겨 주라고 한다. 그래야만 대추나무가 긴장하여 본능적으로 대추를 많이 열어 자손을 번식시키려는 필사적인 노력을 하게 된다는 것이다. 내 자녀가 대추나무처럼 단단해지라고 신이 주신 시련이라고 생각하며, 자녀가 지금 당장 경쟁에서 이기기보다는 가장 잘하는 것이 무엇인지를 파악하여 지켜봐주고 응원해 줄 수 있어야 한다. 우리는 자신이 얼마나 소중한 존재이며 어떤 절망 앞에서도 포기하지 않는 삶이 이 또한 얼마나 가치 있는 것인지 일깨워 줘야 한다.

인생은 속도가 아니라 방향이 중요하다

우리나라 부모들은 자녀교육에 있어서만은 투자를 아끼지 않는다. 우스갯소리로 자녀를 좋은 학교에 보내려면, 어머니의 정보력에 아버지의 이해심 그리고 할아버지의 경제력이 있어야만 한다고 한다. 그런 사회 풍토 속에서 초등학생부터 취업지망생까지 새로운 진입장벽을 뚫기 위하여 혼신의 노력을 기울인다. 그럼에도 불구하고 모든 학생들이 자신이 바라는 학교에 진학하기는 어렵다. 그런 과정에서 자신감을 잃게 되면 좌절하게 된다.

인생은 남과의 경쟁이 아니라 자신과의 경쟁을 시작할 때에 비로소 철이 든다. 나와 친형제처럼 지내는 B형의 외아들은 훤칠한 키와 준수한 외모에 각종 운동과 힙합댄스는 물론 컴퓨터게임에 이르기까지 노는 것은 타의 추종을 불허하는 끼 많은 아이였다. 그러다보니 고등학교 때까지는 공부하고는 아예 담을 쌓고 사는 듯 했다.

대학진학은 생각하기 힘든 최하위권의 성적으로 겨우 고등학교를 마치고 군에 입대했다. 그런데 의장대 선발시험에 기대 없이 응시하였는데 합격한 것이다. 이 아이가 처음으로 시험을 통하여 원하는 것을 얻게 되는 경험을 한 후, 지금까지 놀 만큼 충분히 놀았으니 공부해서 대학을 가보겠다는 결심을 하였다.

군 생활 틈틈이 영어와 수학을 중1학년 과정부터 독학하였다. 공부에 재미가 붙자 학습속도에 가속도가 붙었다. 제대 후 부산외국어대의 레저스포츠학과에 합격하게 되었다. 이후 부산대 유아교육과에 편입하였고, 다시 자신감이 붙자 경북대학교 법학과에 편입하여 졸업하였다.

그리고 올해는 로스쿨에 입학하겠다고 준비하고 있다. 그는 현재 28살의 청년이다. 긴 여정을 돌아 자신이 하고 싶은 길을 찾는데 오랜 시간이 걸린 것 같지만, 그 기간 동안 대학을 졸업하고, 육군만기 제대를 하였으니 그렇게 늦은 편이 아니다. 오히려 남보다 많은 스펙을 쌓았고 재주도 많아서 주변사람들에게 인기도 많다. 주변 사람들은 그의 계속된 성공을 기대하며 지켜보고 있다. 그러면서 이구동성으로 "저 애는 반드시 성공할 것이다"라고 말한다. 본인도 "예, 제가 반드시 해내겠습니다"고 대답한다.

사람은 마음먹기에 따라서 얼마든지 변할 수 있다. 작은 애벌레가 고치를 만드는 과정을 거쳐 아름다운 나비가 되어 비상하는 것을 보는 기쁨처럼, 이렇게 거의 무에서 하나하나 이뤄가는 아이들의 모습을 지켜보는 것도 어른의 기쁨이다. 인생은 길이가 아니라 삶의 질이 더 중요하며, 인생은 속도가 아니라 방향이 중요하다는 것을 새삼 느끼게 해준다.

이순신의
위기관리 리더십

리더로서의 자질

'이순신은 위대한 리더였다'는 데에 반박할 사람은 거의 없을 것이다. 단순히 리더십이론을 적용하면 그의 리더십의 원천을 연구 분석하여 그 비결을 찾을 수 있다면 제2, 제3의 이순신을 육성할 수 있다는 논리를 펼 수 있다. 문제는 리더십이론이 리더십연구자 숫자만큼이나 많기 때문에 그것은 하나의 학자들의 낭만에 불과하다.

리더십의 특성이 하늘로부터 부여받은 특별한 카리스마나 우수한 형질일 수도 있고, 그렇게밖에 할 수 없었던 상황이나 시대적 요구에 따라 발현된 것일 수도 있으며 그 모든 것이 종합되어 나타난다고 볼 수 있다. 다행히 이순신은 모든 것을 기록으로 남겼다. 그 기록과 역사적 특징을 통하여 위기상황을 어떻게 극복할 수 있었는지를 정리함으로써 살펴볼 수 있을 것이다.

다음은 리더십 연구가들이 리더십측정 시 흔히 쓰는 10가지 항목이다.

- 비전을 가지고 있는 리더인가?
- 자신과 타인에게 신뢰를 주는 리더인가?
- 의사소통을 통해 구성원의 기대를 모으는 리더인가?
- 조직의 가치관을 솔선수범하는 리더인가?
- 결단성과 용기를 보이는 리더인가?
- 현 상태를 변화시키려고 노력하는가?
- 호감을 얻는 원인은 무엇인가?
- 전문성이 있는가?
- 행동 기준이 무엇인가?
- 환경에 대한 민감성이 있는가?

이순신의 리더로서 자질을 하나하나 대입해 본 결과 고개를 끄덕거리 수밖에 없었다. 그는 리더로서 완벽한 자질을 갖추었던 것이다. 리더의 자질과 덕목은 구성원들을 동기부여시킬 수 있는 능력이며 자발적 추종의 원동력이 된다.

나는 장군으로서 그리고 인간으로서 이순신을 탐구하면서 과연 불세출의 영웅이자 훌륭한 리더였다는 점을 확신할 수 있었다. 또한 어떤 특정한 리더십 유형으로 분류하기 힘든 복합적이고 다양한 리더십을 발휘한 최고의 전략전술가였다. 굳이 한마디로 그의 리더십유형을 정의해야 한다면 '위기관리 리더십'이라고 명명해야 할 것이다. 그가 가진 충효정신이나 감수성, 불의와 타협하지 않는 정의감 그리고 불굴의 신념과 따뜻한 인간애와 같은 것은 타고난 자질이 위기상황을 맞이하여 어떻게 발현되었는지를 살펴본다면 실의에 처한 사람들에게 고난극복에 대한 단초를 제공할 수 있을 것이다.

본분을 잊지 않는 리더

세상 모든 것에는 고유의 본분이 있다. 그러므로 각자의 직분에 따라 그에 맞는 정도를 지켜야만 세상이 제대로 돌아간다. 그런 취지에서 이순신은 철두철미하게 본인의 본분을 지키려고 노력하였던 사람이다. 신하로서, 그리고 군인으로서, 목민관으로서 자신이 해야 할 일과 책임을 져야 할 일이 무엇인지를 명확히 알고 있었으며 또한 상황판단과 미래를 예측하는 능력이 뛰어났다. 본분을 지키려는 강한 의지는 그에 따르는 시련이나 사사로운 이해불리를 상관하지 않았다.

그는 왜군이라는 주적과 정치라는 잠재적인 내부의 적들에 둘러싸여 있었다. 전투에 승리하면 할수록 정치적 생명은 물론 생물학적 생명이 점점 더 단축되는 모순 속에서 이미 생과 사를 초월했던 것이다. 파도처럼 밀려드는 적과 수많은 죽음 앞에서 생은 무의미하였으며 '살 길과 죽을 길이 다르지 않다'는 것을 깨달았던 것이다.

진중생활을 하는 동안 무서운 열병에 걸려서 주위 사람을 알아볼 수 없을 정도에 이르렀을 때도 군관들이 누워서 휴식하기를 권하자, "장수된 자가 죽지 않았으니, 눕는다는 것은 있을 수 없다"며 억지로 앉아서 12일 동안이나 지탱했다.

또한 전란에 대비한다는 뜻에서 '7년 동안 띠(전대)를 풀지 않았다'는 이야기가 있다. 그만큼 경계를 늦추지 않았다는 말이다. 공의 그 같은 정신력은 하루아침에 생긴 것이 아니라, 끊임없이 다져온 자신의 믿음, 즉 확고한 신념에서 생긴 것이며 또 자기 자신에게는 매우 엄격했다. 직위가 박탈되어도 청탁을 하지 않았다. 그러기에 어떤 난관에 부딪쳐도 정의를 실천하는 무서운 신념으로 헤쳐나갈 수 있었던 것이다.

충무공에게 오직 생의 의미와 존재의 의미는 바다를 지키는 일일 뿐이었던 것이다. 정치적 모략 속에서 한 사람의 정치인으로서 시시비비를 가리려고 했었다면 성웅 이순신은 존재할 수 없었을 것이다. 사심 없는 충의忠義로 온몸을 던졌기에 시공時空을 초월하여 영원히 살아남을 수 있었다고 생각된다.

공적 정의를 중시하는 리더

2010년 우리나라는 미국의 정치철학자 마이클 샌델 Michael J. Sandel 의 '정의란 무엇인가'에 온통 빠져들었다. 마이클 샌델은 사회가 정의로운지 묻는 것은, 우리가 소중히 여기는 것들, 이를테면 소득과 부, 의무와 권리, 권력과 기회, 공직과 영광 등을 어떻게 분배하는지 묻는 것이라고 하면서, 자신의 프레임과 프리즘으로 우리 사회를 해석하여 설명하는 강의를 하였다.

그동안 한국에는 '정의'를 설명할 수 있는 철학자가 없었던 것도 아니었으면서도 그토록 샌델의 이론과 강의에 열광하였던 이유는 무엇이었을까. 어쩌면 우리 스스로 이론과 실제가 맞지 않는 사회, 가치관이 혼란된 사회를 자각하면서 외부의 시각으로 한국 사회를 들여다 보고 싶어했던 국민정서의 반영이 아니었을까 싶다.

충무공은 일생 동안 공적정의를 실천하는 모범 공직자의 모습을 보여 주었다. 항상 '정正과 부정不正' 그리고 '의義와 불의不義'가 무엇인가를 생각하면서 행동한 수양인修養人이었다. 공은 정의를 실천함에 있어서 자기 한 몸의 안락이나 영화를 생각하지 않았기 때문에 최악의 상황에서도 회피나, 낙심, 중단이나, 포기도 없이 오직 지혜와 용기와 신념으로 이겨 나갔던 것이다. 이순신이 모함을 입어 감옥에 갇혔을 때에도 주위 사람들이 "뇌물을 바치면 살 수 있다"고 했지만 듣지 않고 오히려 그 말을 꺼낸 사람에게 더 꾸짖었다.

'난중일기'에 의하면 이순신은 자신의 지휘권 밖에 있는 군관이나 지방수령들의 무능과 비리, 토색질, 전투기피증, 군수물자의 유용, 징모부정, 적전근무이탈을 임금에게 알리는 일을 주저하지 않았으며, 한심한 관리들을 처벌하여 달라고 요청하였다. 자신의 주장에 대하여 전혀 정치적 두려움을 갖지 않았다.

또 한번은 발포만호로 있을 때, 좌수사가 객사 뜰 안에 있는 오동나무를 베어다가 거문고를 만들겠다고 했다. 그러자 이순신은 "이 나무는 나라의 물건입니다" 하며 한 마디로 거절했다. 말하자면 공물 公物 과 사물 私物 은 반드시 엄격히 구별해야 한다는 의연한 태도를 보여 준 것이었다.

또 훈련원에 있을 때 정승 유전이 이순신에게 좋은 전통 箭筒 이 있음을 알고 그것을 자기에게 주기를 요청한 일이 있었다. "드리기는 어렵지 않으나, …하찮은 전통으로 말미암아 대감과 소인이 함께 좋지 않은 누명을 받게 될 것이니, 그게 미안합니다"라고 하였는데 이처럼 이순신은 윗사람에게 아부하지 않는 청렴한 성품을 지니고 있었음을 알 수 있다.

나라를 위해 언제나 작은 정의일지라도 그것을 실천하는 정신이 투철하였기에 조그마한 일이라도 옳은 일에 있어서는 자신의 소신을 굽히지 않았으며, 어떤 경우에라도 바르게 살려고 하였던 것이다. 특히, 1594년 8월 30일자 일기에는 '나랏일이 여기까지 이르렀으니 다른 일에는 생각이 미칠 수 없다'고 하며 가족에 대한 걱정을 하였어도 국사 國事 와 사사 私事 의 경중을 확실히 했던 것이다.

원칙중심 리더

리더십의 대가인 스티븐 코비 Stephen R. Covey 가 주장한 원칙중심 리더십 Principle Centered Leadership 이 있다. '원칙중심의 리더'란 요행수를 바라지 않고 자연법칙에 따라 뿌린 만큼 거두는 농부의 성품을 갖춘 인물을 뜻한다고 설명한다. 리더는 자신의 임무를 수행할 때 원칙을 위하여 일반적으로 중시되는 이익, 정책, 이미지, 기술까지도 버릴 수 있어야 한다는 말이다.

이런 점에서 이순신은 원칙을 준수하는 한결같은 지휘관이었다. 군율을 어기거나 적전초소이탈, 정보유출, 투항미수, 부녀자 강간, 영내절도, 군수물자 횡령, 작전명령에 불복종, 공문서 위조 및 유언비어 유포, 허위보고자들은 목을 베고 가두거나 태형으로 다스렸다. 전투에서 도망친 군사는 고향의 은신처까지 사람을 보내 기어코 목을 베었다.

잘못된 부하에게는 냉정하게 대하였으나 무자비한 지휘관은 아니었다. 그의 병사나 동료, 궁핍한 백성들에 대한 기록으로는 "아침에 옷 없는 군사 17명에게 옷을 주고는 여벌로 한 벌씩을 더 주었다. 하루 내내 바람이 험하게 불었다"고 썼고, 백의종군 길에 올랐던 1597년 5월 13일에는 "이중익이 군색한 말을 많이 하므로 옷을 벗어 주었다" 하는 등의 기록이 있다.

사람을 대할 때 차별을 두지 않았으며, 시간과 장소에 따라 그 원칙이 변하지도 않았다. 지휘관으로서 원리원칙에 따라서 부하들을 대하였고, 자신에게도 엄중하였다. 신상필벌의 원칙으로 위기 상황의 조직을 관리하고, 공을 세운 사람은 반드시 상을 받게 해 사기진작에 힘썼다. 도망병이나 물자를 빼돌린 이들은 가차 없이 처벌했고, 때로는 효수도 마다하지 않았다.

그는 전쟁터의 군인이라는 본분을 잊어서는 안 됨을 강조하였다. 그는 끊임없이 자기반성하는 리더였다. 자기반성을 통해 신뢰를 쌓아가고 자기 스스로에게 부끄러움이 없도록 늘 신뢰어린 행동만을 했다. 리더가 신뢰를 잃어버리면 그 조직체는 절망스럽다. 그는 신뢰자본信賴資本 그 자체였다.

신뢰관계는 장기적인 거래를 통해서 이루어진다. 물질적인 거래 또는 마음이나 정신과 같은 비물질적인 거래를 통하여 확인한다. 그리고 상대의 반복적인 행동방식과 언행을 통해서 쌓이게 된다. 신뢰관계는 존고자명 存古自明, 오랜 시간이 흐르면 스스로 빛을 내게 되어 결국 재화와 같은 역할을 하게 된다. 그래서 신뢰를 사회적 자본 社會的資本 이라고 하는 이유이다. 비록 망해서 돈이 없고, 힘이 없더라도 신뢰만 있다면 다시 재기할 수 있다. 그러나 신뢰를 잃어버린 사람은 존립기반마저 잃게 된다.

이순신은 한결 같았고, 원칙주의자였기에 백성들의 신임을 얻은 것이다. 결국 죽을 수도 있는 전쟁터에서 자신들을 배반하지 않으리라는 절대적 신뢰를 가지고 자신들의 목숨을 맡길 수 있었던 지휘관이었던 것이다.

카리스마적 리더

리더가 숭고한 사명을 실현시킬 수 있는 강력한 신념을 보이고, 그 성과 또한 뛰어나게 되면 자발적으로 추종자가 생기게 된다. 그러한 리더는 점점 더 높은 신뢰감과 확신이 극대화되어 흔들리지 않는 강력한 장악력과 거대한 존재감을 갖게 되므로 그런 사람을 카리스마적 리더 Charismatic leader 라고 한다. 충무공은 그 자질과 됨됨이가 카리스마적 리더의 표본이라 할 수 있다.

충무공은 위국애민 爲國愛民 이라는 숭고한 사명을 가지고 백성들에게 반드시 전쟁에서 이길 수 있다는 신념을 보여 주었다. 아무리 위기 상황이 닥쳐도 불굴의 의지로 결코 굴하지 않으며 위축되지 않음을 나타냄으로써 비교가 되지 않는 군사력에도 불구하고 7년이란 전쟁 기간 동안 일본군과 스물세 번 싸워 모두 이겼다는 것은 절대적인 카리스마를 갖지 않았다면 불가능한 이야기이다. 그는 탁월한 전략전술로 전쟁에서 승리한 장군이기도 했지만, 백성에게는 믿고 의지할 수 있는 목민관이었다.

이순신의 역사적 기록을 보면 그의 행동은 모두 확고한 신념에 의해서 사고하고 움직였음을 보여준다. 심지어 당시의 최고 권력자인 왕의 주장 앞에서도 자신의 판단이 옳다고 판단하면 굽히지 않는 신념을 보여주고 있다. 물론 여기서의 신념이란 아집이나 고집을 말하는 것이 아니라 다양한 증거와 전문지식을 겸비한 소신을 말한다.

강직한 성품과 철저한 원칙주의와 엄격한 군기에도 불구하고 많은 백성들은 이순신을 따랐다. 명량해전 다음날인 17일 이순신 함대가 신안군 지도에 이르자 주변의 피난선 300척이 먼저 와서 기다리고 있었다는 기록이 있다. 피난선의 백성들은 우리 수군이 대승한 줄을 알고 다투어 치하하며 스스로 마련한 양식을 군사들에게 주었다. 의지할 곳 없는 피난민들에게 기댈 수 있는 버팀목이 되었던 이순신의 승리로 피난민들도 살길을 얻게 되었던 것이다.

전쟁중에 수많은 백성들이 스스로 그의 보호 아래 들어오고, 중과부적의 힘겨운 싸움에서 남녀노소를 가리지 않고 합세하여 징과 북을 치며 강강술래를 부르며 그와 함께 목숨을 바쳐 싸우기를 두려워하지 않았다는 사실은 세계역사에서 그 유래가 없을 것이다.

이순신은 전쟁의 와중에서도 민생의 고초를 덜기 위한, 구민救民 정책을 강구하였다. 또한, 조정의 지원 없이 전쟁지원 물자를 스스로 조달해야만 하는 형편이었다. 그는 주둔지역마다 농사를 지을 땅을 개간하고, 소금을 굽고, 물고기·해조류를 말려 부식거리로 삼거나 육지의 산물과 바꾸는 재화로 활용하는 등 산업을 일으켰다. 백성이 살 수 있도록 조처한 뒤 그들의 전폭적인 지지를 받아 전쟁을 수행해 나갔다.

훗날 금부도사에 잡혀갈 때나 전사했을 때 해변의 백성들은 진심으로 슬피 울었다고 한다. 이는 단순한 장수로서는 갖추기 힘든 덕목이며, 백성들의 반응이 그와 같을 수 없었을 것이다. 이순신은 평범한 무장이 아니라 일국을 경영할 만한 도량을 갖춘 리더였던 것이다.

소통하는 리더

육지에서 태어나 육지에서 성장한 이순신이 어떻게 바다의 물길을 알았으며, 중과부적의 수군을 이끌고도 23전 23승을 할 수 있었을까? 여러 성공요인 중에서 열린 커뮤니케이션 마인드를 지목할 수 있다.

이순신은 유성룡의 추천으로 전라좌수사에 제수되었을 때, 이미 왜적이 쳐들어올지 모른다는 소문으로 민심이 흉흉하였다. 그러나 公은 바다를 전혀 알지 못하였다. 날마다 포구의 남녀 백성들을 좌수영 뜰에 모아놓고 저녁부터 새벽까지 짚신도 삼고 길쌈도 하는 등 하고 싶은 대로 하게 하면서 술과 음식을 대접했다. 公도 평복차림으로 그들과 격의 없이 대화에 참여하면서 '어느 항구는 물이 소용돌이쳐서 들어가면 반드시 배가 뒤집힌다', '어느 여울은 암초가 숨어 있어 그쪽으로 가면 반드시 배가 부서진다'와 같은 정보를 수집하였다. 그리고 다음날 아침 반드시 몸소 나가 살폈으며, 먼 곳은 휘하 장수들을 보내 살펴보게 하였더니 과연 그러하였다.

또한, 물길의 요해처를 잘 알고 있는 장수 어영담 魚泳潭 의 말을 신뢰하였고 함께 전략을 구상하였다. 수집한 정보를 가지고 전략을 짜면 그는 어김없이 부하들에게 전략을 설명하여 주었고 우리 수군의 승리에 대한 확신을 주었다. 그런 다음 일본군과 전투를 하게 되어서는 번번이 배를 끌고 후퇴하는 듯 적들을 험지로 유인하였고, 그 때마다 일본 선박이 여지없이 부서져 싸우지 않고도 승리할 수 있었던 것이다.

오늘날 리더를 포함한 모든 사람의 성공요인들 중 하나는 꼼꼼히 메모하는 습관을 꼽는 학자들이 많이 있다. 이미 이순신은 16세기에 이러한 것을 실행하였다. 그는 매일 같이 난중일기를 작성하였는데 이는 자신과의 소통방법이었다. 바쁘고 힘든 와중에서 기후와 전투기법의 활용, 밀물과 썰물의 변화, 또한 조직 내의 인간관계를 적어나감으로써 스스로에 대한 성찰과 조직에 대한 반성을 함으로써 긴 전란 중에 수많은 위기 속에서 무패의 성공신화를 이룬 것이다.

지식창조형 리더

임진왜란하면 이순신과 함께 연상되는 것이 거북선이다. 우리나라 문헌상에서 구선 龜船 의 기록은 조선시대 태종 때로 거슬러 올라간다고는 하나, 이충무공 전서에 의하면 임진왜란이 터지기 전에 기존의 선박을 일대 혁신하여 전투에 적합하도록 보완하고 개량한 것은 충무공이었다.

기술자도 아닌 이순신이 어떻게 거북선과 같은 탁월한 제품의 설계와 제작을 주도할 수 있었을까. 이는 누구보다도 이순신이 일본수군의 강점을 무력화시키고 우리의 강점을 최대한 활용할 수 있는 전함 개발의 중요성을 절감하고, 기술자들과 함께 창의성을 발휘하여 거북선의 개발에 혼신의 힘을 기울인 결과라 하겠다.

일본군은 우리에게는 없는 조총을 가지고 있었고 칼싸움에 능했다. 이순신은 적의 강점인 조총을 무력화시키고, 적이 우리 배에 올라와 칼싸움을 할 기회를 봉쇄하기 위하여 배 위를 목판으로 덮은 거북선을 만든 것이다.

거북선의 목판 위에는 돛을 올리고 내리기 위한 좁은 십자로를 제외하고는 모두 송곳을 꽂아 사방 어느 곳에서도 적군이 발을 디디지 못하게 하였다. 또한 배 안에서는 밖을 엿볼 수 있는 반면에 밖에서는 배 안을 볼 수 없었고, 거북머리와 거북꼬리 부분, 배의 좌우에도 화포를 쏠 수 있는 구멍이 있어 적이 거북선을 포위하기 힘들었다. 그야말로 거북선은 당시에는 획기적인 혁신제품이었다.

이순신이 거북선과 같은 혁신제품의 개발을 주도하였다는 사실에서 알 수 있듯이 정부, 기업, 대학 등 어떠한 조직체이든지 혁신을 성공적으로 추진하려면 지도자나 책임자가 발 벗고 나서야 한다. 저명한 경제학자인 슘페터 Schumpeter 가 지적하였듯이 혁신은 창조적 파괴를 수반한다. 선박에 대한 고정관념을 그대로 가지고 있었더라면 도저히 이길 수 없었던 전쟁을, 고정관념을 파괴하고 새로운 혁신사고를 가져 거북선을 만듦으로써 전쟁을 승리로 이끌 수 있었던 것이다.

전문가적 리더

일반적으로 리더는 전문성을 겸비하기보다는 일반적인 조직관리 능력만을 주장하는데, 진정한 리더십을 발휘하려면 전문능력이 없으면 불가능하다. 이순신의 불패의 성공신화는 수많은 전투기술과 지형과 천문을 볼 줄아는 지식이 있었기에 적절한 활용을 통하여 전투를 승리로 이끌 수 있었으며 수백 척의 왜선을 십여 척의 어선으로 격파할 수 있었다. 결국 종합적인 전문성의 함양이 이를 뒷받침하게 할 수 있는 밑거름이 되었을 것이다.

이순신은 전투에 임하기 전에 면밀하게 전황분석을 했다. 지피지기 知彼知己 면 백전백승 百戰百勝 이라는 말이 있듯이 정보를 수집한 후에 면밀한 분석으로 전략전술을 구사하였다. 거기에 지역주민들과의 휴먼 네트워크를 구축하여 군사력을 배가시켰고 적의 허점을 파고드는 공격을 감행하였다. 유명한 한산도 해전의 학익진 전법도, 전투에 임하기 전에 그는 한산도 앞바다의 풍량, 조류, 밀물과 썰물, 지리 등 가능한 모든 정보를 수집하여 활용한 뛰어난 전략전술이 있었기 때문에 가능했다.

이순신은 평생 타인과 자신에게 정직하였다. 위선과 허식으로 공명을 다투지도 않았다. 난중일기나 임진장초를 읽어 보면, 장군이 전쟁에서 살기를 바랐던 마음은 조금도 없었으며, 정치적 위기 상황에 몰린 자신의 처지를 벗어나고자 버둥거리지도 않았다. 마지막 전투에서 숨을 거둘 때까지 결코 프로 정신을 잃지 않았다.

우리 정치인들에게 보내는 시사점

오늘날 정치인들과 위정자들이 국민들에게 신뢰를 잃은 것은 원칙을 중시하지 않기 때문이다. 오늘날의 정치는 원칙보다는 인구수에 따라 머리가 움직인다. 요즘 정가에서는 '무상시리즈'가 유행이다. 나는 학생들의 무상급식은 찬성하는 사람이다. 별의별 구실을 다 갖다 붙인다고 하여도, 가장 중요한 원칙은 한창 성장기에 있는 학생들이 밥값을 걱정해서는 안 된다는 것이다. 그렇지만 선거 때 표를 의식하여 대책없는 포퓰리즘이 초래하는 재앙을 미국의 사례를 통해서 배우기 바라는 마음이다.

미국은 만성적인 무역적자와 재정적자에 시달리고 있다. 미국 버락 오바마 대통령은 취임하자마자, 이 문제를 해결하기 위한 대책으로 무역 상대국의 인위적인 통화 저평가 정책 때문에 미국이 무역적자를 내고 있다고 책임을 돌리면서, 무역흑자국에 외환보유액 규모를 줄이라고 요구하는 등 세계 경제불균형을 바로잡겠다고 선언하였지만 여전히 무역적자는 개선되지 않고 있는 실정이다.

여기에 미 연방정부의 지난 회계연도(2009년 10월~2010년 9월) 재정적자가 1조 2,934억 달러에 달했다. 더구나 연방정부의 부채 법정한도인 14조 2,940억 달러까지 꽉 차버린 것이다. 그래서 재정적자 감축과 부채한도 증액을 연계해 의회와 협상을 벌이고 있지만 매우 힘든 상황이다. 이를 위해서는 공화당에 (부유층과 기업에 대한) 세금 인상, 오바마의 친정인 민주당에는 (노인층과 극빈층에 대한) 사회복지비 지출 삭감을 해야 한다. 감세는 공화당, 복지는 민주당의 트레이드마크이지만 재정적자와 부채 누적의 가장 큰 뿌리이기도 하다. 내년에는 대통령과 의회 선거가 예정돼 있다. 세계 금융시장을 뒤흔들 수 있는 디폴트 위기를 맞았는데도 미국 정치권이 부채한도 증액 협상을 쉽게 타결 짓지 못하는 정치공학적 이유가 바로 거기 있는 것이다.

우리나라도 2012년 총선과 대선을 앞두고 있다. 누가 먼저 화끈한 무상시리즈를 내놓는가에 따라 선거의 승패에 영향을 줄 수 있다. 국민들이 '정치하는 놈들은 그놈이 그놈이므로 나에게 조금이라도 도움이 되는 놈을 뽑겠다'고 생각하는 순간 우리나라는 망국의 길로 접어들고 말 것이다.

공자는 정치인에게 가장 중요한 것이 세 가지라고 하였다. 첫째는 먹는 것, 즉 백성들을 배불리게 할 수 있는 경제. 두 번째는 자위력으로서 군대라고 하였다. 그리고 세 번째는 백성들의 신뢰하고 하였다. 그러자 공자의 제자인 자공이 그러면 그중에서 하나를 빼면 무엇이냐고 하자, 군대라고 하였고 마지막에 남겨야 할 것은 신뢰라고 하였다.

400년 전 충무공 이순신은 '정의를 실천하는 정신', '원칙을 중시하는 리더'의 모습을 난중일기에 소상히 그 내용을 전달하고 있다. 나라를 위해 먼저 가치관을 확립하여 옳고 바른 길로만 걸어야 한다는 것을 몸소 언행으로 보여주었으며, 나라를 위하여 자신을 완전연소 完全燃燒 시킨 아름다운 삶이었음을 상기해야 할 시점이라고 생각한다.

02

글로컬라이제이션
─ 해상왕 장보고

나는 신라인
– 장보고

역사서 속의 미스터리

'해상왕 장보고'는 중국과 일본의 평가에 비하여 오히려 우리나라에서 그 업적과 명성이 지나치게 저평가되었다. 또한, 역사기록과 그 유적지 및 유물 보존이 미비하여 진실성 여부가 논란이 되어 왔다. 이는 우리 선인들의 기록문화 소실과 역사인식의 결핍이 가져온 오류이기도 하자 이를 방치해온 현재의 우리들 잘못이기도 하다.

청해진 장보고 대사는 우리나라 해양사에서 매우 중요한 인물이며, 우리나라가 해양강국으로 나아갈 수 있는 구심점 역할을 해 주는 귀한 존재이다. 그런데 근원적인 문제부터 시작하여 실제로 존재하는 것까지도 의구심으로 바라보는 우리의 시각은 해상왕 장보고를 중국인이나 일본인으로 만들고 싶어하는 세력들에게 뺏길 수도 있다는 위기의식을 느끼게 한다.

나는 완도 출신으로서 '제2의 장보고 시대'를 열겠다는 꿈을 가지고 성장해 왔다. 장보고 대사는 청해인의 자부심이었으며, 위대한 영웅이었다. 그런데 후손들의 잘못으로 장보고가 중국인으로 둔갑하고 청해진마저 뺏긴다면, 완도지역민뿐만 아니라 한민족의 영웅을 잃어버릴 수도 있다는 노파심이 생긴다.

▲ 중국 장보고 유적지

▲ 장도 장보고 유적지

그동안 많은 장보고 연구가들과 사학자들이 장보고를 연구해 왔지만, 그 내용을 보면 모두 비슷비슷하고 한계성을 넘지 못하고 있다. 결국 완도 장도에 지금과 같은 장보고 유적지를 만들고 기념관을 개설하기에 이르렀다. 그러나 현재 장도 유적지와 기념관은 장보고를 중국인으로 둔갑시키려는 중국의 유적지에 비하여 너무나 왜소하고 설득력이 없다.

중국은 이미 한반도 이북은 전부 중국 땅이었다는 동북공정 계획을 수립하였다. 그러면서 세부적인 꿰어 맞추기를 해나가고 있는데 그 주장 중 하나가, 장보고의 청해진은 중국 산동반도에 있었으며 장보고도 중국인이라는 주장을 내비치고 있다.

이에 맞서는 우리나라 일부 학자들은 중국에 대응하는 이론으로 신라·고구려·백제가 모두 대륙에 있었다고 주장하고 있다. 즉, 신라는 대륙의 서신라와 한반도에 동신라가 있었으며, 백제는 대륙에 서백제가 있었고 한반도에는 동백제가 있었다는 것이다. 그러므로 장보고의 청해진은 산동반도에 있는 것이 맞을 수 있으나, 그 땅 역시 우리 땅이므로 우리 역사를 바로잡아야 한다고 주장한다. 이러한 발상은 민족의 자긍심을 고취시키는 데는 기여할 수 있겠으나, 무슨 근거와 역량으로 잃어버린 우리 땅을 되찾을 것인가 우려되는 반면, 오히려 중국에게 우리의 위대한 해상왕 장보고를 뺏기고 말 위험천만한 발상인 것이다.

고고학자들은 뼛조각 하나를 가지고도 수억 년 전의 맘모스를 만들어 낸다. 시인 윌리엄 브레이크는 '모래알 하나에서 우주를 본다'고 했다. 그런데 왜 우리는 수많은 '흔적'들을 두고 상상하지 못하며 자신 없어 하는가를 반성할 필요가 있다.

- 장보고의 국적과 출신지는 어디인가?
- 청해진은 어디이며 그 규모는 어떠했을까?

- 장도의 정체는 무엇인가?
- 왜 유적과 유물이 이토록 빈곤한가?
- 우리 선조들은 왜 바다를 멀리 했을까?

위와 같은 가장 근원적인 의문사항을 풀지 않고는 계속해서 장보고가 가상의 인물인지 실제인물인지에 대하여 논란을 벌이게 될 것이며, 중국인이라는 허망에 시달릴 것이기 때문이다. 나는 역으로 우리 역사서에서 사라진 영웅 장보고의 실체를 1,200년 전으로 돌아가 장보고의 눈으로 청해진의 흔적을 찾아 나서기로 했다.

그 결과 완도항 일원과 완도 본도에 있는 오봉산 일원 및 해남, 진도, 강진, 장흥에 이르기까지 수많은 장보고의 흔적을 발견할 수 있었다. 그 흔적들은 마치 진흙 속의 진주처럼 숨어 있었다. 개별적으로 의미 없어 보이던 흔적들이 하나의 실에 꿰자 서로 어울려 모든 엉킨 실타래를 풀어 주는 명확한 의미가 되었다. 그리고 이제부터는 논리와 근거로 자신 있게 주장하고, 어떤 역사왜곡에도 이를 반박할 수 있는 논리와 증거를 확보하고 우리의 '장보고와 청해진'을 지키는 데 앞장서겠다는 서원을 세우게 되었다.

장보고는 완도 출신이다

"**장보고는 완도 출신이다.**" 장보고는 그 명성과는 달리 국내·외 역사서에 그 출생에 관한 기록을 찾기 어렵다. 중국 당나라 두목杜牧 (803~852)의 '번천문집樊川文集의 장보고·정년전張保皐·鄭年傳'에 장보고와 정년을 '섬사람海島人'으로 칭하였으며, "그들이 자기나라로부터 서주西州로 와서 군중소장이 되었다. 장보고의 나이는 30이고 정년의 나이는 열 살이 젊어 장보고를 형이라고 불렀다"는 기록이 있다. 또한, 김부식은

'삼국사기 열전 장보고 張保皐 편'에서 '신라사람'이라고 하였다. 그리고 문성왕이 장보고의 딸을 차비 次妃 로 맞이하려 했을 때, 귀족 신하들이 '장보고가 섬사람이어서 신분상의 이유로 철저하게 반대했다'고 기록하고 있다.

당나라에 같이 간 정년은 바다 밑으로 들어가 50리를 거뜬히 잠수해낼 수 있었고 장보고와 더불어 당나라에서 활동하였는데, 장보고가 신라로 돌아온 후에는 고난을 면치 못하고 힘든 생활을 겪다가 "죽어도 고향에서 죽는 게 낫다"고 하며 장보고를 찾아 청해진으로 돌아왔다는 기록이 있다.

이와 같은 여러 역사서와 정황에 비추어 볼 때, 섬사람으로 알려져 있는 **"장보고 張保皐 가 태어난 곳은 완도읍 장좌리이다."** 장보고의 아명은 궁복 弓福 또는 궁파 弓巴 이다. 성이 '장씨'일 수도, '장좌리 사람 궁복'이 중국에서 장수로 임명받으면서 '장보고 張保皐'라는 이름으로 불리게 되었는지는 알 수 없다. 다만, 장보고는 자신의 고향에 대한 애정이 남달랐기 때문에 중국에서 돌아와 자신의 거처를 장좌리 장도에 정한 것으로 보인다.

현재 청해진 유적지로 알려져 있는 '장좌리'는 1522년(중종17년) 가리포진의 설치로 마을이 형성되었으며, 1895년에 폐진되었다가 1896년 완도군 설군과 함께 군청소재지가 되었고, 1916년 완도면 소재지가 장좌리에서 군내리로 이전되었다.

'장도'의 행정부락은 장좌리이지만 현재의 위치로 보면, 장좌리에서 분리된 죽청리 竹靑里 에 속한다. 이곳은 약 300여 년 전부터 주민이 정착하게 되었으나 본래는 죽림 竹林 이 울창하고 산속에서 흘러나온 계곡물이 너무 깨끗하여 마을이름을 죽청리라 하였다 한다. 이곳 죽청리에 남아 있는 지명들과 구전으로 전해오는 장보고의 흔적들과 지명들이 발견되고 있다.

- '마골창'은 군마를 기르고 군마가 쉬던 장소로 돌담(자연석) 성벽이 있었다고 한다.
- '비죽골'은 군마 말먹이는 곳이라고 한다.
- '이방촌'은 외부 손님을 접대하던 곳으로 손님이 쉬고 자고 가는 곳으로 볼 수 있다.
- '장군배기'는 장수들이 활쏘기 등의 무예 연습을 하고 함께 무예를 겨루던 곳이라 한다.
- '대평뜰'은 군사들의 훈련장소로 죽청리의 현들녘이 이에 해당한다.
- '망대(봉화등)'는 장도, 고금도, 신지, 약산, 금일, 완도읍에 동망·서망·남망 등에 있다.
- '부추원'은 군선과 상선의 제작소로 알려져 있다.
- '배둥둥이'는 군선 수리소로 쓰이던 곳이다.
- '옥담터'는 해적들을 가두어 두던 곳이다.
- '장가네묘'는 '장장군 뫼똥' 또는 '목 없는 무덤' 등으로 불리고 있어 장보고 묘가 있었을 것으로 추정되는 곳이다.
- '장군암'은 장보고가 말을 타고 올라가 청해진 바다를 내려다 보며 정황을 살폈다는 곳이다.
- '사장몰'은 군사들의 활 연습장소로 알려지고 있다.

또한, 장좌리에는 12개의 남방식 고인돌 군群으로 이뤄져 있는 장군바위가 있는데, 청해진 장수들이 이 바위들 위에 올라 회의를 했다고 한다. 장보고는 이 장군바위 위에서 4백m쯤 떨어진 쏠보등을 향해 화살을 날렸다는 전설도 있다.

장도 將島 는 청해진 해상왕국의 궁궐이었다

장도는 말 그대로 '장군섬'이다. 장군이 거처하는 섬이라는 뜻으로 청해진 해상왕국의 궁궐이 있었던 곳이라고 생각한다. 청해진 본영이었다고 주장하기에는 여건이 맞지 않다. 장보고 대사가 동북아의 해상무역권을 장악하였다는 청해진의 명성에 비하여 유적지의 규모가 작아서 설득력이 없기 때문이다. 장도는 청해진 해상왕국의 궁궐이 있었던 곳이라고 해야만 설득력이 있다.

중국인들은 완도의 장도가 청해진이 아니며, 중국의 영성시 석도 石島 (취다우)의 옛 이름이 정해위 靖海衛 로서 청해진이라고 주장하고 있다. 현재 석도 옆 청도 青島 에는 중국의 해군사령부(해군기지)가 있을 정도로 예로부터 선박의 왕래가 원할한 곳이나, 현 완도의 장도는 개펄이 심하고 수심이 얕기 때문에 수군기지가 될 수 없는 곳이고 현재 항구나 접안시설이 없다는 점도 빌미를 주고 있다.

▲ 가운데 동그란 섬이 '장도'이다.

중국인들이 의심하는 바와 같이 현재의 장도는 큰 배를 접안할 만한 항구가 아니라 주변이 개펄로 되어 있다. 그러나 배를 타고 바다에 나가 장도를 바라보면 그곳이 천혜의 요새라는 점을 알 수 있으며, 지금으로부터 1,200년 전에는 지금과 같이 개펄이 아니었으나, 시간이 흐르면서 낮은 지대에 토사가 쌓여 개펄로 변했을 수도 있다. 1년에 5cm만 쌓여도 1,200년이면 6m가 쌓인다. 지금처럼 복원하려면 6m 이상 개펄을 준설하였어야 한다.

나는 장도에는 우선 사당만 복원하는 게 맞다고 주장한 바 있다. 그러나 그 의견은 전혀 반영되지 않았고 지금처럼 정체불명의 기념관이 건립되는 것을 막지 못한 것은 매우 유감이다.

장도를 청해진 해상왕국의 궁궐터라고 주장하는 이유는 당시, 청해진은 세가 커지면서 군세가 증가되자 장도 거처의 위세도 증대 해졌을 것이며, 경비를 강화할 필요가 있었을 것이다. 장도는 육지와도 별로 멀지 않으면서 사방이 바다여서 경계에 용이하였을 것이다. 장도에서는 최근

▲ 들어가 보지 않고는 정체성을 알 수 없는 장보고 기념관

까지 발굴조사에서 토석 혼축의 성터와 우물 등이 확인됐고, 장도 주변의 바닷가에서는 방어망 구축의 흔적들이 확인됐다. 방어벽의 수단으로 울타리를 만들었던 '목책'이 그것인데, 문화재연구소와 한국자원연구소의 원목열 연대 측정 결과, 이 원목열은 장보고 당시(8C 말~9C 초)의 목재로 판명되었다. 장도의 터에 그대로 박힌 수많은 나무들도 장보고의 당시 토성의 규모와 위치를 짐작케 하고 있다. 삼국사기 등의 기록에 의하면 청해진 군사가 1만여 명이었다고 하나 장도의 규모나 우물이 하나밖에 없는 점 등을 보았을 때 이들 군사들이 거처할 만한 여건이 못 된다. 따라서 이곳에 청해진의 본영이 아닌 그의 가족들과 소수의 경비 병력들이 주둔했던 곳이라고 볼 수 있다.

어쩌면 역사서보다도 더 정확한 사실은 자고이래로 입에서 입으로 전해 내려온 구전설화와 마을 풍속일 수 있다. 장보고의 고향 장좌리에는 언제부터인지 정확히는 알 수 없으나 수세기 동안 지켜온 마을 풍속이 있

▲ 장좌리 당제

다. 매년 정월 대보름이면 장좌리와 장도 일원에서 당제(전남도 무형문화재 제28호로 지정)를 지내는 것이다.

그 대상이 막연히 마을의 수호신이었다가, 삼별초의 대몽항쟁 때 완도에 들어가 주민들의 구휼에 큰 노력을 한 송징 장군 宋徵將軍 을 함께 추모하였다. 이후 장보고의 존재가 부각되면서 마을의 수호신이 장보고였음을 확인하고 이제는 장보고 대사 위주로 당제를 올린다. 마을 부녀자들이 강강술래를 하면서 "청 청 청해군사 청해군사 군사청"이라는 후렴구는 청해진 대사 장보고를 호명하는 것이다. 바다의 수호신에 대한 감사의 마음과 후손들이 자자손손 번영할 수 있도록 기원하는 마음을 담아 전 주민이 참여한 가운데 장좌리와 장도에서 진행된다. 당제는 보름날 새벽, 청해진 12군고가 당제의 시작을 알리는 것을 시작으로 질굿과 제굿, 지신밟기, 장군샘굿, 당제, 선상굿, 마당밟기 등이 5시간 동안 쉼 없이 진행된다.

이곳 장좌리 사람들은 천여 년 동안 대를 이어 구전으로 장보고의 역사적 사실을 증언하여 왔고, 장보고 대사의 추모제를 오늘날 까지 계승하여 지내고 있다는 것은 역사서보다 더 진실하지 않을까 싶다.

청해진 본영은 어디일까?

장도가 장보고 대사와 가족이 거주한 곳이라면, 청해진 본영이 있었던 곳은 과연 어디일까? 그동안 청해진은 막연하게 '완도에 있었을 것'이라는 추측만 있었으나 본영이 어딘지에 대한 명확한 조사가 이루어지지 않았다. '장도가 청해진 유적지'라고 주장하게 된 것은 불과 40년 정도밖에 되지 않으며, 1984년에야 청해진유적지가 사적 제308호로 정해졌다. 지금도 역사학자들과 향토사학자들의 의견이 분분하다. 필자는 강조컨데, **"장도는 청해진 해상왕국 궁궐터이며, 청해진 본영은 지금의 완도항 일원이었다"**고 본다.

항구의 입지조건으로 외해로와 근접거리에 있어야 하며 태풍이나 해일과 같은 자연재해에 선박이 피항할 수 있는 곳, 그리고 선박 정박에 유리한 곳이어야 한다. 이런 면에서 완도항은 최적의 항구조건을 갖추고 있다. 수심은 15m를 상회하고 대양해에서 진입할 수 있는 진입로 수심은 25m를 넘고 있다. 큰 바다인 창산도와 모도 사이만 통과하면 내해인데, 고금도와 신지도 사이를 약산도가 바람과 큰 파도를 막아 선박의 피항처로는 우리나라 최고의 조건을 갖추고 있으며, 지금도 태풍을 피해 많은 선박이 피선하는 천혜의 항구이며 국제항의 면모를 갖추고 있다.

완도의 옛 이름인 청해진은 장보고가 완도에 해상무역중심지를 설치하면서 바다를 깨끗하게 한다는 그의 포부를 밝힌 것으로 분석되고 있다. 청해진의 관할범위는 완도에 국한하지 않고 서남해 바다와 도서, 연안지역을 포함하는 것으로 보는 것이 옳을 것이다. 장보고 대사라는 직명을 신라조정으로부터 받은 것은 많은 연구자들이 밝히고 있듯이 청해진이 당나라 번진과 같이 독자적인 세력집단이라는 것을 인정한 것으로 보인다.

▲ 청해진 본영으로 추정되는 완도항

완도항일원을 청해진 본영터라고 주장할 수 있는 유적지들이 있다. 완도항 앞바다에는 천연기념물 제28호인 상록수림이 우거진 주도珠島가 있는데, 이는 완도항을 빙 두르고 있는 산세가 용과 같은데, 이 주도가 그 용이 품고 있는 여의주와 같다 하여 지어진 이름이다. 이 용의 등 둘기에는 동망산, 남망산, 서망산이 있어 완도항을 오롯이 감싸고 있다. 이 봉우리들에는 멀리 떨어져 있는 섬들 사이사이의 해로를 감시할 수 있는 '망루'와 신호를 교환할 수 있는 '봉수대'가 있으며 산허리에는 돌로 축조한 '성터'의 흔적들이 남아 있다. 이 봉수대와 성터들은 언제 구축을 했는지에 대한 역사적 기록은 분명치 않으나 오랜 기간 동안 이 지역일대를 지키는 진지역할을 해 온 점으로 봐서 완도항 일대가 청해진 본영이 있었음이 확실하다고 본다.

우리는 분명한 역사적 사명감을 가지고 청해진 완도를 지키겠다는 의식을 가진다면 **"지금의 완도항을 '청해진항'으로 개명하여만 한다"**고 생각한다. 또한, 점점 소실되어가고 있는 망루, 봉수대, 성터 등을 복원하여야 할 것이다.

청해진 규모는 어떠했을까?

　　청해진은 오늘날의 일반적인 군 지역 정도의 범위일 수 있으나, 도서·해안 지역이라는 특수성으로 인하여 좀 더 넓은 지역을 관장하였을 것으로 볼 수 있다. 그러나 지금의 완도군은 삼국시대에 백제에 속해 있었으나 그 정확한 지명의 확인은 곤란한 실정이다. 이것은 아마 삼국·통일신라시대에 현재의 완도군을 이루고 있는 도서들은 인근의 강진군·해남군·장흥군 등에 소속되어 있었기 때문이며, 또한 이 지역 일원의 섬들이 모두 청해진의 관할에 있었다고 보아야 할 것이다.

　　완도의 옛 지명과 관련하여 '삼국사기' 지리지에는 지금의 강진·해남 일대에 통일신라의 양무군陽武郡이 있었다고 전하고 있다. 이 양무군은 백제의 도무군道武郡이었다. 양무군 밑에는 4개의 현이 있었는데 그중 탐진현耽津縣이 지금의 강진읍이며, 침명현浸溟縣이 해남읍에 해당된다. 이들은 백제시대에 각각 동음현冬音縣과 새금현塞琴縣으로 불리었다.

　　그런데 고려시대의 행정구역을 전하고 있는 '고려사' 지리지에는 완도가 장흥부의 탐진현에 속해 있었던 것으로 되어 있다. 또 조선시대의 상황을 전해주고 있는 '신증동국여지승람'에는 청해진이 있었던 완도의 서남쪽은 해남에 속하고, 동북쪽은 강진에 속한다고 기록되어 있다. 아울러 조선후기에 저술된 김정호의 '대동지지'에는 청해진을 강진과 연계하여 설명하고 있다.

　　이처럼 지금의 완도군을 이루고 있는 여러 섬들은 지리적·역사적·행정적으로 영암·강진·해남·장흥의 4개 군에 속했던 도서를 통합하여 생겨났다는 것에서도 잘 알 수 있다. 따라서 청해진이 설치될 때 본영은 완도항이 있는 완도읍 일대에 있었지만, 그 관할권이 미치는 지리적 범위는 지금의 완도군 전체와 강진·해남·장흥 등 부근의 남해안 지역을 그 관할구역으로 하였을 것으로 보인다.

상황봉에서 청해진을 조망하다

등산전문가들은 '산에서 길을 잃으면 산등성이로 올라가라'는 교훈을 따른다. 마찬가지로 민족이 가야 할 방향에 혼선이 생기면 역사의 산등성이로 올라가야 한다. 지금 우리는 해양대국으로 발돋움해야 할 시점인데도 갈 길을 찾지 못하고 있다.

세계에서 인정하고 있는 해상무역왕의 본고장에서조차 장보고의 위상 정립이 제대로 되지 못하고 있다는 것은 안타까운 일이다. 장보고 대사가 왜 청해진을 완도에 세웠는가를 알기 위해서 '장도' 주변만 맴돌아서는 이해가 되지 않는다. 나는 장보고의 눈으로 청해진을 보기 위하여 완도에서 가장 높은 산인 상황봉을 오르기로 하였다.

상황봉은 해발 644미터의 완도에서 가장 높은 산이다. 상황봉의 좌우에 있는 업진봉, 숙승봉, 백운봉,

▲ 상황봉 동백나무 숲길

쉼봉과 더불어 오봉산이라고 한다. 해상무역활동이 왕성하였던 장보고의 청해진 시대에 이곳을 왔던 뱃사람들이 이 산에 부처님의 흔적이 있다고 하여 상황 象皇 이라고 불렀다고 한다. 코끼리는 불교의 상서로운 동물로서, 석가모니의 어머니 마야 부인이 흰 코끼리가 배에 들어온 태몽을 꾸었다고 한다. 상황봉의 아래 마을은 불목리 佛目里 인 점도 이와 한 맥락에서 붙여진 이름인 듯하다.

숙승봉은 옛날 어느 스님이 토굴에 기거하며 수도하고, 업진봉에 이르러 업을 다하였고, 백운대에 이르러 흰구름을 벗 삼고 심봉 쉼봉 에 이르러 바다를 보며 잠시 숨을 고른 다음 상황봉에 이르러 부처가 되었다는 유래도 있다. 상황봉 중턱에는 관음사터와 중암사지의 흔적이 남아 있는데, 향토사학자들에 의하면 역사적으로 기록을 찾을 수 없으나 장보고 대사가 설립하였다는 법화사터도 이 오봉산 자락에 있었으리라는 짐작을 할 수 있다.

나는 옛날 어느 선사처럼 숙승봉에서 시작하여 백운봉을 거쳐 업진봉으로 그리고 쉼봉에서 쉬었다가 다시 상황봉까지 오르기로 하였다. 상황봉은 거의 매년 올랐지만, 오봉산을 종주하기로 결심하기는 30년 전인 대학 1학년 여름방학 이후 처음이다. 친구와 둘이서 고지를 점령한다는 기분으로 이 코스를 달리다시피 했던 기억이 있다. 이번엔 불목리 청소년 수련원을 통해서 오르기로 하였다. 이곳에서 제일 가까운 숙승봉은 1.5km이고, 백운봉은 3.5km 그리고 상황봉까지는 6km이다.

이 오봉산 종주를 하면서 각 봉우리에서 사방으로 펼쳐지는 이 일대의 전망을 두루 본 사람이라면, 장보고가 '왜 완도에 청해진을 설치했을까?'라는 의문을 풀 수 있을 것이다.

완도 사람들은 상황봉에 대한 애정이 남다르다. 새해 아침은 상황봉에서 맞이해야 한다는 마음으로 매년 1월 1일 자정을 넘기자마자 손전등을 들고 가족단위 또는 친구들과 함께 이 산을 오른다. 상황봉 정상에서 일출을 맞이하며 신년각오를 새롭게 하기 위해서다. 또한, 다른 등산로에서는 보기 힘든 아름다운 모습들이 연출되는데, 여러 봉사단체 회원들이 불을 밝히고 따뜻한 차를 준비해서 서로서로 온기를 나누는 모습이다.

정상에 오르면 오밀조밀한 다도해 풍경은 물론, 멀리 한라산까지 볼 수 있다. 서쪽으로는 해남 달마산과 함께 두륜봉, 가련봉이 보이고, 북쪽으로는 강진의 덕룡산, 주작산, 만덕산은 물론 월출산까지 보인다. 동쪽으로는 장흥의 천관산까지 볼 수 있는 매우 훌륭한 전망대이다.

완도는 섬이 무려 201개인데, 현재 사람이 살고 있는 섬만 55개이다. 청해진을 정할 때의 사회적 상황은 당나라 해적들이 난립하여 신라인들을 납치하여 노예로 팔아먹던 시절이었다. 이 지역은 신라 조정의 통치권과 병력의 힘이 미치지 못한 골치 아픈 변방이었을 것이다. 그러나 장보고의 눈으로 보았을 때 이곳은 천혜의 군사요충지이며, 한·중·일 해상무역권을 장악할 수 있는 물류허브가 될 수 있는 곳이다.

더구나 이 지역 일대는 해산물이 풍부하고 섬이지만 농사를 지을 만한 땅이 충분하여 식량걱정이 없으며, 산림이 울창하여 선박을 건조할 자재가 풍부하다. 섬과 해로의 지형지물을 이용하면 별도의 성벽을 세울 필요도 없다. 강진 청자도요지와 해남 녹자도요지 및 옥 광산 등이 있어 풍부한 교역품을 만들 수 있다고 판단했을 것이다.

완도에 설치된 청해진은 단순히 완도뿐만 아니라 서남해안 지방과 그에 부속된 섬들을 포함하고 있었을 것으로 보인다. 강진군 대구면과 해남군 화원면 등에서 장보고에 의해 조성된 것으로 보이는 대규모 도자기 생

▲ 숙승봉 전경. 멀리 장흥 천관산이 보인다

산단지의 집단 요지들이 발견된 것을 봐도 청해진의 관할 범위는 완도의 가리포진과 고금진을 비롯한 섬들을 포함하며, 동쪽으로는 강진 마량진과 장흥 수문포와 회진포까지 이어졌을 것이며, 서쪽으로는 해남 이진과 어란진을 거쳐 진도의 해창만에 이르는 거대한 해상무역왕국이었을 것이다.

▲ 백운봉 전경 (왼쪽이 강진 주작산과 덕룡산)

▲ 업진봉 전경, 완도 일대의 섬들이 보인다

▲ 상황봉 전경, 맑은 날은 한라산도 보인다

▲ 해신세트장이 있는 불목리 마을과 멀리 충무사가 있는 고금도

▲ 상황봉 전경. 해남 달마산과 두륜봉이 보인다

▲ 상황봉 전경 (대구미 마을과 오른쪽 땅끝마을)

2. 글로컬라이제이션 – 해상왕 장보고 *115*

조선소의 흔적

상황봉을 비롯한 오봉산 일대는 가시나무, 동백나무, 후박나무 등 아열대수림이 울창해 육지의 산들과는 사뭇 다른 분위기를 나타낸다. 이렇게 숲이 울창하게 된 것은, 원래 완도지역의 숲이 울창했는데 장보고를 숙청한 후(851년) 그의 추종자들이 난을 일으킬까 두려워 주민들을 전북 김제로 강제 이주시켰다가 고려 공민왕(1351년)에야 다시 돌아와 살 수 있도록 허락하였기 무려 500년 동안 섬을 비워둔 덕에 자연적으로 울창한 숲을 이루게 되었다는 전문가들의 해석이다. 가슴 아프지만 실제 공도정책[1]이 행해진 흔적이다. 휴전선 비무장지대의 야생지대를 생각하면 이해가 가는 해석이다.

그래서 광릉수목원에 이어 국내 수목원 중 두 번째로 규모가 큰 완도수목원이 상황봉 줄기 일원에 있다. 완도수목원은 인위적으로 조성된 여

▲ 완도읍 정도리 부추림

---

1 空島政策: 장보고 사후 그 부하들과 따르는 무리들의 반란이 있을 것을 두려워하여 강제로 주민들을 이주시킨 정책, 말 그대로 섬을 무인도로 만들었다.

타 수목원과는 달리 자연 상태의 원시림으로 조성된 곳으로 국내 최대의 난대림 집단자생군락지여서 살아있는 식생교과서로 알려져 있다. 완도는 육지 못지않게 우수한 수종이 많은 곳이다. 이런 환경적 요인이 완도가 청해진의 본영으로서 손색없는 조건이었다고 본다.

청해진의 범위가 단지 완도뿐만이 아니라 서남부해안 일대였으므로 굳이 완도에 조선소를 만들 필요는 없었을 것이다. 그런데, 완도읍 장도 앞 죽청리 마을에는 '부추언艀膓堰'으로 불리는 곳이 2개소가 있으며, 완도읍 정도리 구계 등도 옛 지명이 '부추'라고 불렸던 것을 보면 이곳에서도 배를 만들었거나 수리를 하였던 곳이라고 할 수 있다. 이 마을 주변에는 배를 충분히 만들 수 있는 아름드리 적송들이 있으며, 이곳 마을사람들에 의하면 예로부터 이 '부추림艀膓林'은 함부로 건드릴 수 없었으며 나라에서 관리했다고 한다.

1,200년 전의 청해진을 되살려야 한다

청해진은 장보고 대사의 피살 후 추종자들과 지역민들을 강제로 벽골군으로 이송하였으므로 약 500년 동안 공도인 상태로 방치되었었다. 그동안 유적지와 유물들은 거의 다 훼손되었다. 만약, 삼국사기에 기록된 것처럼 장보고 대사가 모반죄의 누명을 쓰고 신라조정의 명에 의하여 살해되었다면 그 유적과 유물들의 보존 가능성은 더욱 낮은 것이다. 그리고 다시 1,200여 년이 흘렀다.

그러므로 앞서 필자가 주장한 바와 같이 장도는 청해진 본영이 있던 곳이 아니라 해상왕국의 궁궐이 있던 곳이었다면, 석도와 청해진의 입지조건을 비교할 아무런 이유가 없는 것이다. 다만, 현재의 완도항을 중심으로 청해진 복원 및 조성사업이 필요하다.

또한, 장보고 선단의 안전과 재외 신라인들의 결속력을 높여주기 위

▲ 서귀포 법화사 법당에 모셔진 장보고상

하여 선단이 서는 곳마다 법화사를 건립하였다는 기록이 있다. 중국에는 산동성 적산 법화원이 있으며, 우리나라에는 최근에 복원된 제주도 서귀포 법화사가 있다. 서귀포는 장보고 선단이 일본, 당나라뿐만 아니라 멀리 동남아시아 및 인도, 페르시아만까지 뻗어나간 항로의 요충지였다. 장보고는 서귀포에도 법화사를 지어 해상무역을 하던 선단의 중간 기착지이자 선원들의 무사귀환을 기원하는 원당 願堂 으로 삼았다.

서귀포 법화사는 충렬왕 20～26년(1294～1300년)에 고려의 비보사찰 禪補寺刹[2]로 지정되어 개축하였다가 조선시대의 억불정책을 거치면서 쇠퇴하였던 것을 최근에 복원하였다.

그런데 법화사 터로 예상되는 유적지가 존재함에도 정작 청해진의 본고장인 완도에는 법화사가 없다. 완도에 법화사 터를 복원하는 것은 종교적인 차원을 넘어서 역사를 복원하는 것이라는 점에 초점을 두어야 한다.

장보고는 법화사를 지어 해상무역활동의 요충지로 삼았을 뿐 아니라 수천 명의 선원의 안녕을 기원하는 정신적 거점으로 삼았을 것이다.

---

2 후삼국 말～고려 초의 풍수지리의 대가인 도선대사가 주창으로 풍수지리설에 입각하여 세운 사찰. 즉 지세, 산수, 강 등을 종합해서 풍수지리적인 관점에서 볼 때 쇠처(衰處)나 역처(逆處)는 불행을 가져다 주므로 사람의 몸에 쑥을 놓고 뜸을 뜨듯이 사찰을 세워 재앙을 막아야 한다는 이유로 세운 절이다. 국운융성과 왕실번영을 위한 기원과, 자연재해나 외적의 침입을 감시하기 위한 국방의 목적도 있었다. 비보사찰은 일정인원의 승려를 상주시켰으며, 국가적 차원에서 각종 지원을 제공하였다.

즉, 장보고 선단이 두려움 없이 바닷길을 항해할 수 있었던 원동력은 이러한 법화사상이 있었기 때문이다. 산동성과 청해진, 제주의 각 법화사는 재당 신라인의 통합과 한·중·일의 화합까지 도모한 정신적 구심적 역할을 했다.

또한 장보고는 불교를 통해 국내·외 인적 네트워크를 형성하는 데 도움을 받았으며, 신라 선승의 당나라 유학과 귀국을 지원하기도 했다. 이러한 기록은 일본 승려 엔닌에 의해서도 전해지고 있는데, 종교적 차원을 떠나서 장보고의 법화원은 한반도를 비롯한 한·중·일 삼국의 화합의 길로 나아가는 바탕이 될 수 있을 것이다. 따라서 완도의 법화원은 조속히 복원되어야 할 역사적 과제인 것이다.

▲ 완도군에서 지원한 TV드라마 '해신' 세트장

삶의 길,
바닷길을 개척하다

청해진 설치의 목적과 배경

▲ 완도읍 죽청리에 세워진 장보고 동상

장보고의 업적은 중국과 일본에 결정적인 단서가 있다. 그럼에도 불구하고 우리는 우리 역사서에 구체적 기록이 없다는 이유로 그 업적을 과소평가하고 있다. 청해진의 설치목적은 보는 시각에 따라서 달라질 개연성이 있지만, 공통적인 시각은 해적소탕과 동아시아 해상무역 추진이었을 거라는 것이 일반적으로 인정되는 견해이다.

장보고의 신라 귀국과 청해진의 설치는 그 시기나 의미에서 일치하고 있다. 이를 이해하기 위해서는 당의 생구生口(노비)에 대한 설명이 필요하다. 당의 세력이 확대되면서 일인자로 군림하자, 동서양의 여러 나라에서 당에 헌납하는 일이 많아졌다. 그중에는 노비들도 포함되어 있었고, 이들 노비들은 매매에 이용되었다. 노비의 대부분이 전쟁포로로 구성되어 있지만, 전쟁포로 중에서 '양민'임이 확인되면 방면하는 것이 당나라의 원칙이었다. 당은 양민의 매매를 원칙적으로 금지하고 있었기 때문이다. 그래서 당이 고구려의 요동성을 함락시켰을 때도 1만 4천여 명의 포로를 대부분 석방하였다.

헌덕왕 8년(816년), 신라는 숙위왕자 김장렴 金長廉 을 통하여 '신라노비의 현매 행위'를 단속시켜 줄 것을 당나라 조정에 요청하였다. 이에 따라 당 조정은 즉각 신라인 노비 매매에 대한 금지령을 내렸으나, 당시 시대 상황은 당 조정보다 지방 절도사의 세력이 더 강했기 때문에 그 금지령은 전혀 이행되지 않았다.

이로 인해 '신라 노비'의 계속되는 약매 행위는 당·신라 양국 간의 심각한 문제로 대두되었고, 이렇게 외교상으로까지 확대되었다는 것은 신라양민의 노비 매매가 그만큼 활발하게 성행하고 있었다는 증거다.

821년 3월 평로군 절도사인 '설평 薛平 '은 상주문에서 해적들이 신라의 양민을 납치하여 자신의 관할 지역을 비롯하여 여러 연해안 지역에서 그 신라인들을 노비로 팔고 있다면서, 다시 칙령을 내려 이런 범법 행위를 다스릴 것을 청원하였다. 이에 따라 당 조정은 828년 정월에 다시 칙령을 내렸으나, 해적선에 의한 신라인 약매 행위는 근절되지 않았다.

그런데 이정기 李正己 의 토벌과 함께, 중국 대운하를 통한 무역의 막대한 부를 보장받은 서주성 徐州城 의 무령군 소장 武寧軍小將 장보고는 이러한 노비 문제를 중국 현지에서 접하게 된다. 그는 무령군 소장직에서 사퇴하고, 곧바로 흥덕왕 興德王 을 만나기 위해서 신라 본국으로 귀국한다. 흥덕왕에게 자신의 해적 토벌의 뜻을 밝힌 후, 완도에 청해진이라는 군진을 설치하여 해적의 근본까지 모두 제거해야 한다고 주장하였다.

이에 흥덕왕은 흥덕왕 3년(828년) 4월, 완도에 청해진을 설치하고 장보고를 '청해진대사 淸海鎭大使'로 임명하였다. 그리고, 그 이후에는 해상에서의 신라인 나포가 없었다고 당나라 시인 두목 杜牧 의 '장보고·정년전'은 전하고 있다.

무역항로의 요충지 – 청해진

범선 항해시대의 청해진 완도 해역은 나·당·일 3국 항로의 요충지로써 완도 앞바다를 통과해야만 당나라와 일본에 갈 수 있는 항해의 길목이었다. 청해진 앞바다는 2백여 개의 섬과 암초, 밀물과 썰물의 변화, 흑조대, 그리고 계절에 따라 방향을 바꾸는 해류, 해풍 등으로 변화가 무쌍한 곳이다.

그럼에도 완도 앞바다가 3개의 극동항로(노철산수로, 황해 횡단항로, 남중국항로)의 중심부가 된 것은 그 이유가 아주 명백하다. 안전항해가 자연적 변수에 의해 좌우되었던 범선시대에는 육지나 섬에 가능한 한 접근하여 항해할 수밖에 없었다. 그런데 완도는 다도해로 이루어져 어떤 섬으로든지 피항이 가능한 지정학적으로 우수한 천혜의 요새였으므로 극동항로의 중심부 역할을 할 수 있었던 것이다.

당시 또 하나의 국제항로는 페르시아, 인도, 동남아시아와 중국 동남부를 연결하는 이른바 남양항로였다. 이 항로에 의해 광동성, 복건성, 절강성, 그리고 강소성의 양주가 남방무역권의 접촉지역이 되었다. 금세기의 세계무역항로가 미국을 향한 태평양항로와 대서양항로라고 한다면 장보고 시대를 전후한 7~10세기 세계 주력 항로는 앞에 든 극동항로와 남양항로였다. 이 두 항로가 9세기에 이르러 장보고 상단에 의하여 서로 연결돼 비로소 남북무역망의 결정적인 통합고리를 형성하였다.

완도는 장보고의 고향일 뿐만 아니라 지리적으로도 무역항로의 요충지였기 때문에 이곳에 청해진을 설치하게 된 것이다. 청해진은 극동항로의 중심부였을 뿐만 아니라, 남양항로와 한반도, 일본을 연결하는 또 하나의 고리였던 것이다. 또한, 당시의 나·당·일 문헌기록이 공동으로 인정하는 바에 의하면, 완도 지역 사람들의 탁월한 조선술과 항해술도 그 기반이 되었던 것으로 보인다.

장보고와 시대적 상황

8~9세기는 동아시아 역사상 매우 흥미롭고 특기할 만한 시대이다. 신라·당·일본 등 세 나라는 이 시기에 서로 간에 다소의 시간적 차이는 있지만 중앙집권적 통치체제가 무너지기 시작하였다. 그리고 이 때는 지방의 토호들이 그들의 세력을 키워가며 독자적인 실력을 쌓아 할거하던 때이기도 하였다. 장보고는 이러한 시대가 무르익어 가던 초반기에 살았다.

신라는 7세기 중엽 삼국을 통일하고 강력한 중앙집권 체제를 이룩하여 이후 약 100년 동안 정치·경제·사회·문화 등 각 분야에 비약적인 발전을 하였다. 이를 바탕으로 국내외적인 평화는 물론이고 당과의 교통도 크게 열려 많은 사람들이 왕래하여 앞선 제도와 문물을 받아들였다. 그런데 8세기 말경에 오면 왕권은 진골 귀족들의 도전을 받아 현저히 약화되고 그들의 연합세력이 정치무대의 전면에 등장함으로써, 귀족들은 왕권을 중심으로 권력다툼을 벌이기 시작하였다.

그러는 동안 지방에서는 토호들이 그들의 세력을 꾸준히 길러 9세기에 접어들면서 지방분권적인 양상을 띠게 되었다. 이러한 현상은 9세기 내내 계속되다가 진성왕 3년(889)에 와서는 농민반란이 전국적으로 일어났다. 이 난이 계기가 되어 지방호족들의 큰 동란으로 발전해 갔다. 이로 인하여 후삼국이 생겼고 왕건에 의하여 결국 신라는 망하게 되었다.

당唐(618년~907년)은 7세기 초 나라를 세운 뒤 중앙집권적 정치체제를 이룩하였다. 당조는 중국의 여러 왕조 가운데에서도 가장 세계제국의 성격이 강했던 나라이다. 그래서 당은 직접적으로나 간접적으로나 동아시아 세계의 국제질서를 창조하고 규명하기도 하였다. 그러나 8세기 중엽에 접어들면서 율령제에 의한 통치체제는 그 모순을 드러내어 안사安史의 난(755~763)이 일어났다.

그 결과 중국의 각 지방에서 절도사節度使 세력이 자라나더니 급기야는 중앙정부에 반항하는 번진藩鎭이 생겨 중앙의 황제권은 급속히 약화되었다. 이들 번진 가운데는 작은 왕국과 같은 반독립적인 지위를 누리기도 하였다. 이와 같은 분권 양상은 농민들에게 중앙과 번진에 수탈당하는 이중고를 가져왔고 결국에 9세기 말에 황소黃巢 농민대란(875~884)이 일어나, 907년에 동아시아의 맹주였던 당제국은 멸망하였다. 그 뒤 중국은 오대십국五代十國 시대(907~960)의 큰 혼란과 변혁기를 거쳐 10세기 후반 송宋이 건국되면서 비로소 혼란을 극복할 수 있었다.

당시 일본의 경우도 야마도太和 정권이 7세기 후반부터 당의 율령제를 받아들여 종전의 씨족제 국가를 중앙집권적 통치체제 국가로 일신하는 데 성공하였다. 그러나 8세기 중반에 접어들자 그 체제는 갖가지 모순을 드러내기 시작하였다.

그 결과 9세기에 와서는 국가 권력을 상징하던 덴노우天皇의 권위는 약화되고, 그 대신 귀족들의 전횡이 행해지고 '섭정정치'라는 새로운 형태의 통치가 이루어졌다. 이와 때를 같이하여 지방 토호들의 세력도 크게 성장하여 분권적 할거 상태가 계속되더니 10세기 전반에 가서는 쇼헤이承平·덴기요天慶의 난(935~941)으로 발전하였다.

결국, 토호들의 사무라이 계급이 성장하여 봉건적 질서마련의 실마리가 되었다. 그리고 영주제와 봉건제로의 발전에 크게 이바지하였다. 이로써 고대 통치체제는 무너져 가면서 11세기에 와서는 결정적인 종말을 고하게 된다.

이렇게 나·당·일 3국은 공통적으로 중앙집권의 해체가 오히려 민중의 상업 활동을 이끌어내는 긍정적인 효과를 가져왔다. 이 시기가 장보고가 활동하던 시기로서 해상세력의 확대와 대외 진출과 교역활동을 할 수 있는 시대적 분위기가 형성되어 있었다.

더욱이 9세기 경의 신라 무역상들은 동아시아 삼국간의 교역뿐만 아니라 세계무역의 새로운 단계, 즉 서방세계와 이루어진 해상무역의 초기 단계에 가담하게 되었는데 그 중심인물이 청해진 장보고 대사이다.

장보고는 산동반도의 적산촌 赤山村 과 우리나라의 청해진 淸海鎭 그리고 일본의 하카다 博多 에 그의 무역 근거지를 두고 인적 네트워크를 구성하였으며, 황해와 동중국해에 오가던 크고 작은 해상세력 집단을 철저히 통제하여 그의 세력권 아래에 두었다. 이로써 나·당·일의 3국무역은 물론 서방세계와의 중계무역도 독점하여 명실공히 동아무역 패권을 장악하고 해상왕국을 구축하게 되었다.

해상 실크로드를 만들다

삼국사기에 의하면 당초 청해진의 설치 목적은 해적소탕에 의한 노비매매 근절이었다. 그런데 당시의 시대 상황이, 중앙집권이 약화되고 지방세력들이 강화되면서 민간상단들의 상업활동들이 활발해지고 청해진의 세력이 강화되면서 해상무역의 패권까지 장악하게 된 것으로 보인다.

흥덕왕은 장보고를 신라의 직제에도 없는 '청해진 대사'로 임명한 것은, 당나라에서 무령군 소장으로 활동하였던 그의 경력을 높이 삼과 동시에 지방에서의 독립적인 권한을 인정해준 상징성이라고 보아야 한다. 또한, 1만 군사를 허락하였다고 하는데 중앙정부의 군사를 준 것이 아니라 장보고 자신이 인근에서 모집하였을 가능성이 크다.

장보고의 청해진체제는 군사조직과 함께 무역조직이라는 이원적 조직체계를 갖추고 해적소탕은 물론 해상무역을 안전하게 추진하여 부를 축적하게 되었으며, 위상이 약해진 신라정부에 재정지원을 했을 것이다. 그러면서 점점 독자적인 지방세력으로 부상하게 되었을 뿐만 아니라 '동아시아 무역권'을 제패하는 국제적 인물로 성장하였던 것이다.

신라조정의 입장에서도 해적이 소탕됨으로써 노비매매 근절이라는 목적이 달성되었기에 청해진을 서남해안의 해상질서유지에 계속 활용하게 되었을 뿐만 아니라, 대당 조공무역항로의 유지비용을 절감하게 되었기에 신라조정과 장보고 간의 '전략적 제휴체제'로 신라는 해안국경의 안정을 얻었고 장보고는 동아시아무역을 추진할 수 있게 되었다.

장보고 무역선단은 청해진을 중심으로 크게 번성하고 있었다. 며칠마다 당나라와 일본의 배가 몰려와 무역품을 산더미처럼 부리는가 하면 신라의 특산품들이 무더기로 실려 일본과 당나라로 떠나갔다. 서쪽으로 나가는 선단은 당나라의 산둥반도 덩저우를 시작으로 창장강 지역의 양저우, 중국 강남의 항저우, 광저우까지 사실상의 정기 항로를 운항하고 있었다. 동쪽으로는 일본 후쿠오카, 하카다 등지로 진출해 나갔다.

주일대사를 지낸 바 있는 미국의 동양사학자인 라이샤워 E. O. Reis-chauer 하버드대 교수는 1955년에 쓴 '엔닌의 중국 당나라 여행기'에서 신라인들이 황해와 남중국해지역 등에서 해상권을 장악하고 있었던 것은 장보고 대사 Commissioner 라는 뛰어난 인물이 있었기 때문에 가능했었다" 라고 기록하고 있으며, 장보고는 신라에 복속되지 않은 하나의 국가 통치자로 인정하고 있다. 당시 장보고 무역선단의 영향을 받은 지역은 '해상 실크로드' 전 지역으로 지금의 서유럽까지 그 영향력의 범위 내에 있었다고 하였다. 해상실크로드는 지중해에서 홍해와 아라비아 해를 지나 인도

양과 대서양에 이르는 동서 교류의 바닷길이며 '향료길 또는 도자기 길'이라 하였다.

청해진의 주요 무역품에는 향료와 도자기가 있었음을 말해주고 있다. 흥덕왕 9년(834)에 왕이 직접 교서를 내려 귀족들에게 외래 사치품 사용을 금지시킨바, 그 품목은 자단紫檀, 침향沈香, 차재茶材, 안교鞍橋 침상寢床 등인데, 이 시점은 장보고의 무역활동이 활발하던 시기이다.

'차재'는 차와 다구를 말하는 것으로서 중국의 문물이 유입되면서 신라귀족들과 고위층에서는 차문화가 형성되고 있었음을 짐작케 한다. 장보고는 차를 대중들이 쉽게 마실 수 있도록 중국에서 차 씨앗을 들여오게 된다. 삼국사기에 의하면 '흥덕왕 3년(828년) 견당사로 중국에 다녀온 대렴이 차 씨앗을 가지고와 지리산에 심었다'는 기록이 있다. 차가 사치스런 물목으로 취급되었기 때문에 차씨를 들여와 심은 것이다.

자단과 침향은 향료로서, 자단은 자바와 수마트라에서만 생산되고 침향은 동남아 일대가 주산지이며 또 치장용 공작새 꼬리와 비취모 등이 들어 있는데, 이는 모두 원산지가 동남아 지역이라는 점에 비추어 상권이 그곳까지 확대되었음을 증명하고 있다.

또한, 장보고의 교역품에는 중국 도자기가 있었다. 장보고 상단은 도
자기의 교역뿐만 아니라 제조기술을 도입하고 현지 생산체제도 갖추었
다. 고려청자의 원형은 중국 절강성 지구의 명산인 '월주요 청자'로 보고
있다.

우리나라 청자 발생이론 중 9세기 전반에 이미 해남군 화원면 신덕
리 일대의 청자 요지군窯址群이 있었다는 것 또한 청해진 체제에서 조성
되었다고 보아진다. 신덕리 청자는 무문無紋과 해무리굽을 특징으로 하
는 우리나라 발생기 청자의 전형적인 모습을 보여주고 있다. 그리고 인접
한 영암 구림면에도 도기 제작기술을 전수한 것으로 보인다.

그리고 고려시대 청자 생산의 중심지가 청해진의 배후지인 강진 대
구면 일대인 것을 비추어 보면, 고려청자의 역사적 배경은 장보고의 시대
로까지 소급해 가는 것이 타당하다. 요컨대 도자기무역의 중요성을 인식
한 장보고가 월주에서 도공을 데리고 와서 가마를 열었을 가능성도 전혀
배제할 수 없다.

▲ 인동당초문 암막새　　　▲ 숭녕중보, 청동 보주형 장신구　　　▲ 청동촛대

▲ 인동당초문 수막새　　　▲ 주름무늬병　　　▲ 골호

(출처: 완도 장보고기념관)

당과의 해상무역 활동

신라는 7세기 통일 과정에서 당과 심각한 긴장관계를 갖게 되었다. 8세기에는 다시 관계가 회복되었으나 공무역이 주를 이루었다. 나당 간의 공무역은 '견당사'라 불리는 사절단에 의해 주도되었다.

그런데 청해진 설치 이후에는 신라조정에서 견당사를 파견한 것이 아니라 청해진에서 '매물사'를 파견하여 이를 대신한 것으로 알려져 있다. 일본의 승려 엔닌圓仁의 839년 6월 27일자 일기에 의하면 "최훈이란 자가 매물사로 교관선 2척을 이끌고 적산포에 도착했다. 그런데 청해진에서 그의 직책은 군직인 청해진 병마사"라고 했다.

이는 청해진이 군사조직에 준하는 조직을 갖추어 무역선과 선원, 매물사를 통솔하는 한편, 출몰하는 해적과의 전투에 대비한 병권을 당과 신라에서 위임받아 항로를 평정하고 원만한 무역을 하였던 것으로 보고 있다.

장보고의 대당 해상무역은 재당 신라인들을 자신의 지휘체제하에 두고 상호 유기적으로 연결시킴으로써 본격적인 궤도에 오르게 되었다. 더욱이 그는 입당하여서 다년간 체류한 경험이 있었으므로 누구보다도 현지 사정을 잘 이해하고 있었다. 한편 신라국왕의 권위에 의해서 청해진에 대한 지배권을 인정받고 있었으므로 이들 재당 신라인 사회를 하나의 체계 속에 조직화하였다.

장보고의 중국 내 교역활동의 거점은 산동반도의 첨단에 위치한 등주 적산포였다. 이곳은 당시 한반도 서남해안의 다도해를 따라 북상한 후 서해를 횡단하는 항로의 중국 측 최초의 기항지이기도 하였다. 장보고는 이곳을 기점으로 하여 초주, 연수, 양주 등지에 분산되어 있던 신라인의 무역상들을 하나의 교역망 속에 편제시키고 그들을 실질적으로 통솔하였던 것으로 생각된다.

장보고는 적산포에 법화원을 설립하였다. 이곳은 청해진의 압위 장영이 지휘하는 활동거점이었으며, 고국에서 온 여행자라든지 무역 관계 종사자들을 위한 숙박소로도 제공되었을 것임은 물론 나·당·일뿐만 아니라 페르시아 상인들까지 왕래하는 등의 국제적 정보교환장소로 활용되었던 것으로 짐작된다.

일본과의 해상무역 활동

신라가 삼국을 통일한 후 그 초기에는 나·일 양국관계가 원만하지 못하여 성덕왕 말년 경 갑자기 국교가 파열된 이후 약 70년간은 국교가 사실상 중단되고 말았다. 이렇게 신라와 일본은 정치, 군사적 측면에서는 대립관계를 유지했으나 경제적 측면에서는 양국 모두를 필요로 하는 부분이 있었다. 일본은 신라를 통해 적대적인 관계에 있었던 당과 신라의 선진물품을 공급받고자 했고 신라 역시 당의 물품을 중계 보급하거나 자국의 물품을 직접 공급하는 일종의 시장으로서 일본을 필요로 하였다. 이에 따라 양국간에는 신라 상인들에 의한 사무역이 증대했다. 특히 청해진을 설치한 후 장보고의 대일 교역활동은 상당히 활발했다.

'속일본후기' 권9에 의하면, 승화 7년(840, 문성왕 2년) 12월에 장보고가 '신하인 자가 국외에서 교역할 수 없다 人臣無境外之交'라는 당시의 국가 외교·무역의 원칙을 무시하고 신라 왕조와는 독립적인 처지에서, 자기의 사신을 파견하여 독자적인 무역을 일본 측과 감행하였음을 알 수 있다.

그리고 속일본후기 권10에 의하면, 승화 8년(841, 문성왕 3년) 2월, 장보고의 사절이 휴대한 무역상품에 관하여는 자유교역을 허용하였으며, 수입상품의 가격에 대한 통제를 한 것으로 기록되어 있다. 장보고는 일본 하카다에 무역지점을 설치하고 현지 일본 관헌을 상대로 직접 거래를 벌이기도 했다.

이와 같이 장보고가 신라 왕실의 절대적인 지지를 받으면서도 정부와는 아무런 관계도 없이 자유로이 견당 매물사나 대일 회역사와 같은 무역 사절을 파견할 수 있었던 것은 청해진 세력이 국가와 국가 간의 공적인 성격에 가까울 만큼 대규모적이었고 독자적인 것이었기 때문인 것이다. 그래서 라이샤워는 장보고의 청해진은 신라에 복속되지 않은 하나의 국가라고 기술하였던 것이다.

장보고 당시의 청해진 설립은 단순히 한·중·일을 연결하는 삼각무역에 그치지 않고, 중국 내의 남북 무역을 담당하고 나아가서 절강성, 복건성 및 양자강 일대에 진출해 있던 페르시아 및 동남아시아 상인들과의 상거래도 주도하였다. 장보고 지휘하의 청해진 그리고 재당 신라인들은 대부분 상공업과 해운 무역업에 종사하면서 나·당·일의 경제이익에 공히 기여함으로써 실제 공무역과 그를 대신한 사무역 행위를 전적으로 주관하였다.

이는 오늘날 다국적 종합상사나 초국경 기업도 감히 행하기 어려운 거래 형태이다. 청해진과 재당 신라소의 설립은 해당 정부의 승인 아래 취해진 조치이지만 실제 경영에 있어서는 독자적이었다는 점에서 보기 드문 독특한 모델을 제시하고 있다. 경영상의 의사결정은 신라 왕권 및 당으로부터 다분히 독자적으로 행하였고, 무역행위 등이 대부분 나·당·일 정부의 묵인 내지 비호 아래 전개되었다는 점이 특징이다.

이슬람지역과의 해상무역 활동

신라 무역사에서 특기할 만한 일은 아라비아·페르시아 등 이슬람 교권의 상인들과 교역한 일이다. 한국이나 중국 측 문헌에서는 신라와 이슬람 여러 나라가 직접 무역을 했다는 기록은 찾아볼 수 없다.

그러나 이슬람 쪽의 문헌인 슈라이만 Sulaiman 의 '중국과 인도소식' (851), 알·마소디 Al-Masoudi(?~965)의 '황금초원과 보석광'(10세기 중엽)이라는 책에서 아랍상인들의 신라 내왕이나 신라 견문에 관한 기록과 함께 신라로부터 수입한 상품에 관한 내용이 실려 있다. 아랍의 지리학자 이븐 쿠르다지바Ibn Khurdhibah(820~912)는 그의 저서 '제도로 및 제왕국지'에서 신라의 위치와 황금의 산출, 그리고 무슬림들의 신라내왕에 관하여 서술한 뒤, 신라가 수출한 상품명을 언급하고 있다.

한편 신라 통일을 전후하여 당의 서울 장안에는 거의 만 명에 가까운 서역인이 거주하고 있었다. 천보(742~755) 이후로 급증하여 780년 경에는 장안에만도 5만여 명에 이르렀다. 해상교통이 발달함에 따라 아라비아·페르시아 상인들은 인도양을 넘어 동남아시아 일대에까지 무역시장을 넓혔으며, 8세기 초에는 남중국의 무역중심지 광주로 진출하고 다시 복주·천주·명주로 북상하여 운하를 따라 소주·양주에까지 그들의 시장을 확대해 갔다.

삼국유사에 의하면, 신라는 통일 이후 당과의 관계가 더욱 밀접해지면서 사신을 비롯하여 승려·유학생·상인 등 많은 사람들이 중국을 왕래하였다. 이미 신라의 서울, 경주는 당나라 장안에서 크게 유행하던 서역풍의 정취를 닮아가고 있었으며, 특수 부유층들은 사치성 소비재를 매우 선호하였던 것으로 나타나고 있다.

이렇게 페르시아, 아라비아 상인들과의 교역까지 가능하게 하였던 장보고의 업적은 고스란히 고려왕조에 계승되어 장보고가 사적차원에서 건설하려 했던 해상왕국의 꿈을 국가적 차원에서 실현시키려 했던 인물이 태조 왕건이었다. 고려시대에 고려를 찾은 아라비아 상인들이 '고려 즉, KOREA'라는 이름을 통해 세계에 알릴 수 있었던 것도 모두 장보고의 밑받침이 아니었으면 불가능했으리라. 서해식 시인의 시 '장보고의 노래' 처럼 거친 광풍이 휘몰아친다 해도 살맛나는 새 세상을 향하여 'KOREA' 호는 힘찬 항해를 계속해야 할 것이다.

장보고의 노래

서해식

서남해상 다도해에 꽃비가 내릴 때
상황봉 정기받아 님이 오셨네
대양을 개척할 용사가 되어
청해진 건설하고 세계로 뱃길 열었지
장보고 선단은 서해를 평정했네
오늘도 그 바다엔 뱃고동 소리 울린다.

바다여 말하라 파도여 노래하라
님께서 헤쳐가신 뱃길을 따라
살맛나는 새 세상을 향하여
우린 항해를 멈추지 않으리라 영원히
거친 광풍이 휘몰아친다 해도
장보고의 열린 세상에서 돛을 내려라.

아득한 바닷길이 험난한 길일망정
야망의 꿈을 안고 바다를 건넜지
오늘 세계화의 선구자가 되어
우리들 가슴속에 불꽃되어 타오르네
세계속에 눈부신 조국 강산아
장보고 정신으로 승리의 노랠 불러라.

한민족 최초의
글로벌 리더

국제사회의 신뢰와 공인

'Thinking Globally, Acting Locally(세계적으로 생각하고 지역적으로 행동한다)'. 20여 년 전 세계미래학회 총회의 슬로건이다. 이러한 사고 방식이 최근 들어 다국적기업들의 활동이 증가하면서 글로컬라이제이션 Glocalization 이라는 신조어를 만들어 냈다. 세계화 Globalization 와 지역화 Localization 의 합성어다. 세계화를 추구하면서 동시에 현지 국가의 기업 풍토를 존중하는 경영 방식을 말한다.

그런데 장보고는 이미 1,200년 전에 글로컬라이제이션을 실천하였다. 장보고는 통일신라시대에 중국과 한반도 그리고 일본의 3국을 연결하는 해상항로를 배타적으로 지배하며 국제교역을 발전시켜 해상왕의 역할을 수행했다. 중국 정사의 하나인 '신당서'의 동이전과 신라전에는 장보고의 활약상이 기록되어 있다. 당나라 시인 두목 杜牧 은 번천문집에서 "장보고는 인의지심 仁義之心 과 명견 明見 의 통찰력을 겸비한 빼어난 인물이다"고 하며, 장보고를 성품이 어질고 의로우며 지혜롭고 뛰어난 식견을 가진 인물로 평가하고 있다. "나라에 한 사람이 있으면 그 나라가 망하지 않는다"라는 말을 인용하면서 장보고가 바로 그런 사람임을 극찬하고 있는 것을 보면 장보고의 자질과 능력이 얼마나 훌륭했는지 알 수 있다. 인의로써 재당 신라인들을 규합하고 통찰력을 가지고 국제무역을 추진함으로써 당나라인들에게까지 인정받았다고 볼 수 있다.

일본에도 장보고가 통일신라시대에 동북아시아 3국의 해상왕으로서 뛰어난 활동과 위대한 업적을 구축했다는 것이 잘 알려져 있다. 일본의 천태종 승려 엔닌 圓仁 은 838년부터 847년까지 당나라에 체류하면서 불교 공부를 하고 여행을 했는데, 9년여에 걸친 그의 당나라 체류 경험인 '입당구법순례행기 入堂求法巡禮行記 '라는 책에 의하면, 당시 장보고와 신라인들은 황해와 남중국해 항로에서 눈부신 교역활동을 하고 있었다. 장보고 대사가 엔닌 일행이 여행하는데 선박과 여행관련 정보의 제공 등 모든 편의를 제공했다는 글이 곳곳에 나오고 있다.

동양사학자인 라이샤워의 표현에 의하면, 장보고는 통일신라시대에 동북아시아에서 '해양상업제국의 무역왕 The Trade Prince of the Maritime Commercial Empire '으로 인정을 받았다고 하였으며, "장보고는 통일신라시대에 중국, 신라, 일본의 해상항로를 장악하여 해상왕으로서의 위치를 확고하게 유지하고 있었으며 그의 영향력은 중국, 일본뿐 아니라 멀리 이슬람지역까지 뻗치고 있었다"고 하였다.

장보고는 당시 중국과 한반도 그리고 일본 3국간의 전폭적인 신뢰와 공인을 받았다. 장보고는 당나라에는 매물사, 일본에는 회역사를 수시로 파견하여 현지의 무역상인들은 물론 관계 당국자들의 지지와 지원을 이끌어 내는 데 성공했다. 또는 국제해상활동을 통해 벌어들인 수익을 과감하게 관계 국가에 기부하고 환원하는 조치를 취해 당국자들의 자발적인 협조를 유도했을 것으로 보인다. 이러한 정황으로 볼 때 청해진은 일정부분 병력과 산업 그리고 경제활동을 독자적으로 수행할 수 있는 암묵적 독립체로 인정받았다고 볼 수 있다.

장보고의 글로벌 리더십

장보고는 이미 1,200년 전에 '해상왕국'을 세운 우리의 위대한 조상이다. 그는 도전정신과 열정을 가진 국제적으로 인정받는 '해상무역왕'으로 인정을 받았다. 지금과 같은 세계화의 거센 물결 속에서 국가이익을 앞세우는 무한경쟁의 시대 속에서, 한민족 최초의 글로벌 리더였던 장보고의 글로벌 리더십은 오늘날의 우리에게 많은 것을 시사해 주고 있다.

장보고는 20세 전후에 당으로 건너갔다. 연구자들은 그 시기를 서기 810년 경으로 추측한다. 당시 신라사회는 기근과 홍수가 끊이지 않아 각처에서 도적이 횡행하고 반란이 일어나 신라 유랑민들 중에는 당이나 일본으로 밀항하는 경우도 적지 않았다.

이런 난세에 포부를 지닌 젊은이가 선택할 수 있는 길은 해외 진출이란 모험적 도전이었다. 신라사회는 골품제도가 있었던 엄격한 신분사회였기 때문에 새로운 돌파구를 찾아 당시 세계제국인 당으로 들어간 것이다.

당나라에서 10년 만에 장보고는 무령군 소장이라는 지위에 오른다. 장보고의 용맹성과 의협심, 그리고 한없이 넓은 도량에 대해서는 당나라의 두목 杜牧 은 번천문집을 통해 안록산과 사사명의 난을 진압하는 데 공이 컸던 당나라 장수 곽분양郭汾陽(697~781년)과 동렬에 서는 큰 인물로 평가했다.

타국에서 이만큼 인정받기가 쉬운 일은 아니다. 더구나 장수로서뿐만 아니라 무역인으로서도 탁월한 능력을 발휘하면서도 신라 조정으로부터 자치권과 더불어 대외조공무역까지도 위임받았다. 당과 일본에도 신뢰를 잃지 않았으며 신뢰와 존경을 받은 인물이다. 현재 중국과 일본에서는 한국보다 훨씬 더 장보고의 위상을 높게 평가하고 있다. 심지어 일본에서는

'神'의 위상으로 받들고 있다는 점은 우리 자신을 되돌아 보게 한다.

이렇게 국적을 불문하고 글로벌 리더십을 형성할 수 있었던 요인을 몇 가지로 함축해 보았다.

첫 번째로 들 수 있는 것은 인적·물적 네트워크 구축이다. 장보고 대사는 재당 신라상인들을 긴밀한 네트워크로 규합하여 이를 원격 조종 및 관리할 수 있는 교역시스템을 구축했으며, 일본 해상교역의 요충지인 규슈 지역 등에도 우호 및 협력세력을 구축하여 체계적으로 관리해 나갔다. 이렇게 청해진 본영을 중심으로 당나라와 일본에 효율적인 해외 교역망을 확고하게 구축하여 나·당·일 3국을 연결하는 하나의 해양물류네트워크를 구축하였기 때문에 해상왕으로서 확고한 위치를 확보할 수 있었던 것이다.

둘째는 글로벌 현지화 경영전략을 성공적으로 운영하였다는 점이다. 청해진에 본부를 두고 당나라와 일본의 주요 교역 요충지에 해외 거점을 구축한 장보고의 해상무역체제는 장보고의 글로벌 경영전략이 숨어 있다.

장보고는 당나라의 등주, 초주, 적산, 연수지역, 회하지역 등 해외지역의 특성에 맞는 요구조건을 수용하여 당해 중앙정부의 인허를 받아 현지 거점을 만들었다. 현지의 특성에 맞게 신라방, 신라소 등의 형태로 구성하였으며 현지에 거주하고 있는 사람들도 적극 참여시켜 현지화 경영에 나섰다. 이렇게 현지화 경영을 통해 해외 네트워크의 경쟁력을 높이는 데 성공하였으며 글로벌 물류기업으로서 기반을 확고하게 갖출 수 있었던 것이다.

장보고 대사의 청해진 체제는 1,200여 년 전에 이미 오늘날의 종합상사나 다국적기업과 같은 해외 네트워크 시스템을 구축하였으며 이러한 해외 현지화 전략이 모두 장보고 대사의 뛰어난 경영능력의 결과다. 장보고 대사는 당나라와 일본 등에 주요 해외 거점을 구축하여 청해진의 무역체제가 당시 주요 국제항로의 지배력을 높이고 해상무역을 장악하여 이익극대화를 도모하였던 것이다.

셋째, '인의예지'를 아는 마음과 대외 우호선린 태도이다. 장보고는 자신의 교역활동에 대한 3국간 여론의 우호적인 분위기 조성에도 크게 노력했던 것으로 보인다.

장보고와 장보고의 교역네트워크에서 일하는 신라상인들은 엔닌과 함께 당나라 여행에 동행한 일본 유학승 엔사이나, 이미 당나라에 건너와 중국 오대산 일대에서 수도생활을 하고 있던 일본 유학승 에가쿠 등에 호의를 베풀고 편의를 제공했다. 이러한 호의와 환대를 받은 일본인 수도승들이 일본으로 돌아가 장보고와 신라상인들에 대해 우호적인 여론을 조성하는 데 노력했을 것이다.

장보고에 대해 당시 일본 사회에서 우호적인 여론이 조성되고 있었던 것은 일본 사서에서 장보고 張保皐 를 특별한 의미를 가지고 있는 '張寶高'로 표기하고 있는 것에서도 알 수 있다.

또한 장보고는 신라 선승들의 당나라 유학을 적극 지원하여 그들과 좋은 관계를 맺고 있었던 것으로 보인다. 신라 선승들이 대부분 장보고의 활약시기에 서남해안지방을 통해 당나라에 유학을 떠났는데 장보고가 이들의 유학을 후원했을 가능성이 크다. 장보고와 그 휘하에서 일하던 사람들은 당나라 스님들에게도 많은 지원을 했을 것으로 보인다.

넷째, 장보고의 높은 식견과 기업가정신이다. 장보고는 당시 해상무역에 대한 폭넓은 지식과 식견을 갖추고 있는데다, 무역상으로서 뛰어난 자질과 능력을 겸비하고 있었다. 장보고는 재당 시절 이미 무령군 소장이라는 관직의 경험을 가지고 있어 군사전략가로서의 전문지식을 획득할 수 있었다.

이를 바탕으로 양민을 괴롭히던 해적 소탕에 능력을 발휘한 것은 잘 알려진 일이다. 또한 장보고는 재당 시절부터 재당 신라인 상인들과의 접촉을 통해 해상교역에 관한 전문지식을 습득할 수 있는 기회도 가졌다.

군사전략가와 해상교역에 대한 경험을 바탕으로 당시 국제정세를 정확하게 파악하고 해상교역에 대해서도 뛰어난 식견을 가지고 미래를 설계할 수 있는 탁월한 식견을 갖추고 있었던 것이다.

여기에 최고 기업경영자가 갖추어야 할 의사결정 능력과 조직과 부하직원들을 효율적이고 합리적으로 관리하는 능력까지 가지고 있었기에 청해진체제를 성공적으로 이끌어 나갔을 것이다.

다섯째, 청해진을 3국 교역항로의 중심지로 활용한 점이다. 장보고가 교역네트워크의 본영을 한반도 서남해안에 설치한 것은 국제무역의 성공을 위한 훌륭한 선택이었다. 당시 서남해안은 신라, 당나라, 일본 3국간을 연결하는 해상항로의 중심지였기 때문이다.

서남해안이 신라시대에 동북아 항로의 중요한 발착지였음은 택리지의 저자 이중환의 기록에도 나오고 있다. 청해진을 중심항으로 하고 중국의 연안항구와 일본 항구들을 지선항구로 이용하는 장보고의 무역네트워크는 현대의 물류네트워크 개념인 중심항과 연안항 Hub&Spoke 개념에도 맞는 전략이었다.

여섯째, 첨단산업의 육성자이자 수요예측을 할 줄 아는 통찰력을 가지고 있었다. 장보고는 당시 신라는 물론 일본 귀족사회의 고급상품에 대한 높은 수요를 미리 예측하고 국제교역을 확대함으로써 크게 성공을 거둔 기업인이다. 장보고 해상무역체제는 또한 단순히 중계무역에만 종사한 게 아니고 스스로 고부가가치 상품을 생산하여 수출하는 첨단산업의 육성업무까지 수행했다.

당시 중국의 월주요 도자기는 가장 인기 있는 교역상품이었는데 장보고는 월주요 장인들의 기술을 도입하여 청해진 근처인 강진과 해남에서 직접 생산하는 일까지 했다. 강진지역이 신라 말부터 우리나라의 청자의 시원지로 확인되고 있는데 이것은 바로 장보고 대사가 당시에 고부가가치 상품이며 첨단산업에 속했던 도자기 산업을 도입하여 육성한 덕분이라고 볼 수 있다.

또한 전남 완도와 강진, 해남, 보성 등지에 널리 분포되어 있는 인공 다원과 야생녹차도 장보고가 중국 강서 江省 일대와의 교역에서 들여온 것으로 밝혀지고 있다. 장보고 대사는 무역만이 아니라 당시에 가장 고가품이면서 부가가치가 높은 상품인 도자기와 차 茶를 도입하여 신라시대의 산업을 육성시킨 첨단산업 육성자 역할도 했던 것이다.

일곱째, 종교를 통한 단결과 문화 교류활동을 펼친 점이다. 장보고는 글로벌 네트워크의 정신적 구심으로 종교를 활용하였다. 824년 산동반도 문등현 적산촌에 적산 법화원 赤山 法花院을 설립하여 재당 신라인들의 친목과 단결을 도모하는 정신적인 구심점이 되었고 청해진에도 같은 이름의 사찰을 지어 신라인의 정신적 위안처로 만들었다.

상인들뿐 아니라 일본의 중앙, 지방 관료들 중에도 신앙이 깊은 사람들이 있어 그들의 교류와 무역을 보장하는 중요한 수단이 되었었다. 즉 불교적 교류는 국가와 언어를 초월하여 동북아를 연결하는 네트워크 고리 역할을 하였었던 것이다. 물론 상인과 종교의 관계는 경제적 이윤으로 환원되는 것이 아니었으나 국제 상인과 불교는 깊은 곳에서 연결되어 동북아의 문화 교류에 큰 역할을 하였다.

중국 장보고 유적지

2005년 4월 28일 중국 산동성 법화원 자리에 높이 8m 무게 6t의 거대한 장보고상을 세우고 7,000㎡ 부지에 궁궐 같은 건물 5채로 구성된 '장보고 기념관'을 개관하였다. 나는 당시 국회바다포럼 대표 자격으로 이 개관식에 초대되어 갔다. 해상왕 장보고가 바다 건너 중국 산동성에서 다시 살아나고 있는 데 대한 벅찬 감회와 더불어 씁쓸한 기분이 들었다. 주객이 전도된 느낌이랄까. 장보고 대사께 죄송한 마음이랄까 그런 복합적인 심정으로 중국인들과 관계자들에게 감사와 축하의 인사를 하였다.

장보고 기념관 규모는 기대 이상이었다. 대문을 들어서면 안마당을 중심으로 중국풍으로 지은 5개의 건물이 빙 둘러섰다. 장보고의 일생을 다섯 가지 주제로 나눠 '꿈을 좇아 당나라에 오다' '적산에서 인연을 정하다' 등으로 담아냈다.

이곳 법화원은 장보고가 청해진을 세우기 5년 전인 823년에 설립하였던 곳인데, 거의 폐허되어 가는 것을 1980년에 일본인들에 의해 현재의 적산 법화원이 건립되었던 것을 이번에 이 지역의 대형 기업인 석도적산수산집단 왕옥춘王玉春 사장이 전액(약 360억 원) 기부하여 새로 복원하고 장보고 기념관까지 설립하게 된 것이었다. 장보고 대사 동상은 이곳에서 무령군 소장까지 하였으므로 중국풍 갑옷을 입은 '장보고 장군상'으로 세워졌다. 동상에는 중국어와 한국어로 "장보고는 한민족의 영웅, 평화의 사자일 뿐 아니라 해상무역왕으로서 영예로운 이름을 널리 떨쳤다"고 새겨져 있다.

왜 중국인들이 이렇게 장보고를 기념하는 것일까? 적산 풍경명승지구의 총경리이자 중국 장보고역사연구회 비서장인 장영강張永强 씨는 "장보고는 한·중·일 사이의 해상 무역항로를 개척하면서 해적을 소탕하고 노예 매매를 근절시켰다"며, 한·중·일 간의 교류와 우의를 위해서라고 하였다.

어쩌면 유적 복원이라기보다는 관광객 유치를 위한 역사테마공원 같은 느낌도 들었다. 실제 우리나라 여행사에서는 청도, 태산 등을 잇는 '장보고 유적지 탐방' 관광상품을 새로 개발하였으며, 매년 수만 명씩 관광객들이 이곳을 찾는다고 한다. 이로 인해 한중 우호선린 증진도 하고 관광수입도 늘어나게 되었으니 중국입장에서는 일거양득인 셈이다.

다른 나라 사람들에 의해서 우리의 위대한 조상의 유적이 복원되고 기념관을 짓는데, 우리 스스로의 노력은 이에 미치지 못하고 있음은 부끄럽고 안타까운 일이 아닐 수 없다. 이제 우리는 조상의 숭고한 유산을 스스로 계승 발전하는 데 보다 더 노력을 기하여야 하지 않을까 반성하였던 답사였다.

태도는 사실보다 중요하다

태도는 사실보다 중요하다

일본 장보고 유적지 답사

일본의 장보고 유적지 답사는 2007년 1월 일본 출장길에 일부러 시간을 내서 참배하였다. 제일 먼저 들른 곳은 교토 북쪽 히에이산 比叡山 정상 가까이에 있는 일본 천태종 본산 엔랴쿠지 延曆寺 였다. 이곳에 장보고 기념비가 세워져 있기 때문이다.

엔랴쿠지를 가기 위해서는 비파호를 거쳐 올라가야 한다. 비파호는 일본 시가현 중앙부에 있는 일본 최대의 호수이다. 히에이산은 국립공원으로 삼림이 우거져 있고 자연경관이 아름다웠다. 엔랴쿠지 올라가는 길 양쪽에는 부처님의 일대기를 그림으로 표현하고 있었다. 사찰 경내로 들어서면 '청해진대사 장보고 비'라고 새겨진 장보고 기념비가 우람하게 세워져 있다. 2002년 1월 13일에 건립되었는데, 우리나라가 아닌 일본에서 마주하니 감회가 새로웠다.

장보고와 같은 시대를 살았던 일본 천태종의 제3대 좌주인 엔닌은

일기 형식으로 쓴 자신의 여행기 '입당 구법순례행기'에서 장보고의 도움으로 당에서 무사히 구법활동을 마칠 수 있었으며 그에 따른 특별한 감사와 흠모의 정을 담고 있다. "장보고에게 은혜 입은 것은 마치 태산과 같으며, 그 은덕의 깊이는 형용할 바를 모른다"고 할 정도로 감사의 마음을 담아 기록하였다.

엔랴쿠지 연역사 조금 뒤편에 위치하고 있는 적산궁 赤山宮 은 신라명신 장보고를 모신 사당이 있다. 적산궁의 안내문에는 '중국 적산에서 신라명신을 자신의 수호신'으로 삼았다는 내용이 있었다. 이곳에 엔닌이 당나라에서 귀국 후 559권에 달하는 불경을 가져와 안치할 때 만든 탑과 같이 있었고 석등에는 '적산 대명신'이란 글자가 새겨져 있었다.

장보고와 관련된 또 하나의 사찰인 미이데라 三井寺 는 천태종 天台宗 5대 좌수 엔친 円珍 이 엔랴쿠지 별원으로 세운 천태종 사문파 寺門派 의 총본산이다. 엔친이 다자이후에 머물고 있던 신라인 도현 道玄 사이의 서신은 국보로 지정되어 이 절에 소장되고 있다고 한다. 도현은 838년 엔닌의 입당시 항해와 통역 등의 일을 처리하며 활약한 신라인 가운데 한 사람이었다.

이곳 미이데라에는 사찰경내에 신라 선신당 新羅善神堂 이 있다. 신라 선신당은 국보로서 역시 국보인 신라명신좌상 新羅明神坐像 을 모시고 있다. 이 좌상은 858년 엔친이 당 唐 나라 유학 후 귀국하던 중 꿈에 나타나 험난한 뱃길을 수호하였던 신라명신의 모습을 보고 860년에 만들었다고 전해진다. 신라 선신상은 신라대감의 복식과 얼굴을 하고 있다. 9세기 재당, 재일 신라인과 동아시아 무역을 장악하였던 청해진 대사 장보고 선단과 신라인들의 힘과 기백이 일본 땅에 고스란히 전해오고 있음을 실감하였다.

나는 일본의 유적지를 보면서 장보고 대사의 위대함과 더불어, 엔닌·엔친과 같은 승려들의 편지를 국보로 소중하게 다루고, 타국의 위인상과 사당을 국보로 관리하고 보존하는 일본인들의 정신에 새삼스레 감복하였다. 우리는 소중한 우리의 것들을 너무나 함부로 대하고 있지는 않는지 반성해 보아야 한다. 자랑스러운 역사 못지 않게 아픈 역사도 그대로 보존해야만 한다. 그래야만 교훈으로 새길 수 있으며 또 다른 과오를 저지르지 않을 것이기 때문이다.

하나의 오래된 미래,
장보고

장보고의 사망

　　장보고의 죽음, 그것은 청해진 해상왕국의 종말을 예고하는 서막이었다. 장보고의 해상권이 커지면서 정치적 야망도 커져서 왕위 쟁탈전에 개입하게 되었고 역모를 의심받아 살해되었다는 것이 지금까지 알려진 사실이다. 그러나 시대상황이 장보고가 어떤 선택을 하더라도 피해갈 수 없을 만큼 시대적 격동기였다는 점에서 장보고는 정치적 희생양이었다고 봐야 할 것이다.

　　836년 왕위 쟁탈전에서 김명 일파에게 패한 김우징은 청해진에 피신해 들어가 장보고에게 거병을 요청하였다. 김우징은 장보고에게 거병을 요청했지만 장보고는 이에 왕위 계승권자들 사이에서 의례 있을 법한 왕위쟁탈전에 개입할 명분이 없다는 이유로 거절하였다.

　　그리고 이후 신하인 김명이 희강왕을 자살하게 한 사건(838년 정월)이 발생하고 이에 분개한 김양이 청해진에 찾아와 거병요청을 하자 장보고는 거병에 응했다. 장보고가 김우징의 요청에도 불구하고 명분 없이 정쟁에 개입하는 것을 거부하다가 신하가 임금을 시해하는 반역사건이 일어나자 비로소 의분이라는 명분을 내세워 개입한 사실을 우리는 주목할 필요가 있다.

장보고가 군사를 일으킨 것은 분명한 대의명분이 있었다. 이후 장보고는 김우징을 도와 민애왕을 몰아내고 신무왕을 왕위로 올렸다. 신무왕은 장보고의 딸을 세자의 비로 맞이하겠다며 장보고 세력에 의존했고, 그의 아들 문성왕은 왕위에 즉위한 후 제일 먼저 장보고에게 '진해장군'이라는 직을 하사하며, 장보고의 딸을 왕비로 책봉하겠다고 했다.

그러나 장보고를 탐탁지 않게 여기던 중앙귀족들의 반대에 부딪혀 그 뜻을 이루지 못하였다. 후에 문성왕은 장보고의 보복을 두려워하게 되었다. 이때 장보고의 암살을 자임하고 나선 염장에 의해 장보고는 비참한 최후를 맞이하게 되었다고 한다.

삼국사기와 삼국유사에는 '청해진 대사 장보고는 왕이 자기의 딸을 맞지 않는 것을 원망하고 청해진에서 모반하였다'고 되어 있지만, 최부는 '동국통감'에서 장보고에 대해 '도적과 같은 모략을 받아 억울한 누명을 쓴 것'이라고 평가하고 있으며, '동사강목'의 저자 안정복도 '장보고는 중상모략에 의해 도살된 것'으로 단정하고 장보고의 억울한 죽음에 대해 김양의 책임론을 펴고 있다.

흔히 우리는 장보고의 반란설을 기정사실화하는 것에 대해 의문을 가질 필요가 있다. 장보고는 중앙정치권에서 벌어진 왕위쟁탈전의 와중에서 어쩔 수 없이 개입하게 되었고, 자신의 의도와 달리 자신의 딸 납비 문제가 중앙정치권의 주요 쟁점으로 떠오르면서 결국 김양의 사주를 받은 염장의 손에 암살당하는 비운의 주인공으로 전락했을 가능성이 높다. 장보고는 반역자가 아니라 음모와 술수가 판치던 중앙정치판의 희생양이었다고 보아야 한다.

삼국사기에 의하면 장보고의 사망기록은 문성왕 8년(846)이라고 기록되어 있으나, '속일본후기'에 의하면 문성왕 즉위 직후인 841년이 맞다고 본다. '속일본후기' 승화 9년(842)에, 염장의 부하 이소정 李少貞 이 일본에 가서 "장보고는 이미 죽었다"며, "반란의 무리들이 포위망을 빠져나가 당신들 나라에 도착하여 백성들을 소란스럽게 할까 걱정되니, 만약 그쪽에 도착한 배 가운데 공식문서를 지참하지 않은 자가 있으면 현지에 엄히 명하여 심문하고 붙잡아 들이도록 하십시오"라는 말을 전하였다는 기록과 청해진 사람 어려계 於呂系 등이 일본에 귀화하여 말하기를 "장보고가 작년(841) 11월에 죽었으므로 그곳에서 편안히 살 수가 없어 일본으로 왔다"고 했다는 것을 기록하고 있다.

그리고 '신당서' 신라전에는 장보고의 활동을 기록한 뒤 회창(841)이후부터는 중국에 조공이 다시 오지 않았다고 한 것으로 보아 장보고 사망 이후 청해진의 무역이 쇠퇴했음을 말해 주는 것이다.

장보고 사후 청해진

장보고 사망 후 10년 만인 851년 청해진은 완전히 폐지되고 구성원 대다수는 전라도 벽골군으로 강제 이주되었다. 장보고를 살해한 염장은 장보고의 부하들을 데려다 놓고 자신을 따르기를 강요하는데 그를 거부하여 대항하는 자가 없었다고 한다. 일본의 속일본후기에는 장보고 사후 842년에 장보고의 부장이었던 이창진이 염장을 제거하기 위해 군사를 일으켰다고 되어 있지만 염장에게 대항하지 못했다고 한다.

장보고 사후 청해진은 급속도로 붕괴하였다. 그동안 장보고 대사를 정점으로 인적네트워크가 형성되고 신라와 당나라, 일본을 오가며 신뢰를 기반으로 한 탄탄한 해상왕국이 대중국, 대일본 무역은 퇴조의 길로 들어서게 되었다. 염장은 장보고를 대신하여 재당, 재일 신라인과의 네트워크를 이끌고 나가지 못하였으며, 마침내 해상세력은 재당 신라인, 재일 신라인, 그리고 청해진 중심의 서남해 해상세력으로 분리되고 말았다.

삼국사기에 의하면 장보고 사후 851년 '청해진을 폐지하고 주민들을 모두 벽골군 碧骨郡 으로 이주시켰다'라고 되어 있다. 벽골군은 현재 김제로서 당시 벽골제 조성을 위한 강제노역에 종사하도록 하였다. 당시 청해진에 거주하였던 주민은 병력과 항해선원, 선박수리기술자, 상단상인, 도자기공 등과 일대 주민까지 합한다면 족히 10만 명 이상으로 추정되고 있다. 현재 벽골제에는 벽골제 공사에 동원되었던 일꾼들이 짚신에 묻은 흙을 털거나 낡은 짚신을 버린 것이 쌓여 산을 이룬 '신털미산'이 전설처럼 전해지고 있어 보는 이의 가슴을 저미게 한다.

장보고의 재평가

장보고가 역사적으로 조명되기 시작한 것은 얼마 되지 않는다. 해상 실크로드 였던 '향유와 도자기길'의 교역 중심에 장보고가 있었지만, 우리 역사서에 최초로 등장하는 것도 고려 인종23년인 1145년에 편찬된 삼국사기가 최초이다. 편찬을 맡았던 김부식은 '중국의 기록이 아니면 장보고를 알지 못하였을 것'이라고 하였다.

장보고는 841년 신라의 정권투쟁의 소용돌이 속에서 살해되었다. 장보고 사후 청해진은 폐지되었고, 그 부하들과 주민들을 강제로 김제 벽골제로 이주시켜 버렸다. 이후 말 그대로 청해진과 장보고는 역사 속에서 사라져 버렸다.

그런데 중국과 일본의 정사인 '신당서'와 '속일본후기'에는 분명하게 장보고의 기록이 남아 있다. 중국과 일본은 장보고를 기리는 유적지를 복원하고 관리해 왔다. 그리고 1940년대 주일대사로 근무한 적이 있는 라이샤워(하버드대) 교수가 엔닌의 '입당구법순례기를' 번역하여 장보고 대사를 서구에 알리게 되었다. 라이샤워는 자신의 저서에서 장보고 대사를 해상왕으로 칭송하고, 장보고 선단의 활동사항을 기록한 것이다. 이로 인하여 장보고는 세계의 '해양개척사'에 기록되는 인물이 되었다.

1962년 삼성 이병철 회장이 영국 런던에서 열리는 국제 재계회의에 참석했는데, 유럽의 경영자들이 이병철 회장에게 장보고 대사에 대해 강연을 해달라고 부탁을 했다. 라이샤워의 저서를 읽어본 유럽의 재계 총수들이 장보고 대사가 어떻게 민간무역을 주도할 수 있었는지, 당나라와 일본, 신라를 잇는 해상무역을 성공할 수 있었던 비결이 무엇인가에 매우 호기심을 갖고 있었다.

특히 바이킹의 후예였던 이들 유럽 경제계 인사들이 당시로부터 약 1,200여 년 전에 활약했던 장보고 대사에 대해 궁금하게 여겼던 부분이 많았던 것이다. 이 때문에 이병철 회장은 연단에서 나가서 약 5분 정도 자신이 알고 있는 장보고 대사에 대해 이야기했다.

이후 이병철 회장은 장보고 관련 자료를 수집하여 박정희 전 대통령에게 런던회의에 대한 보고와 함께 장보고 관련 자료를 제시하며, 장보고 대사를 '국민의 정신적 지주'로 내세우면 우리나라의 제품을 외국에 수출하는 데 유리할 것 같다고 조언했다고 한다. 왜냐하면 유럽 경제계의 총수들이 장보고 대사에 대해 더욱 알고 싶어하기 때문에 이들만 움직인다면 얼마든지 메이드 인 코리아 제품을 팔 수 있을 것으로 판단했던 것이다.

그러나 박정희 전 대통령은 이병철 회장의 간청을 한마디로 무시했다고 한다. 이유는 "장보고는 신라왕실을 전복하려 한 반역자"라는 것이었다는 것이다. 이후 박 대통령은 나라를 위기에서 구한 이순신 장군을 구국의 모델로 내세우는 작업에 착수했다는 일화가 전해지고 있다.

이후, 장보고 대사는 봉건왕조는 물론 역대 정권에서 철저히 외면당했다. 비로소 정부 차원에서 장보고를 정치적으로 사면해 준 때는 1993년 문화관광부가 '3월의 문화인물'로 선정하면서이다.

이 같은 인색한 평가에도 불구하고 그는 역사적 위인 가운데 가장 대중적인 인물로 떠오르고 있다. 여론조사를 한 결과, 국민들이 선정한 위대한 한국 인물 중 12위로 장보고가 꼽혔다. 이러한 공로에는 동원산업 김재철 회장이 주축이 된 '해상왕 장보고 기념사업회'와 최인호 소설을 TV드라마화한 '海神'의 영향이 크게 작용했다.

최근 들어 장보고를 연구하는 학자나 전문가들이 크게 늘었을 뿐 아니라 상당수 일반인도 그를 불세출의 영웅 또는 해상무역왕으로 인식하는 추세가 늘고 있음은 매우 다행스런 일이다. 중국이나 일본에서 평가와는 달리 우리 역사에서 부정적인 측면이 더 강조된 장보고에 대한 평가는 이제 왕권주의적 시각이 아닌 해양개척사적인 입장에서 재평가되어야 한다.

장보고는 도전적이고 개척적이면서도 치밀한 전략을 구사하였던 진정한 해양경영인이었으며, 동아시아에 거대한 경영시스템을 구축하였던 뛰어난 영웅이었다. 해상왕 장보고는 기존 질서에 저항하다 실패한 인물로 보기보다는 동북아 무역의 새 지평을 개척한 발전 전략가이자 글로벌 리더로 재평가하는 것이 마땅하다고 본다. 이러한 이유는 장보고의 시대정신이 실력과 능력 본위의 실용주의에 바탕을 둔 자유화, 세계화, 개방화라는 글로벌 경영의 비전과 일맥상통하기 때문이다.

이러한 점에서 해상왕 장보고가 계획하고 실천한 해상무역활동의 핵심적 성공요인은 글로벌 경영의 비전을 제시할 수 있는 원동력이 될 수 있으며 이를 발전의 지렛대로 삼느냐의 여부는 우리의 선택에 달려 있다고 생각한다.

그동안 장보고는 동아시아 해상무역을 장악하였던 위대한 인물로 강조되어 왔다. 그러나 장보고가 어떻게 성공할 수 있었는지에 대해서는 제대로 알려지지 못했다. 따라서 장보고가 남긴 진정한 교훈이 무엇인지 효과적으로 계승되지 못했던 것이다.

앞으로 장보고에 대한 연구가 더욱 활성화되어야 할 것이다. 그래서 장보고가 활동했다는 황해 횡단항로뿐만 아니라 남중국항로와 노철산수로 등에 대한 적극적인 연구가 이루어진다면, 우리나라가 해상강국의 면모를 더욱 공고히 할 수 있을 것이다.

장보고는 역사적으로 해양경영이 국가발전의 원천이 될 수 있다는 점을 보여주었을 뿐만 아니라, 해양은 본질적으로 여러 국가들을 연결해 주는 만남의 무대이기 때문에 국가간 지역 협력 체제를 추구해야만 해양경영의 효과가 극대화됨을 보여준 것이다. 그리고 이러한 국제적인 해양경영은 기본적으로 여러 국가를 결합, 관리할 수 있는 네트워크 구축을 요구하는 것임도 보여 주었다.

장보고의 역사적 의미

그동안 우리가 학교에서 배웠던 장보고에 대한 지식은 삼국사기의 시각이었다. 그러나 1980년대 이후 이루어진 많은 장보고 관련연구를 종합하여 보면, 장보고는 우리가 배워야 할 점이 너무나 많은 위대한 영웅이다. 이러한 인물이 우리 역사에 있었다는 것은 매우 자랑스러운 일이며 우리 청소년들에게 그 기개를 전달해 주는 것이 마땅하다. 이제는 장보고에 대한 역사적 의미를 새롭게 조명해야 할 것이다.

첫째, 장보고는 민족주의자였으며 홍익인간정신을 실천한 인도주의자였다. 신라통일 이후에도 해적 등에 의해 강제로 잡혀간 많은 신라인이 노예로 매매되고 있었다. 이에 신라 정부는 828년에 청해진을 설치하도록 허락하여 주었다. 장보고가 청해진을 설치한 이후로 신라인을 붙잡아서 파는 해적선이 없어졌다고 신당서 신라전에 기술되어 있다. 또한 당나라에 흩어져 있던 고구려, 신라, 백제의 유민을 규합하여 경제공동체인 신라방, 신라소 등을 형성했는데 이는 무역대표부이자 교포네트워크의 구심점이 되었다. 또한 많은 신라 유학생들과 승려들을 국적을 가리지 않고 지원해주는 따뜻한 인도주의자였으며, 중국과 일본에는 지금까지도 그 마음을 기리는 유적지가 보존되고 있다.

둘째, 기업의 자율성을 중시하는 민간주도 기업 활동 모형을 제시하였다. 청해진과 재당 신라소 설립을 통해 공무역을 대신한 사무역 경영으로 정부의 간섭은 최소로 하면서 민간기업의 자율성과 창의성에 맡기는 민간주도 기업 활동 모형이 장보고의 상단 운영에서 비롯되었다고 볼 수 있다.

셋째, 세계적인 무역 기업가이다. 청해진 대사 장보고가 해상권을 장악함에 따라 이러한 힘을 바탕으로 민간무역도 할 수 있게 되었다. 장보고는 청해진을 본거지로 중국과 일본을 잇는 중계무역 그리고 이슬람 세계와도 교역한 최초의 민간국제무역상이자 세계적 무역왕으로 평가할 수 있다.

넷째, 글로벌 경영자이자 문화 발전의 기여자였다. 장보고의 해상무역 체제는 중국의 적산포 및 일본의 하카다에 무역거점을 두고 인력, 정보, 운반 및 금융시스템 등을 국제물류에 복합적으로 활용하였던 일종의 종합 무역상사 형태의 경영체제였다. 이는 오늘날 다국적기업 내지 종합 무역상사 등의 원형으로 전형적인 글로벌 기업경영의 모델이라고 할 수 있다.

다섯째, 국제통상협력의 선구자였다. 장보고 대사의 지휘 아래 청해진 그리고 재당 신라인들은 대부분 상공업과 해운 무역업에 종사하면서 공무역과 사무역을 수행하였다. 장보고는 동아시아 중계무역과 원만한 문화교류를 통해 공존공영을 추구하였는바, 이는 국가 간 또는 민간수준의 교류협력의 대외통상협력 모형으로 세계화 추세의 오늘날에도 충분한 의미를 가지고 있는 경제공동체 모형이라고 할 것이다

여섯째, 국가발전 전략가였다. 장보고가 활약할 당시 중국의 신라방,

신라소, 신라인촌 등 집단 거주촌은 산동성 적산포뿐만 아니라 확인된 곳만도 10여만 곳에 달하며 해운 및 상업도시 지역에 분포되어 있다. 따라서 장보고 세력은 당시 한중일 3국의 중요 교통 및 상업 요충지에 무역교두보를 확보하고 있었을 뿐 아니라 이슬람, 샴 등 서방 무역세력을 중계하는 역할을 수행하였음을 보여준다. 청해진은 넓은 의미로 독립적인 국제무역 및 서비스의 중계기지 및 자유항으로서 오늘날 국제물류 및 해운 조선업과 중계무역의 원형이라고 할 수 있다.

그리고 신항로의 개척자였다. 당시의 동북아 중요 항로는 한반도와 산둥 반도를 잇는 북중국항로와 남중국항로가 있었다. 북중국항로의 하나인 황해횡단항로와 남중국항로가 장보고 시대에 가장 많이 사용했던 것으로 추정되는바 이 항로들은 장보고 이후 고려조에 이르기까지 크게 개척되어 오늘에 이르고 있다.

이제 우리는 장보고의 시각으로 세계로 나아가야 한다. 특히 우리가 처한 난관을 극복하고 경제 우위시대에 살아가려면 장보고 대사로부터 한 수 배워야 한다. 그의 삶에는 강대국인 중국, 일본과 어울려 어깨동무를 할 수 있는 비결이 있다. 바로 이런 점이 한민족을 한 단계 도약할 수 있는 사표로 삼아도 손색이 없다고 본다.

다시 열리는
해상 실크로드

푸른 바다에 미래의 청사진을 그린다

　　상황봉에 올라 발 아래 펼쳐지는 풍경은 마치 미니어처 같다. 도시 설계사가 미니어처를 놓고 이리저리 도시계획을 하듯 굽이쳐 흘러오는 산맥들과 그 아래 펼쳐지는 들판, 그리고 옹기종기 모여 있는 마을들 사이사이에 이런 저런 테마파크와 생태체험장 및 학습장 등을 상상해 본다.

　　그리고 오밀조밀 모여 있는 섬들이 어떻게 하면 꽃처럼 아름답게 피어날 수 있을까. 좀 더 품격있고 세련된 농어촌을 만들 수 없을까. 저 다도해의 푸른 물결을 헤치며 해상을 누볐던 장보고까지도 그려보는 것이다.

　　　나 저 노르웨이의 숲에서
　　　가장 크고 푸른 전나무를 찾아
　　　그 뿌리채 뽑아
　　　저 아틀란티스의 불타오르는
　　　샛빨간 분화구에 담갔다가

그 불이 붙은 거대한 붓으로

나 저 어두운 하늘을 바탕삼아 쓰겠노라.

아그네스여, 나 그대를 사랑하노라고

이렇게 하면 저녁마다 하늘에는 영겁의 필적이 타올라

뒤에 오는 후손들은 모두 즐거운 소리를 지르며

하늘에 쓰인 말을 읽으리라.

아그네스여, 나 그대를 사랑하노라

청년시절 애송하던 하이네의 '아그네스, 나 그대를 사랑하노라'라는 시의 일부이다. 나는 화가는 아니지만 평상에 누워 밤하늘을 바라볼 때면 검은 하늘을 캔버스 삼아 그림을 그렸다. 그리고 잔디밭에 누워 푸른 하늘을 바라보면 구름을 물감 삼아 그림을 그렸다. 내가 꿈꾸는 세상. 이제 나는 저 푸른 바다를 캔버스 삼아 그림을 그린다. 제2의 장보고 시대를.

장보고도 고향에 돌아와 오봉산에 올라 사해를 둘러보며 이곳이 자신의 꿈을 펼치고자 장대한 청사진을 그렸을 것이다. 이렇게 탁 트인 전망 때문에 새해 첫날은 물론이거니와 마음이 답답하면 이 산에 오른다. 여럿이 오르는 것도 좋지만, 내 자신을 돌아보고 반성할 수 있는 시간을 갖고 싶은 날은 혼자서 오른다. 산은 성찰의 기회와 더불어 새로운 설계를 하기에도 안성맞춤이다.

오늘은 "청해진에서 제2의 장보고 시대를 열 수 있는 길은 무엇일까" 하는 화두 하나 들고 한발 한발 올랐다. 정상에 올라 너럭바위에 좌정하고 앉아 조용히 눈을 감는다. 그리고는 깜짝 놀라듯이 눈을 번쩍 뜬다. 그러면 눈앞에 환한 풍경이 펼쳐진다. 그 순간에 떠오르는 번개 같은 영감을 기대하며 몇 번이고 호흡을 가다듬으며, 눈을 감았다 뜨는 동작을 반복해 본다.

'청해진'의 복원은 해양강국의 상징이다

우선 현재 완도항을 '청해진항'으로 개명하는 것이 필요하다. 이는 완도가 청해진의 옛터라는 것을 공고히 하는 상징적인 작업이다. 완도항은 그 자체로도 아름답지만 국제항의 면모를 갖추기 위하여, 필자가 17대 국회의원 재임 시 공을 많이 들였던 부분 중의 하나이다.

완도읍은 시가지가 항구를 중심으로 조성되어 있다. 문제는 도시를 확장할 수 있는 육지가 부족하여 바다를 매립하여 땅을 만들 수밖에 없다는 점이다. 항만시설도 확장이 필요한데 육지를 잠식할 수가 없어서 부득이 바다 쪽을 매립하여 해변가로 공간 조성사업을 목포지방해양수산청의 주관으로 시행하였다. 완도항 제1부두에서 완도군 수협 활선어 위판장 앞 방파제까지 새롭게 바다를 메워 일부는 완도군 수협 위판장 부지와 주차장, 다목적 광장이 있는데 완도의 자랑인 골프선수 최경주 동상과 더불어 야외음악당이 있는 해변공원은 완도주민들의 많은 사랑을 받는 공간이다.

그러나 안타깝게도 완도항과 해변공원에서 장보고 대사의 동상이나 유적지 또는 조형물을 찾아볼 수 없다. 장보고는 완도가 가진 가장 훌륭한 자산이다. 이 자산을 제한적인 관광자원으로 인식하기보다는 장보고 대사의 글로벌 마인드를 보여 줄 수 있도록 확장하여야 한다. 즉, 청해진을 장도와 그 주변으로 보는 시각에서 완도항을 중심으로 진도, 해남, 강진, 장흥까지 서남부 해역 전체를 아울러 볼 수 있어야 한다는 점이다. 나아가서 글로벌 물류·인적 네트워크 구축으로 한반도뿐만 아니라 세계적으로 장보고의 청해진의 마인드를 확장해야 한다는 생각이다.

이미 1,200년 전에 훌륭한 국제항의 면모를 가지고 있었던 청해진항을 새삼스럽게 국제 미항으로 복원해야 한다고 주장하는 것은 청해진항이 가진 상징성 때문이다.

장보고는 신라 신문왕의 적극적인 지원을 받아 청해진을 설치하고, 그 관할지역의 해상세력을 결집하여 1만여 명에 이르는 군사력을 확보하여 황해 및 동중국해지역에서 양민과 교역인들을 괴롭히던 해적들을 소탕하여 해상세력을 장악하면서 해양의 질서를 확립했다.

장보고는 청해진을 주요 거점으로 하여 중국, 일본과의 삼국 중계무역뿐 아니라 이슬람 지역의 아랍상인들과도 교역한 것으로 알려져 있다. 장보고는 황해와 남중국해 그리고 한반도와 일본을 연결하는 대한해협에서 배타적인 해상권을 장악하였다는 기록이 있다.

현 시대에도 장보고 마인드가 필요한 이유는 우리나라 원양어선이 해적들에 의해 피랍되었다는 뉴스가 끊이지 않는다. 또한 해운물류산업 발달에 비하여 해군력과 해양경찰력이 이에 미치지 못하여 우리 선박과 국민들이 안전하게 보호받지 못하고 있다. 장보고가 페르시아만까지 해양세력을 장악한 바 있듯이, 페르시아만뿐만 아니라 오대양 육대주를 장악할 수 있도록 대한민국의 해군력을 확보할 때 우리나라가 선진국으로 도약할 수 있을 것이다.

21세기 한민족
글로벌 네트워크 구축

해외 인적 · 물적 네트워크 구축

조선왕조 500년 동안 대외무역은 오직 조공무역밖에 없었다. 사절단 일원이 보내 온 서양의 문물을 보고 중국 너머의 세상을 짐작하는 정도였다. 이런 상황이었으니 박지원의 '열하일기'는 조선사회를 일순간에 뒤흔들고 젊은 지식인들의 시대정신에 일대변혁을 가져오게 했던 것이다. 이때라도 한계성이 있는 대륙지향이 아니라 얼마든지 뻗어나갈 수 있는 삼면의 바다에 배를 띄우고 해양으로 나가고자 했다면 우리의 역사는 새롭게 쓸 수 있었을 것이다.

우리나라 역사상 그나마 해외로 눈을 돌리게 된 것은 6·25전쟁으로 인하여 사실상 섬나라가 된 이후이다. 비록 자발적인 국가발전전략이 아니라 전쟁으로 인하여 물리적으로는 휴전선이 가로막고, 대외적으로는 이데올로기에 가로막히자 비로소 해양으로 눈을 돌릴 수밖에 없었던 것이다. 우리나라가 바다로 눈을 돌림으로써 비로소 세계 속에 우뚝 설 수 있게 된 것이다. 이제 우리는 장보고의 정신을 오늘에 되살려 글로벌 물류네트워크와 인적 물류네트워크를 세계만방에 구축하여 한민족의 우수성을 알리고 재도약의 계기로 삼아야 할 것이다.

청해진에 본부를 두고 당나라와 일본의 주요 교역 요충지에 해외 거점을 구축한 장보고의 해상무역체제는 장보고의 글로벌 경영전략이 숨어 있다.

장보고는 당나라의 등주, 초주, 적산, 연수지역, 회하지역 등 해외지역의 특성에 맞는 요구조건을 수용하여 당해 중앙정부의 인허를 받아 현지 거점을 만들었다. 국제물류운송의 효율성과 시장 지배력을 높이기 위해 현지거점을 확보한 것이다. 해외거점의 중심에는 물론 재당, 재일 신라인들이 담당하고 있었다.

그러나 현지의 특성에 맞게 신라방, 신라소 등의 형태로 구성하였으며 현지에 거주하고 있는 사람들도 적극 참여시켜 현지화 경영에 나섰다. 이렇게 현지화 경영을 통해 해외네트워크의 경쟁력을 높이는 데 성공하였으며 글로벌 물류기업으로서 기반을 확고하게 갖출 수 있었던 것이다.

이렇게 재당·재일 신라인을 연결하는 커다란 동북아 인적 네트워크를 기반으로 각 지역에 거점을 형성하여 정보를 수집하고 선단을 조직화하여 동북아 해상과 중국의 대운하, 연안에 펼쳐진 거대한 물류네트워크를 형성하게 됨에 따라 교역을 통한 시너지효과를 극대화할 수 있었다.

해외식량기지 확보

현대에 들어서 장보고 정신의 구현은 한반도에 집착하는 것이 아니라 해외식량기지 건설, 해외 원양어업기지 건설 등과 더불어 저개발 국가 지원과 같은 국책사업을 적극적으로 실시하는 것이다.

우선 해외식량기지 확보는 시급하다. 앞으로 식량안보문제가 부각될 것이다. 이미 농업강국들은 식량을 무기화해 가고 있으며 거대 곡물상들에 의하여 가격이 조정되고 있는 실정이다. 문제는 우리나라는 농산물 수입국이지 수출국이 아니다는 점이다. 수입국과 수출국의 입장은 완전히 다르다. 수입국의 경우에는 중앙정부 차원에서 일관성 있게 식량산업 육성계획이 필요하다.

나는 수년 전부터 해외식량기지 확보를 주장해왔다. 단순하게 실험연구 차원이 아니라 우리의 우수한 농업기술을 저개발 국가들에 정치·사회문화와 함께 패키지로 수출함으로써 경제발전의 또 하나의 원천을 확보할 수 있으며, 어느 때부터인가 우리나라 국민의 식탁은 외국농산물이 절반 이상 점령하고 있는데, 우리 국민이 먹을 식품의 안정성도 확보할 수 있기 때문이다.

농업뿐만 아니라 수산업 부문도 해외식량기지를 공고히 해야 한다. 우리 원양어업은 매년 국내 수산물 총생산량(약 3백만 톤)의 20% 수준인 60만 톤 정도의 생산량을 유지하여 왔다.

향후 10년은 우리 수산업에서는 가장 중요한 시기이며 원양어업에서도 향후 10년이 우리 원양어업이 역사 속으로 사라지느냐 아니면 원양산업화로의 전환을 통해 국가 경제의 당당한 한 축으로 자리매김을 할 수 있느냐의 기로에 서 있다고 볼 수 있다.

원양어업의 산업화는 풍부한 생물자원과 건강한 해양생태 환경 속에 지속적인 생명산업으로 발전하고, 해양 바이오 및 식품생명과학의 고부가가치 원양산업으로 발전할 수 있는 기술지원 및 정보기반을 구축할 수 있으며, 해양식량산업인 원양어업의 전략적 원양산업으로의 발전을 통한 풍요로운 자원 웰빙을 추구하는 해양공동체를 실현하고, 선진원양국의 기득권을 십분 활용하여 국제해양사회를 선도하는 해양산업국으로 자리매김할 수 있다.

원양어업의 효율성을 높이기 위해서는 정부의 지원대책이 필요한데 식량정책과 상호 보완성을 지니고 있어야 한다. 원양어업의 국가 전략적 산업정책은 원양어업이라는 단순한 원시채취, 1차 산업, 어선어업에 국한된 개념을 탈피하여 국가의 중요한 전략산업의 관점에서 접근해야 한다. 주로 원양어업에 대한 전략 산업적 글로벌 발전 및 세계화 정보화를 중심으로 원양산업의 해외진출 다각화와 기존 어선어업과 전후방 연관 산업과의 연계를 통한 원양산업화에 목적을 두어야 한다.

이러한 원양산업 육성과 지원은 단순히 수산식품식량자원의 확보뿐만 아니라 세계 곳곳에 우리의 물류기지를 구축할 수 있다는 점이다.

홍익인간 정신을 구현할 장보고 프로젝트 수행

일본에서 신라인 장보고는 "神"으로서 경배의 대상이다. 또한 당나라 사람들에게도 '인의지심'이 있는 위인으로 각인되어 있다. 그것은 신라인뿐만 아니라 일본과 당나라 사람들에게까지 선의를 베풀었던 그의 성품과 언행이 존경받을 만한 인물이었음을 암시하고 있다. 그렇기 때문에 재당 신라인들을 규합할 수 있었으며 국제적인 신뢰를 바탕으로 국제무역권을 장악할 수 있었던 것이다.

장보고의 이러한 정신적 기반은 "홍익인간 사상"이었다. 도움이 필요한 사람이면 그가 국적을 가리지 않고 도움을 주었고, 자신의 보호가 필요하면 감싸 안음으로써 동북아해상을 재편할 수 있는 힘과 군사력뿐만 아니라 무역권까지 확보할 수 있었던 것이다. 장보고가 해상왕으로 불리는 것은 바로 군軍, 산産, 상商 을 모두 장악할 수 있었기 때문이다.

오늘날에도 장보고의 마인드를 계승한 '장보고 프로젝트'를 구현해야 한다. 장보고 프로젝트란 한반도에 국한하지 않고 해외에 물적·인적 네트워크를 구축하자는 것이다.

대한민국은 지난 60년 동안 세계가 놀랄 만한 경제성장과 민주화의 양대산맥을 훌륭하게 이끌어냈다. 비록 산업화와 민주화과정에서 땀과 눈물이 얼룩졌고, 피멍이 든 가슴들이 있었다. 그에 대한 논의는 차치하고 세계는 대한민국을 경이로운 눈으로 바라보고 있으며, 경제개발도상국에 있는 국가들은 우리를 배우고 싶어 한다.

현재 유니세프Unicef(국제연합아동기금)나 월드쉐어 Worldshare 와 같은 단체를 통하여 제3세계 저개발국가들을 지원하는 봉사자들의 봉사활동은 가슴 훈훈하게 한다. 의료봉사와 생활개선, 구호활동, 교육에 이르기까지 다양하다. 그러나 이러한 지원이 단발성으로 끝나서는 안되며 국가적 차원에서 지원이 이루어져야 한다.

6·25의 폐허 속에서 우리가 이만큼 경제성장을 이룩할 수 있었던 것은 우리에게 도움을 주었던 나라들이 있었고, 우리는 그 나라들과 지금도 우호선린관계를 유지하고 있다. 이제는 G20 정상회의를 의장국으로서 우리나라에서 개최할 수준이 되었으며, UN 사무총장을 배출한 나라이다. 즉, 세계의 지도자의 나라로서 손색이 없다는 점이다. 그러므로 이제는 '도움을 받는 나라'에서 '도움을 주는 나라'로 변모해야만 한다.

현재, 우리나라는 일할 수 있는 우수한 인재들이 일자리를 찾지 못하고 있는 한편, 소위 3D업종으로 불리는 일자리에는 일할 사람이 없어 애를 먹고 있다. 남고도 부족한 우리의 노동시장의 문제를 해결할 방안이 필요하다.

인력풀은 크게 두 가지 유형이 될 수 있을 것이다. 어느 때부터인가 '사오정'이라는 신조어가 생길만큼 기업의 구조조정으로 인하여 직장인의 퇴직연령이 낮아졌을 뿐 아니라, 아직도 얼마든지 일할 수 있는 체력과 지력이 있음에도 부득이 은퇴를 할 수밖에 없는 50대 중반에서 60대 초반의 우수한 인재들이 많이 있다.

또한, 청년실업률이 갈수록 증대하고 있으며, 2011년 현재의 청년실업자가 30만이 훌쩍 넘었는데 이는 단지 경제활동인구의 문제만이 아니라 각종 사회문제로 이어질 수 있다는 점에서 심각하다. 이렇게 우수한 청년인재들도 국가가 나서서 적극 활용해야 한다는 것이다.

이들은 우리가 지난 60년 동안 단기간에 이룩한 많은 경제성장과 민주화를 성취한 노하우를 배우고 싶어하는 제3세계 100위권 이하 국가에 우리나라 정치·경제·사회·문화·교육을 함께 패키지로 수출하고 이를 보급할 사절단으로 이들을 파견하는 방안이다.

매년 100만 명 정도를 2~30개국에 파견할 수 있다면 이들 인적 네트워크는 한민족에게 어마어마한 경제적 부와 더불어 한국인의 위상을 드높여 새로운 도약의 기틀이 될 수 있을 것이다.

청년실업자에게 연간 1,000만 원을 지원하여 주면서 국제경험을 쌓는 기회를 제공하는 프로그램이 있다면, 수많은 지원자가 몰릴 것이다. 현재 자비를 들여서라도 스펙을 넓히고자 해외로 나가는 젊은이들이 부지기수인데, 이들의 경험과 지식을 온전하게 국가가 활용하고 확대재생산에 사용한다면, 그 경제적 효과는 이루 말할 수 없을 것이다.

그렇다면 재원은 어떻게 만들 것인가가 거론될 수 있다. 100만 명을 지원한다고 해도 10조 원이다. 예를 들면, 정부가 발표한 4대강 사업 비용은 22조 원이다. 이와 관련 야당과 시민단체는 한국수자원공사 등 공기업에 전가된 비용과, 연계사업, 토지보상비, 수질개선비 증가비용까지 포함하면 4대강 사업비만 40조 원에 이를 것이라고 주장하고 있다. 그러나 지천사업까지 확대될 경우 총 사업비는 60조 원을 넘는다고 한다. 이뿐만 아니라 선심성 복지정책과 관행성 건설사업과 비효율적인 예산집행, 어디에 쓰는지도 알 수 없는 눈먼 예산들이 낭비되고 있는 것을 보면, 통치자의 마인드에 따라서 얼마든지 가동할 수 있다는 점이다.

현재 우리나라에는 외국에서 일자리를 찾아 들어온 산업연수생들과 외국인 노동자들에 대한 대책도, 이들을 저임금 노동자라는 생각에서 힘든 업종에 종사하는 노동자라는 기본 사고부터 가져야 한다. 미국이 기회의 땅이 될 수 있었던 것은 노동력의 가치를 인정해 주었기 때문이듯이 한국인들이 하기 싫어하고 하기 어려워하는 일이라면 그만큼의 노동의 가치를 인정해 주고 보상해 주어야 한다.

제3세계인들은 저임금으로 힘든 업종에 종사시켜도 좋다거나 노동력을 착취해도 좋다는 생각을 가져서는 안된다. 또한, 무조건적인 외국인 근로자 인권보호나 사회복지정책보다는 정당한 노동의 대가를 지불한 만큼 근로지 무단이탈이나 연수목적위반 불법노동에 대해서는 가차 없는 조치를 취해야만 한다. 그래야만 우리 노동시장과 기업을 보호할 수 있을 것이며, 외국인 근로자들이 자국으로 돌아가 민간 외교관 역할을 하게 될 것이며 보다 더 우호적인 국제관계에 기여하게 될 것이다.

조선의 개혁정신
— 다산 정약용

다산의 숨결을 느끼다
− 다산초당

뿌리의 길을 걷다

다산초당은 '다산 茶山'이라는 호가 비롯된 곳이며 정약용의 학문과 사상이 완성되어 우리 한국의 정신이 탄생한 소중한 곳이다. 다산초당은 강진읍에서 차량으로 15분 거리에 있는 도암면 귤동마을 윗쪽에 있다. 다산초당 가는 길은 두 개가 있는데 하나는 강진읍에서 강진만을 거쳐 백련사쪽에서 가는 길과 다른 하나는 도암면 소재지 쪽에서 들어가는 방법이다. 백련사쪽에서 가는 길은 가우도가 보이는 아름다운 강진만의 풍경과 갈대숲의 운치를 느낄 수 있으며, 다른 쪽인 석문산 입구는 '강진의 소금 강'이라 불리울 만큼 빼어난 절경이어서 또한 놓쳐서는 안 될 코스다.

귤동마을로 들어서서 만덕산으로 향하는 산길로 300m 가량 올라가면 거기에 다산초당이 있다. 모처럼 오르는 산길, 촉촉한 여름장마에 물기 가득 머금은 바위와 나무에 푸른 이끼가 무성하여 태고의 신비를 그대로 간직하고 있다. 마치 다산이 이 길을 오르던 그 시간 속으로 데려가는 듯한 아득한 느낌을 받는다.

다산초당은 정약용이 강진에 머문 18년 기간 중 8년째 되던 해에 이곳으로 옮겨 11년간 머물며 후진 양성과 500여 권의 저서를 집필한 곳으로 외가인 해남 윤씨들의 도움으로 이곳에 거처하게 되었다.

정약용은 그를 아끼던 정조가 세상을 떠난 후인 순조 원년(1801년) 신유박해에 뒤이은 '황사영 백서 黃嗣永 帛書[1]' 사건에 연루되어 강진으로 유배되었다. 강진으로 유배된 다산은 주막집인 사의재 四宜齋[2]와 고성사 보은산방을 거쳐 이곳에서 11년간 머물렀다. 황사영은 정약용의 맏형인 정약현 丁若鉉 의 사위였기에, 정약용은 정약전과 함께 한 번 서면 살아남기는커녕 육신마저 온전하게 보존할 수 없는 국문장에 세워졌다. 조사를 하면 할수록 그들이 무죄라는 것이 입증되었으나, 이들 형제들을 미워하는 반대파들에 의하여 다산은 강진으로 그의 형 정약전은 흑산도로 유배를 가게 되었다. 함께 유배지로 향하던 형제는 나주에서 헤어졌다. 평소 친구처럼 우애가 깊었던 형제는 그때 헤어진 이후, 이승에서는 다시 보지 못하였다.

다산초당으로 올라가는 뿌리의 길은 숙연한 마음이 들게 한다. 원래 이 길은 소나무 길이었는데, 일제시대 일부 소나무를 베어내고 일본 수종

---

1 '황사영 사건' 황사영이 신유박해(1801)시 조선의 천주교회가 박해받은 실정을 자세히 기록하고, 천주교 재건을 위한 자금지원과 청나라 황제의 동의를 얻어 서양인 천주교 신부와 군대를 보낼 것, 그리고 조선을 청나라에 부속시키고 친왕(親王)에게 명하여 조선국을 감독케 할 것과 같은 내용이 담긴 편지를 황심(黃沁)과 옥천희(玉千禧)로 하여금 음력 10월에 떠나는 동지사 일행에 끼어서 중국 천주교회 북경교구의 주교에 전달하려고 하였으나 도중에 적발된 사건이다. '황사영 백서'는 신유박해 때에 압수되어 100년 동안 의금부 창고에 보관되어 있다가 '갑오경장'(1894) 후에 고문서 정리, 소각 중에 발견되어 조선 천주교를 지도하던 뮈텔 주교에게 전달되었다. 뮈텔 주교는 백서를 복사한 후에 원본을 1925년 7월 5일에 조선 순교자 79위의 시복식을 기념으로 교황 비오 11세에게 바쳤다. 같은 해에 로마에서 개최된 포교 박람회에 전시되었다가 1926년에 전시품 전체가 라떼라노 박물관에 옮겨졌는데 이때 정리 작업을 하던 수녀가 자기 수녀원에 보관하였다. 1937년에 백서는 라떼라노 박물관에 비치되어 있다가 이 박물관이 문을 닫자 바티칸 박물관 중국 문헌 보관함(94021 E. AS 6840)에서 최근에 발견되었다.

2 사의재는 다산이 머물렀던 주막의 방이름을 스스로 지은 것이다. "생각은 마땅히 맑아야 하니 맑게 해야 하며, 용모는 마땅히 엄숙해야 한다. 언어는 과묵해야 하고 행동은 후중해야 한다"는 '네 가지를 마땅하게 해야 할 방'이라는 뜻이다.

인 수기나무 杉木 로 대체하였다. 그래서 소나무 뿌리와 수기나무 뿌리가 서로 얽크러져 다른 숲길보다 훨씬 더 비장한 모습을 보이고 있다. 산림청의 조사에 의하면 우리 국민들이 가장 좋아하는 나무는 소나무라고 한다. 어쩌면 소나무의 정서와 우리 민족의 정서가 가장 닮아 있기 때문이 아닐까 싶다. 소나무는 대체로 햇빛이 잘 드는 곳이라면 어디서나 뿌리를 내리고 산다. 심지어 깎아지른 듯한 절벽에서도 뿌리를 박고 산다. 소나무 뿌리가 숨을 쉴 때 이산화탄소가 빗물과 섞여서 바위를 녹이면 뿌리가 그 틈새를 뚫고 들어가 자란다. 이곳 소나무들도 길쭉길쭉 뻗어 있다. 그런데 나무뿌리가 흙 밖으로 불툭불툭 튀어나와 어지러이 엉켜 있다.

　보통 소나무는 키와 뿌리의 길이가 비슷하다하는데, 아마도 땅 밑에 바위가 많아서 수평근들이 지표면을 따라서 악착같이 뿌리를 내리려다 보니 서로 얽히고 설켰나 보다. 뿌리는 얽혀 있어야 땅속에 단단하게 박혀있을 수 있기 때문이다. 오랜 세월 동안 흙 밖으로 노출된 노근 露根 은 이미 가지화되어 흙을 덮어주면 오히려 나무가 죽게 된다고 한다. 세월의 비바람에 흙이 씻겨 내려가고 수많은 사람들에게 등이 짓밟혀 등허리가 굽을수록 흙을 움켜쥐어야만 살 수 있다는 듯 소나무 뿌리가 흙을 악착같이 움켜쥐고 있는 듯한 모습이어서 안타까움과 함께 강인한 생명력을 느끼게 한다.

　억울하게 유배길에 올랐던 다산의 심정도 그러하였으리라. '지하에 있는 뿌리가 더러는 슬픔 가운데 눈물을 달고 지상으로 힘껏 뿌리를 뻗는다'는 정호승 시인의 말처럼, 다산은 이 산길을 걸으며, 슬픔과 억울함으로 세월을 보내기보다는 온전한 자기실현의 시간으로 삼자고 다짐했을 것이다.

뿌리의 길

다산초당으로 올라가는 산 길

지상에 드러낸 소나무의 뿌리를

무심코 힘껏 밟고 가다가 알았다

지하에 있는 뿌리가

더러는 슬픔 가운데 눈물을 달고

지상으로 힘껏 뿌리를 뻗는다는 것을

지상의 바람과 햇볕이 간혹

어머니처럼 다정하게 치맛자락을 거머쥐고

뿌리의 눈물을 훔쳐 준다는 것을

나뭇잎이 떨어져 뿌리로 가서

다시 잎으로 되돌아오는 동안

다산이 초당에 홀로 앉아

모든 길의 뿌리가 된다는 것을

어린 아들과 다산초당으로 가는 산길을 오르며

나도 눈물을 닦고

지상의 뿌리가 되어 눕는다

산을 움켜쥐고

지상의 뿌리가 가야 할

길이 되어 눕는다.

정호승 시인의 '뿌리의 길'이란 시다. 이 시 덕분에 이 길은 '뿌리의 길'로 이름 지어졌다. 뿌리의 길이 끝나면 뾰쪽뾰쪽한 바위길과 돌 계단이 나온다. 그 길을 걸으며 조선 말 명성황후의 조카였던 민영익의 '노근묵란 露根墨蘭'을 떠올렸다. 그는 난초를 그릴 때 뿌리를 그대로 드러나게 그렸다. 구불구불 뿌리를 드러낸 난을 통해 이민족에게 유린당한 국토에서의 삶이 험하고 불안함을 표현한 것이다. 민영익은 1905년 을사늑약 체결 후 중국 상하이로 망명한 뒤 그곳에서 생을 마쳤는데, 조국을 떠나 망명생활을 하며 뿌리내릴 곳 없는 자신의 처지를 상징적으로 표현한 것이라고 할 수 있다.

우리는 뿌리의 힘으로 오늘날 살아가고 또 뿌리가 되어 간다. 나무가 굳건하기 위해서 뿌리는 땅 밑으로 더 깊이깊이 내려가야 한다. 내려갈 곳이 없으면 저 소나무 뿌리처럼 흙을 움켜쥐기 위하여 더욱더 노력해야 한다. 그것이 인생 아니겠는가.

다산초당 10경

다산은 강진의 동문 밖 주막집인 사의재에 있다가 다산초당으로 옮겨온 후 이곳의 풍광을 '다산팔경사 茶山八景詞'와 '다산사경첩 茶山四景帖', '다암시첩 茶菴詩帖' 등에 시로 남겼다고 한다. 안타깝게도 다산시문집에는 다산초당의 정착 초기인 1811년부터 1818년까지 8년간의 시가 한 수도 남아 있지 않다고 한다. 다산은 '다산사경첩'에서 다산초당의 4경으로 다조 茶竈·약천 藥泉·석병 石屏·석가산 石假山 을 꼽았는데, '다산팔경사'에서 다산초당의 풍경을 다음과 같이 노래하였다.

"산허리에 담장이 둘러쳐 있고,
담장에는 복사꽃 가지가 바람에 일렁인다.
산집의 주렴에는 버들 그림자가 어리우고,
맑은 못물엔 봄바람에 버들개지가 흩날렸다.
언덕엔 대나무가 푸르고,
작은 시냇가에는 용의 비늘을 두른 소나무가 우뚝하게 서 있었다."

그러나 당시에 비하여 지금의 다산초당의 모습은 많이 변해 있는 만큼, 나는 나름대로 다산초당의 10경을 정하였다. 하나하나 챙겨서 정성스럽게 들여다 보면 거기 다산의 얼이 담겨져 있음을 느낄 수 있을 것이다.

우선 보이는 순서대로 하면 제1경은 '뿌리의 길'이다. 사람의 인생과 그가 서 있는 길은 비슷하다고 하는데, 육안으로 보이는 뿌리의 길에 서면 자신의 뿌리에 대한 생각과 함께 누군가의 뿌리로 살아가는 자신의 인생을 생각하게 할 것이다.

▲ 제1경 뿌리의 길

다음으로 만나는 것은 돌계단 옆에 있는 대나무 울타리를 '죽난시사 울타리'라고 이름하고 제2경으로 하였다. 훌륭한 서정시인이기도 했던 다산은 벗들과 더불어 죽난시사竹欄詩社 라는 시모임을 열었다는데, 대나무 울타리를 보면서 내가 이름 붙여 본 것이다.

"살구꽃이 필 때, 복숭아꽃이 필 때, 한여름 참외가 익을 때마다 한번 모인다. 서늘해져 서지에서 연꽃이 필 때 구경하러 한번 모인다.
국화꽃이 피면 한번 모이고, 겨울에 큰 눈이 내리면 한번 모인다.
한해가 저물 무렵 화분에 심은 매화꽃이 피면 한번 모인다."

죽난시사 울타리를 제2경으로 꼽는 것은 아름답고 격조 있는 즐거움을 아는 다산과 더불어 동백꽃 필 때 받았던 인상 때문이다. 이 길 양옆으로 동백꽃이 필 때면 순교하듯이 아직 싱싱해 보이는 붉은 동백꽃이 툭툭 떨어진다. 그 모습이 안타까워 떨어진 동백꽃을 대나무 울타리 꼭대기에 조르르 올려놓은 모습은 더욱 애처롭다. 누군지는 모르지만 그 손길과 고운 마음을 상상해 볼 수 있는 울타리이다.

▲ 제2경 죽난시사 울타리

제3경은 다산의 친필을 새긴 '정석丁石'이다. 유배를 마치고 고향으로 돌아가기 직전 다산이 직접 쓰고 석수로 하여금 새기게 하였다.

'정석'이라는 글자의 뜻은 정씨丁氏인 자신의 바위라는 뜻도 있겠지만, 중국의 고사에 정씨들이 신선이 되었다는 설화가 있는데, 어느날 학이 날아와 그 바위에 앉는 것을 보고 고사를 떠올려 '정씨의 바위'라는 뜻으로 새겨 넣었다고 한다.

별다른 수식 없이 간결하게 단 두 글

자만 새겨 넣은 것은 다산의 군더더기 없는 성품과 다산의 완성도를 보여주는 상징이다. 사람이 젊은 시절에는 치장도 하고 번다하지만 나이를 먹어가면서 거듭되는 몸 바꿈을 통하여 단순해지고 검박해진다. 결국 현수 玄水[3]마냥 본래의 맑은 모습으로 환원코자 하는 것은 선비가 추구하는 노년의 모습이기 때문이다.

지금의 다산초당은 다산이 거처하던 때와는 사뭇 다르다. 초가이던 초당도 새로 기와집으로 바꿔 지은 것이므로, 다산초당에 있는 진짜 다산의 흔적은 바로 석벽에 새긴 '정석' 두 글자뿐이니 새삼 그 앞에서 옷깃을 여미게 된다.

▲ 제3경 정석 바위

제4경은 다산초당 뒤편에 있는 '약천 藥泉'이다. 가뭄에도 좀처럼 메마르지 않는 샘이다. 처음에는 물기만 촉촉하였는데 다산이 직접 파니 돌틈에서 물이 솟아났다고 한다. 다산은 약천의 물을 마시면 담을 삭이고 묵은 병을 낫게 한다고 기록하였다. 차 茶를 달일 때는 이렇게 살아있는 깨

---

3 제사상 위에 놓는 맑은 물

끗한 물로 끓여야 제 맛과 차의 효능을 제대로 볼 수 있다고 하여 다인茶人들은 물을 매우 중요시하는데, 차를 좋아하는 다산이 약천을 발견하고 기뻐했음을 짐작할 수 있다.

▲ 제4경 약천

제5경은 '다조茶竈'인데 다산이 차 달이는 부뚜막으로 쓰던 것이다. 다산은 이곳에서 약천의 물을 떠와 솔방울로 숯불을 피워 찻물을 만들었다.

青石磨平赤字鐫	반반하게 청석 갈아 붉은 글자 새기니
烹茶小竈屮堂前	차 달이는 부뚜막이 초당 앞에 놓였네
魚喉半含深包火	반쯤 닫은 고기 입에 불길 깊이 스미고
獸耳雙穿細出煙	짐승 두 귀 쫑긋 뚫려 가늘게 연기 나네
松子拾來新替炭	솔방울 주워 와서 새로 숯과 교체하고
梅花拂去晚調泉	매화는 불어 없애 늦게 샘물 조절한다
侵精瘠氣終須戒	정기를 삭게 함은 끝내 경계해야 하니
且作丹爐學做仙	단약 화로 만들어서 신선됨을 배우리라.

다산은 4경 중 제1경으로 꼽은 것이 바로 이 다조이다. 지정 池亭 앞에 이것이 있다고 했으니, 초당 앞에 놓여 있던 것이다. 2구에서 '소조 小竈'라 한 것으로 보아 작은 크기의 청석 靑石 을 평평히 갈아 만든 화덕이었다. 여기에 붉은 글씨로 '다조'란 두 글자를 새겨 넣었다고 했다. 그러나 현재 초당 앞에는 꽤 큰 평평한 돌 하나가 놓여 이것을 다조로 설명하고 있는데 다산의 1, 2구 진술로 볼 때 같은 물건이 아니라고 할 수 있다. 지금의 것은 다조의 일부거나 다탁으로 보인다.

정약용의 호가 다산 茶山 이듯이 이곳 만덕산은 야생차가 많이 자란다. 장보고가 당나라로부터 차씨를 구해와 이곳에 심었으리라 짐작하게 한다. 우리나라 차 문화와 역사를 이야기할 때 다산과 초의선사를 빠뜨릴 수 없다. 다산과 초의는 사제로 만났다. 다산은 초의에게 '주역'과 '논어' 등의 유교 경전을 가르쳤고, 초의가 본격적으로 차를 알게 된 것은 다산을 통해서였다고 한다.

다산과 초의의 첫 만남은 1809년, 초의가 초당으로 다산을 찾아와

▲ 제5경 다조

▲ 만덕산 일대에 자생하는 차나무

배움을 청했다. 첫 만남의 장면에 대해 따로 이렇다 할 기록은 없다. 당시 다산이 48세, 초의가 24세였다. 초의는 출가 이후 그때까지 여러 해 동안 영호남을 주유하며 대덕석학 大德碩學 을 찾아 깨달음을 참구했으나 만족하지 못하던 터였다. 그런 그가 다산을 처음 만나 그 높고 깊은 학문에 단번에 빨려 들어갔을 것은 짐작이 어렵지 않다. 초의는 대둔사와 초당을 왕래하며 공부했다.

'일지암시고 一枝菴詩稿 ' 권1 앞머리에 실린 '봉정탁옹선생 奉呈卓翁先生 '은 초의가 1809년에 지었다. 다산과 처음 만나 곁에서 가르침을 받다가 대둔사로 돌아가며 작별의 예물로 올린 시다.

富送人以財　부자는 남에게 재물을 주고
仁送人以言　어진 이는 남에게 말을 준다네.
今將辭夫子　이제 장차 선생님을 떠나려 하니
可無攸贈旆　올리는 예물이 어이없으리.

先敬舒陋腹　공경스레 비루한 맘 펼쳐 보여서

請陳隱几前　선생님 책상 맡에 펼치나이다.

眞風遠告逝　참된 풍도 아득히 떠난 지 오래

大偽斯興焉　큰 허위가 이를 따라 일어났다네.

閭巷滿章甫　골목마다 글 하는 이 차고 넘쳐도

千里無一賢　천리에 한 사람의 어진 이 없네.

州里旣愁愁　고을마다 모두 다 근심 찌드니

蠻貊理固然　오랑캐 땅 이치가 그럴 수밖에.

我生當此時　이러한 때를 만나 내 태어나니

質亦非堪研　바탕 또한 공부감이 아니었어라.

所以行己道　그래서 제 길을 가려고 해도

將向問無緣　장차 향해 물어볼 곳 하나 없었네.

歷訪芝蘭室　이름난 학자들을 두루 만나도

竟是鮑魚廛　마침내는 냄새나는 어물전이라.

南遊窮百城　남쪽 땅 주유하며 백 고을 누벼

九違靑山春　아홉 차례 청산의 봄 어긋났구나.

豈謂窮海曲　어이해 바다 굽이 다 했다 하리

天降孟母隣　하늘이 이웃에 스승 내셨네.

德業冠邦國　덕업은 온 나라에 으뜸 되시고

文質兩彬彬　글 모양이 아름답고 속내도 충실하시네.

燕居恒抱義　계시는 곳 언제나 의를 붙드시고

經行必戴仁　경행은 항상 인을 놓지 않았지.

旣滿如不盈　가득 차도 넘치지는 아니하시니

常以虛受人　언제나 마음 비워 포용하시네.

君子貴遇時　군자는 때와 만남 귀하다지만

不遇亦不嚬　못 만나도 찡그림은 전혀 없어라.

道大本不容	도가 크면 용납되지 않는 법이라
流落且閻閻	타향살이에도 맘 편히하시네.
我爲求此道	내가 이 도리를 구하기 위해
遠來致恂恂	멀리서 와 정성을 모두 쏟았지.
且將違座側	또한 장차 모시다가 떠나가면서
摳衣請諄諄	옷깃 걷고 가르침을 청하는도다.
儻贈謝車言	작별하는 말씀을 혹 내리시면
鏤肝復書紳	깊이 새겨 허리띠에 써 넣으리라

오랜 갈망 끝에 훌륭한 스승을 만나 해갈한 기쁨이 문면에 숨김없이
드러나 있다.

1813년에 초의가 지은 시에 '비에 막혀 다산초당에 가지 못하고 阻雨
未往茶山草堂'란 작품이 있다.

我思紫霞洞	내 항상 자하동을 그리워 하니
花木正紛續	꽃 나무들 지금 한창 우거졌겠다.
淫雨苦相防	장맛비가 괴롭게 길을 막아서
束裝踰二旬	봇짐 묶고 20일을 지나 보냈네.
深孤長者命	어른의 분부가 특별하여도
無由訴情眞	진정을 호소할 방법 없었지.
星月露中宵	달과 별이 한밤중에 훤히 보이고
屯雲散淸晨	구름장은 맑은 새벽 흩어지누나.
欣然起長策	기쁜 마음 길 떠날 작정을 하니
物色正鮮新	물색은 참으로 신선도 해라.
褰裓涉幽澗	옷자락 걷고서 시내를 건너
俛首穿深篔	고개 숙여 깊은 대숲 뚫고 나섰네.
行至萬瀑橋	발걸음 만폭교에 이르렀는데

天容忽更鞏	날씨가 문득 다시 찌푸리누나.
谷風動林起	골바람 숲 흔들며 일어나더니
流氣被嶙峋	빗기운 산속을 온통 적신다.
飛沫跳水面	물방울 수면 위로 튀어 올라서
細紋起鱗鱗	가는 무늬 비늘처럼 일어나누나.
中行成獨復	가다 말고 혼자 다시 되돌아서니
惆悵難具陳	구슬픈 맘 말로는 다할 수 없네.
由旬尚如此	60리 길 오히려 이와 같다면
何以窮八垠	무엇으로 세상 끝을 가본단 말가.
哀哉七尺身	슬프다 일곱 자의 몸뚱이로는
輕擧諒無因	가벼이 날아올라 갈 수가 없네

자하동은 다산초당이 있던 골짜기 이름이다. 다산과 약속한 날짜가 되어 다시 다산초당으로 가려 하는데, 장맛비에 냇물이 불어 길을 나설 수가 없었다. 20여 일을 그렇게 발이 묶여 있다가, 모처럼 달이 뜨고 새벽 하늘이 맑게 개어오는 것을 보고 초의는 두 말 없이 진작에 싸둔 봇짐을 지고 잰걸음으로 나선다. 그러나 절 숲을 지나 발걸음이 만폭교에 이르자 다시 폭우가 쏟아지기 시작한다. 고작 60리 밖에 계신 스승을 뵈러 가는 걸음이 이렇게 어려우니 안타깝다고 했다. 차라리 날개라도 있다면 훨훨 날아 스승 계신 곳으로 날아갈 텐데 하며 아쉬움을 시로 남겼다.

다산도 초의를 위한 글을 썼다. '상심락사첩 賞心樂事帖'과 '다암시첩 茶庵詩帖'에 있는 시는 초의를 두고 읊은 시이다.

垂蘿細石徑	아름다운 소나무가 드리워진 좁은 돌길은
紆曲近西臺	구불구불 서대와 가까이 있네
時於綠陰裡	이따금 짙은 초록 그늘 속으로
寂寞一僧來	적막히 한 스님 찾아오누나.

서대는 다산초당을 말하며, 좁은 돌길이란 초당 아래쪽 귤동에서 올라오는 길이다. 적막한 그 길을 따라 이따금씩 찾아오는 스님을 반가워하는 마음이 나타나 있다. 이 시의 스님이 바로 초의였다. 시로 보면 초의는 백련사 쪽 길로 초당을 찾지 않고 귤동 쪽으로 올라왔음을 알 수 있다. 대둔사에서 직접 초당으로 온 것이다.

초의가 다산에게서 차를 배운 것은 1809년 처음 만난 이후 2~3년 사이였던 것으로 보인다. 당시 초당에는 차를 덖을 시설도 없었으므로, 초의는 다산이 일러준 제법에 따라 구증구포의 황차를 만들어 다산에게 올렸을 것이다. 그런데 초의가 유학에 빠져 불법을 멀리한다는 소문이 퍼지자 초의의 초당 출입이 뜸해지면서 다산은 제자들과 함께 차를 자체적으로 자급자족하는 시스템을 만들어 나갔다.

제6경은 '연지석가산蓮池石假山'이다. 연못 가운데 돌을 쌓아 만든 산이다. 다산은 원래 있던 연못을 크게 넓히고 탐진강가의 돌을 주워 조그

▲ 제6경 연지석가산

마한 봉을 쌓아 석가산이라 하였다. 연못에는 잉어도 키웠는데 유배생활에서 풀려난 후 제자들에게 보낸 서신에서 잉어의 안부를 물을 만큼 귀히 여겼다. 다산은 잉어를 보고 날씨를 알아냈었다고 한다. 동백꽃이 필 때면 연꽃 대신 연못 위에 가득 떠 있는 붉은 동백잎과 나무그림자가 어울려 멋진 풍경화를 그려낸다.

제7경은 '동암 東庵 의 편액 扁額 '이다. 동암에는 두 개의 현판이 걸려있다. 송풍루 松風樓 라고 불리는 동암은 다산이 저술에 필요한 2천여 권의 책을 갖추고 기거하며 손님을 맞이했던 곳이다. 다산은 초당에 있는 동안 대부분의 시간을 이곳에 머물며 집필에 몰두했으며, 목민관이 지녀야 할 정신과 실천방법을 적은 '목민심서 牧民心書 '도 이곳에서 완성했다.

1976년 서암 西庵 과 함께 다시 세웠는데, 현판 중 보정산방 寶丁山房 은 추사의 친필을 모각한 것이고 다산동암 茶山東庵 은 다산의 글씨를 집자한 것이다.

▲ 제7경 동암편액

제8경은 '다산 초상화'이다. 승정원 일기에 의하면 조선시대에 초상화에는 원칙이 있다. '털 한 가닥, 머리카락 한 오라기일지언정 조금이라도 차이가 나면 다른 사람이 되므로 결코 바꾸지 말아야 한다'는 것이다. 즉, 초상화는 단순한 감상의 대상이 아니라 그 인물의 현신으로 보고 제의적 의미를 부여했다. 그래서 태조 이성계의 어진엔 오른쪽 눈썹 위에 육종이 있고, 오명항의 초상화에선 간암 말기 증상인 흑달과 두창의 흔적이 보인다.

이곳 다산초당에 걸린 초상화에도, 어릴 때 마마를 겪으면서 눈썹에

▲ 제8경 다산초상

남은 흉터 하나가 보인다. 이 흉터로 눈썹이 세 개로 나뉘어 자신의 호를 '삼미자 三眉子(세 눈썹쟁이)라고 했는데, 이 초상화를 자세히 보면 눈썹이 세 개로 나뉘어져 있어 보는 이로 하여금 미소를 자아내게 한다.

다산초당에 모셔져 있는 다산의 초상화는 다른 것과는 달리 안경을 쓰고 있다. 수묵인물화가로 알려진 한국전통문화학교 김호석 교수가 그린 것이다. 초상화를 직접 제작한 김호석 교수는 실학을 집대성한 대학자이기 때문에 새로운 관점으로 그리고자 했으며, 과거의 기록을 샅샅이 뒤졌으며, 무엇보다도 다산이 18년간 강진에 머물면서 역사상 가장 많은 저서를 저술했고 현재도 가장 존경받는 지식인의 표상이 되고 있다는 점에 주목했다고 한다. 그리고 다산 후손인 '나주 정씨 월헌공파 종회'를 찾아가 참석한 300여 명 후손들의 인상을 직접 관찰하기도 했고, 다산의 직계 후손 4명의 인상을 자세히 관찰하고, 그 특징을 이번 초상화에 참고했다고 한다.

특히, 다산에게 안경을 씌운 것은 "당시 서양문물의 영향과 새로운 변화에 부응하는 다산의 열린 학문적 자세를 상징하는 중요한 매체라고 할 수 있기 때문이다"고 하니 어쩌면 다산의 실제 모습에 가장 가까울 수도 있을 것이다. 중요한 것은 예술적 가치는 차치하고 개혁의 정신 다산의 얼이 깃들어 있는가이다. 우리 역사의 보배로운 학자 다산의 초상 앞

▲ 제9경 천일각 풍경

에서 잠시 목례를 올리는 것도 잊지 말아야 할 일이다.

제9경은 '천일각 天一角 풍경'이다. 천일각이라는 이름은 '하늘 끝 한 모퉁이'라는 뜻의 '천애일각 天涯一角'을 줄인 말이다. 다산의 유배시절에는 없던 건물인데 돌아가신 정조대왕과 흑산도에서 유배 중인 형 정약전이 그리울 때면 이 언덕에 서서 강진만을 바라보며 스산한 마음을 달랬을 것이라는 생각으로 1975년 강진군에서 새로 세웠다.

정약용과 정약전 형제의 우애는 남달랐다. 황사영 사건에 연루되어 두 사람이 나란히 귀양길에 올랐다가 나주의 '밤남정 주막거리'에서 두 사람이 함께 하룻밤을 새우고 다음날 아침 형은 흑산도로 아우는 강진 유배길에 올랐다. 훗날 다산은 형님의 편지를 받고 시를 지었는데 형과 헤어진 밤남정을 '언제나 미운 곳'이라고 표현하였다.

다산의 '밤남정 이별 栗亭別'이라는 시에서 그 이별의 안타까움이 전해 진다.

茅店曉燈青欲滅　초가 주막 새벽 등불 푸르스름 꺼지려는데
起視明星慘將別　일어나 샛별 보니 이별할 일 참담해라.
脈脈嘿嘿兩無言　두 눈만 말똥말똥 둘이 다 할 말 잃어
強欲轉嗅成嗚咽　애써 목청 다듬으나 오열이 터지네.

밤남정 주막거리는 지금의 나주시 동신대학교 정문에서 삼도면 방향으로 600～700m 떨어진 지점이다. 얼마 전까지도 '밤남정 식육점', '밤남정 이발소'라는 간판이 걸려 있었으나 지금은 그런 것도 없어 알아내기 쉽지 않다.

이제는 아무도 기억해주지 않고, 아무런 흔적도 없는 밤남정 주막거리에 '밤남정이별' 시비를 세워, 훌륭한 두 학자 정약전과 정약용 형제의 우애를 다시금 떠올렸으면 하는 바람을 가져본다.

제10경은 '백련사 白蓮寺 가는 길'이다. 다산초당에서 백련사까지 이어지는 오솔길은 다산유적지의 정수다. 도보로 겨우 20여 분에 지나지 않는 길이지만 800여 미터 길에는 야생차 군락과 천연기념물 제151호인 동백나무 군락지를 만날 수 있다. 숲길 주변에는 수령 100～300년된 5～15m 정도의 동백나무 1,500본과 100년생 미만의 5～10m 참나무를 비롯하여 소나무, 차나무, 비자나무, 후박나무, 가시나무 등이 천연 혼효림을 이루고 있다. 이 숲길은 지난 2005년부터 2006년까지 생명의 숲에서 숲길 정비 사업을 진행하였던 곳으로 그곳에는 동참했던 필자의 나무도 있어, 이 숲길에 들어서면 꼭 안부를 묻곤 하는데, 이후 역사기행을 겸한 산책코스로도 많은 탐방객들이 즐겨 찾고 있는 지역이 되었다.

백련사 동백숲은 오래된 고목이 즐비해 있다. 그 고목에서 매년 청춘의 열정과도 같은 붉은 동백꽃이 피고 열매를 맺는 모습은 감동적이다. 그것은 고목이지만 매일 조금씩 성장하고 있다는 증거이다. 우리 인생도 비록 나이를 먹어가지만 조금씩 성장해 가겠다는 마음으로 산다면, 노년

▲ 제10경 백련사 가는 길

에도 인생을 꽃피우고 결실을 맺지 않겠는가 생각해본다. 육신은 쇠하여 가는 것을 막을 수는 없지만 그러나 영혼과 마음은 갈수록 젊어질 수 있지 않을까. 동백숲을 걸으며 사철 푸르른 동백잎마냥 늘 한결같을 수 있기를 소망해 본다.

이 길을 다산은 혜장선사를 만나러 가기 위해 오갔다. 한여름 녹음이 뿜어내는 싱그러움과 뜨거운 햇살조차 부드럽게 감싸안는 오솔길에 들어서면 삿된 생각이 스르르 힘을 잃고 수풀 속으로 사라져간다.

정약용과 교류했던 혜장선사는 30세 젊은 나이에 대흥사 제12대 대강사를 지낸 학식과 도력이 높은 스님이었다. 유배를 와서 우연히 만나게 된 다산과 주역논쟁을 벌이다 오히려 다산의 학문세계를 깊이 흠모하게 되고 이후 두 사람은 '아름다운 만남'을 이어간다. 다산 茶山 이라는 호도 혜장선사가 지워준 것이다.

"삼경에 비가 내려 나뭇잎 때리더니

숲을 뚫고 횃불이 하나 왔다오.

혜장과는 참으로 연분이 있는지

절간 문을 밤 깊도록 열어 놓았다네."

다산의 시에는 혜장과의 인연에 얽힌 글들이 많다. 차를 좋아했던 다산이 혜장에게 차를 보내달라고 조르는 인간적인 면모까지 엿볼 수 있다. 그렇게 두 사람은 오솔길을 오르내리며 학문을 주고받고 외로움을 나누며 인간적인 흠모를 보냈다. 두 사람의 아름다운 우정처럼 길은 그렇게 정겹다.

▲ 백련결사의 도량 백련사

애민은 구호가 아닌 실천이다
– 목민심서

목민심서 저술 배경

다산은 '목민심서'의 저술 배경에 대해 다음과 같이 말하고 있다. "변방에서 귀양살이 18년 동안에 오경과 사서를 잡고 되풀이 연구하여 수기修己의 학을 익혔으나, 이윽고 생각해보니 수기의 학은 학문의 절반에 불과하다. 이에 중국의 역사서인 23사史와 우리나라의 역사 및 자子·집集 등 여러 서적에서 옛날의 지방관이 백성을 다스린 유적을 골라 위아래로 뽑아 정리하여 종류별로 나누고 모아 차례로 편집했다. 그리고 남쪽 변두리 땅에서 나오는 전세田稅와 공부貢賦를 서리들이 농간하여 여러 가지 폐단이 어지럽게 일어나고 있었는데, 나의 처지가 낮았기 때문에 듣는 바가 자못 상세하여 이것 또한 종류별로 기록하고 나의 얕은 견해를 덧붙였다."

더불어 '목민심서'라고 한 이유를 '백성을 다스릴 마음은 있으나 몸소 실행할 수 없기 때문에 심서心書라 이름 붙였다'고 했다. 즉, 유배중인 자신의 처지이므로 마음으로밖에 뜻을 펼칠 수 없다는 뜻이다.

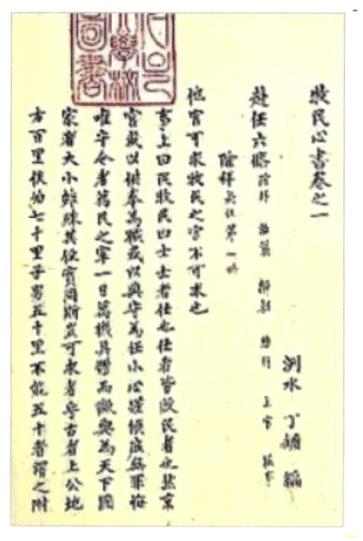

다산은 500권이 넘는 저서를 남겼으나 가장 대표적인 것으로 목민심서 牧民心書를 꼽는다. 강진 유배 중 시작하여 귀양살이가 풀리는 1818년(순조 18)에 완성하였다. 이 시기는 세도정치가 기승을 부리던 시기였는데 지방 아전들의 농간에 부화뇌동하며 목민관들이 재물을 축적하기에 여념이 없었던 시기이다.

다산은 "오늘날 백성을 다스리는 자들은 거두어들이는 데만 급급하고 백성을 보살필 바를 알지 못하기 때문에 백성이 모두 여위어 시달리고, 시들고 병들어 서로 쓰러져 구렁을 메우는 데도 자기들만 좋은 옷과 맛있는 음식에 살을 찌우고 있으니, 어찌 슬프지 아니한가"라고 개탄했다. 법과 제도를 온통 바꾸고 고치는 개혁은 차치하고, 우선 공직자들이 제 정신을 차리고 청렴하고 정직하게 공무를 수행해준다면, 한결 세상이 밝아지면서 백성들의 고통도 덜어지리라고 믿었다. 그러한 여망을 담은 것이 바로 공직자의 행정지침서인 목민심서이다.

이 책의 내용은 국가 정치의 근본문제를 논하거나 체제상의 문제에 물음을 던진 책은 아니다. 지방관이 부임해서 세금을 걷고 백성을 다스리며 군율을 세우고 죄인들을 징벌하는 방법을 논한 책이다. 그럼에도 불구하고 당시뿐만 아니라 지금까지도 공직자의 윤리관 정립의 필독서로 손꼽히고 있는 이유는 무엇일까? 그것은 고관대작은 물론 하급관료에 이르기 까지 공직자들의 청렴한 공직윤리를 회복하고 철저하게 지킴으로써 부패와 타락을 방지할 논리를 찾고 싶은 것이 아닐까 싶다.

목민심서는 힘없는 백성의 마음을 어루만져 줌과 동시에 지배층에게는 중간관리자들과 아전들의 행태를 바로잡아 효율적으로 백성을 다스릴 수 있는 지침서로 생각했을 수 있다.

다산의 애민사상

'백성을 사랑한다'는 '애민 愛民'이라는 단어야말로 바로 유교의 정치 철학의 핵심 중 하나다. 다산은 목민심서의 '애민편'에서 백성을 제대로 사랑하기 위한 방안을 제시하였는데 정치적 구호가 아닌 실천사항임을 강조하였다.

다산은 공직자는 백성을 기르고 양육하는 '목자 牧者'라고 했다. '목 牧'이라는 개념은 다산이 처음 만들어낸 것이 아니라 이미 요·순에서부터 맹자까지 이어져 사용된 적이 있음을 밝히고 있다. 다산은 '목민'의 뜻을 '성현의 가르침에는 두 가지가 있는데, 사도 司徒 는 만백성을 가르쳐 각기 수신하게 하고, 태학에서는 국자 國子 를 가르쳐 각기 수신하고 치민 治民 케 했으니 치민하는 것이 목민 牧民 이다'라고 밝히고, 이어서 수기 修己 해야만 봉공 奉公 할 수 있고 수기에는 청렴이 근간이 되어야 함을 강조했다.

이러한 다산의 목민사상은 역사서와 고전뿐만 아니라, 부친의 사적과 본인의 공직경험을 토대로 형성되었다. 그의 부친 정재원 丁載遠 (1730~1792)은 번암 채제공이 기록한 '진주목사정공묘갈명'에 나타나 있듯이 대단한 인격의 소유자였고 학문도 높았지만, 특히 이치 吏治 에 밝아 경기도 연천과 전라도 화순의 현감, 경상도 예천 군수와 울산 도호부사를 거쳐 진주 목사를 역임하면서 훌륭한 목민관으로서 치적을 남겼다.

다산은 어려서부터 부친의 임지를 따라다니면서 직접 보고 듣고 깨달은 것뿐만 아니라 자신이 직접 목민관으로서 실천한 경험과 유배지에서 공부한 것을 토대로 '목민심서'를 저술했다. 다산도 금정찰방 金井察訪 과 곡산군수로서 직접 백성을 다스렸으며 18년 동안의 강진 귀양살이를 통해 백성이 국가 권력과 관리의 횡포에 도저히 배겨내지 못하는 것을 누구보다도 소상하게 알게 되었다.

다산의 목민사상은 '주자와 공자의 예악'을 강령으로 삼고 '맹자의 왕정'을 기반으로 목민관의 윤리기준을 설정하여 요·순의 이상국가를 지향하려는 데 있었다. 다산은 목자 牧者란 백성을 위해 존재하는 것이지, 백성이 목민을 위해 사는 것이 아니라고 했다. 그의 애민정신이 드러나는 대목이다.

'애민'에서의 민 民은 잘나고 똑똑한 사람이 아니라 나라와 관 官의 사랑을 받지 않는다면 살아갈 길이 없는 사람들이다. 도움을 받지 않고는 살아가기 힘든 사람들 가난하고 천하며, 늙고 약하며, 궁함에 빠진 그들을 제대로 돌봐주는 일이 다산이 말한 애민의 뜻이다.

대기업들만 혜택을 받고 연약한 중소상인들은 외면당하며, 부자들은 감세를 받아도 일반 서민들에게는 큰 혜택이 없다면 백성을 사랑하는 정치라고 말할 수 없다. 다산의 애민은 철저한 사회보장제도를 통한 약자구제임을 보여준다. 어려움에 처한 백성에게 '힘내라, 사랑한다'는 구호만으로는 백성을 어려움에서 구하지 못한다. 진정으로 손을 내밀어 힘낼 수 있게 하여 외롭지 않고 함께 힘을 내겠다는 용기를 낼 수 있게 하는 것이 진정한 애민일 것이다.

목민심서의 구성과 내용

목민심서는 '경세유표 經世遺表'의 수령고과 9강 九綱 6목 六目을 확대하여 지방의 수령이 지켜야 할 윤리지침서로서 12강 6목으로 구성되어 있다.

목민심서의 체제와 내용은 지방관리의 부임으로부터 해임에 이르기까지 전 기간을 통해 반드시 준수하고 집행해야 할 실무상 문제들을 각 조항으로 설정하고 자신의 견식과 진보적 견해를 피력해 놓은 것이다.

제1편 '부임 赴任'에서는 목민관으로 발령을 받고 고을로 부임할 때 유의해야 할 6가지 사항에 대한 내용이 담겨 있다.

다산은 목민관이 여러 벼슬 중에서 가장 어렵고 책임이 무거운 직책이라고 했다. 목민관은 임금의 뜻에 따라 백성을 보살펴야 하는 동시에 모든 면에서 모범이 되어야 하는 자리이기 때문이다. 그래서 목민관은 부임할 때부터 검소한 복장을 해야 하며 백성들에게 폐를 끼치는 일이 없도록 해야 한다고 하였다.

또한 나라에서 주는 비용 외에는 한 푼도 백성의 돈을 받아서는 안 되며, 일을 처리할 때는 공과 사를 분명히 해야 한다. 또한 아랫사람들이 자신 모르게 백성을 괴롭히는 일이 없도록 단속하라고 하였다. 다산의 목민관은 백성과 나라를 향한 뜨거운 사랑과 열정이 있는 사람이어야 하며, 백성들이 그 목민을 자연스럽게 칭송할 수 있어야 한다고 했다.

제2편 '율기 律己'는 자기의 행동을 몸소 규제하는 행동규범, 즉 수기 修己에 관한 내용이다. 다산은 '율기육조 律己六條'에서 목민관, 즉 지방 행정관인 수령이 지켜야 할 몸가짐을 적시하고 있다. 수령은 마땅히 "기거함에 절도가 있고, 관대는 단정히 하며, 백성을 대할 때에는 장중하게 해야 한다"고 했다.

이것은 공직자로서 품위에 어긋나지 않는 외모를 갖추어야 함을 말한 것이다. 또한 직무에 임해서는 청렴을 강조하여 "청렴은 수령의 본분이고, 모든 선의 원천이다"라고 하며, 목민관으로서 청렴하지 않는다면 백성이 도둑으로 지목하고 마을을 지날 때마다 욕할 것이라고 했다.

그리고 한 고을을 잘 다스리려면 집안일부터 단속해야 하고 관청에 손님이 무상출입하는 것을 경계해서 공사 公私를 분명히 가릴 것을 강조했다. 또한 수령 노릇을 잘 하려는 자는 자애로워야 하고 의복이나 음식을 검소하게 하여 절용을 실천함으로써 가난하고 궁한 처지에 있는 사람을 돌보도록 당부하고 있다.

제3편 '봉공 奉公'은 공직자의 마음자세로서 국가와 백성을 위해 봉사하는 것을 말한다. 다산은 '봉공육조 奉公六條'에서 목민관이 직무를 수행할 때 항상 명심하고 지켜야 할 사항을 말하고 있다.

목민관의 가장 중요한 임무는 임금의 뜻을 백성에게 잘 알리는 일이라고 하였다. 당시에는 나라에 큰 일이 있을 때 교문 教文 이나 사문 敎文 과 같은 공문서를 각 고을로 내려 보냈다. 하지만 글이 너무 어려워 일반 백성들이 그 뜻을 이해하기 힘들었다. 목민관은 이것을 쉽게 풀어 써서 백성들에게 알려주어야 한다고 했다.

공문서는 정해진 기간 내에 완벽하게 처리해야 하며, 공납과 같은 세금을 공정하게 징수해서 아전들이 부정을 저지르는 일이 없도록 철저히 단속해야 한다고 하였다.

또한, 외국 선박이 표류해 들어온 경우는 예의를 갖춰 잘 보살펴 주어야 하며, 그들에 관한 모든 것(배의 모양, 크기, 문자 등)을 빠짐없이 기록해 상부에 보고해야 한다. 이 때 그들의 좋은 점을 보고 배워야 하며 백성들에게 폐를 끼치는 일이 없도록 해야 한다고 하였다. 우리나라를 서양에 최초로 알리게 된 '하멜 표류기'의 저자 네덜란드인 하멜이 강진 병영성

▲ 강진군 병영면 지로리에 있는 돌담마을 – 하멜 일행이 1656년부터 7년간 이곳에서 머무는 동안 쌓은 것으로 전해지는 토석담과 돌담이 약 1만m에 이른다.

에서 6년 동안 노역을 했다는 점에서 다산은 하멜[4]을 염두에 두고 쓴 내용으로 생각된다.

제4편 '애민 愛民'은 백성을 사랑하는 것으로 인 仁 의 정신을 발현하는 것이며, 유교 정치사상의 기본 정신을 이루고 있다. 다산은 '애민육조 愛民六條'에서 백성을 사랑하는 방법에 대해 말하고 있다.

목민관은 노인을 공경하고 불쌍한 백성을 보살펴야 할 의무가 있는데, 사궁 四窮 이라 하여 홀아비, 과부, 고아, 늙어서 의지할 수 없는 사람은 특히 잘 보살피라고 하였으며, 홀아비와 과부를 재혼시키는 일에 힘쓰라고 했음은 재미 있는 대목이다.

그리고 상을 당한 사람에게 요역을 감해주고, 불구자와 중환자에게는 신역 身役 을 면제해 주어야 하며, 수재와 화재를 입은 사람에게는 휼전 恤典 에 정한 것 외에 마땅히 수령의 구휼함이 있어야 할 것이라고 했다.

율기·봉공·애민을 삼기 三紀 라 하는데, 이것은 곧 수기치인의 이념을 구현하는 것이다. 목민관의 선임의 중요성·청렴·절검의 생활신조, 백성본위의 봉사정신 등을 주요 내용으로 들고 있다. 수령은 백성과 가장 가까운 관직이니 다른 관직보다 그 임무가 중요하므로 반드시 덕행·신망·위신을 갖춘 적임자를 임명해야 한다고 강조했다. 수령은 언제나 청렴과 검소함을 생활신조로 하여 명예와 재물을 탐내지 말고, 뇌물을 절대 받지 말며, 수령의 본분은 민에 대한 봉사정신을 기본으로 삼아 국가정령 國家政令 을 빠짐없이 알리고, 민의의 소재를 상부관청에 잘 전달하고 상부의 부당한 압력을 배제해 민을 보호할 것을 주장했다.

다산의 '목민심서'는 근본적으로 백성과 목자는 평등하다는 인식을

---

4 1653년(효종 4) 1월 배를 타고 네덜란드를 출발하여 7월 64명의 선원과 함께 일본 나가사키를 향해 가던 도중 폭풍을 만나, 8월 제주도 부근에서 배가 난파되어 일행 36명이 제주도 산방산 앞바다에 표착했다. 이듬해 5월 서울로 호송되어 훈련도감에 편입되었다. 그 뒤 1657년 강진의 전라병영, 1663년(현종 4) 여수의 전라좌수영에 배치되어 잡역에 종사했다. 1666년 9월 7명의 동료와 함께 탈출, 일본 나가사키를 거쳐 1668년 본국으로 돌아갔다. 귀국 후 13년간의 한국 억류 경험을 바탕으로 '하멜 표류기'를 저술했다.

바탕으로 봉공과 애민을 강조한 것이라고 할 수 있다. 공자의 인도 仁道 가 효제 孝悌 의 실천을 통해 첫 출발을 마련했다고 한다면, 다산이 주장한 목민의 도 道 는 공자의 인도를 확충·완성한 것이다. 이는 또 가족적인 효제의 도가 국가적인 목민의 도로 발전된 것을 의미한다.

이전 편부터 공전 편까지는 각 방의 세부 업무에 대해 설명한 부분이다. 조선시대의 지방행정 조직은 수령 아래 이·호·예·병·형·공의 6방으로 이루어져 있었다. 목민관은 6방의 업무를 총괄하는 책임자이므로 마땅히 모든 업무를 빈틈없이 파악하고 있어야 함을 강조하였다.

제5편 '이전 吏典'에서는 지도자의 자질에 대하여 논어의 공자말씀을 인용하여 설명하였다. 아전들을 바르게 단속하고 지도하려면 본인이 우선 철저하게 자신을 검속 儉束 하여 한 점의 흠결이 없을 때에만 아랫사람들이 명령을 내리지 않아도 바르게 행정을 펴고 백성들을 괴롭히지 못한다고 하였다.

관리를 뽑을 때는 충성과 신의를 첫째 기준으로 삼아야 하며 재주나 지혜는 그 다음이라고 했다. 또한 관리가 한 일은 반드시 공적을 따져서 상벌을 주어야 한다. 그래야만 백성들로 하여금 믿고 따르게 할 수 있다고 하였다.

제6편 '호전 戸典'은 농업진흥과 민생안정을 위해 호적정비와 전정·세법 등 부세제도의 개선을 통해 권농·흥산의 부국책을 도모할 것을 내세우고 있다. 소출량을 기준으로 한 세금 징수는 정확한 실태 파악이 어렵기 때문에 문제가 있었다. 다산은 이 점을 비판하고 공정한 세금 징수를 위해 해마다 직접 조사해야 한다고 주장했다.

목민관은 원활한 조세 업무를 위해서 호적을 정비하고 부정 방지에 힘써야 한다. 또한 국가경제의 근본인 농업을 장려하는 정책을 펴야 한다. 농사를 권장하는 핵심은 세금을 덜어 주고 부역을 적게 하여 토지 개척을 장려하는 것이라고 하였다.

제7편 '예전禮典'에서는 제사와 손님접대, 교육, 신분 제도 등에 대해 설명하고 있다. 목민관의 중요한 임무 중 하나는 정성을 다해 제祭를 지내는 일이다. 미풍양속을 해치는 미신적인 제사가 있다면 사람들을 계몽하여 없애야 한다고 했다. 또한 교육을 장려하고 과거 공부를 권장하며 인재를 양성해야 한다고 주장하였으며, 문란해진 신분제도를 바로잡는 일도 목민관이 해야 할 일이라고 하였다.

제8편 '병전兵典'에서는 첨정·수포의 법을 폐지하고 군안軍案을 정리하는 등 당시 민폐가 가장 심했던 군정개혁안을 제시하고 있다. 또한 수령은 백성들의 생산활동에 지장되지 않는 범위에서 항상 훈련을 실시함으로써 비상시에 대처하고, 나아가서 국방력 강화를 위해 외국의 발전된 무기도 수입해야 한다고 주장했다.

당시에는 병역 의무자가 군대에 가는 대신 옷감을 내고 면제를 받는 제도가 있었는데 여기에 부정이 많았다. 목민관은 이러한 부정을 가려내어 가난한 백성들이 피해를 입는 일이 없도록 해야 한다고 하였다.

▲ 복원된 동문주막의 사의재

제9편의 '형전 刑典'에서는 청송 聽訟·형옥을 신중히 할 것을 제시하면서, 봉건적 형벌제도의 남용을 견제했다. 당시의 법규가 '백성을 계몽시키지 않고 형벌을 가하는 것은 실상에 있어서는 백성을 잡기 위해 그물질하는 것과 같다'고 하면서, 수령은 '선교도후형벌 先敎導後刑罰'의 원칙을 견지할 것을 강조했다.

또한, 죄인들에게 관용을 베풀고 그들의 어려움에 조그마한 도움이라도 주어야 한다고 하면서 "유배당한 사람은 가정을 떠나 멀리 귀양 와 있으니 그 정상이 슬프고 측은하다. 집과 곡식을 주어 편안하게 머물게 함이 수령의 책임이다"라고 하여 유배자들을 돌볼 것을 강조했다.

다산은 18년의 유배생활 동안 8년간을 주막에서 지냈다. 당시의 곤궁하고 처참한 생활을 짐작할 수 있을 것이다. 사람이 곤궁할 때 받는 감동은 골수에 새겨지고 곤궁할 때의 원망 또한 골수에 새겨진다는 말이 있다. 우주운행에 따라 달은 차면 기울고, 추위와 더위가 교대로 옮겨지듯이 부귀와 권세 있는 자가 항상 즐거움을 누리는 것은 아니니 나보다 더 어려운 주변사람들을 보살피고 항상 겸양으로 대해야 한다는 것을 일컫는 대목이라고 본다

제10편 '공전 工典'은 산림과 수리시설, 환경미화 등에 대하여 말하고 있다. 목민관은 산림을 울창하게 가꾸고 농사의 기본이 되는 수리 시설을 관리할 책임이 있다. 수리 시설의 경우, 지방 토호들이 제멋대로 저수지를 파서 자기 논에만 물을 대는 행동을 막아야 한다고 하였으며, 농업과 함께 임업·광업·교통·수공업·상업 등 각 분야의 생산력 발전을 위해 선진기술을 도입할 것을 주장하는 등 산업개발 문제와 그 대책을 다루고 있다.

제11편 '진황 陳荒'은 빈민구제로서의 구황정책을 다룬 것이고 백성의 주린 배를 으뜸으로 근심하라고 하였다. 재해가 났을 때를 대비해 준비해야 할 사항들에 대해 말하고 있다. 흉년이 들 때를 대비해서 평소에 곡식을 저축하고 창고 안에 있는 식량의 양을 늘 파악하고 있어야 하며,

철저한 대비책을 마련해 두어야 한다. 또 흉년이 들어 위급한 때는 조정의 명령을 기다리지 말고 창고를 열어 곡식을 나누어 주어야 한다.

특히, 백성을 구제하는 데는 두 가지 관점이 있는데, 첫째는 시기를 맞추는 것이며, 둘째는 원칙을 세우는 것이다. 이는 정확한 실태 파악을 바탕으로 규휼에 나서야 한다는 점을 강조한 것이다.

제12편 '해관 解官'으로서 해관이란 관직에서 물러난다는 뜻이다. 목민관이 벼슬을 두고 물러날 때와 그 이후의 일에 관하여 말하고 있다. 벼슬에 연연하는 것은 선비의 도리가 아니며, 떠날 때 많은 재물을 가지고 가는 것 또한 선비가 할 일이 아니다. 백성들이 목민관이 떠나가는 것을 슬퍼하고 길을 막아선다면 훌륭한 목민관이었다고 할 수 있다고 했다.

만약 오랜 병으로 눕게 되면 거처를 옮겨서 공무에 지장이 없도록 해야 하며, 죽은 뒤에라도 백성들이 내는 돈을 받지 않도록 미리 유언으로 명령해 두어야 한다고 했다. 송덕비 頌德碑 나 선정비 善政碑 는 죽은 이후에 세워야 하는 것을 살아 있을 때는 세워서는 안 된다고 했다.

나는 공직기간 동안 다산이 당부한 목민관의 자세를 실천하기 위해 다산의 당부대로 책상 유리판 밑에 항상 '버릴 기 棄' 자를 넣어두었다. 다산은 "행하는 데 장애되는 일이 있으면 버리고, 마음에 거슬리는 일이 있어도 버리며, 윗사람이 무례하면 버리며, 올바른 자신의 뜻이 행해지지 않으면 버린다"라고 하여 네 가지의 '버릴 기'를 제시하였다.

언제든지 소신과 맞지 않으면 공직을 버릴 각오로 일했다. 또한, 내 자신이 공직자로서 부적합할 때에는 언제든지 공직을 버리겠으며, 부당한 처사에는 내 공직을 걸고 대응하겠다는 일종의 경고였었는데, 목민심서를 정리하다 보니 새삼스레 그때 일들이 주마등처럼 펼쳐진다.

목민심서의 현대적 해석

다산이 목민심서에서 제시한 내용들은 공직자들이 업무를 수행함에 있어서 어떠한 가치관과 자세를 가져야 하는지, 구체적으로 어떻게 행동하여야 하는가에 대한 성찰을 하게 한다. 그러므로 다산이 생각한 공직자에 대한 기본적인 생각들은 대부분 현대 사회에도 충분히 적용될 수 있다고 보여진다.

우리나라 관료경쟁력은 2010년은 43위, 2011년은 40위이다. 부패지수는 58위다. 공직자들이 청렴해야 하고, 국민들의 삶의 질을 높이도록 중추적인 역할을 해야 하는데 문제가 있는 순위이다. 우리나라 공무원법은 1949년에 제정되었다. 일제강점기 칙령을 옮겨 놓을 정도로 고루한 것을 1963년 전면수정 이후 44차례 개정되었으나 피상적으로 개정되어 있어 늘 국회에서 논의되어 온 과제이지만, 여전히 손을 제대로 댈 수 없는 성역 중에 하나이다.

IMF 경제위기 극복과정에서 '철밥통'이라는 말이 유행하였다. 감원, 조기퇴직 등 사회전반의 구조개혁 과정에서 영향을 덜 받는 직업군을 빗대어 말한 것인데 공무원 그룹이 그 대표격이었다. 공무원은 법에 의하여 신분이 보장되고 보수를 국민의 세금으로 받는다. 세금은 헌법에 정한 국민의 3대 의무 중 하나이기 때문에 법에 따라 자연스럽게 걷힌다. 제도적으로 공무원 신분을 '철밥통'으로 만들어놓은 것은 '국민의 공복'이라는 단어가 표현하듯이 공무원의 일이 신분의 안정성을 필요로 하는 중요한 일이기 때문이다. 철밥통 공무원이라는 표현은 모든 공무원이 아니라 정말 '밥통' 공무원에게만 해당되는 것이다. 달을 가리키는데 손가락만 보는 어리석음과 마찬가지로 성과를 중요시하지 않고 절차와 집행만을 중시하는 공무원은 '철밥통' 소리를 들어 마땅하다.

공무원은 전통적으로 직제에 의하여 업무를 수행한다. 성과보다 중요하게 생각하는 것이 절차이다. 행정학 교과서에서 관료제의 병폐 중 하나로 지목되는 번문욕례繁文縟禮란 바로 이러한 절차와 문서주의에 얽매여 행정의 본래 목표인 성과를 도외시하게 됨을 가리킨다. 모든 사무가 중앙의 지침에 의하여 이뤄지는 예전의 지침 준수형 지방행정에서는 집행 자체가 행정의 성과였다.

이것은 내 자신이 공직생활 중 가장 고민하고 부딪혔던 문제였다. 불필요한 민원서류의 징구와 절차에 대한 개선 건의를 하였으나 이루어지지 않았기에 스스로 번문욕례적인 행정절차는 과감하게 개선하면서 일처리를 하였다. 상사는 내 일처리 방식을 맘에 들어하지 않았지만, 감사 시 오히려 표창까지 받은 적이 있다.

수년이 흐른 요즘의 공문서에서도 이런 사항들을 종종 발견한다. 이제는 공무원 스스로 변하지 않으면 안된다. 스스로 사업계획을 추진하고 주민만족을 위한 성과를 거양하여야 하며 일을 통해 정책개발을 해야 하는 전문직으로서 공무원 시대인 것이다.

정성을 다하는 공직자의 대민태도가 필요

오늘날 공직자가 대민을 대하는 태도를 세 가지로 나누어 어떤 유형이 목민심서에 합당한지 반추해 볼 수 있을 것이다. 첫 번째 유형은 'Buy Me' 형이다. 이는 장사하는 사람들의 판촉활동을 비꼬아 말하는 것처럼 공공의 관계에서도 'P' 피할 것은 피하고, 'R' 알릴 것만 알리는 'PR'에만 치중한다. 즉, 단점은 숨기고 장점만을 강조하는 것이다. 공공사업 추진에서 충분히 예상되는 문제점들을 국민들에게 알리지 않고, 이점만 홍보함으로써 그 의지를 관철시키려는 자세로서 이러한 행정은 결국 국민으로부터 신뢰를 받지 못하여 실패할 수밖에 없다.

두 번째 유형은 'Follow Me' 형이다. 말 그대로 "나를 따르라"는 편의주의나 권위주의적 행정으로서, 민의 의지와는 상관없이 정책을 수립하고 일방적인 '공고'나 '정책홍보'를 통하여 통고하고 이에 따르지 않으면 불이익을 당하고 따를 경우 혜택이 주어진다는 식이다. 이러한 일방향식 태도는 일을 추진하기에는 무척 편한 방법이다. 그러나 이 또한 국민참여의 결여로 실패할 수밖에 없다.

그렇다면 정보화시대이자 민주화가 성숙된 현시대에는 어떠한 자세가 필요할까. 그것은 'Love Me' 형이다. 왜냐하면 지금은 국민참여 정부의 시대로서, 힘의 원천이 국민의 동의로부터 나오는 시대가 되었기 때문에 국민이 이해하지 못하고 동의하지 못한다면, 이와 같은 방법으로는 정책추진 효과보다는 오히려 역방향의 결과를 초래하기가 쉽다. 그러므로 우리 공직자들은 국민의 이해를 돕고 동의를 구하는 데 정성을 아끼지 않는 'Love Me'의 자세가 필요하다고 본다. 'Love Me'는 양방향 커뮤니케이션에 의해서만 이루어질 수 있다. 우리 공직자들이 국민들에게 가지는 자세를 바꿀 때, 국민으로부터 신뢰가 형성될 것이며 국민으로부터 지지를 받게 되며 정책추진에 힘과 탄력을 받을 수 있기 때문이다.

정치란 바르게 함(正)이요 고르게 함(均)이다

다산이 목민심서를 저술하게 된 직접적인 배경은 지방관리들의 부패를 실감하였기 때문이다. 오늘날 지방자치시대가 되면서 지방공무원의 위상과 중요성은 훨씬 더 증대되었다. 자체적으로 정책개발과 집행을 해야 하기 때문이다. 지방공무원은 특별한 사안이 아니라면 임기중 그 지방에서만 근무하기 때문에 가장 유력한 토호세력이 되었다. 그러므로 우수한 공직자가 선발될 수 있는 인재선발 시스템이 구축되어야만 한다.

다산은 공직자들의 청렴성과 신의를 중시하였으며 능력은 차후라고 하였다. 인재선발시 능력을 가름하는 객관적인 자료를 가지고도 제대로 인재선발의 타당성과 신뢰성을 기대하기 어려운데, 인간의 본성과 관련되는 청렴성과 신의는 더욱 측정하기 어렵다. 이 문제는 현대기업의 인재선발팀에서도 가장 고민하는 문제이기도 하다. 그래서 도입된 것이 '평판평가'이다. 이는 전 직장 동료 및 상사, 학교, 친구, 지역사회 등을 통하여 평판을 수렴하여 조직과의 조화를 평가하는 것이다.

다산은 '정치란 바르게 함正이요 고르게 함均이다'고 정의한다. 그러면서 가난보다 더 무서운 것은 분배의 불균등이라고 했다. 그렇다면 어떻게 바르고 고르게 할 것인가에 대한 비결을 제시하는데, 그것은 바로 청렴淸廉이라고 하였다. 청렴한 공직자라야 투명한 행정을 펼 수 있고 청렴해야만 공무원으로서의 권위가 서고 청렴해야만 강직한 공직자 생활을 할 수 있다는 것이다. 그래서 '목민심서'에서 "청렴하지 않고서는 공직자가 될 수 없다"不廉而能牧者未之有也고까지 단정적으로 주장하였다.

오늘날 고위공직자의 경우는 '인사청문회'가 이를 대신하고 있다. 그런데 털어서 먼지 안 나는 사람이 없다지만 대부분의 임용후보자들이 비슷한 지적을 받고 있어 요즘은 인사청문회의 의미와 기능이 상실된 지 오래다. 공직생활만 했는데 재산이 수십억대에 이르는가 하면, 얼마되지 않는 세금이나 공과금을 체납하였다. 수없는 위장전입과 부동산 투기가 아닌지 의심스러운 정황이 포착되고, 본인이든 자녀든 병역사항이 불투명하다.

이러한 인사들은 자신의 문제가 문제인지조차도 인식하지 못한다. 그러한 가치관과 생활 속에 살아왔기 때문이다. 국민들도 이 정도의 '흠'에는 별로 충격을 받지도 않으며, 심지어 누가 장관에 임용되었는지에도 별 관심을 보이지 않는다. 심지어 인사청문회에서 고성이 오가고 심각한 문제점이 지적되어도, 대통령의 일방적인 면죄부에 의하여 임용장을 수여하면 그만이다. 일단 임용된 후에는 별 저항이 없기 때문이다.

백성들이 마음 놓고 편안하게 살아가게 해주는 일이 정치의 최종목표라면, 정치에 뜻을 두고서 최고통치자가 되고 싶은 사람은 먼저 자신을 닦아 인격도야에 평생을 걸어야 함을 인식해야 한다고 생각한다. 국민을 어떻게 하면 편안하게 할 것인가에 성심을 다해야 할 정치인들이 그저 높은 지위나 재물이나 탐하고 정권이나 잡으려고 허튼 꾀만 부린다면 언어도단이 아니겠는가.

현대시각에서 본 목민심서

목민심서는 200년 전에 저술된 저서이므로 현대사회와는 다른 그 시대상을 반영한다. 그런데 기본적인 사상면에 있어서는 그 맥을 같이할 때 그 가치는 배가 될 것이다. 그런 의미에서 목민심서를 현대사회의 시각에서 제고되어야 할 점들을 고찰해 보아야 한다.

우선, 관과 민의 관계이다. 당시 조선의 관료들은 백성을 단순히 통치의 대상으로만 파악한 반면, 다산은 관료란 백성들을 양육하는 목자라고 생각하며, 백성들의 삶을 개선하고 풍요롭게 해주기 위한 구체적인 방법들을 제시하였다. 이는 다산은 당시 사회분위기에 비하여 백성을 생각하고 그들의 입장을 이해하려는 관료였다.

그러나 다산도 백성을 '염두'에 두기는 하였지만 그들을 행정·정치의 주체로 보지는 못하였다. 즉, 현대의 민주주의 제도는 국민의 뜻을 대신한 공직자들은 '국민들의 주권을 위임받은 존재'이므로 항상 국민의 뜻에 의해 통치하는 것을 기대한 반면, 다산은 백성을 '보살핌을 받을 존재'로 인식하였다. 민주주의 국가의 국민은 권리와 보호만큼이나 책임과 의무를 가져야 하는 주체적 존재여야만 한다는 점에서 고려되어야 한다.

다음은 행정의 전문성과 능률성과 관련된 점이다. 공직자의 부정부패는 과거나 현재나 큰 문제이고 지양되어야 하지만, 단순히 청렴하다고 하여 임명할 수는 없다. 전체적인 국가의 행정이 원활하게 이루어지기 위해서는 청렴하면서도 그가 맡은 분야에 해박한 지식을 가지고, 결단력과 일관성, 신속성을 가진 전문관료를 임명하는 것이 필요하다. 또한, 수도권 위주의 인재선발에 관한 의견은 불합리하다.

또한, 다산의 신분사회에 대한 의식은 전혀 개혁적이지 못하였다. 전세대인 박지원은 열하일기의 '호질문 虎叱文'을 호랑이의 입을 통하여 양반사회를 풍자할 정도로 신분사회의 모순에 대한 의식을 가지고 있었다. 조선시대에 가장 문제가 되는 것은 사실상 신분사회였으므로, 모든 것에 앞서 신분제도 철폐부터 개혁이 이루어졌어야 했다. 그러나 다산은 '모든 사람이 양반이 되는 사회'는 꿈꿨을망정 정작 신분철폐는 주장하지 않았다.

오히려, 아들이 약방을 차려 의원노릇을 계속한다면 '살아서는 연락도 안할 것이고 죽어서도 눈을 감지 못할 것이니 네 마음대로 하거라. 다시 말도 하지 않겠다'고 하였다. 그의 의식에는 철저한 직업에 대한 귀천의식과 신분차별 의식을 가지고 있었던 것이다.

그리고, '무릇 이속들의 변변치 않은 과실이나 조그만 흠을 마땅히 덮어둘 것이니 샅샅이 밝혀내는 것은 현명치 못하다. 가끔씩 농간을 적발해 내서 그 기틀이 귀신과 같다면 백성들이 두려워할 것이다' 하였는데, 이것은 '이전'편에 나오는 구절로서 다산은 관료의 작은 과실에 대하여 관대한 입장을 취하고 있다.

현대 사회에서, 만약 그릇된 행정을 하는 관료를 관리하지 않는다면, 그것은 사회에 복합적으로 악영향을 미칠 가능성이 있으므로 반드시 경계해야 할 부분이다.

개혁은 일상이다
– 경세유표

최초의 국가개혁론

　'경세유표'는 새로운 국가경영을 이루기 위한 제도개혁론을 서술한 것으로서. '유표'는 신하가 죽으면서 임금에게 올리는 글이라는 뜻이다. 그는 '자찬묘지명 自撰墓誌銘'에서 경세유표는 국가 통치질서의 근본이념을 세워 오랜 조선을 새롭게 하고자 저술하였다고 밝히고 있다.

　중국의 국가 제도를 기술한 '주례 周禮'의 이념을 바탕으로 하면서도 당시 조선의 현실을 새롭게 개혁해 보려고 저술한 것이다. 체제상으로는 먼저 개혁의 대강과 원리를 제시한 뒤 이미 시행되고 있는 제도의 모순, 실제의 사례, 개혁의 필요성 등을 자세히 설명하고 있다.

　그리고 기술 발달과 상공업 진흥을 통한 부국강병 등에 관한 실학자들의 연구 성과도 폭넓게 기술하고 있다. 경세유표는 '역사가 오래된 우리나라를 새롭게 개혁하고자' 했던 최초의 체계화된 국가 개혁론이라고 할 수 있다.

　이 책은 1817년(순조 17) 강진 康津 유배 중에 저술될 당시 원제명은

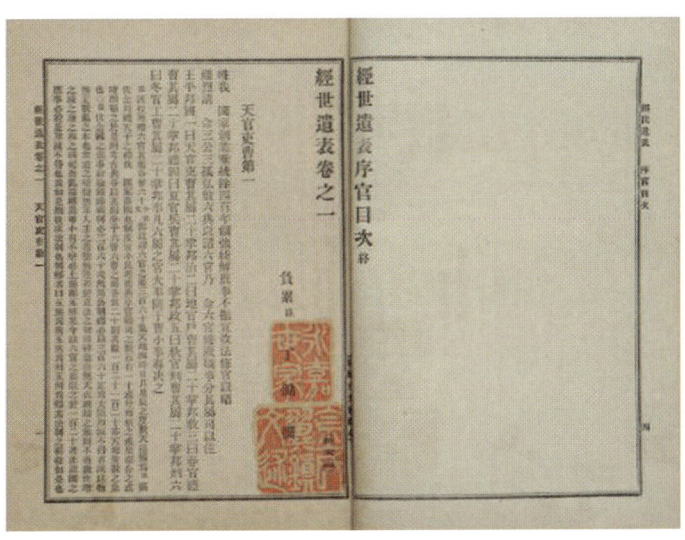

'방례초본 邦禮草本'이었는데, 1820년 다산이 자신의 문집을 정리하면서 '경세유표'로 고쳤다. 다산의 대표적인 저술을 '1표2서'라고 하는데 '목민심서'나 '흠흠신서'보다 먼저 꼽힐 만큼 가장 큰 비중을 차지하고 있다. 자찬묘지명에서 48권이며 미완성이라 하였으나, 여유당전서와 국립중앙도서관 필사본에는 44권 15책으로 나와 있다. 4권 1책 분량이 미완인 것으로 추측되고 있다.

다산은 방례초본의 서문에서 경세유표를 저술하게 된 배경을 설명하고 있다. "조선의 법은 고려시대 때의 옛법을 따른 것이 많았는데, 세종 때에 와서 조금 줄이고 보탠 것이 있었다. 그 후 임진왜란으로 온갖 법도가 무너지고 모든 일이 어수선해졌다. 군영을 자꾸 증설하여 국가의 재정이 탕진되고 토지제도가 문란해져서 세금을 거두는 것이 공평하지 못했다. 재물이 생산되는 근원은 힘껏 막아 버리고, 재물이 소비되는 길은 마음대로 뚫어 놓았다.

이리하여 오직 관서를 혁파하고 관원을 줄이는 것에 급급하였다. 그러나 이익이 되는 것이 되 荓 나 말만큼이라면 손해나는 것은 산더미 같았다. 모든 관직이 정비되지 않아서 정규 관원에게 봉급을 지급하지 않고 부정부패 풍습이 크게 일어나서 백성이 초췌하게 되었다.

가만히 생각건대, 대개 터럭 하나만큼 이라도 병폐 아닌 것이 없는 바, 오늘날 고치지 않으면 반드시 나라를 망치고야 말 것이다. 실정이 이러한데 어찌 충신과 지사가 팔짱만 끼고 쳐다보고만 있을 것인가. ”

다산은 당시의 상황을 ‘터럭 하나만큼이라도 병폐 아닌 것이 없다’고 하였다. 따라서 근본적인 제도개혁 없이 주변적인 구조조정으로는 해결될 상황이 아님을 주장하였다. 또한, 관원에게 정식 급여가 지급되지 않는다는 것은 구조적으로 병폐를 조장하는 것과 마찬가지였을 것이다. 또한, 국가조직을 전체적으로 개편하기를 주장하였는데 이러한 배경으로는 ‘의정부 議政府 ’기능의 유명무실과 비변사의 권력 집중화에 있었다.

조선시대 말 관료기구의 특징으로 백관의 통솔과 서정을 총괄하던 편제형식상 최고 기관은 의정부였다. 그러나 의정부는 그 기능이 구체적으로 명시되어 있지 않고 형식적이고 추상적으로 규정되어 있었다는 점이다. 이러한 이유로 조선시대 말 의정부는 최고정책결정기관으로서 백관의 통솔과 같은 실질적인 역할을 수행하지 못하는 것은 물론, 사무는 육조에 이관하고 행정사무에는 거의 간여할 수 없게 되어 유명무실한 상태로 있었다.

의정부의 실질적인 기능이 마비된 가장 큰 이유로는 비변사를 들 수 있다. 즉 왜구들의 잦은 출몰에 따른 대비책으로 국방문제만을 담당하기 위한 임시기구로 1555년 설치되었으나, 임진왜란 동안 국가가 위기상황에 처해지자 비변사가 실권을 장악하면서 의정부 기능이 약화되었던 것이다.

비변사는 사실상의 최고정책결정기관이 되었으며 이후 관제 외로 구성되어 있다가 비상사태를 대비하기 위한 새 기구로서 명종 이후 항구적 기구로 정식 관제화되었다. 현대적으로 해석하면 임시적으로 설치한 ‘국가비상사태위원회’가 오랜 기간 실권을 장악하니, 정부 각료회의는 유명무실해지고 결국은 제도화되어 권력남용으로 이어진 상황이었다.

비변사가 정식관제화된 이후 그 기능이 국방문제뿐만 아니라 외교·산업·교통·통신 등 주요 국정전반을 다루게 되었으며, 비변사회의에서 토의되었고 의사가 결정되었다. 심지어 비빈간택과 세자책봉문제까지도 비변사에서 합의하는 상황까지 이르게 되었다. 다산은 이러한 폐해를 직설적으로 지적하며 군주가 개혁의 주체가 되어야만 추진이 가능하다고 생각하였기 때문에 임금께 바치는 글의 의미인 '표 表'를 저술하게 된 것이다.

국가의 전체적인 시스템을 혁신해야 한다

다산은 당대의 모든 부문이 완전히 병들었다고 진단했기 때문에 개혁의 필요성을 절박하게 주장했다. 그는 나라가 망하지 않으려면 모순에 찬 국가 지배체제를 전면적으로 개혁하여 이상적인 왕정을 실현해야 한다고 생각하고 원대한 구상을 '경세유표'에 담았다.

경세유표의 제1책(권1~3)과 제2책(권4~6)은 천관이조 天官吏曹, 지관호조 地官戶曹, 춘관예조 春官禮曹, 하관병조 夏官兵曹, 추관형조 秋官刑曹, 동관공조 冬官工曹 등 6조와 그 소속관서의 구성 및 담당 업무를 서술하고, 각 조에서 관장해야 할 사회 및 경제 개혁의 기본 원리를 제시하고 있다.

이조는 궁부일체 宮府一體의 원리에 입각하여 왕실관련 업무를 대폭 담당하도록 하며, 호조는 재정 담당 기능과 더불어 토지제도의 개혁을 주관하고 국민에 대한 교육 기능을 갖도록 하였다. 예조는 제례를 담당하는 기능을 강화하도록 하였다. 병조는 중앙 군영을 직접 통할하여 실질적인 군사 담당 기구가 되어야 하며, 형조는 통치 질서 확립을 위한 사회 통제 기능이 강화되어 향리 통제·거래 질서 확립 등의 업무가 추가되었다. 공조는 부국강병을 이룰 수 있도록 국가의 자원을 관리하고 수레·선박·벽돌·도자기 등의 제작과 기술 보급을 담당하도록 하였다.

제3책(권7~9)과 제4책(권10~11)은 천관수제 天官修制 로 주로 이조의 업무에 대한 부분이다. 여기에서 다산은 관직체계, 관품체계의 조직과 운영 방법, 국도 國都 의 재구획안, 전국 지방제도의 재조정과 지방 행정 체계의 운영 방법 개선 및 관료의 인사 고과 제도 등을 상세히 설명하고 있다.

특히, 관직체계의 운영을 개선하여 중인기술직을 우대하고 서얼 출신의 승진을 보장할 것을 주장하고 있으며, 전국 8도를 12성 省 으로 재편하고 민호와 전결을 기준으로 군현의 등급을 합리적으로 재조정할 것을 강조하였다.

제5책부터 제14책까지는 지관수제 地官修制 로 호조의 업무에 관한 부분으로서, 토지제도와 조세제도에 대한 개혁방안을 주로 설명하였다.

제5책(권12~14)과 제6책(권15~17)은 정전제 井田制 에 대해 서술하였다. 토지 면적을 계산하여 사전과 공전의 비율을 9:1로 하거나 세율상 9분의 1만을 납부하게 하는 제도임을 설명하고, 우리나라에서 정전법을 실시할 수 있는 가능성과 실현 방법 등을 제시하였다.

제7책(권18~20)과 제8책(권21~23)도 역시 정전제에 대해 서술한 부분으로서 특히 군사제도의 정비에 대해 언급하였다.

제9책(권24~26)은 정전제 실시를 위한 양전 量田 의 필요성과 방법을 설명하였다.

제10책(권27~29)과 제11책(권30~33)에서는 부세제도 賦稅制度 의 개혁방안이 제시되었다. 특히 국가의 조세가 오직 농민과 토지에만 집중되는 현실을 비판하면서 그는 광업·공업·어업·상업·임업 등 모든 산업에 골고루 과세함으로써 국민의 부담을 줄이고 아울러 재정수입 증대도 꾀하였다.

제12책(권34~36)에서는 환곡제도의 모순과 폐해를 비판하고 사창제 社倉制 와 상평법 常平法 을 시행하여 구휼사업이 실제적인 효과를 거둘 수 있도록 주장하였다.

제13책(권37～38)에도 부세제도의 개선방안이 수록되었는데, 특히 여기에서는 어업과 염전 등에 부과되는 세금의 부조리를 비판하고 그 개선책을 제시하였다. 또한 선박에 대해서도 그 크기와 성능을 규격화하여 기준에 따라 과세하고, 전선을 평상시에는 상선으로 이용하는 방안이 제시되었다.

제14책(권39～41)은 호적법과 교민지법에 관한 것으로, 여기에는 호적을 정비하여 국민을 정확하게 파악하며 인재를 뽑아 교육시키는 정책 등이 제시되었다.

제15책(권42～44)에는 춘관수제 春官修制 와 하관수제 夏官修制 가 같이 수록되어 있으며, 주로 문과·무과 과거제도의 개혁 방법을 논하였다. 양과 모두 3년마다 1회씩만 시험을 실시하고, 별시 등 각종 특별 시험을 없애 선발된 인원이 관직을 갖지 못하는 일이 없도록 하였다.

또한 응시 자격을 제한하여 능력 있는 인물만 응시할 수 있도록 하고, 선발 과정을 엄격히 하여 관직 수행에 필요한 자질을 갖춘 인재를 선발할 수 있도록 하였다. 특히, 서얼 출신이나 서북지방 출신들이 과거시험에 차별을 받지 않게 하고 관직에 들어선 뒤에도 순조롭게 승진할 수 있도록 배려되었다.

다산은 경세유표를 통해서 나라를 경영하는 제도에 대해서 당시 제도운영에 구애받음이 없이 기본을 세우고 요목을 베풀어 그것을 새롭게 하고자 하였다. 그는 이 저술을 통해 현실의 모순된 모습을 면밀히 분석하고 그 바탕 위에서 자기 나름대로 이룩해야 된다고 하는 이상적인 미래의 국가상을 제시했다.

그러나 '경세유표'를 포함한 다산의 개혁론은 당시뿐만 아니라 사후에도 현실 정치에 반영되지 않았음은 안타까운 일이다. 그러나 당시의 정치·경제·사회문제를 집대성하였다는 점에서 미래를 개척하는 교훈을 삼기 위한 생생한 역사보고서라는 점을 높이 사야 할 것이다.

실용적이지 못하고 경세적이지 못한 사람은 참된 선비가 아니다

다산은 당시와 같이 모든 면에서 개혁이 절실하게 요구되었던 비상한 시기에는 군주의 개혁정치를 실제로 담당해야 할 어진 신하들이 필요함을 더욱 깨달았다. 그는 하늘이 부여한 권한 天命 과 백성의 뜻에 기반을 둔 군주가 신하와 관료들을 매개로 정책을 펴는 통치체제를 추구하였다. 그런데 당시는 소수의 왕실척족에 권력이 집중된 세도정치가 득세하였으므로 이로부터 고통받는 백성을 구제하려고 했던 것이다. 그래서 당시의 상황을 전면적인 개혁이 필요한 시기로 인식하고, 강력한 권력에 기반을 둔 군주가 개혁의 주체가 되어 능력 있는 신료의 실무적 보좌를 받으면서 개혁을 추진해야 하는 세상이 바람직하다고 주장하였다.

이 책을 통하여 다산은 군주의 정책이 백성에게 직접 혜택을 미치는 방안을 마련했고, 백성들의 생활이 윤택해질 수 있는 산업을 정책적으로 육성시켜야 한다고 했다. 이러한 경세실용적인 가치관은 18년이라는 오랜 유배생활을 하는 동안 백성의 삶을 직접 목격하면서 심화되었다.

거기에 스승인 성호 星湖 이익 李瀷(1681~1763)이 주창한 '성리학'의 경세치용사상과, 중농주의 입장에서 백성의 경제적 삶을 향상시킬 수 있는 각종 제도개혁에 관심을 두는 한편, 상공업사회에 부응한 기술문명과 부국강병에 관심을 가진 '북학사상'과도 상통하였다.

그는 정치·경제·사회·국방·천문·지리·의약 등 여러 분야의 경세문제에 관심을 가지고 구체적인 개혁안을 제시했는데, 그의 경세적인 저술이 나오게 된 데에는 이것을 뒷받침하는 육경사서 六經四書[5]의 독창적인 해석에 따른 윤리관이 토대가 되었다. 다산의 경전 주석에서 경학적 독자성이 드러나고 있는 점은 사서 四書 보다 육경 六經 을 앞세운 데도 나타난

---

5 시경(詩經), 서경(書經), 역경(易經), 춘추(春秋), 예기(禮記), 악경(樂經)을 육경(六經)이라 하며, 논어(論語), 맹자(孟子), 대학(大學), 중용(中庸)을 사서(四書)라 한다.

다. 그가 자신의 경학체계를 육경사서 六經四書 로 일컫고 있는 것을 보아도 알 수 있는 일이다. 원래 공자가 육경을 편찬했다고 하지만, 한대에는 악경이 빠진 오경 중심이었는데, 송대에 와서는 사서를 오경보다 앞세웠다. 다산이 사서보다 육경을 앞세운 것은 송대 이후 성리학의 경학체계를 탈피하고 선진 先秦 의 경전체계로 돌아가고자 하는 그의 입장을 보여주는 것이다. 또 육경을 사서보다 앞세운 것은 육경이 사서에 비해 수사학적 실천윤리 위주로 되어 있는 경전이기 때문이기도 했다.

다산은 '실용적이지 못하고 경세적이지 못한 사람은 참된 선비가 아니다'고 하였다. 그는 옛날 옷을 입고 예모만 익히며 인의와 이기 이외는 한 마디도 말을 못하게 하는 것은 수기가 아니라고 하였다. 외적을 물리치고 국가의 재용을 풍부하게 하며 문무에 두루 능통하게 하는 경세적이고 실용적인 실력의 배양을 하는 것이 바로 수기라고 보았다. 즉, 나라와 백성에게 도움이 되는 학문이 참 학문이며, 경세실용적인 지식을 갖춘 사람이야말로 참 선비라는 것이다.

다산은 올바른 선비가 세상을 주도해야만 변할 수 있다고 여기고 이를 실현시킬 수 있는 참 선비에 대해 다시 생각하는 한편, 국가의 기강을 바로 세우고 세상을 구제할 논리를 찾아낸 것이다.

토지개혁론으로 본 경제관

다산은 당시 사회의 모순이 집약되어 있다고 볼 수 있는 토지문제 및 농업문제에 대해서, '지관수제'에서 개혁의 궁극적인 목표를 자영농의 경영을 기본으로 하는 정전제 井田制 실시를 주장하였다.

정전제는 토지를 정자 井字 로 구획하여 분배하는 것이 아니라, 토지 면적을 계산하여 사전 私田 과 공전 公田 의 비율을 9:1로 하거나 수확량의 9분의 1만 세금으로 납부하게 하는 제도로서 정전제를 실시할 수 있는 가능성과 실현방법을 제시하였다.

또한, 정전제 실시를 위한 양전 量田 의 필요성과 방법을 설명하였는데, 수확량을 기준으로 양전하는 결부법 結負法 을 고쳐 토지의 실제 면적을 기준으로 하도록 하며, 어린도 魚鱗圖 를 작성하여 양전에 편의를 도모해야 한다고 하였다.

다산은 정전을 경작하는 농민을 근간으로 하므로 상업, 공업에 종사할 사람 등에게는 토지를 나눠줄 필요가 없으며, 오직 농사일에 뛰어난 사람에게만 토지를 배당하여야 한다고 주장하여, 전체적인 분업화의 틀에서 토지 분배를 바라보았다. 또한, 병농일치의 군사제도를 시행하도록 하였다. 그러나 중앙군은 상비병이므로 정전이 아니라 둔전 屯田 [6] 을 설치하여 양성하도록 하였다.

이러한 정전제에 대한 사상은 다산의 스승인 성호 星湖 이익 李瀷 (1681~1763)에게서 영향을 받았다. 이익은 억압적 지배구조의 비리와 인습에 대한 반성에서, 民이 王보다 먼저이며 민전 民田 이 왕전 王田 보다 먼저라고 하는 소유론적 차원의 반론을 제기하였다.

이익은 곽우록 藿憂錄 [7] 에서 "대저 백성이 있은 연후에 임금이 있는 것이다. 그런데 백성을 다스리는 자는 임금이 아니라 곧 수령이다. 후세의 군주들은 백성을 얻어 임금으로 되고서는 그 존귀함과 영화를 누리면서 오로지 가까이 지내는 쓸모도 없는 자들에게 수령직을 준다. 그리고는 수령이 선정 善政 을 베풀어도 그에게 상을 더해주지 않으며 비록 선하지 않은 자가 있다 하더라도 그 죄 또한 추궁하지 않는다. 그러므로 백성 다스리는 것은 수령들의 여사 餘事 가 되었고, 백성만 쇠잔하고 피로해져 않게 되었다"고 하였다.

---

6 군사 재정을 충당하기 위해 설치한 토지

7 곽우(藿憂: 콩닢 곽, 걱정할 우)란 높은 벼슬을 하면서 국가정책을 결정하는 '고기 먹는 사람'에 대비되는 '콩을 먹는 사람'의 걱정, 즉 벼슬하지 않는 사람의 민간에서의 걱정이라는 뜻이다. '곽우록'은 성호 이익 선생의 대표적 저서의 하나이다.

또한, 맹자를 읽고 지은 '맹자질서 孟子疾書'에서는 "사람이 있으면 이에 토지가 있으니, 토지는 모두 백성의 땅이다. 성왕이 정전제를 시행하여 백성에게 배분하였다는 것은, 백성이 王의 전지를 받은 것이 아니었다. 王이 백성 소유의 전지를 가지고 그것을 경계하여 그 쟁탈을 금한 것이었다.

그러므로 10분의 1을 거둔다는 것도 왕이 그 10분의 9를 덜어서 백성에게 준다는 것이 아니요, 곧 백성이 그 10분의 1을 바쳐 임금에게 바친다는 것이다. 그러므로 천하라는 것은 천하 사람의 천하요, 1인의 천하가 아닌 것이다. 왕망은 왕정을 본받고자 하여 천하의 전지를 왕전이라 하였으니, 그 본 뜻을 잃은 셈이다. 오직 10분의 1이라는 것은 실로 마땅히 부과할 세율인 것이므로 백성으로부터 수취하더라도 학정이 되지는 않는다. 이 1분을 지나치면 모두가 남의 물건을 빼앗는 것이 된다"고 하였다.

다산은 이러한 토지개혁론을 통하여 자신의 정치적 신념을 보여주고 있다. 그는 '원정 原政'이라는 글에서 "정 政 이란 바로잡는다는 것이요 백성을 고르게 하는 것이다. 政也者 正也 均吾民也"라고 하였다.

또한 "어찌하여 누구에게는 토지의 이택 利澤 을 겸병하여 부유한 생활을 하게 하고 누구에게는 토지의 이택을 막아서 빈궁한 생활을 하게 하는가? 토지와 백성을 계산하여 고루 나누어주어 그것을 바로잡는 것이 정이다"라고 분명하게 밝혔다.

다산의 토지개혁론은 사회주의적 개념의 분배문제가 아니라, 기본적으로 토지의 주인은 백성이라는 사고하에서 군왕과 중앙관료들이 토지를 독점하고 백성을 착취하는 것을 막아야 한다는 것이었으며, 또 하나는 백성의 세금을 줄이는 데 목적을 가지고 있었다고 본다.

다산의 윤리관

유학의 경세관을 실현시키기 위해서는 그에 따른 윤리관이 뒷받침되어야 하는데, 이와 같은 주장을 한 예는 일찍이 조선 중기 유학자인 율곡 이이 李珥(1536~1584)에게서 찾아볼 수 있다. 율곡은 "성현의 학문은 수기 치인의 학에 지나지 않을 뿐이다 聖學之學 不過修己 治人而己"라고 하여, 유학 의 윤리적인 면을 중요시하면서 아울러 경세적인 면을 강조했다.

다산은 수기에서 시작하여 치인으로 완성되는 유학의 실천이념을 가 지고 경학과 경세학을 연결시키면서 백성의 안정된 삶을 위한 인본주의 적 개혁방안을 제시했던 것이다. 다산은 유교적 태평성대를 이룩하기 위 해 전심전력으로 노력했던 사람이었다. 수신제가 치국평천하의 원리를 죽을 때까지 놓지 않았다.

다산은 '자찬묘지명'에서 "처음에 내가 주역 周易 을 탐구하며 주례 周 禮 를 연찬하고 여러 경전에 미치어 가면서 매양 하나의 깨달음이 일어날 적마다 마치 신명이 있어 묵묵히 깨우쳐 주는 듯하였다" 한 바와 같이 유 배생활 중이었지만 신명나게 독서탐구에 열중하였다.

전통 성리학은 자연법칙으로서 이치(理 또는 性)를 깊이 연구하여 깨 닫고, 그 의미를 완전하게 실현하고자 하였다. 예를 들어 성리학의 인간 관은 이른바 "천명 天命 에 따라 부여된 인성 人性 의 본질을 이루고 있다는 것을 전제한다. 인간의 본성은 선하고 인의예지의 성질을 천부적으로 타 고나는 것이므로, 그 본성을 잘 간직하고 성찰하여 함양하기만 하면 모든 선을 실현할 수 있다고 한다."

그러나 다산은 본성이란, 선천적인 요인뿐만 아니라 후천적으로 악을 좋아하는지, 선을 좋아하는가에 따라서 성품이 달라지므로 자신을 다스리 는 것이 중요하다는 것을 깨달았다고 하였다. 또한, 인 仁 의 근본이 효제 孝 悌 에 있다고 하였으며 용서 恕 야말로 인을 실천하는 방법이라고 하였다.

이처럼 다산은 여러 경학을 다시 재해석하여 세상을 경륜하고자 하 는 '경세론'을 정립하였는데, 특히 실천윤리를 중시하였기 때문에 '실학 實 學'이라고 일컫게 되었다.

덕치가 우선이다
– 흠흠신서

억울함이 없어야 한다 冀其無冤枉

    흠흠신서 欽欽新書 는 30권 10책으로 1819년(순조 19)에 완성하여 1822년에 펴냈다. 흠흠 欽欽 이란 걱정이 되어 잊지 못하는 모양을 말하는 것으로, 죄수에 대하여 신중히 심의 審議 하는 흠휼 欽恤 사상에 입각하여 재판하라는 것이다. 형옥 刑獄 에 관련된 일을 할 때 관리들이 유의할 점을 기록한 것으로 다양한 사례를 들어 설명하고 있는 책으로서, 다산이 18년 동안의 강진 유배생활 중에 구상하고 정리한 것을 고향집에 돌아와 완성하였다.

    다산은 이 책의 제목이 '흠흠'이라 한 까닭은 형벌을 집행할 때 '삼가고 삼가 欽 '라는 것이며, '기기무원왕 冀其無冤枉 ' 즉, 범죄조사나 재판과정에서 억울한 사람이 없기를 바란다고 하였다.

    그는 서문에서 "사람의 목숨은 하늘에 매여 있다. 사목 司牧 (임금이나 목민관)은 또 그 사이에서 선량한 사람은 보호해주고 죄지은 사람은 붙잡아 죽이니, 이는 명백한 하늘의 권한이다"라고 하였다. 다산은 하늘의 권한인 인명의 생사여탈권을 사람인 재판관이 대신하므로 경건하고 진지함이 얼마나 중요한 것인가를 천명했다.

다산은 요즘으로 말하면 법의학에 대한 높은 지식까지 동원하여 죽은 시체까지를 명확하게 검안하여 사인도 밝히고 진범을 찾아내 처벌하여 억울한 죽음도 없고 감옥살이도 없어야 한다며, 덕德과 법으로 다스려, '밤이 낮과 같은 세상' 夜如晝之世인 바로 요순시대를 만들어야 한다고 주장하였다.

특히, 살인사건의 재판은 인명이 관련된 중요한 문제임에도 불구하고 재판을 맡은 수령들은 어려서부터 시부詩賦만 논하여 법률을 모르고, 재판하는 법을 알지 못하여 재판을 서리들에게 일임함으로써, 자의적·법외적法外的 재판과 형벌부과가 이루어지는 것을 경계하고, 흠휼의 이상을 실현하기 위해서는 반드시 법률을 근거로 해야 한다며 재판을 맡은 관리들이 참고할 수 있도록 이 책을 편찬하게 되었다고 하였다.

다산은 문란한 형정을 바로잡으려면 전문적인 법률 지식이 있어야겠지만 당장에는 어쩔 수 없는 일이었으므로 우선 지방관이 난해한 형법 조문을 이해하는 데 지침이 될 수 있도록 흠흠신서를 저술했던 것이다. 그러므로 지방관은 흠흠신서를 옆에 두고 틈틈이 참고하면 '대명률'에 있는 난해한 형법 조문도 이해할 수 있게 되어 하늘이 준 권한을 그르치지 않고 떳떳하게 집행할 수 있을 것이라고 했다.

형사판례와 형정운영 사례 및 개선방안 제시

흠흠신서는 정약용의 많은 저술 가운데서도 '목민심서', '경제유표'와 함께 1표2서로 불리는 중요한 저술로서, 정약용의 형정에 대한 사상을 알 수 있는 기본자료이며 18세기 조선의 살인사건 판례를 살필 수 있는 귀한 자료로 평가받고 있다. 흠흠신서는 경세유표나 목민심서와는 달리 제도의 근본적인 개혁을 논하지 않고 형정의 운영 개선만 서술하였다.

이 책은 필사본으로 30권 10책으로 편찬되었다. 다산은 흠흠신서를 "내용이 자잘하고 잡스러워서 순수하지는 못하지만, 일을 당한 이는 그래도 참고할 수 있을 것이다"고 서문에서 밝히고 있다. 그 내용을 보면 형옥에 관한 사례를 자세히 들고 그에 대한 비판을 기록한 것이다.

다산은 각종 판례를 들면서 '고의의 유무' 문제를 중시하였다. 죄인의 죄의 고의 유무를 고려하여 형사사건을 처리한 것은 동아시아의 오래된 법 전통이었다. 그러나 너그러운 법집행의 전통이 악용될 소지가 있다고 보고 정확하게 집행하기를 원했다. 범죄사실에 대해서 집행하는 법의 부분에서 집행자들이 입법정신을 정확하게 인식하고 엄밀하게 적용할 것을 말하고 있다. 즉 과도한 도덕주의가 야기할 사태를 예방하는 차원의 문제로 판례를 해석하였다.

서문인 훈설 訓說 에서 "내가 목민에 관한 내용을 수집하고 나서, 인명 人命 에 대해서는 별도로 전문적으로 다루는 것이 있어야겠다"고 결심하고 이 책을 별도로 편찬하게 되었음을 밝히며, 경사지요 3권, 비상지준 5권, 의율지서 4권, 상형지의 15권, 전발지사 3권으로 구성하였다.

경사지요 經史之要 [8]에서는 중국의 유교경전에 나타난 형정 刑政 의 기본이념을 밝히고, 중국과 조선의 역사책에 나타난 저명한 형사판례를 뽑아서 고금의 변천을 소개하고 이를 비판함으로써 목민관이 참고하도록 했다. 여기에서는 중국의 판례 79건, 조선의 판례 36건을 소개했다. 다산은 법률을 변통 없이 고수만 해서는 안 되며 의 義 에 비추어 처리할 수 있는 가능성을 승인하고 있으나 하찮은 연민의 정은 경계해야 한다고 했다.

---

8 중국의 '경사요의'에서 법관이 지켜야 할 중요한 원칙들을 경서에서 인용하고 이 경문들에 대한 선현들의 주석을 첨부했다. 다산이 인용한 부분은 상당한 분량에 달한다. 그렇다면 다산은 왜 이렇게 번거로운 방법을 사용했는가? 생각해보면 그 이유는 분명하다. 당시에는 재판할 때 형률보다 성현의 가르침이 우선했기 때문에, 경서의 권위에 의존해야만 다산의 주장이 무게를 가질 수 있었다. 또 재판관도 경문을 인용해야만 자기의 판결을 정당화할 수 있었다.

비상지준 批詳之儁 에서는 조선의 판결문인 제사 題辭 나 재판관계 왕복문서인 첩보 牒報 가 법률식 문장을 사용하지 않고 장황하거나 잡스러운 폐단을 시정하기 위하여, 중국의 재판문서 가운데 모범적인 판례를 뽑아 제시하고 해설과 비평을 붙인 것이다.

의율지차 擬律之差 은 살인사건의 유형과 그에 따르는 적용법규 및 형량이 세분되지 않아 죄의 경중이 구별되지 않음을 고치기 위해 중국의 판례를 체계적으로 분류해 놓았다.

상형지의 祥刑之議 에서는 원망이나 의심없이 명백한 재판을 할 수 있도록 정조의 인명사건에 관한 판결을 모은 '상형고 祥刑考 '를 자료로 하여 엮은 책이다. 상형고 가운데 144건을 골라서 정범과 종범, 자살과 타살, 상해치사와 병사, 고의와 과실 등 21개 항목으로 분류하고 최종판결의 당부 當否 에 대하여 논평했다.

전발지사 剪跋之詞 에서는 다산이 곡산부사 谷山府使 , 형조참의 등에 재직하던 중에 관여한 인명관계 판결과 유배 중에 보고 들은 인명에 관한 옥안 獄案 ·제사 題辭 ·검안발사 檢案跋辭 로서 의심가는 것 17건을 모아서 분류하고 평한 것이다.

처벌보다는 德으로 다스려야 한다

다산은 소송하는 백성이 있을 경우 이를 밝게 처리하는 것보다는 처음부터 소송이 없는 도의적인 사회를 만들어야 한다고 생각했다. 조선시대에는 소송과 유사하게 백성의 민원을 해결하기 위한 제도로 상언 上言 과 격쟁 擊錚 이 있었고, 신문고를 설치하여 백성의 억울한 사정을 듣고자 했다. 또 사헌부·사간원·홍문관 등 삼사 三司 가 민의를 반영하고 국정의 문제점을 비판하여 시정하는 기능을 했다. 다산은 범죄 처리를 형법전에 따라 엄격히 해야만 부정한 지방관의 남형 濫刑 을 방지할 수 있다고 생각했다.

솔로몬 재판이라고 일컬어지는 '이계심 사건'은 다산이 황해도 곡산도호부사 시절에 내린 명판결로 손꼽히고 있다. 잘못한 고을 사또를 처벌하라며, 천여 명의 백성을 모집하여 강력한 항의를 한, 이계심을 백성을 선동한 것으로 보아 온 나라에 수배령을 내려 체포하여야 한다고 하였다.

그러나 다산은 이계심의 무죄석방을 주장하였다. 판결이유는 "통치자가 밝지 못한 이유는 백성들이 제 몸보신에만 꾀가 많아, 통치자의 잘못을 보고도 항의하지 않기 때문이다"라고 전제하고 통치자의 잘못을 보고 제 몸의 안위에는 아랑곳하지 않고 항의한 이계심은 표창을 했으면 했지 벌을 줄 일이 아니므로 무죄 석방한다는 것이었다. 이와 같이 다산은 목민심서의 형전이나, 흠흠신서에서 재판의 최대 목적은 억울함을 없게 하는 데 있다는 근본적인 사고를 가지고 있었다.

이러한 기본 정신이 '흠휼 欽恤'이다. 흠휼이란 사건을 신중하게 다루고 죄인에 대해 조심하고 불쌍히 여겨야 한다는 경사애인 敬事哀人 정신으로 유가의 덕치주의를 기본사상으로 하고 있다. 덕치란 정치의 근본을 인 仁에 두고 군주의 덕에 스스로 감화되어 백성이 순종할 수 있도록 다스리는 것을 말한다.

공자는 '몸이 바르면 명령하지 않아도 따르고, 몸이 못하면 비록 명령할지라도 따르지 않을 것 基身正 不令而行 基身不正 雖令不從'이라고 하면서, 다스리는 자는 반드시 자기 스스로 덕을 닦아 완성할 것을 요구하고 있다.

이러한 유학의 정신에 따라 다산은 소송하는 백성이 있어서 이를 밝게 처리하는 것보다 근본적으로 소송이 없는 도덕적인 사회를 염원했다. 그러나 불가피하게 형벌을 사용하지 않으면 안 될 상황에서는 죄목을 세밀히 살펴서 억울한 일이 없도록 해야 한다는 것이다.

형정에 관한 그의 의식은 결국 법보다 덕을 우선하여 어진 목민관이 정의롭게 백성을 잘 다스려서 소송도 형벌도 없는 이상적인 사회가 이루어지기를 바랐던 것이다. 다산이 덕으로써 백성을 감화시키는 덕치주의를 염원했던 것은 유교의 경천사상과 인정 仁政 을 구현하려고 한 것이다.

'논어'에서는 덕이 있는 지도자를 북극성에 비유했다. 북쪽 밤하늘에 빛나는 북극성을 중심으로 별들이 돌며 운행을 하듯이 덕이 있는 지도자에게는 늘 좋은 사람들이 모여들어 자신들의 마음을 주며 복종한다고 한다.

즉, 법보다 덕이 위대함을 가르치는 말이다. 또 유학에서는 어떤 사람에게 중요한 형벌을 내릴 때 궁극적으로는 민심의 뜻에 따라야 함을 말하고 있다. 좌우의 가까운 신하가 모두 죽일 만하다고 말해도 듣지 말고, 모든 대부가 죽일 만하다고 말해도 듣지 말며, 나라 사람이 모두 죽일 만하다고 말하면 그 죽일 만한 점을 살펴서 확인하고 죽여야 한다고 하였다. 이러한 유학의 덕치주의 정신이 흠흠신서에 깃들어 있다.

검안의 중요성을 역설

최근 정조시대를 비춘 TV드라마 '동이'나 다산이 주인공인 '각시투구꽃의 비밀'과 같은 영화에서 보면 조선시대에도 과학수사에 해당되는 부검이 있었음을 알 수 있다.

흠흠심서에서는 조선시대의 미궁의 살인사건, 정당방위 살인사건 등에서 그 진위 여부와 억울함을 해소할 수 있는 검안사례와 그 당시에 판결결정에 도움이 되는 정확한 법의 적용과 객관적 대입을 들었다.

이 책에서 사체부검에 필요한 도구들은 무엇이 있는지, 의문의 사체에 대해서는 범인을 밝히기 위해서 형조판서의 승인 아래 사체 부검이 행해졌다는 것을 알 수 있다. 지금의 사체부검결과와 다를 바 없는 과학적 수사 근거에 의하여 정확한 결과를 도출한 사례를 정리하였다.

예를 들어, 독살인지 아닌지 알 수 있는 방법으로 사체의 입안에 밥을 한 숟가락 정도 물린 다음 그것을 빼내어 닭에게 먹여 닭이 그 밥을 먹고 죽으면 음식물을 이용하거나 먹는 것을 이용하여 독살한 것으로 판명을 하였다. 혈액에 독기가 있는지 확인하기 위해 상처를 내고 은비녀를 넣어 은비녀의 색이 탈색되는지 여부를 가지고 판단하기도 하였으며, 현재 사용되는 메스와 같은 도구를 이용하여 배를 가르고 음식물이 소화되었는지 안되었는지 등으로 사망시간 등을 파악하며 시반(혈액응고)현상이나 이미 없어진 혈흔을 찾기 위한 약재 등을 소개하였다. 그리고 검상劍傷의 경우 길이나 깊이에 따라 어떠한 방향에서 당했는지 어떻게 당했는지 직접적인 사망원인에 따라 시반현상의 차이 등에 대해서 자세히 기술해 놓았다.

흠흠신서에 나오는 판결들의 특이점 중 하나는 검안을 소홀히 한 관리들의 경우 대부분 처벌받았다는 것을 기술하고 있다. 황해 연안 정통의의 옥사에서 보면 "재검에서 당연히 신문할 일을 신문하지 않았고, 신문하지 않아야 할 일을 신문했으니, 매우 소홀했으며 또 규정에도 어긋나고, 죽은 원인을 문서에 기록함도 매우 자세하고 신중해야 함에도 문서에 기록해야 할 곳에 기록하지 않았으니, 모든 것을 빠뜨린 것이나 다름없다. 초검관·재검관 형리는 아울러 차꼬를 씌워 감영으로 올려 보내라 했다"는 것이다.

다산은 검안은 억울한 죽음을 맞이한 죽은 자의 몸에 남겨진 흔적을 통하여 그것이 말하는 살아있는 사람들의 치부와 죄악, 진실을 알 수 있기 때문에 중요하다는 것을 역설하였는데, 지금도 이와 같은 판례와 정신은 매우 유효하다고 생각한다.

우리 형법의 문제점과 현실

형법이란 범죄 내지 범죄적 위험행위와 형벌 내지 보안처분에 관한 법규범의 총체이다. 전통적인 범죄의 증가뿐만 아니라, 환경·마약·조직

범죄·경제·조세·정보처리 등과 같은 영역에 현대사회는 온 신경을 집중하고 있다.

전통적인 형법관에 따르면 형법은 강제력을 수반하는 통제수단이지만 다른 한편으로는 시민적 자유를 보호하는 장치였다. 그러나 오늘날에는 미래의 안전과 관련된 범죄유형에 대처하는 것도 요구되고 있다.

사회가 개개인의 공동체에 대한 신뢰를 기반으로 그 존립과 유지가 되어간다는 점도 현대사회의 특징이라고 할 수 있다. 물론 역사적으로 공동체의 신뢰가 각각의 사회를 유지하는 데 중요한 요소였으나, 현대사회에서 공동체에 대한 개개인의 신뢰의 실추는 빠른 시간에 사회의 붕괴현상으로 나타난다. 특히 경제와 관련된 영역에서 그러한 현상이 두드러진다.

형사입법을 통해서 기대할 수 있는 일반 예방적 효과를 위한 전제조건은 먼저 국민들이 형벌위협과 유죄판결에 대한 확실한 인식을 가지고 있어야 한다. 만일 그렇지 않으면 형법은 자신이 의도한 사람들에게 전달되지 않게 된다. 그리고 형벌위협과 형집행을 통해서 범죄를 마음먹고 있는 사람들에게 새로운 동기를 부여할 수 있어야 한다. 만일 그렇지 않으면 형법은 예방도구로서 무용지물이 될 것이기 때문이다.

위험사회에서 형법은 환경오염, 마약거래와 소비, 부정부패, 조세포탈, 밀수, 조직범죄, 사이버범죄, 유전자조작 등 사회적으로나 정치적으로 중대한 모든 문제를 해결할 수 있는 만병통치약으로 통하는 경향이 있으며, 위험에 대한 국민들의 불안감을 최소화할 수 있는 해결책으로서 각광을 받고 있는 실정이다.

그러나 형법이 실제로도 그렇게 작용하고 국민들의 기대를 충족시키고 있다면 만사형통이겠지만 사정이 그렇지 못하다는 것이 문제이다. 예컨대 환경형법에서는 기소유예의 빈도가 다른 범죄유형에 비해 압도적으로 높고 처벌받는 범죄인도 대부분 피라미에 지나지 않는 것이 현실이다. 문제는 원래 의도한 목적인 위험예방과 불안감 해소에 기여하지 못하고 정치적 목적을 위한 수단으로 전락하게 된다는 데 있다.

또한, 법 집행에 있어서도 같은 범죄에도 누구는 무사하고 누구는 큰 벌을 받게 된다면 그것은 절대로 정당하지도 바르지도 않다. 온갖 불법을 감행하고도 누구는 고관대작에 오르고, 누구는 벌금을 물고 감옥에 가는 처벌을 받는다면 바른 형법이 아니다. 법의 얼굴로 가혹행위를 하거나, 인권침해하는 한국공권력에서 일방적이며 자의적인 법 집행이 심심찮게 이루어지는 요즈음이기에 공적 정의의 문제가 더 대두되고 있을 것이다.

2011년 극장가에서는 청각장애인 학교에서 벌어진 성폭력 실화를 다룬 영화 '도가니'가 개봉 닷새 만에 100만 관객을 넘어서며, 사회적 관심을 일으키자 경찰청은 인화학교 성폭행 사건을 전면적으로 재수사하겠다고 나섰고, 법원과 검찰도 피해자들의 아픔에 공감한다는 해명자료를 서둘러 냈다. 교과부는 정부 지원을 받고 있는 해당 학교의 자진 폐교를 유도하겠다고 밝혔다. 또한, 양승태 대법원장도 "과거와는 달리 지금은 양형 기준이 많이 올라갔다"며 '도가니'가 일으킨 성난 여론을 달래려 했다. 그러나 영화가 부른 '공분 公憤'을 쉽게 가라앉힐 수 없었으며 사회 무관심 속에 방치됐던 사건이 다시 주목받게 되었다.

영화의 배경이 된 인화학교에서는 지난 2000년부터 4년 동안 설립자의 두 아들인 학교장과 행정실장 등이 청각장애 학생들을 교장실과 기숙사 등으로 불러 수차례 성폭행하는 일이 자행됐다. 이 사실이 외부로 알려지면서 교장, 행정실장, 교사를 포함한 가해자 중 4명이 기소됐으나 모두 가벼운 징역형·집행유예 등 솜방망이 처벌이 내려지는 것으로 마무리됐다. 놀랍게도 현재 가해자들은 학교에 다시 복직해 아이들을 가르치고 있다는 것이다.

영화 도가니가 주목을 받자 그동안 우리 사회의 법질서의 사각지대에서 억울하게 당하고만 있었던 사건들이 여기저기에서 우후죽순처럼 불

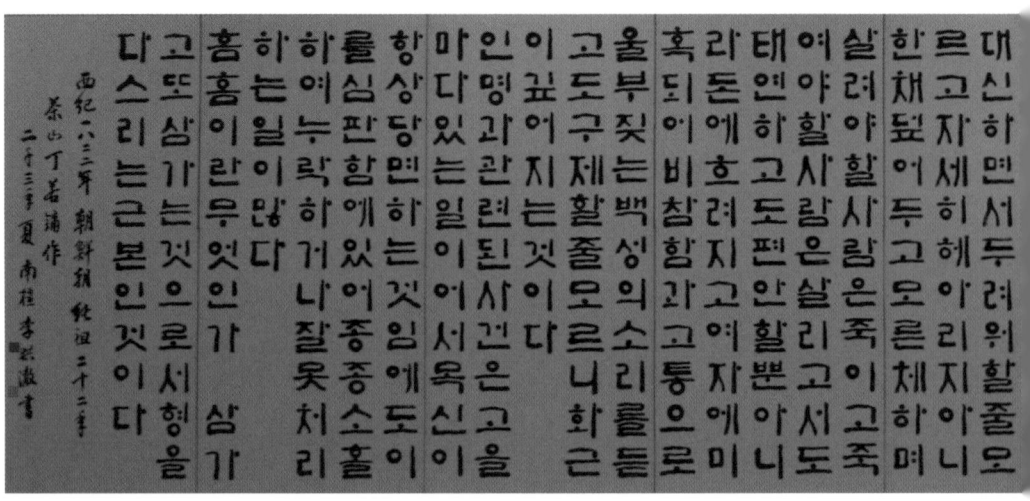

▲ 국회 법사위원회 회의실에 걸린 흠흠신서

거져 나오고 있다. 2005년 처음 알려진 광주 청각 장애인 특수학교 인화학교의 성폭력 사건은 영화 '도가니'를 통해 다시 세간의 관심을 받고 있다. 하지만 폐쇄적으로 운영되는 장애인 복지시설과 장애인 특수학교 시스템, 교사와 장애 학생의 관계 등을 감안하면 아직 드러나지 않은 사건이 적지 않을 것이라는 게 장애인 학부모와 장애인 관련 단체들의 지적이다.

　장애인들을 보호하는 법적·제도적 장치가 취약한 것도 문제를 키우는 요인이다. 인화학교 사건 재판에서 성폭력 피해자들이 청각 장애 여성 청소년임에도 위기상황에서 '항거 불능' 상태라는 점이 반영되지 않은 것이 오늘날 우리 법의 현실인 것이다. 따라서 장애인 성폭력을 가중 처벌하도록 법을 보완하고 양형 기준을 마련할 필요가 있을 것이다.

　행정기관의 관리감독권이 제대로 미치지 못하게 되어 있는 현행 사회복지사업법도 장애인 인권 침해의 주요 원인으로 꼽힌다. 사회복지사업법 어디에도 복지법인을 감시·견제할 장치가 없는 것도 문제이다. 따라서 사회복지사업법과 사립학교법을 개정하지 않으면 또 다른 '도가니'가 계속 생겨날 수밖에 없다는 것이다.

惟天生人而又死之　人命
繁乎天而司牧又以其間
安其善良而生之　執有罪
者而死之　是顯見天權耳
人代操秉罔　知兢業不
剮豪折芒亦　死而致生
而致死焉　安厥或黷貨媚
尚怡然聽　嘵嘵憐痛之聲
婦孺知恤斯　深摯哉人命
莫之獄郡縣訟恒起牧宜
之　酒審覈欽者何也欽
值之謂出欽欽　恤
欽固理刑之本也

오직 하늘만이 사람을 내고 또 죽이니니 명은 하늘에 여 있다 사목은 그 사이에 매

부디 영화 '도가니'로 인하여 우리 사회의 병폐에 표출된 공분이 사회적 시스템을 개선하는 계기가 되기를 바란다. 영화가 현실을 반영하는 수준에서 현실이 영화의 메시지를 따라가는 세상이 되었다.

국회 법사위원회 회의실 벽면에는 다산의 흠흠신서欽欽新書 서문이 쓰여진 대형액자가 걸려 있다. "사람이 천권을 대신하면서 두려워할 줄 모르고, 자세히 헤아리지 아니한 채 덮어두고, 모른 체하며 살려야 할 사람은 죽이고, 죽여야 할 사람은 살리고서도 태연하고도 편안할 뿐 아니라, 비참함과 고통으로 울부짖는 백성의 소리를 듣고도 구제할 줄 모르니 화근이 깊어진다"는 내용이다. 이번 일을 계기로 국회에서는 무원무의한 법제정과 집행이 이루어지도록 다시 한 번 흠흠신서의 내용을 가슴깊이 새겨 하늘의 권리를 대신함을 깊이 인식하고 조심하고 또 조심할 일이다.

정덕과 실용을 중시한
다산학

실사구시를 추구하는 다산학의 탄생

흔히 다산을 '실학의 집대성자'라고 얘기한다. 이익에서 유형원으로 이어지는 학통을 계승하며 탈 주자학적 경학체계를 세워 19세기 초 실학파의 철학적 입장을 확립한 다산은 성호학파와 북학파의 주장을 한데 묶어 '실사구시 實事求是'의 용광로 안에 녹였다가 '다산학'이라는 자신만의 독창적 학문을 완성한다.

한쪽은 이익과 유형원의 학풍인 '경세치용 經世致用'을 이어받고, 다른 한쪽은 박제가·유득공 등 북학파의 인물들과 교류하면서 북학파의 '이용후생 利用厚生'을 섭렵한 다산은 이들의 학문적 성과 위에서 '다산학'이라는 거대한 실학의 봉우리를 만들어 낸다.

다산 사상에 관한 연구는 실학사상에 대한 관심이 고조되면서 비롯되었다. 오늘날 다산을 실학사상의 집대성자로 평가하기까지 거의 한 세기에 걸쳐 많은 연구가 축적되어 왔다. 1920년대부터 정인보는 경제제도 개혁론을 중심으로 다산을 조선 사회의 유일한 정법가 政法家로 평가했으

▲ 강진호수공원에 있는 다산동상

며, 일제의 파시즘적 지배체제가 강화되어 우리 민족문화를 말살하려던
상황에서 민족문화를 수호하기 위해 전개된 조선학 朝鮮學 운동의 일환으
로 전개되었다.

　　다산학이란 명칭은 8·15해방 후 정약용에 대한 연구가 활발해지는
가운데 그의 학문이 매우 독창적이고 방대하며 체계를 갖추었다고 생각
하는 학자들 사이에 일반화되면서 자연스럽게 널리 사용되었다.

1970년대 실학의 개념에 관해 논쟁이 진행되면서 성리학과 실학의 관계성을 주제로 삼은 논저들이나, 실학사상을 경세치용의 학문, 이용후생의 실용적 학문, 실사구시의 학풍 등으로 규정한 후 다산을 유학자라기보다는 경세가로서 부각시키는 논저들이 집중되었다.

따라서 다산의 수사학적 洙泗學的 경학사상은 배제된 채 사회사상의 개혁성을 드러내는 연구가 다산학 연구의 주류가 되었다. 다산학이라 하면 다산의 학문체계인지 다산에 관한 연구인지 혼동할 우려가 있으나, 이미 이 용어는 전자의 의미로 일반화되어 통용되고 있으며, 그의 사상에 대한 수많은 연구 논문들이 발표되었다.

현시점에서 다시 조명되고 있는 茶山은 多産이고 多山이다. 이 시대의 화두인 통섭형 지식창조자다. 학문과 예술, 실용을 두루 아우르는 통합형이기 때문이다. 21세기 경쟁력 혹은 새로운 문명의 원동력으로 평가될 만큼, 통섭은 이즈음 학문과 문화 전반에서 긴요한 덕목이며, 다산에서 우리는 그런 가능성을 찾아보게 된다. 그래서 훌륭한 콘텐츠인 '다산학'을 통하여 다산의 정신을 오늘에 살린다면, 그는 더 큰 산으로 거듭나며 우리를 계속 깨워줄 것이며 미래를 여는 통찰력을 제공해 주는 위대한 스승으로 우뚝 설 것이다.

실질적인 이익을 줄 수 있는 학문을 하라

다산의 학문 전반을 관통하는 핵심키워드는 강구실용 講究實用 이다. 실용을 강구한다는 말은, 무엇 때문에 이 일을 하는지에 대해 깊이 생각해보자는 뜻이다. 그는 실용가치를 중시하였으며, 깨달아 행하고 행하여 경험하는 것이 학문의 목적인데, 공리공론에 집착하여 학문을 세상과 무관한 별도의 가치로 보는 시대풍조를 비판하였다.

이런 차원에서 실천윤리가 우선되지 않은 다섯 가지 학문으로 성리학 性理學 과 훈고학 訓詁學 , 문장학 文章學 , 과거학 科擧學 , 술수학 術數學 을 들고 이에 대한 비판서인 '오학론 五學論 '을 저술하였다. 다산은 이들 오학론은 시대적 변화 상황을 외면하고 현실에만 안주하려고 하는 폐단을 지적하였다.

훈고학에 머물면 경전의 글자 뜻을 새기는 자훈 字訓 을 밝히는 데 빠져 그 속에 담긴 성품과 천명의 이치를 이해하거나 효도와 우애의 도리를 가르치는 것에 어둡게 되고, 예악 禮樂 ·형정 刑政 의 사회교화를 위한 제도 인식에도 서툴게 될 뿐이라고 했다.

또한 문장학의 폐단은 더욱 크다고 하면서, 옛날에는 덕행을 존중·배양하고 시서예악으로 기본정신을, 춘추역상 春秋易象 으로 천지변통의 정리 正理 와 만물상정 萬物象情 에 도달하는 것 등을 지표로 삼았는데, 후세인 後世人 의 문장은 안으로 수신하거나 밖으로 치군목민 致君牧民 하는 데에 아무런 소용이 없다고 했다.

과거학은 당대 주류를 이루고 있는데, 과거 급제를 목표로 삼는 자들은 요순주공 堯舜周孔 의 책을 읽되, 시험에 나오지 않는 노자나 불교를 배척하며, 시 詩 ·예 禮 와 사전 史傳 을 담론하는 데는 제법 유학자의 체모를 갖춘 것 같이 보이나 실제로는 자구를 표절하고 눈에 띄는 것만을 뽑아서 잠깐 현혹하게 하는 자들이라고 했다. 이들이 막상 과거에 합격해도 일선 행정을 맡기면 아무것도 할 줄 모르는 헛똑똑이가 된다고 하였다.

또한 술수학은 '학'이 아니고 '혹 惑 '이라고 했는데, 천문오행 天文五行 , 도선비기 道詵秘記 , 정감참설 鄭鑑讖設 , 풍수지리 등 복서 卜筮 ·간상 看相 ·성요두수 星耀斗數 등의 술수로 혹세하는 것이라고 보았다. 다산은 이같은 폐습에 젖은 자들과는 손을 잡고 '요순지문 堯舜之門 '으로 함께 돌아갈 수 없고, 그러한 풍조가 성행해서는 공자의 도가 쇠퇴할 수밖에 없다고 했다.

성리학에 대해서도, 비록 송대의 유학자들은 낙선구도 樂善求道 의 자세를 견지했지만 주희 朱熹(1130~1200)를 비롯한 당시의 학자들이 불교의 영향을 받아 공자의 본래 경전정신과 어긋나게 경전을 해석했다고 지적했다. 그는 송대 성리학의 경전 해석을 거부하고 수사학의 정신으로 돌아가겠다는 입장을 밝힌 것이다. 이것은 학문적 진실성을 밝히려는 비판정신이었고, 현실적인 윤리문제를 중요하게 여겼던 실용적인 태도라고 할 수 있다.

다산은 오늘날의 삶이나 학문 풍토에서도 본으로 삼을 인물이다. 그의 실학사상이 인문학과의 접맥이라는 방향을 일깨우기 때문이다. 모름지기 과학이나 실학도 인문학의 깊고 넓은 연구 위에 세워져야 더 올바른 쓸모의 길을 찾을 것이다. 기초 학문 없이 실용 학문이 제대로 설 리 없지 않은가. 삶의 도리라는 바탕 위에서 구하는 실용이라야 더 행복한 만남과 지속가능한 가치를 만들어갈 것이다.

백성을 풍요롭게 하라 利用厚生

'이용후생'이란 "실용의 일을 통해 백성들의 삶을 후하게 한다"는 의미로서, 18세기 후반에 홍대용·박지원·박제가 등 북학파 실학자들이 주장한 이념이다. 그러나 이용·후생이란 말은 경서 중에서도 가장 오래되었다고 전해지는 상서 尙書 의 '정덕이용후생유화 正德利用厚生惟和 '에서 나온 말이다.

이는 '오직 덕으로 참된 정치를 할 수 있고 그 참된 정치란 백성을 보양하는 데 있으며, 정덕과 이용과 후생이 조화되어야 한다'는 뜻이다. 그런데 북학파 실학자들은 부자·형제·부부간에 지켜야 할 유교적 윤리체계이자 오랜 세월 동안 일관되어온 동양의 정치적 가치인 정덕보다 '백성의 풍요로운 경제생활이 우선이다'는 이용과 후생을 최우선 가치로 삼은 것이다.

박지원은 이용이 있은 후에 후생이 있고, 후생이 된 후에 정덕 正德 이 있다고 하였다. 백성들에게 이롭게 쓰일 수 있는 유익한 물자의 생산이 넉넉하게 이루어지면 백성들의 생활이 윤택해질 것이요, 그 연후에 마음이 풍요로워지고 도덕이 바로잡힌다는 논리이다.

이용이 주로 기술이나 제도의 문제라면, 후생은 구체적인 의식주에 해당한다. 연암이 보기에 통치자들은 이용과 후생을 망각한 채 정덕만을 부르짖음으로써 정덕조차도 공허한 명분으로 만들어버렸고 생각했기 때문에 정덕을 맨 뒤에 놓고 이용후생을 강조한 연유가 여기에 있다.

이것은 당시 조선 경제의 취약성 때문이다. 상공업이나 기술을 천시하는 풍조가 수백 년 지속되는 동안 백성의 살림은 늘 어려웠다. 관념과 명분에 빠져서 놀고먹는 양반, 설상가상으로 나라의 환곡을 갚지 않는 지배 계층, 단돈 만 냥으로도 한두 가지 물품쯤은 거뜬히 매점할 수 있는 취약한 경제 구조, 수레 하나 제대로 다닐 수 없는 유통 인프라의 미비, 당시의 조선은 무엇보다 우선 경제 발전이 필요했다. 그래서 연암은 경제 발전의 근본으로 상공업의 진흥을 주장했으며 기술 개발을 위해 청의 선진 문물을 도입할 것을 역설했다. 또한 연암은 토지 소유의 상한 규제를 통해 빈부 격차를 감소하려는 한전제限田制를 주장했다.

연암이 주장한 이 모든 개혁의 목표는 모든 백성이 이용과 후생을 함께 누리는 세상을 건설하기 위함이었다. 연암은 사농공상이 모두 평등하게 행복한 삶을 누릴 수 있는 도덕이 바로 선 복지 국가의 건설을 꿈꾸었다. 발달된 기술과 탄탄한 경제를 통해 백성의 살림을 넉넉하게 해서 도를 바로잡고자 했던 것이지, 경제 규모의 양적인 성장만을 추구했던 것이 아니다.

이는 기존 경세학에 비추어 볼 때 일대 혁신을 뜻하는 것이었다. 그런데 연암의 이론은 윤리우위의 정치가 아니라 경제우위의 정치를 부르짖는 말로 변혁되었으며, 민생이 도탄에 빠지고 탐관오리들이 백성을 착취하는 행위가 극에 달하던 조선왕조 후기에 자주 거론되던 담론의 하나이자 학파의 이름으로까지 일컬어지던 용어가 되었다. 이어 다산은 성호학파의 학문에 이용후생의 학문이론까지를 종합해서 정덕의 가치를 주장한 다산학을 정립하였기에 다산을 실학의 집대성자라고 불리우게 되었다.

다산의 실용 학풍 형성에 간과할 수 없는 것은 서학의 영향이다. 그는 이벽에게서 천주교 교리를 듣고, 그에 관한 서적과 서양의 근대적인 천문학·수학·지도·시계·망원경, 서양의 풍속기 등을 접촉할 기회를 가졌다. 서양에 대한 지식과 경험을 바탕으로 시대에 뒤떨어진 당시 조선 사회의 실정을 자각하고 중국 중심의 협소한 세계관을 수정하게 되었다. 이를 계기로 그는 종래의 성리학적인 세계관에서 벗어나 실용적인 면에 눈을 떴으며, 새로운 과학지식과 기술을 학습해 백성의 삶을 보다 윤택하게 할 수 있는 방안을 깊이 생각하게 되었다.

다산은 학문의 목적을 실용정신의 실천에 두고 실질적인 업무와 관계없이 명분만 중요하게 여기는 유학자를 비판했다. 그는 독서하는 군자라면 경학과 사학 史學 외에 반드시 실용의 학문에 관심을 가져 그 혜택이 만민에게 돌아가도록 해야 함을 강조했다. 그리고 벼슬하는 사람들이 오직 경연 經筵 에서 강관 講官 노릇을 하거나 춘방 春坊 에서 세자를 교육하는 직책만 맡으려 하고, 직접 안민 安民 을 실현하는 일에는 관심을 두지 않으며, 재정·군사·형정·빈상 貧相 등을 맡기면 이는 유현 儒賢 을 대접하는 도리가 아니라고 반발하던 사림에 대해서도 비판했다.

또한, 다산은 '기예론'에서 과학기술의 발전이 필요함을 강조하였다. 모든 공인 工人 들을 '쟁이'라 부르며 한없이 천대하던 시절에, 다산은 백공 百工 의 기예 技藝 를 높은 수준으로 올려야만 백성들이 이용후생의 혜택을 입을 수 있고 국부 國富 를 증진시킬 수 있다는 주장을 폈다.

기예의 발전은 인간의 의식주 생활을 향상시키고 수명을 연장시키며 부국강병을 가져오는 데 결정적으로 기여한다고 믿었다. 그는 기예가 가져오는 인간의 물질생활 향상을 총체적으로 이용후생이라 칭했다. 그는 이용후생을 위한 기예의 발전을 조선이 당면한 긴급한 과제로 보고 기예의 발전을 위한 방법을 강구해야 한다고 주장했다.

더불어 농업 분야의 진보를 위해서 다각적인 영농을 위하여 과수와 채소재배, 목축, 양어, 양잠, 양계, 약초재배 등을 권장하였다. 또한 토지의 공유와 균등분배를 통해 경제적 평등을 이루고, 인정과 덕치의 실현을 염원했다.

다산은 토지는 오직 농민에게만 점유되어야 하며 농민의 경작 능력에 따라 토지점유와 소득분배에 차등을 두어야 한다는 생각이었다. 정치사상에서도 선비를 정치담당 세력으로 인정하고 이들이 민생안정을 위한 정치를 해야 한다고 주장한 점은 종래의 성리학자들과 다를 것 없지만, 통치권의 근거를 백성에게 찾음으로써 경세택민의 방안을 이론화한 점에 독창성을 가지고 있다.

다산은 사士·농農·공工·상商·포圃·목牧·우虞·빈嬪·주嬪의 9가지 직업분화와 직업의 전문화를 강조하고 사회분업을 통한 경제발전의 길을 명확히 제시하고 있다. 먼저 상업의 경우 농업과 완전히 분리시켜 대등하게 발전시키며 상업적 이윤을 적극적으로 긍정하고 조세개혁을 통해 상인들을 보호하며 해외 상업을 발전시키려 했다. 이를 위해 동전의 유통을 촉진시키고 금화·은화와 같은 고액화폐의 발행으로 원격지간 교역에 이바지하고자 했다. 즉 상업을 적극적으로 발전시키되 특권적 대상인은 억제하고 중소상인은 보호하는 방식을 도모했다.

다음으로 수공업에 있어서 적극적으로 기술도입론을 강조했다. 목민심서에서는 지방 차원에서 민간 직물업에 관련된 기술도입을 역설했고 경세유표에서는 토목공사기술 등을 국가 차원의 제도개혁을 통해 적극 도입하고자 했다. 이는 그의 중앙관제 개혁의 일환으로 시행되는 것이다. 즉 기술도입의 주체인 국가기구가 강력하게 민간산업을 보호·통제하고 기간산업을 관장함으로써 대상인의 횡포에서 중소수공업자를 보호하려 했다. 국영광산론 역시 천연의 부에 대한 특권층의 자의적 이용을 배제하여 국가 통제하에 두며 그 이익을 공전 公田 매입에 돌림으로써 전체적으로 소농민의 이익이 되게 하는 방안이었다.

이 밖에 도량형의 전국적 통일, 물화유통을 촉진하기 위한 교통수단의 정비를 제안했다. 이는 18세기 말과 19세기 초 유통경제의 발전과정을 염두에 둔 논리일 뿐만 아니라 그의 체제 전반에 걸친 개혁론과 궤를 같이하는 것이었다.

다산의 사상과 철학은 당시로 보면 매우 참신하고 진보적인 사고였다. 그러나 그는 이용후생을 강조하면서도 그에 못지않게 도덕적 가치인 정덕도 중요하게 여겼다. 다산의 윤리관은 일반 유학자의 그것과는 달랐던 것이다. 다산의 윤리관은 수기와 치인을 똑같이 중요하게 여기고 있지만, 현실적으로는 성호학파와 북학파의 영향을 받아 정덕의 성격을 띤 수기보다 경세치용과 이용후생의 의미를 가진 치인의 측면에 더 많은 관심을 기울였다고 할 수 있다.

정덕이 없는 이용후생의 현실정치

근대화 이후 20세기 들어서 전 세계적으로 신자유주의라는 이념이 전 세계 경제활동에 적용되어 자본가는 이윤의 극대화를 추구하게 되었다. 국가 경제성장이라는 명분하에 이용후생만 있고 정덕은 무시되었다.

이명박 정부의 이름은 '실용정부'라고 한다. 실용정부의 '실용'이 다산을 따르겠다는 말인지 20세기 초 미국에서 가장 영향력을 떨친 이념인 실용주의 pragmatism 를 따르겠다는 뜻인지 분명하지 않은 것은, 두 철학이념과는 사뭇 다른 현실이기 때문이다. 국민들은 이용후생을 하겠다는 후보를 대통령으로 뽑았지만, 여전히 우리 경제는 천민자본주의가 활거하고 있다. 이윤의 확대를 위해서 정규직 자리를 비정규직이 대신하는 비율이 높아져가고, 소자본의 영업점을 대규모자본이 치고 들어와서 소자본의 점포들을 문 닫게 한다. 소수의 자본가와 정규직의 직장인들이 안정적인 생활을 누리는 반면 많은 자영업자들과 비정규직들이 생활비에 쪼들리면서 살아가는 세상으로 변해가고 있다. 소득 구조가 피라미드형이 되어가고 있는 것이다.

미국 실용주의가 미국을 세계에서 가장 부강한 대국으로 만들었던 이념이었음은 분명하다. 그만한 역할을 할 수 있기까지는 청교도주의라는 높은 도덕성이 미국의 자본주의 속에 스며 있었고, 신의성실의 원칙이 미국인 개개인의 마음속에 자리하여, 효율성과 능률이 가장 절실하게 요구되던 때에 등장한 논리여서 쉽게 실용주의의 탁월한 효과가 발휘될 수 있었다.

즉, 실용주의가 제대로 뿌리내려 합리주의가 지배하고 철저한 준법정신과 신의성실의 원칙이 사회생활의 원칙으로 자리잡아 현대의 선진국으로 자리잡게 된 것이다. 다산도 이용후생과 동등하게 정덕이 중요함을 강조하였다.

그런데 우리 사회는 도덕적인 결함이 있음에도 일 잘한다는 미덕이나 돈 잘 번다는 미덕이 우선순위가 되버리곤 한다. 물질만능주의가 팽배하여 정작 중요한 정덕을 놓치고 있다. 이 시대에 다산의 철학이 빛나는 이유이다.

당당한 다산의
자녀교육 지혜

원격교육의 선구자

목민심서의 저자 다산은 1762년 현재 경기도 남양주시 조안면 능내리 당시 광주군 초부면 마현리에서 태어났다. 아버지는 진주목사를 지낸 정재원이며, 어머니는 해남윤씨로 조선시대 유명한 서화가인 공재 윤두서의 손녀였다. 그는 어려서부터 재능이 뛰어나 7세 때 "작은 산이 큰 산을 가렸으니 멀고 가까움이 다르기 때문이네"라는 '산'이라는 시를 지었다. 다산의 아버지는 열 살 되던 해부터는 벼슬길에도 나가지 않고 영특한 아들들을 직접 가르치는 데 전념한다.

다산은 부친의 가르침을 통하여 아버지의 교육이 얼마나 중요한지를 익히 알고 있었으나 불의의 유배생활로 인하여 가족들과 떨어져 지내게 되니, 그 안타까움이 더하였기에 자상하게 일일이 편지를 보내는 방법으로 교육시켰다.

다산의 편지들은 엄하면서도 따뜻하다. 두 아들에게 인생을 어떻게 살아야 하고 어떤 책을 읽으며 어떤 내용의 저서를 남겨야 하는지를 간곡하게 가르쳐 주었다. 딸에게 주는 시편은 다산의 사랑을 여실히 전한다. 다산은 부인 홍씨가 보낸 치마로 첩을 만들어 아들과 딸에게 글과 '매조도 梅鳥圖'를 보냈는데, 그 속에 담긴 마음과 함께 운치가 그윽하기 이를 데 없다. 천 리 밖에 떨어져 있었어도 다산은 늘 고향에 두고 온 자녀들의 안부를 묻고, 인간다운 아들이 되고 학문이 깊은 학자가 되기를 바라며 일상의 세세한 일까지 배려해주는 정성을 잊지 않았다.

"여러 날 밥을 끓이지 못하는 집이 있을 텐데 너희는 쌀 되라도 퍼다가 굶주림을 면하게 해주는지 모르겠구나. 눈이 쌓여 주위에 쓰러져 있는 집에는 장작개비라도 나누어 주어 따뜻하게 해주고, 병들어 약을 먹어야 할 사람들에게 한 푼의 돈이라도 쪼개서 약을 지어먹고 일어날 수 있도록 도와주어라. 가난하고 외로운 노인이 있는 집에는 때때로 찾아가 무릎 꿇고 모시어 따뜻하고 공손한 마음으로 공경해야 하고, 근심 걱정에 싸여 있는 집에 가서는 얼굴빛을 달리하고 깜짝 놀란 눈빛으로 그 고통을 함께 나누고 잘 처리할 방법을 함께 의논해야 하는데 잘들 하고 있는지 궁금하구나."

세세하고 자상한 가르침과 더불어 남이 어려울 때에는 도움을 주지 못하면서 자기가 어려울 때 도움이나 바래서는 안된다는 가르침과 함께, 도움이 없다고 원한까지 품는 사람이 있는데 그래서는 절대로 안 된다는 것을 조목조목 가르쳐 주었다.

1801년 11월 하순에 강진에서의 귀양살이가 시작되었는데, 1802년 새해를 맞아 고향의 아들에게서 첫 번째의 편지가 왔다. 이에 다산이 답장으로 보낸 편지의 전문이다.

"너희들 편지를 받으니 마음이 놓인다. 둘째의 글씨체가 조금 좋아졌고 문리 文理도 향상되었는데, 나이가 들어가는 덕인지 아니면 열심히 공부하고 있는 덕인지 모르겠구나. 부디 자포자기 하지 말고 마음을 굳게 먹고 부지런히 책을 읽는 데 힘쓰거라. 글을 골라 뽑아 적는 일이나 저서

하는 일에 혹시라도 소홀하게 여기지 말아라. 폐족이면서 글도 못하고 예절이 바르지 못하다면 어떻게 되겠느냐. 보통집안 사람들보다 100배 더 열심히 노력해야만 겨우 사람 축에 낄 수 있지 않겠느냐. 내 귀양살이 고생이 몹시 크긴 하다만 너희들이 독서에 정진하고 몸가짐을 올바르게 하고 있다는 소식만 들리면 근심이 없겠다. 큰 애가 4월 10일께 말을 타고 오겠다 했는데, 벌써 이별할 괴로움이 앞서는구나."(1802년 2월 7일)

다산은 참으로 자상하고 정깊은 아버지였다. 귀양살이 타향에 아들이 찾아온다니 정말로 기쁘고 반가운 일이겠지만, 만나는 반가움에 앞서 또 다시 헤어져야 할 비애가 더 먼저 생각난다고 하니 자신의 가슴 아픈 처지와 자식사랑이 그대로 아들에게 전달되었을 것이다. 이렇게 간절한 아버지의 편지를 받은 아들이 어떻게 생활했을지는 명약관화하다.

다산은 '아버지와 아들이 스승과 제자가 된다면 또한 기쁘지 않겠느냐? 父子而師弟不亦樂乎'며 때로는 설득하고 때로는 꾸짖으면서 적절한 방법으로 자식들을 가르쳤다. 비록 몸은 천 리 밖에 있으나 늘 편지에 무한한 관심과 정성을 다해 그 마음을 전하였고, 자식들은 아버지의 뜻에 걸맞게 훌륭하게 성장할 수 있었다.

집안이 나쁘다고 절망하지 마라

아버지가 중죄인으로 귀양살이를 하고 있었으므로 다산 집안은 폐족이 되어 아들들이 과거시험에 응시할 수도 없는 처지였다. 그런 아들들에게 단순히 우리 집안이 다시 일어설 거라는 막연한 희망 대신에, 자포자기하지 말고 용기와 신념을 지니고 학문에 몰두하도록 가르치는 일은 결코 쉬운 일이 아니었을 것이다. 다산은 자상하고 간절하게 아들들을 설득하여 가르쳐주는 기술을 가지고 있었다.

다산은 불우한 처지에서 좌절하지 않고 용기와 신념으로 학문에 몰두하여 위대한 학자로 큰 성공을 이룩했던 세 분을 예로 들었다. 16세에 어머니를 잃고 비탄에 빠져 방황하던 율곡 栗谷 이이 李珥 가 있고, 집안의 위기 속에서 큰 학자가 된 자신의 가까운 집안 우담 愚潭 정시한 丁時翰 과 아버지의 유배지에서 태어났고, 형님이 노론에 의해 장살 杖殺 당했던 집안 태생인 성호 星湖 이익 李瀷 이 위대한 학자로 성장했음을 열거했다.

불행한 처지에서 좌절을 극복하여 훌륭한 인품과 학식을 겸했기 때문에 그들은 좋은 집안으로 결혼하여 가문의 명성을 잇고 가통을 세워 명문의 집안으로 내려올 수 있었다는 것이다. 일반 사람들이야 글을 배우지 않더라도 그냥 못 배운 사람에 지나지 않지만, 귀족자제들이 폐족이라는 이유로 학문을 하지 않으면 마침내 도리에 어긋나고 비천하고 더러운 신분으로 타락하여 아무도 가깝게 지내려 하지 않아 결국 세상의 버림을 받게 되고, 혼인길마저 막혀 천한 집안과 결혼하게 된다고 했다. 혼인길이 막혀 천한 집안과 결혼하여 물고기의 입술이나 강아지의 이마 몰골을 한 자식이 태어나면 그 집안은 영영 끝장이 난다는 것이다. 요컨대 불행한 집안출신으로 학문마저 포기하면 결혼 길까지 막히고 만다는 주장이었으니 자식들이 학문에 열중하지 않을 수 없었을 것이다.

그리고 폐족이므로 과거시험에 응시하지는 못한다 해도 훌륭한 문장가가 되지 못하겠느냐, 아니면 진리를 통달한 선비가 못되겠느냐, 성인 聖人인들 되지 말라는 법이 있겠느냐고 아들을 채근했다. 오히려 과거를 보지 못하므로 부귀영화에 대한 욕심이 사라져 순수한 마음으로 진리탐구에 전념할 수도 있고, 빈곤과 곤란한 처지를 극복하느라 단련된 마음이 지식과 생각을 계발시켜 주어 일반 세상의 인정과 물태 物態 의 진실과 거짓을 더 자세히 알게 해준다고도 했다.

그러면서 폐족 중에 걸출한 선비가 많이 배출되는 이유까지를 설명해 주었다. 하늘이 편파적으로 폐족에게만 재주 있는 사람을 태어나게 할 이유가 없으며, 다만 과거를 통해 영달하려는 마음이 학문하려는 마음을 가리우지 않으므로 책을 읽고 이치를 연구하여 진리의 진면목과 참다운 원리를 알아낼 수 있기 때문이라고 했다. 아무리 어려운 환경에 처하더라도, 공부하려는 정성과 성의만 있다면 문제가 없다는 것이다.

"너희들은 집에 책이 없느냐? 머리에 재주가 없느냐? 눈이나 귀에 총명이 없느냐? 왜 스스로 포기하려고만 하느냐? 그렇다면 영원히 폐족으로 지낼 것이냐?"라고 직설적으로 꾸중하기도 한다. 이러한 자극을 통해 공부에 열중할 마음이 촉발되도록 모든 방법을 총동원하였다.

다산의 두 아들은 다산이 유배살이를 떠나기 전에 훌륭한 집안과 결혼하였다. 그리고 큰아들 정학연 丁學淵 은 참으로 큰 학자가 되었다. 아버지의 가르침을 저버리지 않고 열심히 연구하고 공부했던 결과였다. 둘째 정학유 丁學游 는 '농가월령가'의 저자로 알려졌으며 추사 김정희와 절친한 동갑친구로 지냈다.

아버지의 정성어린 철저한 교육에 힘입어 다산의 두 아들은 훌륭하게 성장했다. 추사 같은 높은 안목의 학자이자 예술인이 가장 가까운 벗으로 여겼다면 그 두 아들의 수준이 어떤 정도인가를 의심할 필요가 없을 것이다. 아버지의 교훈으로 결혼도 제대로 하였고, 학문도 제대로 이룩했던 것이다.

기본기에 충실하라

운동선수든 기술자든 기본기가 가장 중요하다. 이 기본기가 잘못되면 어느 정도까지는 발전할 수 있으나 그 한계를 넘을 수가 없다. 뒤늦게 깨달아 다시 기본부터 닦으려고 하면 그때까지의 잘못된 습관이 방해해서 상태가 전보다 더 나빠진다.

터 다지기를 굳게 하지 않으면 아무리 근사한 집을 지어도 마침내 주춧돌이 내려 앉고 만다. 공부도 이와 다를 것이 없다. 기초를 튼실히 닦아야 한다. 우왕좌왕 여기저기 기웃거리기보다 진득하니 앉아 바탕공부에 몰두하는 것이 낫다. 바탕공부란 어떤 것인가? 다산은 두 아들들에게 이렇게 설명했다.

"독서는 무엇보다 바탕 根基 을 세워야 한다. 바탕이란 무엇을 말하는 것이냐? 배움에 뜻을 두지 않고는 능히 책을 읽을 수가 없다. 배움에 뜻을 두었다면 반드시 먼저 바탕을 세워야 한다. 그렇다면 바탕이란 무엇을 말하겠느냐? 효제 孝悌, 즉 부모에게 효도하고 형제간에 우애로운 것일 뿐이다. 모름지기 먼저 힘껏 효제를 행하여 바탕을 세운다면 학문은 저절로 젖어들게 마련이다. 학문이 내게 젖어들고 나면 독서는 모름지기 별도의 단계를 강구하지 않아도 된다."

이는 공부의 바탕이 되는 근기는 효제의 덕성이라고 하였다. 즉, 인간성에 바탕한 근기를 갖출 때 비로소 목표가 생긴다는 것이며 공부보다 먼저 인간이 되라는 얘기다.

다산은 자식들에게 바탕공부(근기)의 중요성을 늘 강조하였다. 다산이 억울한 유배생활에서 버틸 수 있었던 것은 바탕공부가 되어 있었기 때문이라고 생각된다.

예를 들어, 원교 이광사 李匡師(1705~1777)의 경우, 영조 때 나주벽서사건에 연루되어 함경도 회령과 완도 신지도에 유배 가서 오랜 세월을 살았다. 어떤 사람이 그가 귀양살이하는 집을 찾아갔는데, 벽장에 좋은 벼루와 값나가는 물건이 가득 쌓여 있었다고 한다. 괴이하게 여겨 그 까닭을 물어보니, 신지도의 진장 鎭將 이 이런 것을 가져다주고 자기 글씨를 사간다는 대답이 돌아왔다. 진장은 그의 글씨를 얻어다가 서울로 가져가 비싼 값에 팔았다. 그는 유배생활을 하는 것을 한탄하며 지냈는데, 귀양지에서 박을 심어 박이 익으면 박속을 파내고 그 속에 '누군가 얻어 보고, 바다 동쪽에 이광사란 사람이 있음을 알아주기 바란다'란 글을 써서 넣고 밀랍으로 주둥이를 봉해 일삼아 바다로 띄워 보냈다고 한다.

두 사람의 차이는 어디에서 비롯된 것일까? 이것이 바로 근기 根基, 즉 바탕공부의 차이일 것이다. 뛰어난 재주와 능력, 그리고 불세출의 학식과 깊은 사상을 지닌 그였지만 세상으로부터 유배되어 억울하고 기막힌 세월을 살아야 했다. 그럼에도 불구하고 그는 끝까지 좌절하지 않았고 실의에 빠지지도 않았다. 오히려 고단한 귀양살이에도 늘 자신을 채찍질하며 열성적으로 학문을 연구하는 데 더 몰두했다. 그에게는 불행했던 유배생활이었지만, 그의 빛나는 사상과 철학을 만날 수 있으니 우리에게는 다행이라는 생각이 든다. '불행과 절망의 늪에서도 끝내 좌절하지 않고 절대로 포기하지 않아야 한다'는 다산의 인생관이 있었기에 가능한 세월이었다.

다산은 큰아들 학연에게 과시 科詩를 가르치면서도, 엉뚱하게 한위 漢魏 시기의 고시 古詩를 먼저 가르친다. 아무도 거들떠 보지 않는 옛시를 가르치고 하나하나 모의하게 하고 난 후 점차 소동파나 황산곡의 시문까지 가르쳤다.

이윽고 그 바탕 위에 과문을 짓게 하였더니 모두들 그 재주를 칭찬했다고 한다. 과문만 가르쳤다면 결코 기대할 수 없는 일이었다고 술회하며, 사람들은 과거시험 위주의 과문 科文을 공부하는데, 과거공부만 하는 사람은 평범한 고문은 거들떠보지 않고 오로지 과거시험장 위주의 문장공부만 하기 때문에 과문만 공부한 사람은 과거에 급제하더라도 행정에 필요한 이문 吏文도 작성하지 못하고, 문장 하나도 짓지 못하게 된다는 것이다. 그러나 고문을 먼저 익히면 과문과 이문은 저절로 할 수 있다는 것이다.

요즘으로 하면 문 文·사 史·철 哲을 열심히 공부하면 별도로 논술학원 다닐 필요가 없다는 것이다. 즉, 대학입시의 논술시험을 잘 보려면 논술학원을 보내기보다는 평소에 좋은 책을 많이 읽게 하고, 자기 생각을 논리적으로 말하고 쓰는 훈련을 시키는 것이 훨씬 낫다는 뜻이다. 학원에서 답안작성 요령은 배울 수는 있지만, 막상 시험장에서는 똑같은 문제가 나오지 않기 때문에 당황하여 시험을 망칠 수 있다. 하지만 평소에 많이 읽고 생각하고 써본 학생은 어떤 문제가 나와도 걱정 없이 쓸 수 있으며 그 역량은 평생을 함께한다.

종합하고 정리하는 능력을 키워라

다산은 방대한 자료를 집적하여 일목요연하게 정리한 비결을 자식들에게 자세하게 가르쳤다. 둘째 아들 학유에게 보내는 편지에서 어떻게 새로운 지식을 창출해 내는지를 사례를 들어 자세하게 설명하였다.

"내가 수년 이래로 자못 독서에 대해 알게 되었다. 그저 읽기만 하면 비록 하루에 천 번을 읽는다 해도 안 읽은 것과 같다. 무릇 독서란 매번 한 글자라도 뜻이 분명하지 않은 곳과 만나면 모름지기 널리 고증하고 자세히 살펴 그 근원을 얻어야 한다. 그러고 나서 차례차례 설명하여 글로 짓는 것을 날마다 일과로 삼아라. 이렇게 하면 한 종류의 책을 읽은 것 같지만, 백 종류의 책을 함께 읽을 수가 있다. 그리고 본래 읽던 책의 의미도 분명하게 꿰뚫어 알 수가 있으니 이 점을 알아두지 않으면 안된다."

예를 들어, '사기'의 '자객열전'을 읽을 때 '조祖 마치고 길에 올랐다'라는 한 구절을 보고, "조가 뭡니까?" 하고 물으면, 선생님은 "전별할 때 지내는 제사다"라고 하실 것이다. 이때 하필 왜 할아버지 조祖를 쓰는지에 대해 의문이 들면 사전을 보고 조祖 자의 본래 의미를 살펴보아라. 또 사전을 바탕으로 다른 책으로 옮겨가 그 풀이와 해석을 살펴 뿌리를 캐고 지엽을 모은다. 또 '통전通典' 등의 책에서 조제祖祭 지내는 예법을 찾아보고, 한데 모아 차례를 매겨 책을 만든다면 길이 남는 책이 될 것이다.

이렇게 한다면 전에는 한 가지 사물도 모르던 네가 이날부터는 조제의 내력을 훤히 꿰는 사람이 될 것이다. 비록 큰 학자라 해도 조제 한 가지 일에 있어서만은 너와 다투지 못하게 될테니 어찌 크게 즐겁지 않겠느냐? 주자의 격물 格物 공부도 이와 같았다. '격 格 이란 밑바닥까지 캐낸다는 뜻'이다. 밑바닥까지 다 캐지 않는다면 유익되는 바가 없다고 하였다.

다산은 아들에게 공부를 하다가 모르는 말과 만나면 그냥 넘어가지 말고 완전히 알 때까지 파헤치라고 말한다. 그리고 공부과정을 목차를 세워 작은 책자로 정리하면 아주 훌륭한 자료가 된다고 했다. 목차를 세운다는 것은 무질서에서 질서를 찾는 것이다. 다산은 이렇게 작은 의문 하나를 발전시켜 계통을 갖춘 지식으로 나아가는 공부의 과정과 단계를 직접 예를 들어 보여주었다.

뿌리를 캐들어 가면서 방증이 될 만한 지엽적인 자료를 수집하여 수렴과 확산의 과정을 반복하는 동안 문제의식이 심화되고 본질이 드러나게 되는 것이다. 다산은 정리하고 종합하는 과정에서 새로운 지식이 창출되며 하나의 학문으로 완성된다는 것을 가르친 것이다.

전문가가 되어라

다산은 둘째 아들인 학유가 닭을 기르고 있다는 편지에 다음과 같은 답장을 보냈다.

"네가 닭을 기른다고 들었는데, 양계란 참 좋은 일이긴 하지만 그것에도 품위있고 비천한 것, 깨끗하고 불결함의 차이가 있다. '농서 農書'를 완벽하게 읽어 가장 좋은 양계법을 골라 시험해 보는데, 더러는 색깔을 나누어 길러도 보고, 닭이 앉는 홰도 다르게도 만들어 보면서, 다른 집닭보다 살찌고 알도 잘 낳을 수 있도록 길러야 한다. 또 때때로 닭의 모습을 시 詩 로 지어 보면서 짐승들의 실태를 파악해 보아야 하느니, 이것이야말로 책을 읽은 사람만이 할 수 있는 양계다. 아무쪼록 많은 책에서 닭 기르는 법에 관한 이론을 뽑아 내어 계경 鷄經 과 같은 책을 만든다면 좋은 책이 될 것이다."

그리고 "만약 이익만 보느라 의 義 를 보지 못하고, 기를 줄만 알고 기르는 취미를 모른다면 졸렬한 사람의 양계일 뿐이다"라는 경계의 말도 덧붙였다.

다산은 아늘에게 닭을 길러도 이익과 의를 함께 생각하고 우아함과 품격을 높이도록 해야만 한다고 가르쳤다. 또한, 한 분야에서 전문가가 될 수 있는 길을 일러주는 훌륭한 가르침이다. 닭 기르는 사람이 양계에서 성공하기 위해서는 농서를 읽는 한편 닭을 깊이 관찰하고 생태를 연구하며, 거기에 품격을 더하여 시문까지 지어보라고 한다. 그리고 나서 이를 정리하고 종합하여 책으로 엮으면 그 분야에 일가견을 갖춘 전문가로 인정받을 수 있다는 것이다.

큰아들 정학연은 아버지의 가르침을 잊지 않고 이를 확대하여 원예와 축산관련 저술인 '종축회통 種畜會通 '3권을 저술하였다. 둘째 아들 정학유도 '시경'에 등장하는 조수 鳥獸 와 초목의 이름을 고증한 '시명다식 詩名多識 '4권을 남겼다. 두 아들 모두 아버지 다산이 가르쳐준 대로 정리하고 종합하여 새로운 지식을 창출해 낸 것이다.

근검과 절약정신이 유산이다

다산은 아들에게 치산 治産 과 경제의 중요성을 누누이 강조했다. 여러 글에서 근검의 미덕에 대해 되풀이 말했다. 가난에 찌들어 뜻을 잃지말고 근검을 체질화하여 뜻을 붙들어 세우라고 했다. 다산은 자식들에 보내는 편지에서 유산으로 '근면함'과 '검소함'이라는 두 단어를 주겠다고 했다.

"나는 너희에게 전원을 남겨줄 만한 벼슬이 없다. 오직 두 글자의 신령스러운 부적이 있어, 이것으로 삶을 두터이 하고 가난을 구제하기에 충분하다. 이제 너희들에게 주노니, 너희는 우습게 여기지 말아라. 한 글자는 근 勤 이고, 또 한 글자는 검 儉 이다. 이 두 글자는 좋은 밭과 비옥한 땅보다 훨씬 나으니 일생을 쓰더라도 다 쓰지 못할 것이다." 오늘 일을 내일로 미루지 않는 것, 사람마다 맡은 역할이 있어 부지런히 임무를 다하는 것이 근면함이라면, 오래 입을 수 있는 옷, 굶어죽지 않을 음식으로 아끼고 절약하며 속임 없이 사는 것이 검소함이라고 했다.

나는 이 대목을 읽고 나서 무릎을 쳤다. "아! 나도 근면함과 검소함이라면 자신있게 유산으로 물려줄 수 있겠다" 싶었던 것이다. 이 멋진 말을 아들에게 해 주고 싶었다. 하루는 기회를 만들어 아들을 마주하고 앉았다. "아버지가 너에게 특별히 유산으로 물려 줄 것은 없지만, 근면함과 검소함이라는 것은 반드시 너에게 물려주고 싶구나. 항상 부지런한 생활과 감사하는 마음으로 살면 인생이 평생 풍요로울 것이다"라고 하였다. 그런데 아들은 아무런 감동도 반박도 하지 않았다. 묵묵히 듣고 있다가 "예"라는 한 마디 대답만 하였다. 아들의 표정으로 봐서는 어떻게 받아들였는지 알 수 없으나 다산의 멋진 가르침이 현대의 젊은이에게는 별 감동을 주는 것 같지 않은 것 같아서 머쓱한 기분이 들었다.

오늘날 자녀교육의 시사점

현재 미국은 갈수록 교육열이 낮아지고 있다고 한다. 미국 오바마 대통령은 공식석상에서 한국 교육을 언급하면서 한국 교육을 배워야 한다는 이야기를 했다. 오바마가 한국 교육을 부러워한다는 이야기가 이번이 처음이 아니고 여러 번 있었음에도 불구하고 한국의 국민들은 전혀 반응을 하지 않고 언론도 가십거리 정도로만 처리하고 있다. 이는 오바마 대통령이 한국 교육에 대한 언급은 한국 교육의 눈에 드러나는 성과만을 본 것이고, 우리 스스로는 이러한 성과의 이면에 있는 과도한 경쟁으로 인한 학생과 학부모의 고통과 그리고 엄청난 사회적 손실을 보지 못한 것임을 잘 알기 때문이다.

미국뿐만 아니라 미국을 포함한 세계의 많은 나라들이 교육열의 저하 문제로 고민을 하고 있다는 것이다. 특별히 저소득 계층들이 삶에 대한 희망을 접고 자녀 교육을 시키지 않는 문제로 인해 골머리를 앓고 있다.

그러나 우리나라는 소득에 관계없이 전 국민이 세계에서 가장 높은 교육열을 가지고 있다. 그것은 한국이 아주 최근에 교육을 통해 매우 폭넓은 계층이동을 경험했기 때문이다. 일제시대를 거치면서 전통적인 신분제도가 무너진 상황에서 자녀를 상급학교에 보냄으로 인해 자녀와 온 집안의 계층이 상승했던 경험은 온 국민으로 하여금 교육에 매달리게 만들었던 것이다.

그런데 이제 한국의 이러한 교육열도 한계를 맞고 있다. 사교육비가 100조 원이 넘는 것으로 평가되고 있으며, 전 세계 대학진학률이 1위이다. 전국에 400여 개의 대학이 있고 3백만 명의 대학생들이 있다.

문제는 이러한 투자에 대비하여 생산성이 없다는 것이다. 예전에는 엘리트 교육이었던 대학교육이 이제는 80% 이상이 진학하게 됨으로써 대중교육이 되었다. 그러다 보니 차별화가 이루어지지 않아 취업이 어렵다. 대학기간 중이나 대학졸업 후에도 자기의 전공과는 무관한 직업을 갖거나 비정규직 임용으로 젊은 시절이 우울해진다.

한편으로는 스펙을 넓히기 위해 해외유학을 하거나 연수를 감행해야 한다. 현재 미국유학생 수 1위가 한국이라고 하니 오바마 대통령이 놀라는 것도 무리가 아니다.

그동안 우리나라 교육제도의 문제점이 수없이 지적되어 왔다. 그러나 왜곡된 교육제도와 현장이 쉽게 변할 것 같지는 않다. 당국은 당국대로, 학부모나 수험생들은 그들대로, 학교는 학교대로 야단이고, 사립학교법 개정까지 걸림돌로 남아 있다. 그러나 임기제인 정치권의 눈치 보기와 안이한 태도를 바꾸지 않는 이상 교육개혁이 이루어지기는 쉽지 않을 것 같아 안타깝다.

그렇다면 누가 변화의 주체가 되어야 할 것인가? 바로 부모들이다. 우선 사교육비를 줄여야 한다. 미국에 교환교수로 갔던 지인의 말에 의하면, 하루는 학교에 불려갔는데 아이의 담임이 하는 말이 "예습 좀 시켜서 보내지 말라"고 했다는 것이다. 아이가 집에서 예습을 다 해오면 학교에서는 무엇을 가르치느냐는 것이었다. 오히려 아이가 학교학습에 흥미를 잃게 된다는 주의를 받았다고 했다. 우리나라의 교육문제 중에서 가장 큰 사교육의 문제점이 그대로 지적된 것이라고 볼 수 있다. 사교육은 주로 선행학습 위주다. 중3이면 이미 고2를 학원에서 배우는 것이다. 그러니 학교에 가서는 책상에 얼굴을 파묻고 자는 학생이 발생하는 것이다.

이제 교육에서 부모의 역할이 바뀌지 않으면 안 된다. 당장의 성적순위에 연연하지 말고 다산의 가르침처럼 기본기를 튼튼히 할 수 있도록 많은 독서를 권장하고 인성을 길러 주어야 한다. 다산의 자녀 교육의 핵심은 지극한 관심과 정성이었다.

지금은 세상이 너무 빠르게 변하고 있다. 변화의 속도가 느렸던 예전에는 경험이 중요했기 때문에 나이든 사람이 대접받을 수 있었다. 그러나 지금은 나이든 사람의 경험은 단종된 구형 모델의 제품설명서처럼 아이들에게 답답한 지식일 뿐인 세상이 되었다. 그러므로 부모도 함께 공부해야만 무시당하지 않는 시대가 되었다.

부모는 경제적 지원자 역할 이외에 학교에서 가르쳐 주지 않는 지혜를 가르쳐 주어야 한다. 자연의 지혜와 조화, 베풂과 나눔의 지혜, 순수함을 지키고 행복해지는 원리 등을 가르쳐 주는 것은 부모의 몫이다. 자녀들은 부모에게서 가장 큰 영향을 받는다. 솔선하고 모범하는 것 이상의 비결은 없다고 생각한다.

또한, 다산처럼 자식들에게 당당해져야 한다. 부모가 해줄 수 있는 만큼만 해 주고 환경과 역경을 극복할 수 있는 지혜를 가르쳐야만 할 것이다.

광야로
내보낸 자식은
콩나무가 되었고

온실로
들여보낸 자식은
콩나물이 되었고

정채봉 시인의 '콩씨네 자녀 교육'이란 시의 전문이다. 자식을 품 안에 품는 것만이 능사는 아니며, 때로는 광야로 내보내 찬이슬 길도 걷게 해야 한다는 것이다. 설령 부모가 능력이 많다고 하더라고 자식의 평생을 책임질 수는 없으므로, 자생능력을 길러주는 것이야말로 부모의 책임일 것이다. 그리고 인간다운 삶을 살아가는 법을 가르쳐서 사회에 적응하고 다른 사람들과 어울려 사는 법을 알게 하는 것이 부모가 가장 우선해야 할 자녀교육의 덕목이 아닐까 싶다.

04
·
산하를 바라보는 미학적 시선
― 고산 윤선도

유토피아를 꿈꿨던
고산의 정신세계

시대상황과 생애

고산 孤山 윤선도 尹善道(1587~1671)를 이해하기 위해서는 먼저 그가 살았던 시대 상황에 대한 이해가 필요하다. 고산의 생애 기간은 조선조 정치·사회적 변란이 집중되었던 시기였다. 유년기 시절 임진왜란과 정유재란을 겪었으며, 중·장년기에는 정묘호란과 병자호란을 겪었다. 정치적으로는 당쟁이 심해지는 가운데 서인이 득세한 시기였다. 그의 집안은 대를 이어 벼슬을 한 명문이었고 재산도 유족했지만 남인의 집이었다.

가계를 보면, 해남 윤씨의 16대손 의정부 우참찬을 지낸 윤의중에게 유심·유기·유순 세 아들이 있었는데 고산은 유심의 세 아들 중 둘째로 1587년 6월 22일 서울시 종로구 연지동에서 태어났다. 그러나 해남 종가에 아들이 없어 작은아버지 유기가 입양돼 대를 잇고 있었는데, 작은아버지 유기 역시 아들이 없자 고산은 여덟살 때 유기의 양자로 입양돼 종가인 해남 연동에서 자랐다.

어려서부터 총명하고 학문을 좋아하여, 아버지 이외에는 특별히 스승도 없었으나 경사백가 經史百家 를 두루 읽고 의학, 복서 卜筮 , 음양, 지리에 이르기까지 광범위하게 독서하여 교양을 쌓았다. 특히 소학 小學 을 가까이 하여 처신과 공부의 지침으로 삼았다.

그는 천성적으로 강직하고 바르며 곧은 성격을 지녔기 때문에 부당함을 보면 자신의 주장을 감추지 못하여 순탄한 일생을 살지는 못했다. 18세에 초시에 합격하고, 26세가 되어서 진사시험에 합격했다. 그런데 당시 광해군에 아첨하여 권세를 부리는 세도가의 횡포를 보고, 30세인 윤선도는 1616년 성균관 유생으로서, 세도가 이이첨 李爾瞻 등의 횡포에 대하여 망군부국 亡君負國 하는 죄를 묻는 상소인 '병진소 丙辰疏 '를 올리게 되었다.

그런데 승정원과 삼사와 관학에서는 오히려 이이첨의 간계대로, 윤선도가 어진 이들을 모함하고 있다는 극론을 펴게 되었다. 이 일로 인하여 윤선도는 젊은 지식인들에게 매우 의협심이 불타는 젊은 선비대접을 받게 되었다. 이에, 이형 李泂 을 비롯한 많은 유생들과 종친들이 윤선도를 옹호하는 소를 올려 지지를 표하기도 하였으나, 서른한 살 되던 해에 함경도 경원으로 유배되고 다음해엔 경상도 기장으로 이배돼 6년이나 귀양살이를 했다. 그의 아버지 유기는 삭탈관직하여 고향으로 돌려보내졌다.

왕자의 사부가 되다

37세(1623, 인조 1)되던 해 3월, 인조반정이 일어나자 윤선도는 유배에서 풀려나 의금부도사로 부름을 받았으나, 7월에 벼슬을 사직하고 해남으로 돌아갔다. 당시에 조정에서는 그가 광해군때 절의를 세운 것을 높이 사서 40세 되던 해 안기찰방 安奇察訪 에 제수되었으나 취임하지 않았다.

이후 42세 되던 해 봄, 윤선도는 문과 초시에 응시하여 장원급제하였다. 인조는 고산의 학문을 높이사 봉림대군과 인평대군의 사부로 임명하였다. 두 대군의 사부가 된 그는 강학청 講學廳 에 나아가 '소학'을 가르쳤다. 그는 세자의 사부로서 엄정하게 지도하였는데 격물치지 格物致知 와 성정함양 性情涵養 을 위주로 하였으며, 두 대군은 진심으로 고산을 존경하며 따랐다고 한다.

고산은 인조의 특별한 사랑을 받았다. 46세 되던 해 1월에는 호조정랑 戶曹正郎 과 왕자의 사부를 겸하였으며 2월에 사복첨정 司僕僉正 을 제수받았다. 3월에는 한성서윤 漢城庶尹 으로 승진하였다. 그런데 고산은 신병을 이유로 11월에 모두 사임하고 다시 해남으로 내려왔다. 이때 인조는 매일 약과 음식을 하사하였다 한다.

이렇게 인조의 신임이 두터웠던 것은, 윤선도는 관직을 수행할 적에 큰일과 작은일에 모두 소홀함이 없었다. 그리하여 동료들은 그를 꺼렸으며 이서 吏胥 들 또한 두려워하여 감히 농간을 부리지 못하였다.

이후 다시 47세에 증광향해별시에 장원급제하여 봄에 예조정랑 禮曹正郎 이 되는 등 주요 요직을 두루 거치며 정치적 경륜을 쌓는다. 그러나 성산현감에 좌천, 경세의 뜻이 좌절되자 해남으로 귀향하고 만다.

병자호란과 보길도

고산의 나이 50세, 인조 14년에 병자호란이 일어난다. 청나라 군사가 쳐들어와 형세가 매우 급박해지자 공경대신들은 종사와 빈궁, 원손, 대군들과 함께 강화도로 피난하였다. 인조도 강화도로 가고자 하였으나, 임금의 수레가 출발하여 남문에 이르렀을 때 적의 선봉은 이미 사현 沙峴 에 도달해 있었다. 그리하여 임금의 수레는 되돌아서 동문을 나와 남한산성으로 들어갔다.

윤선도는 해남에서 이러한 변란 소식을 듣고, 향족 鄕族 들과 가동 家僮 들을 규합하여 배 한 척에 타고 강화도까지 갔다. 그러나 강화도는 이미 함락되어 왕자들은 붙잡히고, 인조는 삼전도에서 치욕적인 화의를 맺고 말았다는 소식을 듣게 되었다. 그러자 강화도 앞에서 배를 돌려 고향으로 향하는 길에 배에서 내리지 않고 그대로 제주도에 들어가 살 것을 결심하였다.

그런데 제주도로 가는 길에 보길도를 지나다 그 풍광이 수려하여 보길도로 들어갔다. 고산이 보니 "보길도는 산이 빙 둘러 있어서 바닷물 소리가 들리지 않고 맑고 시원할 뿐만 아니라 돌이 몹시 아름다워 참으로 물외가경 物外佳境 이었다"고 하였다. 그는 여기를 '부용동'이라 이름하고 격자봉 밑에 집을 지어 낙서재를 짓고 이곳에서 생애를 마치기로 결심하였다. 이후 조상이 물려준 엄청난 부를 동원하여 보길도에 자신의 유토피아를 만들어 나갔다.

유배와 은거의 생활

보길도에 있던 52세 되던 해, 인조는 다시 윤선도를 대동찰방에 제수하였다. 그러나 병을 일컬어 부임하지 않았다. 그러자 조정에서는 보길도 산수에 안겨 나라의 부름에 응하지 않는다고 그를 지탄하는 여론이 일어 다시 1년간 경상도 영덕현으로 유배되었다.

해배되어 해남으로 돌아온 후 해남군 현산면 수정동에 따로 집을 짓고 거처하였다. 뒤에 다시 문소동과 금쇄동을 얻었는데 이곳들을 왕래하거나 소요하면서 10년을 유거하였다.

1652년(효종 3) 왕명으로 복직, 예조참의 등에 이르렀으나 서인 西人의 중상으로 사직했다가 1657년 중추부첨지사 中樞府僉知事 에 복직되었다. 1658년 동부승지 同副承旨 때 남인 南人 정개청 鄭介淸 의 서원 書院 철폐를 놓고 서인 송시열 宋時烈 등과 논쟁하였는데 사형이 주장되었다. 그러나 '고산은 바른말하는 선비요 또 선왕의 사부이니 경솔히 죽일 수 없다'는 상소가 받아들여져 유배돼 다시 7년 4개월의 긴긴 세월을 숨어보냈다.

이렇게 고산의 출사는 9년에 불과하지만 유배생활은 세 차례에 걸쳐 14년이 넘는다. 그때마다 은둔과 풍류의 즐거움으로 자족하기도 했지만 그의 일생은 출사와 유배, 은둔이 거듭되고 희비가 교차하는 생애였다. 고산의 은거는 '세상을 잊은 행위'라기보다는 '세상을 피한 것'으로 평가되고 있다.

고산은 유배에서 풀려난 2년 뒤인 1671년 6월 11일 완도군 보길도 낙서재 樂書齊 에서 눈을 감았다. 향년 85세였다. 사후인 1675년(숙종 1) 남인의 집권으로 이조판서에 추증되었다.

윤선도의 정신세계

고산은 정치가, 시인, 예술가, 조경가였다. 고산의 정신적 바탕에 깔린 사상은 성리학을 토대로 한 유학사상으로 인본을 기본적인 가치로 한다.

인본은 곧 사람을 중시하는 것이니 조선조 유학은 사람으로서의 도리, 곧 도덕을 근본으로 강조하는 도학사상 道學思想 으로 정리된다. 고산 역시 수신 修身 으로 시작하여 치국평천하 治國平天下 로 이르는 유학적 세계관을 신봉하였다.

고산에게 개인적 수신의 교과서가 된 것은 '소학 小學'이다. 소학은 유교철학의 정수는 아니지만 수신과 도덕 교훈서의 모태가 되었다고 할 만큼 그 내용은 유교적 가치로 가득하다. 고산의 유가적 자세는 소학을 통해 형성되었으며, 자손과 제자들에게도 소학의 중요성을 여러 번 강조하고 있다. 소학의 가르침을 통해 고산은 인륜의 도를 앞세우는 유학자의 규범적 태도를 견지하였다.

윤선도는 학자이기도 했고 당쟁의 와중에서 남인의 거수와 투사로서 앞장서 싸운 정치가이기도 했다. 그러나 그의 이름은 시인으로 더욱 빛난다. 자연과 벗하며 얻어진 정서를 한자가 아닌 우리글로 풀어 창의적으로 표현하는 데 그를 앞설 사람이 없었다.

그리고 일련의 개인적 역경은 그에게 세속적 삶에 대한 회의와 함께 탈속적 꿈을 가속화시킨 계기가 되지 않을 수 없었을 것이다. 그는 생애 중에 임진왜란과 정유재란, 그리고 정묘호란과 병자호란과 같은 4번에 걸친 조선조 최대의 전란들을 고스란히 겪었다. 사화와 정쟁으로 점철된 조선 중후기에 최대 피해자라고도 할 만큼 그의 삶은 파란만장하였다.

실제로 그는 짧은 벼슬길과 도합 세 번에 걸친 유배를 거치면서 끝내 긴 은둔으로 생을 마감하였다. 비록 청년기 이후 몇 번에 걸쳐 과거에 응시하기는 하였으나 그의 삶은 정치에 많은 회의를 품을 수밖에 없었다. 당시 권력층의 부정을 지탄하며 고발한 '병진소'로 인해 그 자신이 무려 6년이라는 기간 동안 유배를 당한 것이 직접적인 계기로 작용하였을 것이다.

그가 그런 회의에서 벗어나 다시 과거에 응시하기 시작한 것은 당시 조정의 혼란이 인조반정으로 마무리되고도 한참 뒤인 그의 나이 37세(別試初試)와 42세(別試 文科 初試, 장원) 때였다. 이후 그는 봉림과 인평 두 대군의 사부직을 위시한 주요관직에 특명되어 일생 중 가장 화려한 벼슬길에 접어들기도 하였다. 그러나 그것은 불과 5년여 만에 끝나고, 병자호란 당시 그의 처신이 빌미가 되어 다시 유배를 당하게 된다.

한참 젊은 시절에 겪은 긴 유배와, 기다림 속에 찾아온 화려한 벼슬길의 허망한 끝, 그리고 또다시 당하게 된 유배생활은 그에게 상당히 큰 좌절을 안겨주었을 것이라 생각된다. 이러한 일련의 시련과 경험은 이후 그가 벼슬길에 대한 강한 회의와 환멸을 느끼고, 산수간을 찾아 유인생활 幽人生活 로 접어들게 한 직접적인 계기가 되었을 것이다.

그 후 그가 다시 간헐적인 짧은 벼슬길에 오른 것은 그가 가르쳤던 효종이 그를 못내 잊지 못하여 거듭 불렀던 66세 이후였다. 그의 생애 마지막 벼슬길이라 할 이 기간 또한 효종의 강력한 후원에도 불구하고 끊임없는 시시비비와 무고에 시달린 끝에 겨우 2년여 만에 효종이 승하하면서 끝나고, 효종의 상례 喪禮 문제로 송시열 등과의 논쟁으로 다시 7년(74세부터 81세까지)이란 긴 유배생활을 하게 되었다.

결국 그는 평생 동안 자신의 뜻을 펼치지 못한 채 외로운 삶을 살았으며, 자연과 시는 그에게 그 고단한 삶을 잊고 살아가게 해주는 유일한 벗이었다. 그가 孤山이라는 이름을 좋아한 것도 그의 삶과 무관하지 않다.

보길도 부용동과 문소동, 수정동, 금쇄동의 원림 유적은 그의 그러한 고난의 세속으로부터 일종의 도피처였던 셈이다. 그의 문학작품들이 출사의 시기가 아닌 유배시절이나 은둔기에 지어진 것이다.

모략과 비방 가득한 인간세상 대신에 자연을 찾아 들어가서 정원을 조성하고 비로소 그 속에서 기쁨과 평화를 발견하였다. 고산은 산수간 요처에다 정자를 짓고 물을 가두어 연못을 만드는 등 적극적인 정원조성 행위를 통해 자연미를 재발견하고는 몸과 마음으로 교감하며 즐겼다. 그렇게 자연과 더불어 나눈 교감은 그만의 심미적 감성언어를 통해 한시나 시조로 표출하였다. 그는 원림 속 체험을 통해 인간사로 인한 고뇌를 해소하고, 자연과의 교감을 예술로 승화시킨 예술가이지 시인이었다.

고산의 자연관

고산은 자연을 사랑하고 즐겼다. 그의 시조 중에서 가장 어렸을 때 지은 것으로 알려져 있는 작품에 이미 자연애호의 취향이 강하게 드러나 있는 것으로 봐서 그의 자연애 성향은 타고난 것이었다.

자신의 소신을 담은 상소문이나 지인들에게 보낸 편지, 그리고 수필 등에도 자연애호의 성정은 숨김없이 잘 드러나고 있다. 고산은 '금쇄동기'에서 "…꽃 피는 아침, 달 뜨는 저녁에 내 뜻대로 거닐면, 내 스스로 오연히 산수의 즐거움을 얻을 수 있다…"라고 하며 자연과의 만남을 흡족해하고 있다.

고산의 자연애가 각별한 것은 자신의 산수애호 성정을 단순한 취향이나 풍류적 태도로 즐기는 정도로만 만족한 것이 아니라, 실체적 삶의 현장화하는 차원으로까지 확장시켰다는 데에 있다. 당시 대부분의 선비들이 몸은 진세 塵世 에 둔 채, 마음으로만 자연을 희구하는 식의 소극적이고 관념적인 수준에 머물렀지만, 고산은 직접 산수간의 아름다운 경치를 찾아내고, 그곳에다 자신의 거처를 마련하여 살면서 정자를 짓고 물을 가두어 연못을 만드는 등 적극적으로 원림을 조성하고 그 속에서 자신의 학문과 예술적 세계를 펼치고자 하였다. 고산은 자연 속의 섭리와 질서를 찾아내어 자신의 삶 속으로 끌어들임으로써 자연과의 합일적 경지를 추구하였던 것이다. 또한, 자연의 질서와 원리에서 발견하는 규범적 의미를 자신의 삶 속으로 투영시켜 체득하고, 그렇게 달성한 자연과의 합일에서 얻는 기쁨을 거리낌 없이 즐겼던 것이다.

　　문학 속에 나타나는 고산의 자연관은 시대상황과 자신의 처지에 따라 조금씩 달라졌다. 즉, 초창기 20대 고산은 자연을 감상적 가치에 주목하였다. 그러다가 30대를 지나며 정치 현실과의 갈등이 심화되면서 자연은 점차 현실과 대비되는 관념적 대상으로 인식되기 시작하였다. 그의 정치사회적 삶이 지난할수록 자연은 이념적 이상의 매개가 되기도 하면서 좌절된 현실로부터의 탈출구로서 지향처가 되었다고 할 수 있다.

　　자연에 대한 고산의 인식이 관념의 굴레를 벗어나, 보다 자유로워지기 시작한 것은 그가 정치적 부침을 모두 겪고 난 50대 이후부터였다고 판단된다. 그때는 현실의 욕망을 떨쳐버린 채 한 시인의 자유 의지로 자연과의 조화로운 만남을 꿈꾸며 자유로운 삶을 강하게 추구하게 된다. 즉, 자유로운 인식의 눈을 통해서 얻게 된 깨달음과 자연의 섭리와 질서를 자신의 삶과 일체화시키려는 태도로 표현하였다.

고산 윤선도의 자취를
찾아 떠나는 여행(I)

천혜의 아름다움을 간직한 보길도 가는 길

보길도 가는 길. 수없이 다닌 뱃길이건만 오늘은 배를 탄 목적이 고산을 만나러 가는 길이어서인지 자못 바다가 다르게 느껴진다. 빠듯한 일정이라 정기여객선을 타지 못하고 지인의 낚싯배를 이용하기로 했다. 배에 오르면 겸허해지고, '치우침 없는 삶'을 살아야 한다는 깨달음을 얻게 된다. 배는 한쪽으로 편중하면 기울게 되어 위험하다. 그래서 항상 파도와 균형을 맞추며 좌로 기울지도 우로 기울지도 않게, 그리고 너무 가볍지도 무겁지도 않게 평형감을 유지해야만 한다. 인간 세상이라는 거대한 물결 속에서 떠다니는 인생, 더구나 인심이란 거대한 바람과 함께 사는 처지인지라 만경창파에서 느끼는 소회가 남다르다. 인심이라는 바람이 순풍일 때면 신바람 나지만, 역풍이면 기가 꺾이는 것이 인지상정이다.

보길도는 완도에서 남쪽으로 32km 정도 떨어진 섬이다. 그 생김새가 쟁기에 끼우는 보습 형상이어서 보습의 어원인 '보고래 섬'에서 유래한 이름이라고 한다. 고산은 자신의 유토피아 터를 잡으면서, 산이 빙 둘러싸여 있어 푸른 아지랑이가 어른거리고, 무수한 산봉우리들이 겹겹이 벌여 있는 것이 마치 반쯤 핀 연꽃과도 같다고 하여 '부용동 芙蓉洞'이라는 이름을 붙였다. 파도를 따라 한 수 한 수 떠밀려와 어부사시사로 머문 곳, 고산 윤선도 선생의 흔적으로 남아 있는 곳이다.

보길도의 천혜의 아름다움에 빠진 고산은 백이처럼 수양산에 들어가 고사리를 캐먹고, 기자처럼 은둔하여 거문고를 타며, 관녕처럼 목탑에 앉아 절조를 지키는 것이 자신이 살고 싶은 세상이라 하면서, 조상으로부터 물려받은 막대한 재산을 풀어 이 일대에 3,000여 평의 정원을 조성했다. 현재는 92년 12월에 복원된 세연정, 세연지, 회수담, 동대, 서대, 판석보, 토성의 일부로 1,000평이 남아 있다.

유교의 예술철학을 반영하여 지은 부용동 정원

부용동 정원은 우리나라 3대 별서정원 別墅庭園[1] 중의 하나로 한국의 조경사에서 길이 남을 아름다운 모습을 하고 있다. 부용동 정원의 특징으로는 동대와 서대, 그리고 무도암은 다른 별서정원에서 찾아볼 수 없는 요소이다. 이 요소들은 '시 詩, 가 歌, 무 舞 합일'이라는 동양 고래의 유교적 예술철학을 반영하고 있다는 점에서 우리나라의 정원사에서 중요한 의미를 지니고 있는 것으로 평가되고 있다.

고산은 정원을 조성하면서 최우선적으로 고려한 것은 자연과의 조화였다. 부용동 정원은 흐르는 계곡을 막아 계담을 만들고 세연지라 하였다. 일명 굴뚝다리라고 하는 판석보는 계담을 막는 역할과 함께 비가 많

---

1 별서정원: 세속의 벼슬이나 당파싸움에 야합(野合)하지 않고 자연에 귀의하여 전원이나 산속 깊숙한 곳에 따로 집을 지어 유유자적한 생활을 즐기려고 만들어 놓은 정원, 부용동 정원은 경주 귀래정(慶州歸來亭), 삼괴정(三槐亭)과 함께 우리나라 3대 별서정원이다.

▲ 부용동 세연지

이 오면 폭포 역할을 할 수 있게 하였다. 물이 들어오는 쪽 수구를 낮고 넓게 만들고, 나가는 쪽 수구를 높고 좁게 만들었다. 계담 맞은편에 네모난 인공연못을 파고 물을 그쪽으로 끌어들였다. 자연스럽게 물은 네모 연못을 한 바퀴 돌아 나가게 하였다. 그래서 인공연못의 이름도 회수담이라 하였다.

세연지에는 인공섬들이 있다. 칠암이라는 거대한 바위로 물의 속도를 조절하고, 옥소암의 과녁을 향해 활을 쏘는 바위로 사투암을 놓고, 제갈량을 기리기 위해 혹약암을 들여 놓았다. 연못은 곡지와 방지로 구성되는데 동구를 흐르는 내를 돌로 된 보로 막아 만든 곡지에는 큰 바위들을 점점이 노출시켰으며, 방지에는 한 쪽에 네모난 섬을 만들고 그 섬에 소나무 한 그루를 심어놓았다. 세연정 좌우에는 동대와 서대를 만들어 무동들에게 비단옷을 입혀 춤추게 하고, 어부사시사에 곡조를 붙여 연주하고 여러 사람이 어울려 군무를 즐겼던 곳이다. 춤을 추며 돌면 정상에 오르도록 나선형 계단으로 되어 있다.

부용동의 정자

세연정은 세연지와 회수담 사이에 있는 정자로, 동편에 호광루, 남쪽에 낙기, 서편에는 동화각과 칠암현이라는 현판이 걸려 있었다. 고산이 선비들과 어울리던 유희 공간이다. 세연정도 다른 정자처럼 천정과 처마 밑에 걸쇠가 달려 있어 모든 문을 들어 올려 놓으면 사방이 뻥 뚫려 자연과 완전히 하나가 된다. 한옥은 그 전체적인 모습이 주위의 경관과 조화를 이루는데 이렇게 문이 들어 올려져 있는 정자의 모습이야말로 자연 그 자체가 되는 한옥 미의 극치라고 생각된다.

낙서재는 고산이 주로 기거하였던 곳으로, 조그마한 세 채의 기와집을 동쪽과 서쪽, 그리고 중앙에 배치하였다.

곡수당은 작은 개울을 중심으로 초당, 석정, 석가산, 평대, 연지, 다리, 화계 등이 좌우로 조성되어 있었던 곳으로 윤선도의 아들 학관(고산의 서자)이 휴식하는 공간으로 조성된 곳이다. 건축은 멀리서 볼 때 아름다워야 하고, 그 속에 들어갔을 때 느끼는 편안함과 즐거움이 있어야 한다. 고산의 정자를 보면 아름다운 자연 속에 건물이 있어야 할 자리를 제대로 잡아 줄 줄 아는 심미안이 있다는 생각을 하게 한다. 인공의 미가 자연의 미를 훼손하기 보다는 오히려 자연미를 더 돋보이게 하기에 아름답다.

▲ 곡수당 – 아들 학관이 휴식하던 공간

은자의 독립공간, 동천석실

　　동백나무 터널로 이루어진 길을 따라 10분 남짓 올라가면 부용동 전경이 한눈에 보이는 한칸 집의 조그마한 정자가 나온다.

　　동천석실은 천하의 명산경승으로 신선이 살고 있는 곳을 '동천복지'라고 한 데서 이름 지어진 곳으로 이 지역에서 가장 높다. 이곳은 외부와 단절된 독립된 곳으로 은거자의 비밀스런 개인공간이었다. 현재 건물은 1993년 4월에 복원되었다.

　　동천석실은 차를 마시며 시를 읊었던 곳으로 추정하고 있는데, 어쨌든 사람들이 쉽게 올라오기 어려운 곳에 만들어 놓았다. 점심은 도르래에 매달아 공수해서 먹었다고 하니 신선이 부럽지 않았을 듯하다.

　　고산이 다도를 즐기던 오목하게 패인 차바위, 바위 사이에서 솟아나는 석간수를 받는 작은 석지와 연지, 암벽 사이에서 자생하는 석란, 한 사

람만이 거닐 수 있는 돌계단 등 자연 그대로의 모양에 따라 여러 바위에
상징적인 이름을 붙인 유적들을 볼 수 있다.

▲ 동천석실

노래하는 보길도 바닷가

　　보길도 청별항에서 동쪽으로 가다보면 왼쪽편으로 예송리의 풍경을 한눈에 담을 수 있는 좋은 전망대 역할을 하는 정자가 있다. 내리막길을 내려가면 바로 예송리 해수욕장이다. 소설가 임철우의 대표작 '그 섬에 가고 싶다'의 배경이 된 곳이다. 보길도에서 내가 제일 좋아하는 곳이기도 하다. 언제나 그리운 곳이기도 하다.

　　예송리 바닷가는 보석 같은 검은 몽돌이 해변에 가득 깔려 있다. 오랜세월 파도에 쓸려 두루뭉술해진 몽돌들은 저마다의 사연을 생김새로 말하고 있다. 몽돌은 과정이야 어찌되었건 세월의 끝은 모두 두루뭉술하다고 이야기하는 듯하다.

　　해변에 앉아 몽돌과 파도가 함께 연주하는 소리는 그 어떤 음악보다 아름답다. 바닷물이 들어왔다가 몽돌 사이로 빠져나갈 때 나는 '자그락 자르르' 울려 퍼지는 화음을 들으면 그 모든 시름이 사라지는 듯하다. 예송리의 바다는 예쁘다. 한참을 들여다 보고있어도 질리지 않는 소담함과

▲ 눈덮인 통리 은모래 해수욕장

정겨움이 있다. 뒷쪽으로 산이 빙 둘러서 호위를 하고 바다는 만처럼 안락하게 놓여있는 것이다. 고기잡이배들이 떠 있는 모습도 마치 연출된 것처럼 아름답다.

같은 섬인데도 통리 해변은 고운 은모래가 펼쳐져 있다. 여름이면 관광객들이 해수욕을 즐기기 위해 이곳을 찾는다. 바닷가에 방풍림도 조성되어 있어 그 어느 곳에 비해도 해수욕장으로 손색이 없는 곳이다.

송시열 글씐바위

보길도의 동쪽 끝에는 우암 송시열이 글씨를 써놓았다는 '송시열 글씐바위'가 있다. 1689년 나이 83세로 제주도 유배길을 가던 중 보길도 백도리 바닷가에 남겨 놓은 오언절구의 시가 바위에 새겨 있다. 하늘은 당대의 두 숙적을 하필 보길도에서 만나게 했다. 역사의 아이러니다. 송시열이 보길도에 온 것은 풍랑 때문에 잠시 머물렀다는 설과 병을 얻어 치

료차 정착했다는 설이 아울러 전한다. 노옹의 연군지정과 귀양살이 가는 서러운 심정이 그대로 나타나 있는 시가 바위에 새겨져 있다.

"83세 늙은 이 몸이 거칠고 먼 바닷길을 가노라
 한 마디 말이 어찌 큰 죄가 되어 세 번이나 쫓겨가니 신세가 궁하구나
 북녘 하늘 해를 바라보며 남쪽 바다 믿고 가느니 바람뿐이네
 초구(임금이 하사한 옷)에는 옛 은혜 서려 있어
 감격한 외로운 속 마음 눈물 지우네"

보길도를 떠나며

'보길도' 하면, 대부분 윤선도를 떠올린다. 그러나 보길도에는 윤선도 이외에 많은 사람들이 살았었고 살아왔고 지금도 살고 있다. 보길도뿐만 아니라 사람 사는 곳곳에 널려있는 섬에는 기쁨보다 애절함이 행복보다는 안타까움이 많은 곳이다.

그러나 고산의 눈에는 섬의 아름다운 산수와 풍광만 보였다. 마치 원

래부터 보길도가 자신의 섬이었던 것처럼, 막대한 부와 권력으로 섬 전체에 자신의 왕국을 건설하였다. 고산은 벼슬살이를 하러 서울로 가거나 해남의 금쇄동 등 다른 은거지에서 지내기도 했다. 하지만 85세로 낙서재에서 삶을 마치기까지 보길도를 드나들며 조상이 물려준 막대한 재산으로 섬 곳곳에 모두 25채의 건물과 정자, 연못을 짓고 마음껏 풍류를 즐겼다.

그의 5대손인 윤위가 쓴 기행문 '보길도지'의 글에서도 그의 하루 일과를 엿볼 수 있다. "일기가 청화하면 반드시 세연정으로 향하되 학관의 어머니는 오찬을 갖추어 그 뒤를 따랐다. 정자에 당도하면 자제들은 시립하고 기희들이 모시는 가운데 못 중앙에 작은 배를 띄웠다. 그리고 남자 아이에게 채색 옷을 입혀 배를 일렁이며 돌게 하고 공이 지은 어부사시사 등의 가사로 완만한 음절에 따라 노래를 부르게 하였다. 당 위에서는 관현악을 연주하게 하였으며 여러 명에게 동·서대에서 혹은 옥소암에서 춤을 추게 하였다. 이렇게 너울너울 춤추는 것은 음절에 맞았거니와 그 몸놀림을 못 속에 비친 그림자를 통해서도 바라볼 수 있었다. 또 칠암에서

낚시대를 드리우기도 하고 동·서대에서 연밥을 따기도 하다가 해가 저물어야 무민당에 돌아왔다. 그 후에는 촛불을 밝히고 밤놀이를 했다. 이러한 일과는 고산이 아프거나 걱정할 일이 없으면 거른 적이 없었다"고 기록하고 있다. 고산은 '하루도 음악이 없으면 성정을 수양하며 세간의 걱정을 잊을 수 없다'고 하였다.

서인이 집권하던 시기에 남인의 한 사람으로서 당쟁에 휘말리며 20여년의 유배 생활과 19년의 은거생활을 했다지만, 조상이 물려준 유산 덕에 백이숙제의 고사리 캐는 것과는 거리가 먼 화려한 은거생활을 누릴 수 있었던 것이다. 어쩌면 이런 풍요로운 삶이 뒷받침되었기에 그의 문학적 역량이 맘껏 발휘되었는지도 모른다.

자연 그대로도 낙원이나 진배없었던 아름다운 보길도는 윤선도에 의해서 지배되었고 지금도 그의 영향권하에 있는 듯하다. 그러니 보길도 주민들이 윤선도를 별로 좋게 생각하지 않았다는 것은 당연하다. 임진왜란 이후 피폐한 민중의 삶과는 동떨어진 그의 낙원건설을 위한 정자와 무거운 돌을 나르는 노역은 누가 했겠는가. 노비 수백 명을 동원해 집을 짓고 정원을 꾸몄을 것이다. 그런데 어쨌든 그 후손들은 윤선도 때문에 먹고 사는 데 조금이나마 도움이 되는 것 또한 사실이니, 아이러니한 것이 세상살이인 듯하다.

고산 윤선도의 자취를
찾아 떠나는 여행(Ⅱ)

해남윤씨 종가 녹우당

　　고산의 자취가 가장 많이 남아 있는 곳은 보길도이고, 해남윤씨 종가
인 녹우당은 의외로 적다. 원래 60여 년 전까지만 해도 별당채 앞에 연못
이 있었고, 그 주변에 화초류가 심어져 있었다고 한다. 그러나 지금은 별
당주변에 키 큰 비자나무, 느티나무, 동백나무 등만 남아 있다.

　　녹우당은 윤선도의 4대 조부인 윤효정(1476~1543)이 연동에 살터를
정하면서 지은 15세기 중엽의 건물이다. 해남읍에서 남쪽으로 2km쯤 떨
어진 고산 윤선도 유적지에는 해남윤씨 종가인 녹우당과 유물관이 있다.

　　윤선도는 42세 때 봉림대군(후에 효종)과 인평대군의 사부가 되었는
데 효종은 즉위 후 윤선도를 위해 수원에 집을 지어 주었다. 1660년 귀
향하면서 수원집의 일부를 뜯어 옮겨온 것이 현 고택의 사랑채로 원래
이 사랑채의 이름이 녹우당이나 지금은 해남윤씨 종가 전체를 통틀어 그
렇게 부른다.

　　집 뒤 산자락에 우거진 비자숲이 바람에 흔들릴 때마다 쏴 하며 비가

▲ 녹우당 전경

내리는 듯하다고 해서 녹우당이라고 불렀다고 한다. 호남의 대표적인 양반집으로 인정되어 사적 제167호로 지정되었다.

윤씨 가문의 유물관

1979년에 건립한 전시관으로 해남윤씨 가문의 유물 4천 6백여 점이 있다. 대부분 고산 윤선도 유물과 그의 증손인 공재 윤두서와 관련된 것들로 이 가운데는 국보 240호인 공재 윤두서 자화상과 보물 3점이 있다. 유물관은 2개관으로 나뉘어 있다.

1관에는 '산중신곡, 어부사시사, 금쇄동기, 금쇄동집고, 고산양자예조입안문서, 은사첩, 충헌공가훈, 고산유고집, 고산서찰, 고산소초, 영모첩, 규방내방가사, 지정14년노비문건, 아속가사, 장원급제답안지' 등이 전시되어 있으며, 2관에는 '해남윤씨가보, 공재 윤두서 자화상, 동국여지도, 일본여도, 방성도, 송양휘 산법, 기졸, 고산유금' 등이 전시되어 있다.

▲ 고산초상

▲ 금쇄동기

▲ 윤두서 자화상

묻혀진 원림 금쇄동과 수정동

금쇄동은 경상도 영덕에서 해배된 후에 고산이 찾은 세 번째 은거처 (첫 번째 수정동, 두 번째 문소동)이다. 금쇄동 유적지는 고산이 54세 때인 인조 18년(1640)에 머무르며 '금쇄동기'(보물 제482-2호)를 비롯한 여러 문헌들을 집필한 곳인 금쇄동과 금쇄동 안에 위치한 현산 고성 懸山固城 이다. 고산이 금쇄동에 터를 잡게 된 연유는, 금쇄석궤를 얻는 꿈을 꾸고 나서 이곳에 회심당과 불원요, 휘수정, 양몽와, 교의제 등의 건물을 짓고 은둔생활을 하였다.

고산은 금쇄동에서 세 차례에 걸쳐 약 9년간 은거 생활을 하면서 '산중신곡' 19수, '속 산중신곡' 2수, 기타 5수 등 모두 26수의 시가 詩歌 와 '금쇄동기'라는 한문수필을 지었다. 금쇄동기는 고산이 금쇄동의 수려한 경관에 반해 특색있는 지점마다 자신의 취향에 맞게 이름을 붙이고, 이곳에서 느끼는 감흥을 산문화한 작품이다.

금쇄동은 고산이 원림 園林 을 조성한 고성 固城 안과 금쇄동기에서 명명한 22개의 지명 등이 있으며, 선생이 문학적 영감을 얻기 위해 인위적으로 개척한 문학산책로서 건물지와 연못지의 유구가 남아 있고, 금쇄동 내에 위치한 현산고성은 고려시대에 축성된 것으로 추정되며, 동문, 서문, 북문 등 3곳의 문지, 수구의 성곽시설과 망루지, 건물지, 제방 등의

성내시설이 남아 있다

금쇄동에는 금쇄동 산성이 있는데 해발 270~290m 정도의 얼마 높지 않은 무명산 정상부에 얹혀 있는데, 총 연장이 약 1.5km에 이른다. 산성 안의 넓이는 약 3만여 평 정도이며, 성문은 동·서·남·북에 4개의 문터가 남아 있다. 서문은 약 10m로 가장 넓으며, 북문 2.5m, 동문 3m, 남문 6m, 그리고 수구로 보이는 시설도 발견되고 있다. 성곽과 관련된 집터로 추정되는 유적이 7~8곳에서 확인되고 있으며, 저수시설로 짐작되는 33m의 토축과 15m의 석축 등의 구조물도 현존하고 있다. 또 산성의 규모나 축조방법, 성의 위치 등을 고려할 때 금쇄동 산성은 중요한 군사적 목적을 수행하기 위해 쌓은 것으로 추정된다.

고산이 이곳에서 원림을 만들 당시 기존에 있던 성곽 시설물을 이용하여 정자나 연못을 조성한 것으로 추측되는데, 그 과정에서 성곽 시설물들이 훼손되었을 가능성이 많다. 해남사람들은 이 산을 '산성안'이라고 부르고 있다. 아직까지 성의 축조 연대 및 성격에 대해 정확히 밝혀지지 않아 신비감만 감돌고 있다. 금쇄동은 지금은 허물어진 약 1.5km 가량의 산성과 역시 터만 남아있는 회심당, 불원요, 휘수정, 교의제 등을 짓고 연못을 파서 연꽃과 고기를 길렀다는 기록이 고산연보에 나온다

수정동 원림은 해남 현산면 구시리 계곡에 위치한 작은 산곡부에 위치한 거대한 노두암과 계류가 연출하는 비경을 아름다운 정원으로 탈바꿈한 곳이라고 한다. 작은 계곡 상부에 장방형의 연못을 파 물을 모았다

가 거대한 바위절벽 위로 흘려 폭포로 연출한 다음 아래 쪽 하지에 다시 모으는 구조였다. 원래부터 있던 바위와 계곡이라는 지형을 활용하여 물을 다채롭게 연출하고 있는 바위와 물 중심의 정원이었다.

그러나 안타깝게도 문헌을 보고 현장을 찾아갔는데 계곡 입구에는 거대한 채석장이 있고 잡풀이 우거져 있어 거의 방치된 상태였다. 해남군에서 복원할 계획이라고 하니 그때를 기다려야 하지 않을까 싶다. 지금의 모습에서 고산의 아름다운 수정동 정원은 상상하기 어렵기 때문이다.

완도 노화읍 석중리 간척지

우리나라 간척의 기원은 고려 고종 35년(1235년) 몽고침입으로 인해 방어 목적으로 연안제방을 구축한 것을 시초로 보고 있다. 1256년 고종 43년 원나라의 침략에 강화로 피신하였을 때 식량문제를 해결하기 위한 제방을 쌓았고 그 이후에도 가뭄과 수해를 막기 위해 제방을 쌓은 것이다.

조선시대에는 민간에서도 간척사업이 활발하게 진행되는데 해남윤씨가는 가장 선도적인 역할을 했던 집안으로, 고산의 조부인 윤의중 尹毅中 에서부터 시작된다. 해남윤씨가는 서남해안의 지역적 조건을 이용한 해언전 海堰田 개발이 대부분으로 당시 이러한 활발한 간척 덕분인지는 몰라도 재산(토지)이 많기로도 소문이 나있다.

'당악문헌'인 해남윤씨문헌에 의하면, 윤선도의 조부인 윤의중이 조헌(1544~1592)의 비난 상소에 대하여 반박한 상소가 나오는데, 조헌의 상소는 윤의중이 크게 탐하여 장흥, 강진, 해남, 진도 등의 거의 모든 언전이 그의 소유라는 주장인데 윤의중은 원래 이곳에 자산이 있었고 그것이 불의로 취한 것이 아님을 말하고 있다.

해남윤씨가의 간척은 여러 대에 걸쳐 지속적으로 이루어지고 있는데 이 간척사업은 고산에 이어 공재 윤두서와 공재의 외증손인 다산 정약용에게까지 영향을 미쳤음을 알 수 있다. 해남군 현산면 백포리에는 공재 윤두서가 살았었다. '당악문헌'의 공재공행장에는 당시의 상황을 이해할 수 있는 기록이 나온다.

"어느해 심한 가뭄으로 그 지역의 많은 사람들이 굶주리게 되었다. 이때 공재는 백포만에 간척지를 개간하고, 염전을 만들어 종가 소유의 백포 망부산에 있는 나무를 베어 소금을 구워 주민들의 생계를 유지하도록 배려했다"는 내용이 서술되어 있다.

다산 정약용은 학문적으로나 예술적으로 공재의 영향을 받은 것으로 알려져 있다. 다산은 목민심서에 '간척사업을 위한 방조제 및 배수문 축조 방법' 등 간척에 관한 기술을 수록할 만큼 간척에 대한 기술은 외가의 간척에 대한 인식과 기술이 전수되었다고 볼 수 있다.

해남윤씨가의 간척사업은 근대에까지도 이어지는데 고산의 12대 후손인 윤정현 尹定鉉 도 1930년대 초반에 해남군 북일면 금당리에 15만 평을 간척하여 그 일대가 지금도 이 집안의 소유로 되어 있다.

고산은 일찍부터 간척을 통해 황무지의 땅을 개간하여 입안 立案 을 받아 자신의 재산으로 만든 인물인데, 고산의 적극적인 간척사업은 조선시대의 인구증가로 인한 토지의 부족, 임란과 호란 등 양대전란으로 인해 양안(토지대장)이 갑자기 줄어들어 정부에서 적극 간척을 권장하거나 장시의 발달 등 사회적인 요인도 있지만 고산의 적극적인 개척정신도 무시할 수 없다.

고산은 1640년(54세)에서 1660년(74세) 사이에 완도, 진도 등지에서 간척사업을 펼친 것으로 보고 있다. 이때 완도군 노화읍 석중리에 130정보, 진도군 임회면 굴포리에 200정보 가량을 농토로 간척한 것으로 알려져 있다. 노화읍 석중리 간척지는 고산이 보길도에 거처할 때 마련한 것으로 자신의 부용동 거처를 관리하거나 자신을 따라온 사람들에게 무상으로 배분하여 준 것으로 알려져 있다.

진도 임회면 굴포리 간척지

　　진도군 임회면 굴포리에는 고산 윤선도의 간척사업과 관련하여 그의 공적비와 사당이 세워져 있었다고 한다. 그런데 지금은 '정충사 精忠祠'로서 대몽항쟁 장수로 알려진 배중손 사당과 동상이 들어서 있다. 그런데 이 정충사에서 정월보름이면 마을사람들과 윤씨일가들이 모여 '孤山 尹善道 先生 靈位(고산 윤선도 선생 영위)'라는 위패를 모시고 마을당제와 고산 선생의 은덕을 기리는 제사를 지내고 있다.

　　당제를 주관한 제관은 축문에서 "굴포리 주민일동은 통천지재이신 윤선도 선생님께 아뢰나이다. 바닷물을 막아 논둑을 쌓으시고 수십만 평의 농토를 만들어 헐벗고 굶주린 주민들의 식량난을 해결하여 주신 은공을 잊지 못하여 이 제를 올리나이다. 굴포리 주민일동이 전부 건강하고 잔병도 없이 농사도 풍년 되도록 해주십시오. 바닷가 어부들이 풍어를 기원하기 위해서 소지를 올립니다. 고산 선생님 종친 집안 모두 편안하시고 사고 없이 길이길이 보전하길 기원하는 소지를 올립니다"라고 하여 마을의 안녕과 풍어, 고산 윤씨 종가 번성까지 기원을 한다.

　　고산은 60세(1646, 인조 24)때 진도에 유배되어 있던 백강 이경여와 시를 주고받은 것으로 보아 이 시기에 진도에 잠시 머물면서 간척을 한 것으로 추정하고 있다. 고산은 이곳 굴포리에 머물면서 '경주 설씨'라는 여인을 만난 것으로도 알려져 있다. 고산이 이곳에 제방을 쌓으면서 생긴 일화가 전해져 내려오고 있는데, 이곳에 제방을 쌓기 위해 온갖 노력을 기울였으나 그때마다 무너지고 쌓으면 또다시 무너지는 일이 반복되었다. 이로 인해 깊은 시름에 빠져 있었는데 어느 날 제방을 쌓고 있는 곳으로 큰 구렁이가 기어가고 있는 꿈을 꾸게 되었다.

고산은 이를 기이하게 여기고 새벽녘 사립문을 열고 나가 제방을 쌓는 곳을 보니 꿈에 보았던 구렁이가 기어가던 자리에 하얗게 서리가 내려 있었다. 고산은 이를 이상히 생각하고 구렁이가 지나간 자리에 제방을 쌓으라는 것이구나 하고 생각하여 그곳에 뱀의 지나간 형상대로 석축을 쌓도록 하였는데 그 이후부터는 둑이 무너지지 않게 되었다는 것이다. 아마도 그곳의 지형이나 조류의 흐름을 이용하여 쌓은 결과 무너지지 않은 것으로 볼 수 있다.

'고산윤공선도 선생 사적비'孤山尹公善道 先生 史蹟碑는 굴포, 신동, 남선, 백동 주민 일동이 고산에 대한 감사의 마음을 담아 1991년 4월 6일 건립한 것이다.

그런데 자타가 인정하는 농어촌 전문가로서 자칫하면 오해의 소지가 있을 수 있어 언급하고 넘어가지 않을 수가 없는 것은 간척사업에 대한 인식의 제고이다. 고산의 시절에는 갯벌을 막아 간척지를 만들어 농토로 만드는 것이 더 효용성이 있었겠지만, 지금은 갯벌 자체가 가지는 효용성이 더 크다는 사실이다.

우리나라 갯벌은 총 면적이 2,393㎢(국토 면적의 2.4%)로서 세계 5대 갯벌 중 하나로 손꼽히고 있다. 이 중에서 서해안이 83%인 1,980㎢를 차지한다. 나머지는 남해안이며 동해안은 갯벌이 거의 없다. 갯벌은 물과 육지가 만나는 경계지역에 형성되어 있기 때문에 서식하는 생물의 종류가 다양하고 해양생태계의 먹이사슬이 시작되는 아주 중요한 곳이다. 그래서 연안 해양생물의 66%가 갯벌 생태계와 직접 관련이 있고 어업활동의 90%가 갯벌에 직·간접적으로 의존하고 있다. 따라서 갯벌은 자연에서 가장 생산력이 높은 생태계의 하나로 바다에 비해 10~20배가 높으며, 농경지에 비해 100배 정도의 높은 생산력을 가지는 것으로 평가되고 있다.

또한 갯벌은 육상에서 배출되는 각종 오염물질을 정화하는 기능을 가지고 있다. 오염물질이 갯벌에 유입되어 퇴적되면 갯벌 속에 살고 있는 다양한 미생물에 의하여 화학물질의 분해가 활발히 진행되어 수질이 개선된다. 실험에 의하면 10㎢의 갯벌이 갖는 오염정화 능력은 25㎢의 면적을 가진 인구 10만 명 정도의 도시가 배출하는 비점원 오염물질[2]을 정화할 수 있다고 한다. 따라서 점원오염원이 없는 곳이라면 수십억씩 예산을 들여 하수종말 처리시설을 하는 것보다는 습지나 갯벌과 같은 자연생태환경을 조성하는 것이 바람직하다고 생각한다.

그리고 갯벌은 사람들에게 해양생태 체험과 해양요법 및 레크리에이션의 장소가 되기도 하고 철새 서식지 등 자연탐구, 조류관찰, 학술연구 대상으로서의 가치를 제공한다. 또한 홍수가 날 경우 급속한 물의 흐름을 늦추어 저장하는 역할을 하기도 하고 태풍이나 해일의 영향을 감소시키는 완충 역할도 하는 등 사회적 이익도 제공한다. 그러므로 앞으로는 갯벌의 경제적 가치뿐만 아니라 보이지 않는 가치까지 반영하는 안목으로 갯벌의 간척지화나 무분별한 개발이 아닌, 갯벌을 가꾸고 보존하는 정책을 적극적으로 추진해야 할 것으로 생각된다.

고산의 유적지가 주는 의미

고산은 금쇄동기를 통해서 순수자연에서 느끼는 감흥과 함께 금쇄동이라는 순수 자연에다 자신이 취향에 맞게 경영하려는 조형자연에 대한

---

2 점원오염(point source pollution)은 공장폐수와 같이 오염물질이 특정한 지점이나 장소에서 배출되어 오염을 일으키는 것이며, 비점원오염(nonpoint source pollution)은 광범위한 지역에 걸쳐 오염을 일으키는 것으로 농경지에서 강우에 따른 유출수와 더불어 배출되는 토사와, 질소나 인과 같은 영양염류 등으로 인한 수계오염과 도시지역에서 표면에 쌓인 각종 분진, 오물 등이 강우시 지표수와 더불어 씻기어 하천 등으로 유입된다.

계획을 모두 서술하고 있다. 고산의 자연 취향은 순수자연과 조형자연의 두 가지로 나눠 볼 수 있다.

고산의 표현대로 "금쇄동에 모든 아름다움이 함께 갖춰져 있으나 세상 사람들이 볼 수 없는 곳에 있으니, 이는 그 도道가 부족하기 때문이라."고 한 바와 같이, 고산은 평범한 사람들은 결코 찾아내지 못하는 순수자연속에서 미적 가치를 발견해 낼 줄 아는 탁월한 미적감각의 소유자였다.

여기에 자신의 예술적 감각을 더하여 자신이 원하는 정원을 조성하였던 것이다. 그러므로 고산의 정원은 생태적 지혜와 생태적 미학으로 충만한 세계이다. 그가 생애중에 겪어야 했던 격동의 시절, 인연으로 시대를 고뇌하면서도 꿈과 풍류를 문화예술로 승화시킬 줄 아는 격조있는 우리의 조상이었다.

또한, 고산이 간척지를 조성하여 주민들에게 무상으로 나누어 주어 구휼하였다는 진도의 굴포 주민들에게, 고산은 누구보다도 고마운 사람이다. 현재까지 고산을 위하여 마을주민들이 모여 추모제를 지내고 있으니, 사람은 단편적으로 평가할 수는 없으며 모든 사람들에게 똑같이 평가되는 것도 아니라는 생각이 든다. 시대의 흐름에 따라 그 평가 또한 다르게 나타나게 되는 것 같다.

고산의 문학세계를
엿보다

한글시조의 최고봉

고산 윤선도는 당대의 정철, 박인로와 더불어 조선시대 3대 시가인 詩歌人 으로 불리울 만큼 역사에 길이 남을 훌륭한 작품을 다수 남겼다. 문학적 소양이 없는 내가 고산의 문학세계를 논하는 것은 언어도단이지만, 그의 시조는 둔탁한 내 마음을 적시는 신비한 매력이 있어 좋아한다. 그의 시에는 남도인만이 표현할 수 있고 쓸 수 있는 정서와 방언을 그대로 사용한 점도 공감대 형성에 도움을 주는 까닭이다.

또한 국문학사 측면에서도 고산의 시조는 높이 평가함이 마땅하다. 시적인 미학뿐만 아니라 그 시대에 누구나 이해하고 접할 수 있는 시조를 지었다는 점이다. 다산 정약용의 경우 고산보다 거의 200년 뒤에 활동하였으나 모든 저서와 시가 한문으로 되어 있는 데 반하여, 한글로 쓰여진 고산이 남긴 시조 75수는 국문학사상 시조의 최고봉이라 평가되고 있다는 점이다.

정조는 "윤고산 尹孤山 은 시호 諡號 가 있는데도 내가 이 사람에 대해

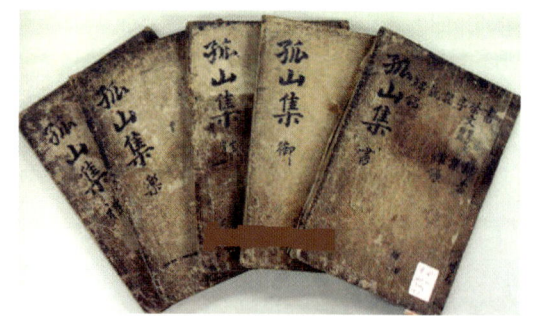

깊이 감사하고 있기 때문에 항상 그 이름을 부르지 않고 반드시 고산 孤山 이라고 부르고, 고산이라고만 부르지 않고 반드시 윤고산 尹孤山 이라고 세 자로 부르는 것은 의도가 있는 것이다. 앞으로 국가에 큰 경사가 있으면 고산의 자손이 어찌 대대로 국가와 복록을 함께 하지 않겠는가?"라고 하며 그를 높이 평가하여 정조 15년에 특명을 내려 고산시집인 고산유고를 발간하였다.

고산유고 목판본은 6권 6책으로 1798년(정조 22) 간행되었다.

이 시문집의 하별집 下別集 에 시조 및 단가 75수가 산중신곡 山中新曲 18수, 산중속신곡 山中續新曲 2수, 기타 6수, 어부사시사 漁父四時詞 40수, 몽천요 夢天謠 5수, 우후요 雨後謠 1수 순서로 실려 전한다. 산중신곡 18수 가운데 오우가 五友歌 는 물·돌·소나무·대나무·달을 읊은 시조로 널리 애송되었다. 어부사시사는 효종 때 부용동에 들어가 은거할 무렵에 지은 것으로, 봄·여름·가을·겨울을 각각 10수씩 읊었다. 윤선도의 시조는 시조의 일반적 주제인 자연과의 화합을 주제로 담았다.

고산 孤山 이란 호는 자신이 거처했던 남양주시 수석동에 있는 퇴매재산을 일컫는데, 한강에 홍수가 일어 강물이 범람하면 수석동은 사면이 물

▲ 강 건너편에 보이는 산이 퇴매재산으로 윤선도가 '고산'이라 이름 붙였다.

에 잠기고 다만 퇴매재산만 물에 솟아 있을 뿐이다. 물 가운데 오직 이 산은 바다 가운데 있는 듯 작으면서도 높이 외로이 서 있었다. 홀로 선 이 산을 고산 孤山 이라 명명하고, 당쟁에 휘말리어 외로운 자신의 심정을 잘 끌어 앉은 산이라고 자기 마음에 비유하여 자신의 호 號 로 삼았다고 한다. 고산이 보길도 부용동에서 여생을 자연과 더불어 지낼 때에는 스스로 '해옹 海翁 '이라고 불렀다. 이 해옹생활을 하면서 1651년 65세때 지은 시조가 어부사시사 40수이다. 또한, 숙종은 고산의 사후 1675년 8월 2일에 이조판서 吏曹判書 를 추증하고 충헌 忠憲 이란 시호 諡號 를 내렸다.

고산은 생전에는 외로웠을지 모르나 사후에는 그의 시문에 대한 후한 평가를 받았으며, 또한 곧고 강직한 성품으로 존경을 받았다.

산중신곡 山中新曲

산중신곡 山中新曲 은 고산이 손수 쓴 필사본으로 전라남도 해남의 종가에 전하고, 시문집 고산유고 편에도 수록되어 있다. 이 시조들은 그가 56세 때인 1642년(인조 20)에 지은 것으로, 병자호란에 임금을 호종 扈從 하지 않았다는 이유로 경상도 영덕 盈德 에서 귀양살이하다가 풀려나와 해남의 금쇄동 金鎖洞 의 자연 속에 묻혀 살던 때의 작품이다.

산중신곡에는 18수의 시조가 있는데 '만흥 漫興' 6수, '조무요 朝霧謠' 1수, '하우요 夏雨謠' 2수, 일모요 日暮謠 · 야심요 夜深謠 · 기세탄 饑世嘆 각 1수,

▲ 산중신곡(山中新曲)

'오우가 五友歌' 6수가 실려 있다.

'만흥'에는 귀양에서 돌아온 후 자연 속에서 사는 삶에서 흥취를 느끼며 지족안분 知足安分하면서도, 한편으로는 세상에서 비껴나 있는 자신의 처지는 자신이 원해서라기보다는 일할 수 있는 기회가 주어지지 않음에 대한 심적 갈등을 내보이고 있다.

만흥(漫興)

1

山산水수間간 바회 아래 뛰집을 짓노라 ᄒ니
그 모른 눔들은 욷는다 ᄒ다마ᄂᆞᆫ
어리고 햐암의 뜻의ᄂᆞᆫ 내 分분인가 ᄒ노라

시냇가 바위 아래 초가집 짓고 살려고 하니
나의 뜻을 모르는 남들은 비웃고들 있지만
어리석고 시골뜨기 마음에는 내 분수에 맞는 일인가 한다.

2

보리밥 풋ᄂᆞ물을 알마초 머근 後에
바횟긋 믉ᄀᆞ의 슬ᄏᆞ지 노니노라
그 나믄 녀나믄 일이야 부롤 줄이 이시랴

보리밥과 풋나물을 알맞게 먹은 뒤에
바위끝 물가에서 실컷 노니노라
그 나머지 다른 일이야 부러워 할 것이 있으랴

3

잔들고 혼자 안자 먼 뫼흘 ᄇᆞ라보니
그리던 님이오다 반가옴이 이리ᄒᆞ랴
말ᄉᆞᆷ도 우움도 아녀도 못내 됴하ᄒ노라

잔들고 혼자 앉아서 먼 산을 바라보니
그리워 하던 님이 찾아온다고 이렇게 좋겠는가
말하거나 웃지 아니하여도 마음가득 좋아하노라

4

누고셔 삼공 三公 도곤 낫다하더니 만승 萬乘 이 이만하랴

이제로 헤어든 소부허유 낙돗더라

아마도 임천한흥 林泉閑興 을 비길 곳이 업세랴

누군가는 삼정승이 낫다고 하지만 부귀영화가 이만하겠느냐
이제 생각해 보니 부귀를 버리고 자연을 택한 것이 현명했다
아마도 자연 속에서 즐기는 한가로운 흥을 견줄 곳이 없을 것이다.

5

내셩이 게으르더니 허늘히 아루실샤

인간만사룰 흔일도 아니맛뎌

다만당 두토리없슨 강산을 딕회라 흥시도다

내 성질이 게으르더니 하늘이 아시고서
인간 만사를 하나도 맡기지 아니시더니
다만 한 가지 다를것없는 강산을 지키라 하시도다.

6

강산이 됴타훈돌 내 분으로 누얻느냐

님군 은혜롤 이제 더옥 아노이다

아므리 갑고쟈 흐야도 흐올 일이 업세라

강산이 좋다고 한들 내 분수로 누었겠는가
임금의 은례를 이제야 더욱 알겠노라
그러나 아무리 갚고자 하여도 해드릴 일이 없구나

고산은 이상적인 정치가였기에 정치현실보다는 자신이 가꾼 이상향

속에서 안식을 느꼈다. 정치판의 냉혹한 생존원리에 부합할 수 없어 은자의 삶을 택했던 그에게 자연과 문학적인 재능은 그를 위로해 줄 수 있는 벗이 되어 주었다. 그의 문학적 소재는 현실삶보다는 자연에서 찾았고, 고전과의 연계를 통해 자신이 거처하는 곳이 지상낙원이 되기를 꿈꿨다.

'오우가'는 고산이 수水·석石·송松·죽竹·월月을 다섯 벗으로 삼아 각각 그 자연물들의 특질을 들어 자신의 자연애와 관조를 나타냈다.

오우가 五友歌

서시 序詩

내 버디 멋치나 ᄒ니 수석 水石 과 송죽 松竹 이라
동산 東山 의 달 오르니 긔 더옥 반갑고야
두어라 이 다삿 밧긔 또 더ᄒ야 머엇리.

내 벗이 몇이나 되는지 헤어보니 물과 돌과 소나무, 대나무로다
동산에 달이 밝게 떠오르니 그것 참 더욱 반갑구나
아아! 이 다섯 친구면 됐지 또 다른 친구를 더하여 무엇하겠는가

水

구룸 비치 조타 ᄒ나 검기롤 자로 한다
바람 소리 맑다 ᄒ나 그칠 적이 ᄒ노매라
조코도 그칠 뉘 업기난 믈뿐인가 ᄒ노라.

구름의 빛깔이 깨끗하여 좋다고 하지만, 검어지기를 자주 한다
바람 소리가 맑게 들려 좋기는 하나, 그칠 때가 많도다
깨끗하고도 그치지 않는 것은 물뿐인가 하노라.

石

고즌 므스 일로 픠며셔 쉬이 디고
플은 어이 ᄒ야 프르는 듯 누르나니

아마도 변티 아닐손 바회 뿐인가 ㅎ노라.

꽃은 무슨 일로 피자마자 쉽게 지고
풀은 또 어찌하여 푸른 듯하다가 곧 노래지는가
아마도 영원히 변하지 않는 것은 바위뿐인가 하노라.

松

더우면 곳 퓌고 치우면 닙 디거난

솔아 너난 얻디 눈서리랄 모라난다

구천의 블희 고단 줄을 글로 ㅎ야 아노라.

따뜻해지면 꽃이 피고, 추워지면 나뭇잎 떨어지거늘
소나무여, 너는 어찌 눈서리를 두려워하지 않는가
아마도 깊은 땅 속까지 뿌리가 곧게 뻗쳐 있음을 그것으로 미루어 알겠노라.

竹

나모도 아닌 거시, 플도 아닌 거시

곳기난 뉘 시기며, 속은 어이 뷔연난다

뎌러코 사시예 프르니 그를 됴하ㅎ노라.

나무도 아니고 풀도 아닌 것이
곧게 자라기는 누가 그리 시켰으며, 또 속은 어이하여 비어 있는가
저리하고도 네 계절에 늘 푸르니, 내 그것을 좋아하노라.

月

쟈근 거시 노피 떠서 만믈을 다 비취니

밤듕에 광명이 너만하니 또 잇나냐

보고도 말 아니 ㅎ니 내 벋인가 ㅎ노라.

작은 것이 높이 떠서 온 세상 만물을 다 비추니
한밤중에 밝은 것이 너보다 더한 것이 또 있겠느냐
온 세상 모든 사정을 속속들이 보고도 말을 하지 않으니 나의 벗인가 하노라.

고산은 물은 영원성 때문에, 돌은 변치않고 초연한 모습을 사랑했다. 소나무는 언제나 변함없는 푸름에서 꿋꿋한 절개를 느끼기에 역경에도 불변하는 충신열사의 상징이 되어 왔다. 고산도 소나무를 자신의 벗으로 삼은 것은 자신의 강직한 성품과 연군지정을 나타낸 것으로 생각된다. 대나무 역시 옛 선비들의 굳은 절개를 상징하는 것으로 그 푸르름을 찬양하였다. 달은 늘 외로운 고산에게 위로가 되어 주는 친구이다. 어부사시사에도 갈 때는 혼자였으나 오는 길에는 달이 함께 해준다는 대목이 있다.

고산의 시조 중에서 어부사시사와 더불어 오우가는 고산의 시조 중 내가 가장 사랑하는 시조이다. 그의 다섯 가지 벗 중에서 내가 가장 좋아하는 것은 '돌石'이다.

물론, 물水은 나와는 뗄레야 뗄 수 없는 내가 존재하는 이유이지만, 돌은 내가 짝사랑하는 존재이다. 큰 바위는 큰 바위대로, 잘생긴 작은 수석은 수석대로 마음이 설렌다. 산속에서 바위를 만나면 꼭 한번은 만져보고 앉아보고 한다.

바위에는 저 땅속에서 힘차게 솟아올라 수천 년의 세월을 풍상을 겪으며 인고의 세월을 지켜낸 아름다움이 있다. 거기에 조그마한 공간이라도 있다면 흙과 물을 품어 생명들을 키워낸다. 바위는 홀로 있어도 또는 다른 자연과 함께 있어도 아름답다. 험한 세파에도 투정하지도 다른 이를 흉보지도 않는다. 그저 묵묵히 그 자리에서 침묵으로 그 모든 것을 받아낸다.

수석壽石에 취미를 가진 인형仁兄으로부터 작은 '평원석平原石'을 하나 선물 받았다. 은빛 모래가 깔린 수반 위에 평범해 보이는 납작한 검은 몽돌이었다. 그런데 그 돌 위에 오목하게 홈이 파였다. 나는 그 홈에 물이 고이는 모양이 오아시스 같아서 분무기로 물을 뿌려주곤 하는데, 그때마다 돌도 숨을 쉰다는 것을 느낀다. 어느 때는 돌이 자란다는 느낌이 들기도 한다.

고산의 정원에서도 돌은 다양하게 활용되고 다양한 위치에서 제 역할을 하고 있다. 시대가 바뀌고 주인이 바뀌어도 누군가가 그 자세를 바꾸지 않는다면 그 자리를 지키고 있을 것이다. 고산의 시에서처럼 영원히 변치않는 영원의 아름다움을 이야기 해줄 것이다.

고산의 한시 漢詩

고산은 14세부터 첫 시작 詩作을 한 후, 83세에 이를 때까지 약 70여 년 동안 259편 372수의 한시를 지었다. 그러나 고산의 훌륭한 한시들은 시조에 대한 관심에 밀려 외면당하여 왔다. 지금까지의 고산 문학 중 시조에 대한 연구 논문은 수십 편이 발표되어 왔으나, 한시의 경우에는 전적인 언급은 거의 없고 간헐적이고 단편적인 언급만 보여 온 사실을 통해 알 수 있다.

고산의 한시와 시조 가운데 사친 思親과 연군지정 戀君之情을 주제로 삼은 작품을 주로 썼다.

慶源猶我國　경원도 분명 내 나라인데
安用學莊吟　나 배워 어찌 쓰겠오
憶子眠難穩　자식 생각에 편안한 잠 못 이루시고
思親淚不禁　어버이 생각에 눈물 금치 못하네
南山何處在　남산은 어느 곳이란 말인가
渭水夢中尋　위수는 꿈 속에서 찾으렵니다
天末春風起　하늘 가 봄바람이니
增余渺渺心　내게 아득한 마음 더욱 더하네

부모님을 그리는 시와 더불어 임금을 향한 마음을 그리는 시가 많다.

補缺蒼穹已萬年　이지러진 하늘 때우기 이미 수만 년
神功耀後更光前　신의 공덕 뒤에도 빛났지만 전에도 여전
他時杞國傾崩日　다른 날 기나라 무너지는 날
後有何人墜緒連　뉘라서 끊긴 실 다시 이을 건가

예술적 취향과 자질

고산은 시는 물론 음악에도 뛰어난 예술가였다. 일찍이 동양에서 자연에 대한 예찬은 시·서·화·음으로 표출되었는데 고산이 그러하였다. 고산에게 있어서 음악은 단순한 취미를 넘어선 삶의 일부였다고 봐야 한다.

시조는 시가 詩歌 라 하여 음악의 한 유형으로 간주될 만큼 시라기보다는 노래에 가까운 장르이다. 고산이 시조를 많이 지었다는 것은 곧 음악을 좋아하여 노래 부르고자 한 동기와 직결되는 문제라고 할 만큼 음악적 관심과 성향은 여러 작품에서 잘 드러나 있다.

그는 시조의 이름을 음악성이 드러나도록 붙인 것에서도 그러한 특성이 엿보인다. 그가 지은 시조에는 －가歌, －곡曲, －사詞, －영詠, －요謠, －음吟, －조操 등의 음악과 연관된 이름으로 끝나는 작품이 많이 보인다.

해남 금쇄동에서 생활하던 57세 때의 작품 '증별권반금 贈別權伴琴'은 거문고를 잘 타서 반금이라는 호를 지닌 권해와 작별하면서 지어준 이별의 시다.

증반금 贈伴琴

소리가 있은들 마음이 이러하랴.
마음이 있은들 그 소리를 누가 하랴.
마음이 소리에 나니 그를 좋아하노라.

노래를 잘 부르는 사람은 혹 있더라도, 마음이 그대처럼 깨끗하겠는가?
또 마음이 깨끗한 사람은 혹 있더라도, 누가 그대처럼 잘 부르겠는가?
그대는 바로 마음과 소리를 아울러 갖추었으니, 나는 그 점을 좋아하여 마지 않는다.

그는 이 시조의 발문에서 권해의 거문고 연주가 너무 뛰어나서 '음식 맛조차 잊을' 정도로 즐겨 듣고 있음을 토로하고 있다. '소리'에 '마음'이 담긴 권해의 거문고 연주를 사랑하여 자주 청해 감상하고서 시로 화답한 것이다. 권해와의 친교가 이른바 지음지우 知音之友 경지에 의한 것으로 서로가 음악을 통한 예술적 동반자이었음을 짐작할 수 있다. 뿐만 아니라 고산은 그 자신도 일찍부터 거문고를 가까이 하며 음악적 감각을 키웠던 걸로 보인다. 고산의 음악적 성향을 잘 드러낸 작품 중에 빠뜨릴 수 없는 것이 「어부사시사」로서 반복되는 '지국총 지국총 어ᄉ와' 후렴구와 더불어, '비 떠라 비 떠라', '달 드러라 달 드러라', '돌 ᄃ라라 돌 ᄃ라라'와 같은 운율을 넣었다. 고산은 어부사시사를 여럿이서 함께 배 띄워놓고 부르는 합창곡으로 만들었던 것이다.

고산의 문학과 철학

어떤 작가의 문학작품을 이해하기 위해서는 그 사람이 가진 철학과 삶의 방식에 주목해야 한다. 윤선도는 '상정판서세규서 上鄭判書世規書 에서 자신의 출처진퇴관 出處進退觀 을 밝히고 있는데 "사대부의 처세는 조정에 나아가거나 산림으로 물러나는 두 가지 길밖에 없다"고 하였다. 그렇다면 고산은 분명하게 자신의 소신대로 산 것이었다. 이런 생각은 맹자의 생각과 상통하는 것이다. 맹자는 "천하를 훌륭하게 하거나 그 몸을 홀로 훌륭하게 하는 두 가지 길밖에 없다"고 하였다. 즉, 조정에 나가 천하를 훌륭하게 하지 못한다면, 산림으로 물러나 자신을 닦는 것이 맞다고 생각한 것이다. 소학의 가르침을 중시하고 수기치인을 실천하려 했던 선비정신의 표출이었다.

그러면서도 산림에서도 조정을 잊어서는 안 된다고 말하며, 임금 곁을 떠나 있으면서도 지고한 연군지정을 버리지 않았다. 심지어 연군지정과 상관없어 보이는 '어부사시사'에서도 고사를 인용하여 이를 표현하였다. 고산의 문학은 오늘날과 같은 전문 직업의식을 기초로 하기보다는, 학자나 정치가로서의 입장을 바탕으로 하고 있다고 보인다.

우리는 고산이 특히 '소학'을 높이 평가한 것에 주목하여야 한다. 고산은 66세때 시급한 일 여덟 가지를 들어 효종에게 올린 '진시무팔조서' 가운데 '전학유요'의 부분에서 사서삼경을 수신과 치국의 대요로 삼아야 한다고 주장하였다.

'소학'은 예의범절과 수신도덕의 격언, 그리고 충신, 효자의 사적 등을 유교경전을 비롯한 고금의 책에서 뽑아 엮은 것이므로 오히려 유교서의 표본이 된다고 말한다. 그래서 고산은 윤리실천의 교과서로 그처럼 소학을 중요시하는 것이다.

고산은 이렇게 소학을 수신과 정치, 아울러 문학의 지침서로 삼았기 때문에 고산의 정신적 이념과 그 실천을 표현하는 문학에서 효제충신이나 인, 의, 예, 지 등을 내용으로 하는 시가 많이 나타나는 것으로 보인다.

고산문학의 배경사상은 이러한 유학적 바탕과 더불어 자의반 타의반으로 이루어진 원림생활로 인하여 무위자연적인 도가적 사상도 깃들어 있다. 그가 부용동에서 생을 마치기 전 83세에 지은 마지막 작품인 동하각 同何閣 에는 이러한 그의 철학이 잘 배어 있다.

我豈能違世　내 어찌 세상을 거슬렀기에
世方與我違　세상이 나와 어긋나니
號非中書位　높은 자리 들먹이지 말고
居似綠野規　짓푸른 들녘처럼 살아가리라.

평생 세상과 조화를 이루지 못하였던 불운한 천재의 마지막 소회였다. 결국 그의 정신세계는 세상의 공명과 부귀영화에서 탈속하여 푸르른 들녘처럼 무위자연의 삶을 살겠다는 지고지순한 경지에 이르렀음을 표현한 것으로 보인다.

해양문학의 원류
– 어부사시사

바다를 노래하다

바닷가에 나가면 바다의 소리를 들으려고 귀 기울인다. 파도들이 서로 무등을 타고 쉼 없이 밀려와 바다의 이야기를 전하는데, 눈 뜨고 귀 열어도 그 많은 얘기들을 받아 적지 못한다. 때로는 무서울 정도로 침묵하는 바다를 보면서도 단 한마디 위로의 말을 건네지도 못한다. 마음이 메말라서인지 문학적 소양이 부족해서인지 "아~!" 하는 단발마만 내뱉을 뿐 애써 꺼냈던 수첩을 다시 주머니에 꽂고 만다.

18대 국회에 진출하지 못하고 좌절해 있을 때, 지인으로부터 "몇 년 동안 원양어선을 타고 나갔다 오라"는 조언을 받은 적이었다. 세상사 돌아가는 거 보고 있으면 괴로울 거고, 야인으로 지역에서 움직이는 것도 보기 좋은 모습은 아니라는 것이었다. 고산처럼 은거의 삶을 살라는 권유였지만, 나는 충무공처럼 백의종군 길을 갈 거라고 답하였다.

그렇지만 한편으로는 '어부사시사'를 읊조리며 창해를 떠다니고 싶은 생각도 들었다. 과연 어업인의 삶이 그렇게 낭만적이었던가. 실제 내

가 아는 어업인들의 모습은 여유롭거나 낭만적이기보다는 생존의 바다에서 처절하게 싸우며 살아간다. 원양어선뿐만 아니라 연근해 조업을 하는 어업인들도 목숨을 담보로 생업에 종사한다. 폭풍우 치는 바다에서 온 몸으로 성난바다를 느끼는 것은 극한 공포감을 느끼게 한다. 그래도 폭풍우 지난 후 밝은 햇살을 만나고 나면, 그 바다에서 다시 버틸 용기를 내는 것이다. 어업인들에게 바다는 낭만이 아닌, 삶의 터전이고 생존의 현장이기 때문이다.

예전에 나는 어부사시사가 어부들의 고달픔을 달래주고 협동심을 고취하기 위해 만든 노동요인 줄 알았다. 그런데 내용을 보니 도시 선비의 눈에 비친 낭만적인 어촌생활과 아름다운 풍광을 즐기며, 가무를 위해 만들어진 노래이며 임금께 바친다고 되어 있어 실망하였다. 국가의 녹을 먹던 정치인으로서 더구나 왕자들의 사부였던 선비가 시대의 아픔과 백성의 처절한 삶에 대한 애환은 눈에 담지 않았구나 싶은 생각에 안타까움마저 들었다. 고산이 배 띄운 바다는 낭만적인 만경창파였거나 세연정의 연못이었을 것이다. 말 그대로 무풍지대에 놀이배를 띄우고 유희를 즐겼었기에 치열한 삶의 현장에 대한 공감성을 전혀 표현하지 못하였을 것이다.

그러나 이제 어업인들의 삶도 어떤 직업에 못지않게 풍요로워졌고 소득수준도 어떤 벤처사업가 못지않다. 이제는 치열한 삶의 현장에 고산의 풍류를 얹는 것도 결코 나쁘지 않을 것이다. 문학이 거친 삶을 아름답게 해주듯이, 고달픈 바다사람들의 삶에 마음의 여유와 위로가 되지 않겠는가 싶다. '시를 암송하며 일하는 어부', '시를 짓는 어부'를 생각하니 그 모습만으로도 흐뭇하고 아름다운 풍경이다.

고산은 조선의 선비들 중에는 최초로 해양문학을 열었던 분이다. 조선은 바다를 버렸고 해양천시 사상에 물들어 있었다. 그런데 고산은 스스로 자신의 호를 해옹 漁翁 이라 할 만큼 실제 보길도에서의 삶을 즐겼다. 그런 의미에서 고산은 우리나라 해양문학의 원류가 아닌가 싶은 생각과 함께 감사한 마음이 든다.

어부사시사

'어부사시사'는 고산이 65세 되던 해인 1651년(효종 2) 가을 벼슬을 버리고 보길도의 부용동에 들어가 한적한 나날을 보내면서 지은 노래이다. 봄·여름·가을·겨울로 나뉘어 각각 10수씩 모두 40수로 되었다. 고려 때부터 전하던 '어부가 漁父歌'를 이현보가 9장으로 고쳐 지었고, 다시 윤선도가 시조의 형식에 여음을 넣어 완성한 것이다.

'어부사시사'가 그 이전의 어부가와 비교했을 때 한결 음악적이라는 평가는 이 같은 고산의 의도의 산물인 셈이다. 보길도 현지의 방언까지 사용하면서 국문가사로 지은 것도 같은 연유로 해석 가능하다. 국어가사로 되어 쉽게 배울 수 있고, 음악적 운율로 구성되어 있어 일반 백성들도 따라 불렀으리라 생각된다. 고산은 세연정에서 아이들이나 무희들에게 어부사시사를 부르게 했다고 한다.

고산은 어부사시사에서 노를 저을 때 여러 사람이 한꺼번에 부르면서 흥을 돋울 수 있도록 한편의 가사에 후렴을 두 번씩 넣었다. "배 떠라 배 떠라 지국총 지국총 어사와"와 같은 후렴은 여러 사람이 합창하도록 되어 있다.

漁父四詩詞(어부ᄉ시ᄉ)

春詞

1

압개예 안개 것고 뒫뫼희 히 비췬다

ᄇᆡ 떠라 ᄇᆡ 떠라

밤믈은 거의 디고 낟믈이 미러온다

至匊葱(지국총) 至匊葱(지국총) 於思臥(어ᄉ와)

江村(강촌) 온갖 고지 먼 빗치 더욱 됴타.

앞포구에 안개가 걷히고 뒷산에 해가 비친다
배 띄워라 배 띄워라
썰물은 거의 빠지고 밀물이 밀려온다
삐그덕 삐그덕 어기여차
강촌에 온갖 꽃이 먼 빛으로 바라보니 더욱 좋다.

2

날이 덥도다 믈 우희 고기 떧다

닫 드러라 닫 드러라

ᄀᆞᆯ며기 둘식 세식 오락가락 ᄒᆞᄂᆞ고야

至匊葱(지국총) 至匊葱(지국총) 於思臥(어ᄉ와)

낫대ᄂᆞ 쥐여 잇다 濁酒(탁쥬)ㅅ甁(병) 시릿ᄂᆞ냐.

날씨가 덥도다 물 위에 고기 떴다
닻 올려라 닻 올려라
갈매기 둘씩 셋씩 오락가락 하는구나
삐그덕 삐그덕 어기여차
낚싯대는 가지고 있는데 탁주병은 실었느냐.

3

東風(동풍)이 건듣 부니 믉결이 고이 닌다
돋 ㄷ라라 돋 ㄷ라라
東湖(동호)롤 도라보며 西湖(셔호)로 가쟈스라
至匊葱(지국총) 至匊葱(지국총) 於思臥(어ᄉ와)
압뫼히 디나가고 뒫뫼히 나아온다.

동풍이 잠깐 부니 물결이 곱게 인다
돛 달아라 돛 달아라
동호 東湖 를 돌아보며 서호 西湖 로 가자꾸나
삐그덕 삐그덕 어기여차
앞산이 지나가고 뒷산이 나온다.

4

우는 거시 벽구기가 프른 거시 버들숩가
이어라 이어라
漁村(어촌) 두어 집이 닛속의 나락들락
至匊葱(지국총) 至匊葱(지국총) 於思臥(어ᄉ와)
말가훈 기픈 소희 온갇 고기 뛰노ᄂ다.

우는 것이 뻐꾸기인가 푸른 것은 버들숲인가
배 저어라 배 저어라
어촌의 두어 집이 안개 속에 들락날락
삐그덕 삐그덕 어기여차
맑은 깊은 연못에 온갖 고기 뛰논다.

5

고은 볕티 쬐얀는듸 믉결이 기름 곳다

이어라 이어라

그믈을 주어 두랴 낙시를 노흘일가

至匊悤(지국총) 至匊悤(지국총) 於思臥(어ᄉ와)

濯瓔歌(탁영가)[3]의 興(흥)이 나니 고기도 니즐로다.

고운 볕 쬐이는데 물결이 기름 같다
배 저어라 배 저어라
그물을 던져 둘까 낚싯대를 놓으리까
삐그덕 삐그덕 어기여차
탁영가의 흥이 나니 고기도 잊었도다.

6

夕陽(석양)이 빗겨시니 그만ᄒ야 도라가쟈

돋 디여라 돋 디여라

岸柳汀花(안류뎡화)는 고븨고븨 새롭고야

至匊悤(지국총) 至匊悤(지국총) 於思臥(어ᄉ와)

三公(삼공)을 불리소냐 萬事(만ᄉ)를 싱각ᄒ랴.

석양이 기울었으니 그만하고 돌아가자
돛 내려라 돛 내려라
물가의 버들 꽃은 굽이굽이 새롭구나
삐그덕 삐그덕 어기여차
정승도 부럽잖다 만사 萬事 를 생각하랴.

7

防草(방초)를 불와보며 蘭芷(난지)도 뜨더 보쟈

---

3 탁영가: 굴원의 어부사에 있는 노래로 '탁영'은 갓끈을 씻는다는 뜻이다. '탁영가에 흥이 나니'라는 말에는 시인이 둘러싼 환경에 더없이 맑고 깨끗하여 만족스러워하는 마음이 드러나고 있다. '고기도 잊겠도다'는 고기잡이도 잊을 만큼 평화롭고 풍요로운 봄의 정취를 그리고 있다.

빈 셰여라 빈 셰여라

一葉篇舟(일엽편주)에 시른 거시 므스 것고

至匊蔥(지국총) 至匊蔥(지국총) 於思臥(어ᄉ와)

갈 제ᄂ 뇌뿐이오 올 제ᄂ 돌이로다.

빙초를 밟아보며 닌초도 뜯어 보자
배 세워라 배 세워라
한 잎 조각배에 실은 것이 무엇인가
삐그덕 삐그덕 어기여차
갈 때는 나뿐이었는데 올 때는 달이 같이 오는구나.

8

醉(취)ᄒ야 누얻다가 여흘 아래 ᄂ리려다

빈 미여라 빈 미여라

落紅(락홍)이 흘러오니 桃源(도원)이 갓갑도다

至匊蔥(지국총) 至匊蔥(지국총) 於思臥(어ᄉ와)

人世紅塵(인세홍딘)이 언메나 ᄀ롓ᄂ니.

취하여 누웠다가 여울 아래 내려가려다가
배 매어라 배 매어라
동백꽃 꽃잎이 흘러오니 도원이 가깝구나
삐그덕 삐그덕 어기여차
티끌같은 인생 얼마나 가련하냐.

9

낙시줄 거더 노코 篷窓(봉창)의 돌을 보쟈

닫 디여라 닫 디여라

ᄒ마 밤들거냐 子規(ᄌ규) 소릭 몱게 난다

至匊蔥(지국총) 至匊蔥(지국총) 於思臥(어ᄉ와)

나믄 興(흥)이 無窮(무궁 ᄒ니 갈 길흘 니젓딸다. 무궁)

낚싯줄 걸어 놓고 봉창의 달을 보자
닻 내려라 닻 내려라
벌써 밤이 들었느냐 두견 소리 맑게 난다
삐그덕 삐그덕 어기여차
남은 흥이 무궁하니 갈 길을 잊었더라.

10

來日(ᄅ) 일)이 또 업스랴 봄 밤이 몃 덛 새리

빈 브텨라 빈 브텨라

낫대로 막대 삼고 柴扉(싀비)룰 츠자보쟈

至匊蔥(지국총) 至匊蔥(지국총) 於思臥(어ᄉ와)

漁父生涯(어부싱애)는 이렁구러 디낼로다.

내일이 또 없으랴 봄밤이 그리 길까
배 붙여라 배 붙여라
낚싯대로 막대 삼고 사립문을 찾아보자
삐그덕 삐그덕 어기여차
어부의 평생이란 이러구러 지낼러라.

夏詞

1

구즌비 머저 가고 시낸물이 묽아 온다

빈 떠라 빈 떠라

낫대룰 두러메니 기픈 興(흥)을 禁(금) 못홀다

至匊蔥(지국총) 至匊蔥(지국총) 於思臥(어ᄉ와)

烟江疊嶂(연강텹쟝)[4]은 뉘라셔 그려 낸고.

궂은비가 점차 멎어가고 시냇물도 맑아온다
배 띄워라 배 띄워라

---

4 왕진경의 '연강첩장도'를 인용하여 표현한 말

낚싯대를 둘러메니 깊은 흥이 절로난다
삐그덕 삐그덕 어기여차
안개가 자욱한 강과 겹겹이 싸인 산봉우리는 그 누가 그려낸 그림인가.

2

년닙희 밥 싸 두고 반찬으란 쟝만 마라

닫 드러라 닫 드러라

靑蒻笠(청약립)은 써 잇노라 綠蓑依(녹사의) 가져오냐

至匊悤(지국총) 至匊悤(지국총) 於思臥(어ᄉ와)

無心(무심)흔 白鷗(빅구)는 내 좃는가 제 좃는가.

연잎에 밥 싸두고 반찬은 준비하지 말아라.
닻 올려라 닻 올려라
삿갓은 쓰고 있노라. 도롱이는 가져왔느냐
삐그덕 삐그덕 어기여차
무심한 갈매기는 내가 저를 좇는 것인가 갈매기가 나를 좇는 것인가.

3

마람 닙희 부람 나니 蓬窓(봉창)이 서놀코야

돋 ᄂ라라 돋 ᄃ라라

녀룸 부람 뎡홀소냐 가ᄂ 대로 빅 시켜라

至匊悤(지국총) 至匊悤(지국총) 於思臥(어ᄉ와)

北浦南江(북포남강)이 어듸 아니 됴흘리니.

마름잎에 바람 나니 봉창이 서늘하구나
돛 달아라 돛 달아라
여름 바람 정할소냐 가는 대로 배 맡겨라
삐그덕 삐그덕 어기여차
북쪽 포구와 남쪽 강 어디 아니 좋겠는가.

4

묽결이 흐리거든 발을 싯다 엇더ᄒ리

이어라 이어라

吳江(오강)⁵의 가쟈 ᄒ니 千年怒濤(천년노도)⁶ 슬플로다

至匊悤(지국총) 至匊悤(지국총) 於思臥(어ᄉ와)

楚江(초강)⁷의 가쟈 ᄒ니 漁腹忠魂(어복튱혼)⁸ 낟글셰라.

물결이 흐리거든 발 씻은 들 어떠하리
배 저어라 배 저어라
오강에 가자 하니 자서원한 子胥怨限 슬프도다
삐그덕 삐그덕 어기여차
초강에 가자 하니 굴원충혼 낚을까 두렵다.

5

萬柳綠陰(만류녹음) 어린 고ᄃᆡ 一片苔磯(일편틔긔) 奇特(긔특)ᄒ다

이어라 이어라

ᄃ리예 다돈거든 漁人爭渡(어인징도) 허믈 마라

至匊悤(지국총) 至匊悤(지국총) 於思臥(어ᄉ와)

鶴髮老翁(학발로옹) 만나기든 雷澤讓居(릐틱양거)⁹ 效側(효측)ᄒ쟈.

버드나무 이 우거진 곳에 바닷가 바위에 이끼가 특이하다

---

5 중국오나라 전당강

6 천년 동안 성난 물결(오자서의 분노)

7 굴원이 자결한 멱라수(호남성 상류의 지류)

8 초강(楚江)에 가자 하니 굴원충혼 낚을까 두렵다. 이는 중국 춘추시대에 초의 굴원이 지은 어부사에서 유래된 말이다. 굴원의 본명은 평으로 초나라 희왕때 삼려대부가 되어 임금의 신임이 두터웠다. 그러나 참소로 인하여 왕이 멀리하므로 '이소'라는 노래를 불렀다. 그 뒤 경양왕 때에 다시 참소를 받아 양자강변으로 유배되었다. 이곳에서 어부사를 지어 충성심을 밝히고 멱라수에 빠져 목숨을 끊었다. 그의 어부사 속에 '차라리 상수에 가서 강물에 몸을 던져 고기 뱃속에 장사를 지낼지언정 어찌하여 이 결백한 몸에 세속의 티끌과 먼지를 둘러쓴단 말가'라는 구절이 있다. 여기에서 어복충혼이라는 말이 생겼는데, 충신의 절조를 나타내는 말로 쓰인다.

9 순임금에게 낚시자리를 양보하였던 고사

배 저어라 배 저어라

자리에 다 닿거든 어부들의 다툼을 책망마라

삐그덕 삐그덕 어기여차

백발노인을 만나거든 낚시자리 양보하는 것도 본받자.

6

긴 날이 져므는 줄 興(흥)의 미처 모르도다

돈 디여라 돈 디여라

빗대롤 두드리고 水調歌(슈도가)[10]롤 블러 보쟈

至匊葱(지국총) 至匊葱(지국총) 於思臥(어ᄉ와)

欸乃聲中(우애셩듕)에 萬古心(만고심)[11]을 긔 뉘 알고.

긴 날이 저무는 줄 흥에 미쳐 모르도다

돛 내려라 돛 내려라

돛대를 두드리며 수조가를 불러 보자

삐그덕 삐그덕 어기여차

뱃노래 소리 가운데 만 가지 근심을 그 누가 알까.

7

夕陽(석양)이 됴타마는 黃昏(황혼)이 갓갑거다

빈 셰여라 빈 셰여라

바회 우희 에구븐 길 솔 아래 빗겨 잇다

至匊葱(지국총) 至匊葱(지국총) 於思臥(어ᄉ와)

碧樹鶯聲(벽슈잉셩)이 곧곧이 들리ᄂ다.

석양이 좋다마는 황혼이 가깝구나

배 세워라 배 세워라

바위 위에 굽은 길이 솔 아래 비켜 있다

---

10 수조가(水調歌) : 상의 음을 주된 음으로 하여 속악에서 많이 쓰던 중국 노래인 상조곡의 이름으로 수나라 양제가 지었다고 함

11 만고의 수심 : 오랜 세월에 변하지 않는 마음으로 충성심을 말함

삐그덕 삐그덕 어기여차
푸른숲 꾀꼬리는 곳곳에서 들리는구나

8

몰래 우희 그믈 널고 둠 미틔 누어 쉬쟈

빈 미여라 빈 미어라

모괴롤 밉다 ㅎ랴 蒼蠅(창승)과 엇더ㅎ니

至匊葱(지국총) 至匊葱(지국총) 於思臥(어ᄉ와)

다만 흔 근심은 桑大夫(상대부)[12] 드르려다.

모래 위에 그물 널고 배 지붕 밑에 누워 쉬자
배 매어라 배 매어라
모기를 밉다 마라 쉬파리인들 어떠하리
삐그덕 삐그덕 어기여차
다만 근심은 소인배들이 들을까 두렵다.

9

밤 ᄉ이 風浪(풍낭)을 미리 어이 짐작ㅎ리

닫 디여라 닫 디여라

野渡橫舟(야도횡주)룰 뉘라서 닐럿ᄂ고

至匊葱(지국총) 至匊葱(지국총) 於思臥(어ᄉ와)

澗邊幽草(간변유초)도 眞實(진실)로 어엳브다.

밤 사이 바람 물결 미리 어이 짐작하리
닻 내려라 닻 내려라
사공은 간 데 없고 배만 가로놓였구나
삐그덕 삐그덕 어기여차
물가의 파란 풀이 참으로 가엽구나.

---

12 전한의 재정가인 상홍양을 말하는데 소인배를 말하는 것으로 간신을 상징하므로 부정적 시어이며 고전 작품에서는 구름과 바람 등은 간신을 상징하는 경우가 많다.

10

蝸室(와실)¹³을 브라보니 白雲(빅운)이 둘러 잇다

빅 븟텨라 빅 븟텨라

부들 부체 ᄀ르 쥐고 石逕(셕경)으로 올라가쟈

至匊葱(지국총) 至匊葱(지국총) 於思臥(어ᄉ와)

漁翁(어옹)이 閑暇(한가)터냐 이거시 구실이라.

작은 집을 바라보니 흰구름이 둘러 있다
배붙여라 배 붙여라
부들부채 가로 쥐고 돌길 올라가자
삐그덕 삐그덕 어기여차
늙은 어부 한가하다. 이것이 구실이다.

秋詞

1

物外(믈외)¹⁴에 조흔 일이 漁夫生涯(어부싱애) 아니러냐

빅 떠라 빅 떠라

漁翁(어웅)을 욷디 마라 그림마다 그렸더라¹⁵

至匊葱(지국총) 至匊葱(지국총) 於思臥(어ᄉ와)

四時興(ᄉ시흥)이 흐가지나 秋江(츄강)이 읃듬이라.

속세를 벗어나 바닷가에서 할 만한 일은 어부의 생활이다
배 띄워라 배 띄워라
늙은어부 보고 웃지마라 그림마다 나 같은 사람 그려져 있더라
삐그덕 삐그덕 어기여차
사철 흥취 한가지나 가을 강이 으뜸이라.

---

13 와실(蝸室) – 달팽이 껍질 같은 작은집(본인의 거처하는 낙서재를 와실로 표현했다)

14 육지에서 하는 일, 또는 바닷일

15 동양화 낚시그림에는 허리 구부정한 늙은 어부가 등장한다. 그림을 비유하여 해학적 자기 위안을 하고 있다.

2

水國(슈국)의 ᄀ올히 드니 고기마다 솔져 읻다

닫 드러라 닫 드러라

萬頃澄波(만경딩파)의 슬ᄏ지 容與(용여)ᄒ쟈

至匊蒽(지국총) 至匊蒽(지국총) 於思臥(어ᄉ와)

人間(인간)을 도라보니 머도록 더옥 됴타.

바다에 가을이 오니 고기마다 살쪄 있다
닻 올려라 닻 올려라
넓고 맑은 물에 실컷 즐겨 보자
삐그덕 삐그덕 어기여차
인간세상 돌아보니 멀어질수록 더욱 좋구나.

3

白雲(빅운)이 니러나고 나모 긋티 흐느긴다

돋 ᄃ라라 돋 ᄃ라라

밀물의 西湖(셔호)ㅣ오 혈믈의 洞湖(동호) 가쟈

至匊蒽(지국총) 至匊蒽(지국총) 於思臥(어ᄉ와)

白蘋紅蓼(빅빈홍료)는 곳마다 景(경)이로다.

흰 그름 일어나고 나무 끝이 흔들린다
돛 달아라 돛 달아라
밀물에 서쪽바다 가고 썰물에 동쪽바다 가자
삐그덕 삐그덕 어기여차
흰 마름 붉은 여뀌꽃 곳마다 아름답다.

4

그러기 떳는 밧긔 못 보던 뫼[16] 뵈ᄂ고야

이어라 이어라

---

16 못 보던 산: 맑은 날이면 보길도 앞바다에서 한라산이 보인다.

낙시질도 ㅎ려니와 趣(취)ㅎ 거시 이 興(흥)이라

至匊葱(지국총) 至匊葱(지국총) 於思臥(어ᄉ와)

夕陽(셕양)이 ᄇᆡ인니 千山(쳔산)이 錦繡(금슈)ㅣ로다.

기러기 날아가는 밖에 못 보던 산이 보이는구나
배 저어라 배 저어라
낚시질도 하려니와 취하는 것은 자연을 즐기는 흥취로다
삐그덕 삐그덕 어기여차
석양이 비치니 온 산이 수놓은 비단이로구나.

5

銀脣玉尺(은슌옥쳑)이 몃치나 걸렫ᄂᆞ니

이어라 이어라

盧花 로화 의 블 부러 ᄭᅩᆯ희야 구어 노코

至匊葱(지국총) 至匊葱(지국총) 於思臥(어ᄉ와)

딜병을 거후리혀 박구기예 브어다고.

흰 고기 월척이 몇이나 걸렸느냐
배 저어라 배 저어라
갈대꽃에 불 붙여 갈라서 구워 놓고
삐그덕 삐그덕 어기여차
호리병 기울여 바가지에 부어다오.

6

녑ᄇᆞ람[17]이 고이 부니 ᄃᆞ론 돋긔 도라와다

돋 디여라 돋 디여라

暝色(명식)은 나아오ᄃᆡ 淸興(쳥흥)은 머러 잇다

至匊葱(지국총) 至匊葱(지국총) 於思臥(어ᄉ와)

紅樹淸江(흥슈쳥강)이 슬ᄆᆡ디도 아니ᄒᆞ다.

---

17 옆에서 부는 바람: 보길도에서 옆바람이라면 서풍이다.

옆바람이 곱게 부니 돛을 접고 돌아왔다.
돛 내려라 돛 내려라
어둠은 가까워 오지만 맑은 흥은 멀었도다
삐그덕 삐그덕 어기여차
붉은 단풍과 맑은 바다는 그래도 밉지 않구나.

7

흰 이슬 빋견눈듸 불근 돌 도다 온다

빗 셰여라 빗 셰여라

鳳凰樓(봉황루) 渺然(묘연)ᄒᆞ니 淸光(청광)을 눌을 줄고

至匊葱(지국총) 至匊葱(지국총) 於思臥(어ᄉᆞ와)

玉兎(옥토)의 띤ᄂᆞᆫ 藥(약)을 豪客(호긱)을 먹이고쟈.

흰 이슬 내렸는데 밝은 달 돌아온다
배 세워라 배 세워라
궁전 宮殿 이 아득하니 맑은 빛을 누굴 줄꼬
삐그덕 삐그덕 어기여차
옥토끼가 찧는 약을 호걸에게 먹이고 싶구나.

8

乾坤(건곤)이 제곰인가 이거시 어드메오

빗 미여라 빗 미여라

西風塵(셔풍딘) 몯 미츠니 부체 ᄒᆞ야 머엇 ᄒᆞ리

至匊葱(지국총) 至匊葱(지국총) 於思臥(어ᄉᆞ와)

드론 말이 업서시니 귀 시서 머엇 ᄒᆞ리.

하늘 땅이 제각긴가 여기가 어디메뇨
배 매어라 배 매어라
바람 먼지 못 미치니 부채질하여 무엇하리
삐그덕 삐그덕 어기여차
들은 말이 없으니 귀 씻어 무엇하리.

9

옷 우희 서리 오딕 치운 줄을 모룰로다

닫 디어라 닫 디어라

釣船(됴선)이 좁다 ᄒ나 浮世(부세)과 얻더ᄒ니

至匊葱(지국총) 至匊葱(지국총) 於思臥(어ᄉ와)

닉일도 이리ᄒ고 모뢰도 이리ᄒ쟈.

옷 위에 서리 내려도 추운 줄을 모르겠다
닻 내려라 닻 내려라
낚싯배가 좁다 하나 떠 있으니 어떠한가
삐그덕 삐그덕 어기여차
내일도 이리하고 모레도 이리하자.

10

松間石室(숑각셕실)[18]의 가 曉月(효월)을 보쟈 ᄒ니

빈 브텨라 빈 브텨라

空山落葉(공산락엽)의 길흘 엇디 아라볼고

至匊葱(지국총) 至匊葱(지국총) 於思臥(어ᄉ와)

白雲(빅운)이 좃차오니 女蘿依(녀라의) 므겁고야.

솔숲 사이 내 집 가서 새벽달을 보자 하니
배 붙여라 배 붙여라
낙엽깔린 산길을 어찌 찾아갈꼬
삐그덕 삐그덕 어기여차
새벽안개 이슬되어 옷이 젖어 무겁구나.

 冬詞

1

구롬 거든 후의 힌빋치 두텁거다

---

18 동천석실

빈 떠라 빈 떠라

天地閉塞(텬디폐식)호딕 바다흔 依舊(의구)호다

至匊葱(지국총) 至匊葱(지국총) 於思臥(어亽와)

ᄀ업슨 묽결이 깁 편 둧흐여 잇다.

구름 걷힌 후의 햇볕이 따뜻하다.
배 띄워라 배 띄워라
천지가 얼어 붙었는데 바다는 여전하다
삐그덕 삐그덕 어기여차
끝없는 물결이 비단을 편 듯 고요하다.

2

주대 다스리고 빗밥을 박앋ᄂ냐

닫 드러라 닫 드러라

瀟湘(쇼샹) 洞庭(동뎡)[19]은 그물이 언다 호다

至匊葱(지국총) 至匊葱(지국총) 於思臥(어亽와)

이때예 漁釣(어됴)호기 이만흔 딕 업도다.

닻줄 다스리고 뱃밥을 박았느냐
닻 올려라 닻 올려라
소상강 瀟湘江 동정호 洞庭湖 는 그물이 언다 한다
삐그덕 삐그덕 어기여차
이때에 고기 낚기 이만한 데 없도다.

3

여튼 갣 고기들히 먼 소히 다 갇ᄂ니

돋 드라라 돋 드라라

---

19 瀟湘洞廷 소상: 중국 호남서의 동정호 서편에 있는 소수(瀟水)와 상수(湘水)
      소수 - 호남성에서 발원하여 상수(湘水)로 흘러가는 강
      상수 - 광서성 홍안현에서 동정호로 흘러드는 강
   동정: 동정호(호남성의 大湖)

져근덧 날 됴흔 제 바탕의 나가 보쟈

至匊葱(지국총) 至匊葱(지국총) 於思臥(어ᄉ와)

밋기곧 다오면 굴근 고기 믄다 ᄒ다.

얕은 바자고기 먼 바다 다 갔나니
돛 달아라 돛 달아라
잠깐 날 좋은 때 바다에 나가 보자
삐그덕 삐그덕 어기여차
미끼가 아름다우면 굵은 고기 문다고 한다.

4

간밤의 눈 갠 後(후)에 景物(경믈)이 달란고야

이어라 이어라

압희는 萬頃琉璃(만경류리) 뒤희는 千疊玉山(쳔텹옥산)

至匊葱(지국총) 至匊葱(지국총) 於思臥(어ᄉ와)

仙界(선계)ㄴ가 佛界(불계)ㄴ가 人間(인간)이 아니로다.

지난밤에 눈 갠 후에 사방의 경치가 달라졌구나
배 저어라 배 저어라
앞에는 넓은 유리바다 뒤에는 첩첩옥산
삐그덕 삐그덕 어기여차
신선의 세계인가 부처의 세계인가 인간세상이 아니로다.

5

그믈 낙시 니저 두고 빗젼을 두드린다

이어라 이어라

압개롤 건너고쟈 몃 번이나 혜여 본고

至匊葱(지국총) 至匊葱(지국총) 於思臥(어ᄉ와)

無端(무단)ᄒ[20] 된ᄇ람이 ᅙᅵᆷ혀 아니 부러올까.

---

20 無端ᄒ : 완도지방 방언으로 까닭없이, 이유없이, 공연히

316 태도는 사실보다 중요하다

그물 낚시 재처 두고 파도가 뱃전을 두드린다
배 저어라 배 저어라
앞개를 건너고자 몇 번이나 생각해 본다.
삐그덕 삐그덕 어기여차
공연한 된바람이 혹시 아니 불어올까.

6

자라 가는 가마괴 먼 낟치 디나거니

돈 디여라 돈 디여라

압길히 어두우니 暮雪(모셜)이 자자뎓디

至匊悤(지국총) 至匊悤(지국총) 於思臥(어ᄉ와)

鵝鴨池(아압디)²¹ᄅᆞᆯ 뉘 텨셔 草木慚(초목참)²²을 싣돋던고.

자러 가는 까마귀가 몇 마리나 지나갔느냐
돛 내려라 돛 내려라
앞길이 어두운데 저녁눈이 꽉 차 있다
삐그덕 삐그덕 어기여차
아압지를 누가 쳐서 부끄러움을 씻었던가.

7

丹崖(단애) 翠壁(취벽)이 畵屛(화병)ᄀᆞ티 둘럿ᄂᆞᆫ듸

빈 셰여라 빈 셰여라

巨口細鱗(거구셰린)을 낟그나 몯 낟그라

至匊悤(지국총) 至匊悤(지국총) 於思臥(어ᄉ와)

孤舟蓑笠(고쥬사립)에 興(흥)계워 안잣노라.

붉은 낭떠러지 푸른 벽이 병풍같이 둘렀는데

---

21 성 둘레를 외적이 침입하기 어렵게 못으로 만들어 놓은 것. 당나라 때에 오원제가 채주(蔡州)에서 난을 일으키매, 이소가 설야에 채성을 칠 때 성 둘레가 못으로 되어 있고 거위와 오리가 많이 있는 것을 보고 오리떼를 놀라게 해서 그 시끄러운 소리를 이용해 성을 함락시켰다는 못
22 초목을 벤다는 뜻인데 여기서는 "초목조차 부끄러워할 만한 수치"

배 세워라 배 세워라
큰고기를 낚으나 못 낚으나
삐그덕 삐그덕 어기여차
작은 배에 도롱 삿갓만으로 흥에 겨워 앉았노라.

8

묽ᄀ의 외로온 솔 혼자 어이 싁싁ᄒ고

ᄇᆡ 미여라 ᄇᆡ 미여라

머흔 구룸 恨(ᄒᆞᆫ)티 마라 世上(세샹)을 ᄀᆞ리온다

至匊悤(지국총) 至匊悤(지국총) 於思臥(어ᄉᆞ와)

波浪聲(파랑셩)을 厭(염)티 마라 塵喧(딘훤)을 막ᄂᆞᆫ또다.

물가에 외롭게 선 솔 혼자 어이 씩씩한고
배 매어라 배 매어라
험한 구름 원망마라 인간세상을 가려준다
삐그덕 삐그덕 어기여차
파도 소리 싫어 마라 속세 소리 막는도다.

9

滄州吾道(창쥬오도)[23]룰 녜브터 닐럳더라

닫 디여라 닫 디여라

七里(칠리) 여흘 羊皮(양피) 옷[24]슨 긔 얻더ᄒ니런고

至匊悤(지국총) 至匊悤(지국총) 於思臥(어ᄉᆞ와)

三千六白(삼쳔뉵ᄇᆡᆨ) 낙시질[25]은 손고븐 제 엇디턴고.

---

23 "창주가 나의 도"라는 말로 두보의 시에 "나의 道 창주에 붙이네"라는 구절을 인용한 신선이 사는 곳 또는 강호란 뜻

24 엄자능의 고사: 엄자능은 부춘산 속 칠리탄에서 양피옷을 입고 낚시질하는 것을 즐거움으로 삼아 왕의 부름에도 응하지 않았다 함

25 강태공의 고사: 강태공은 10년 동안 위수에서 낚시를 하면서 섬길 만한 사람을 기다리다 주나라 문왕을 만남

신선이 사는 곳을 옛 부터 일렀더라
닻 내려라 닻 내려라
칠리탄에 낚시질하던 엄자릉은 어떠하였으며
삐그덕 삐그덕 어기여차
십년 동안 낚시질하던 강태공은 손 시릴 때 언제던고.

10

이와 져므러 간다 宴息(연식)이 맏당토다

빈 븟텨라 빈 븟텨라

ᄀᆞᄂᆞ 눈 쁘린 길 블근 곳 흣더딘 듸 흥치며 거러가셔

至匊悤(지국총) 至匊悤(지국총) 於思臥(어ᄉ와)

雪月(셜월)이 西峰(셔봉)의 넘도록 松窓(숑창)을 비겨 잇쟈.

이제 저물어 간다 쉬는 것이 마땅하다
배 붙여라 배 붙여라
가는 눈 뿌린 길에 붉은 꽃이 흩어진 데 흥겨워하며 걸어가서
삐그덕 삐그덕 어기여차
눈처럼 흰달이 서산에 넘도록 송창을 기대어 있자.

漁父詞餘音(어부ᄉ여음)

江山(강산)이 됴타 ᄒᆞᆫ들 내 分(분)으로 누얻ᄂᆞ냐
님군 恩惠(은혜)룰 이제 더옥 아노이다
아므리 갑고쟈 ᄒᆞ야도 히올 일이 업셰라.

강산이 좋다고 한들 내 분수로 이렇게 편안히 누워 있겠는가
이 모두가 임금님의 은혜인 것을 이제야 더욱 알겠노라
하지만 아무리 갚고자 하여도 내가 해드릴 일이 없구나.

마지막 40수에 대단원의 막을 내리면서 임금(효종)께 바친다는 의미
의 '어부사여음'을 첨가하였다. 효종의 보살핌에 이처럼 아름다운 시가를
완성하였음 감사하는 내용이다.

즉, 어부사시사는 어업인들의 시름을 덜어주기 위한 노동요라기보다는 고산은 어부사시사를 '맑은 못과 넓은 호수에서 쪽배를 띄우고 마음껏 노닐 때 사람들로 하여금 함께 소리 내면서 서로 노 젓게 한다면 또 한 가지 즐거운 일이 될 것이다'라고 한 바와 같이 '마음껏 노닐 때' 여럿이 함께 합창하며 즐기고자 지은 노래이다.

어부사시사는 노래의 특징인 운율과 더불어 반복적인 후렴구를 가지고 있다. '지국총 지국총 어사와'는 조선 명종 때 지은 농암 이현보 李賢輔 (1467~1555)의 어부가에서도 나타나듯이 노저을 때 나는 삐그덕 거리는 소리를 한자로 표현한 의성어이며, 춘하추동 공히 각 장에는 동일한 후렴구를 넣었다.

1장에는 '빅떠라 빅떠라', 2장에는 '닫 드러라 닫 드러라', 3장에는 '돋 두라라 돋 두라라', 4장과 5장에는 '이어라 이어라', 6장에는 '돋 디여라 돋 디여라', 7장에는 ' 빅 셰여라 빅 셰여라', 8장에는 '닫 디여라 닫 디여라', 9장에는 '빅 미여라 빅 미여라', 10장에는 '빅 브텨라 빅 브텨라'와 같은 후렴구가 각 계절별로 똑같은 순서로 배열되어 있어 흥을 돋구고 있다.

문학도도 아닌 내가 군이 이 책에 어부사시사의 전문과 해석을 실은 이유는, 어부사시사에는 보길도 방언이 많이 들어가 있어 해석에 오류들이 있기 때문에 이를 밝히고자 함이며 '해양문학의 원류'라는 가치를 지니고 있기 때문이다.

산하를 바라보는
미학적 시선

별서정원에서 인간정신의 고양을 추구하다

한 뼘의 땅만 있어도 푸성귀라도 심어야 했던 일반 백성들에게 '정원'이란 언감생심 꿈꾸기도 벅찬 사치였을 것이다. 그런데 그 당시 고산은 자신이 머무는 곳 어디든지 그 일대를 정원으로 조성하였다. 물론 명문부호의 가문으로서 경제적 여유가 있었기 때문에 가능한 일이 있겠지만, 자신의 가치관과 성정이 그러한 환경을 만들었던 것이다.

남다른 감수성과 지적 면모를 지닌 고산이 자신의 인생 중후반부에 걸쳐 사실상 전적으로 매진한 대상이 '정원'이라는 사실은 매우 중요한 의미를 지닌다. 그가 만든 정원들이 대체로 산속에 위치하고 있다는 것도 예사롭지 않다. 그것은 치열했던 정쟁의 와중에서 그가 세상 속으로 나아가 자신의 뜻을 펼치는 대신에 스스로 물러나 대자연 속에서 자신의 내면세계를 지키는 쪽을 택하였음을 의미한다. 이른바 출처지의 出處之義 에서 처를 취한 것이고, 고산이 조영한 산속의 정원, 곧 원림은 물러난 현장이었으나 정신고양의 수련장이었으며 문학의 산실이었다.

고난의 현실에서 그가 찾아낸 유일한 탈출구였던 자연은 선비로서의 정신적 위안과 더불어 자신이 가진 심미안과 문학적 자질으로 창의적인 조형성을 만나 빚어낸 곳들이다. 그는 단순히 산수에 파묻혀 은둔하는 형태를 취하지 않고, 자연 경물에 나름의 이름을 붙이면서 못을 파고 축대를 쌓아 집을 짓는 등 원림을 조영하는 적극적인 공간조영행위를 가한 것은 그의 풍부했던 자연애의 취향이 예술적 심미안과 결부된 결과일 것이다.

보길도가 고산의 호방한 기상이 마음껏 펼쳐진 곳이라면 수정동은 그만의 섬세한 감각을 미려하게 살려낸 현장이다. 달 밝은 밤이면 고산은 수정바위 바로 아래 요석암 瑤石巖 이라 이름 지은 바위에 앉아 수정암 위로 떠오르는 달을 감상하며 시상에 잠기곤 하였다고 한다.

수정동에서 불과 오리도 안 떨어진 금쇄동은 뜻밖에도 산 정상부에 위치하고 있다. 금쇄동 정원은 왜구를 막던 산성 내 옛 집터 등을 활용하여 연못과 집을 앉혀 거처를 정하고는, 아래 쪽 계곡부에서부터 정상으로 오르는 노선을 따라 위치한 경물을 찾아 이름을 짓고 의미를 부여하고 있다. 자신의 정원 영역을 계곡부에서부터 주변 산속으로까지 한껏 확장시켜 놓은 것이다.

고산은 금쇄동을 처음 발견하고 그처럼 빼어난 곳을 하늘이 자신에게 내려 주었다고 감읍해 한다. 스스로 삼광 三光 이 조림한 승지라고 평가한 그곳에다 원림을 조영하면서 온전히 소유함으로써 장소의 완전성을 자신의 이념적 경지와 등치시킨다. 아무도 알아보지 못한 곳을 자신만이 알아내어 경영하는 데에서 맛보는 자기만족과 자부심은 실로 대단하다. 이 같은 자족의 기쁨을 '금쇄동기'에 다음과 같이 묘사하고 있다.

"금쇄동은 문소동 동쪽의 제일 높은 산 위에 있다. 심히 높아서 해와 달을 가까이 하고 바람과 비를 내려다 볼 만한 곳이다. 금쇄동의 하늘은 환하게 밝으면서 붉은 기운이 그윽하고 산수의 경치는 그윽하면서 아름답다. 산의 후면은 점차 험해지다 위에는 심하게 험하지 않고, 멀고 깊어서 사람의 흔적이 거의 없다."(해남군, 1999:58에서 재인용)

탁월한 심미안과 과학성이 돋보이는 고산의 정원

고산은 유학자였지만 과학기술과 심미안을 갖춘 정원가였다. 한국 역사상 한 개인으로서 고산만큼 많은 정원을 만든 이를 찾아보기가 드물다는 사실이다. 유적만 해도 보길도 부용동 정원이 거의 온전히 남아있고, 해남의 삼승이라고 불리는 수정동, 금쇄동, 문소동도 현재 그 흔적이 남아있다.

또 그가 생전에 종종 머물렀던 경기도 남양주 수석동 고산촌에도 한강과 왕숙천이 이루는 하천경관을 활용하여 조영한 명월정과 해민료의 흔적을 찾아 볼 수 있다. 그 외에 경북 성주에 있었던 쌍도정 정원도 고산과 관계가 깊다는 주장도 최근 제시되고 있고, 그의 유배지인 함경도 경원과 경상도 기장 등에서도 그가 정원생활을 즐겼다는 사실이 여러 기록에 나온다.

고산이 만든 정원은 질적으로도 한국의 대표적 정원으로 손색이 없는 걸작이다. 그가 만든 정원은 한결같이 지형지세와 자연요소를 예술적 감각으로 끌어들여 정원으로 조성하였다는 공통점을 갖고 있다.

이러한 사실은 그가 땅을 읽는 데에 있어서 남다른 안목을 지니고 있었다는 것을 알 수 있는데, 정조는 고산의 풍수지리적 안목을 높게 평가했다는 기록이 있다. 고산은 심미안과 더불어 과학과 감각적 기예를 가지고 하나의 통합된 예술작품으로서 정원을 만들었다고 평가된다.

고산의 정원은 한결같이 바위와 물이 절묘하게 어우러진 곳에 입지하고 있으면서 지형지세와 자연요소를 예술적 감각으로 끌어들여 정원으로 조성하였다는 공통점을 갖고 있다. 그리고 조경수로 소나무와 대나무가 빠지지 않았다는 점은 그가 오우가에서 밝힌 바와 같이 바위·물·송·죽과 더불어 연못에 비추는 달이 어우러진 모습을 추구했다.

또한 고산은 정원을 이용하고 즐기는 데에 있어서도 남다른 취향과 태도를 보였다. 그는 아름다운 산수 간에 찾아 들어가 자신의 솜씨로 정원을 조성해 놓는 데에 그치지 않고 그 속에서 시, 음악, 무용, 그림 등 다양한 예술적 활동을 펼쳐 즐김으로써 정원의 효용을 배가시키고 심미적 감흥을 심화시켰다.

물水은 고산 정원에 있어서 가장 핵심적인 요소 중 하나다. 물은 생명의 근원이며 정화의 상징이다. 그것은 전통적으로 물을 중시한 동양 정원의 맥락과 상통하면서 풍수가인 고산의 탁월한 땅 읽기의 결과이기도 하다. 부용동이나 수정동, 문소동과 금쇄동은 모두 물이 중요한 정원구성 요소로 사용되었던 곳이다. 계류변에 조성된 두 개의 연못을 중심으로 펼쳐진 곡수당이나 세연정은 일종의 물의 정원이다. 인공 연못을 만들고 연못의 물에 건물이 비치도록 하였다. 또한 하늘과 초목의 아름다움, 그리고 사람들의 모습을 비추는 거대한 거울의 역할을 하도록 하였다.

고산은 물의 흐름과 고임, 선형과 높낮이, 수량과 유속 등을 다양하게 연출하였을 뿐만 아니라 홍수나 갈수기의 불리함을 극복하려는 적극적인 대처방식을 보여주고 있다. 이는 해박한 자연과학적 지식과 창의적인 사고의 산물이다. 홍수 시 물 흐름 조절이나 가뭄 때의 물 확보 등의 수리 및 토목과 관련된 지식이 밑바탕에 깔려 있으며, 동시에 효과적이고 극적으로 수경을 연출하고 감상하려는 예술적 의도가 곳곳에서 발견된다.

또, 고산의 정원에서 바위와 자연석도 중요한 요소이다. 동양의 자연 감상 구도에서 돌이 차지하는 비중은 두드러진다. 동양에 있어서 돌은 자연을 지지하는 중심적인 형체이고 전원의 상변적 형체를 지지하는 불변적 형태인 것이다. 한국 전통에 있어 돌은 중요한 정원 구성요소로서 사대부의 정원이나 원림 정원에 모두 중요하게 사용되었다. 한국 전통적 사고체계에 있어서 물과 바위가 갖는 의미는 단순한 정원 구성요소라는 물질적 차원을 초월한다. 그것은 도의 구현체인 자연의 정수로서 선비가 추구해야 할 윤리적 가치의 상징이다. 그런 의미에서 물과 바위는 윤리적 가치 속성으로서 깨끗함과 지속성, 견고함과 변함없음을 표상하고 있다.

고산은 자연석을 그대로 활용하기도 하였지만 탁월한 해석력으로 형태적 특성에 따라서 다양한 용도와 의미를 부여하였다. 편평한 암반을 대 臺로 활용하였고, 수직암벽은 물을 끌어들여 폭포를 연출하였다. 보길도에 있는 판석은 고산의 창의적 발상을 통해 세연정의 판석보라는 첨단 공법을 탄생시켰는데 미학과 과학의 만남이 어울려진 창작품이다.

인간과 교감하는 자연에서 위안을 얻다

예술에 대해서 천학비재한 나로서는 '예술가'라고 하면 일단 존경심부터 든다. 내가 말하는 예술의 범주는 순수와 실용을 모두 포함한다. 예술가는 있는 그대로의 자연 nature 상태를 모방이 되었든 재조합을 하였든 간에 만들어 낼 수 있는 사람 maker 들이다. 자연이 신의 작품이라면 예술은 사람의 작품이다. 자연과 예술이 만날 때 '예술을 위한 예술'이 아닌 '삶과 같은 예술'이 된다.

사람은 자연과 융화되면서 살아가야 한다. 고산의 정원은 자연과 예술의 만남을 느낄 수 있다. 자연과 친숙하면서도 사람 위주로 조성되어 있다. 그러면서도 생태미학을 깨뜨리지 않는다. '유'를 통해 자연물과 친해지면서 자연스레 '격물'을 이루고, 격물을 통해 이해된 대상의 특질은 고산의 독창적인 해석을 통해 시적인 이름으로 불림으로써 새로운 의미를 부여받는다. 비로소 존재론적 가치를 갖게 되는 것이다.

대체로 고산은 자연물의 특징을 독창적으로 해석하되, 용구적 관점보다는 본질적 속성을 상징적으로 형상화하려 하였으며 의인화하기도 하였다. 그렇게 이름을 부여하고 나서 그것을 마음으로 느끼며, 그것을 다시 시나 음악으로 노래함으로써 자연스럽게 시적 발상으로 이어졌다.

고산은 자연 속에 머물면서 자연현상의 미묘한 특질조차 놓치지 않고 조경적으로 활용함으로써, 자연을 자신의 심상과 동화시키는 예술적 경지를 즐겼다고 볼 수 있다. 그의 탁월한 산수관에 덧붙여 조경이란 적극적인 행위는 자신이 탈속적 세계를 향유하기 위한 구체적인 방편이었다고 볼 수 있다.

한국의 멋과 맛을 살리는 주거공간을 만들자

우리는 정체성을 잃지 않으면서 문화적 품격을 갖출 수 있는 주택문화와 생활공간을 창출하는 것은 국민들의 삶의 질 향상에도 매우 중요하다. 이제 우리나라는 절대빈곤에서 벗어났다. 마음먹기에 따라서 자신의 공간에 어떤 형태로든 정원 하나쯤은 만들 수 있을 만큼 경제적·문화적 수준이 되었다. 이런 점에서 한국의 대표적 정원으로 손꼽아도 손색이 없는 고산의 정원은 한국미를 되살리기에 더없이 좋은 학습장이다.

우리 한국의 미를 한마디로 표현할 때 '儉而不陋 華而不侈(검이불누 화이불치)'라는 말이 있다 '검소하지만 누추해 보이지 않고, 화려하지만 사치스럽지 않다'는 뜻이다. 서양의 정원은 너무나 화려하고, 일본의 정원은 너무나 인위적이다. 반면에 한국의 정원은 자연스럽고 편안하다. 심지어 군왕이 거처했던 궁궐의 정원마저도 그러한 느낌이다. 우리나라 정원은 가능한 한 자연을 살리려고 한다. 높고 낮음과 굽이치는 것까지 원래부터 있는 자연을 손상시키지 않고 거기에 맞게 조형물을 얹혔다.

이렇게 자연과 건물이 하나로 어우러지는 차경 借景 기법의 선구자는 고산이라고 해도 과언이 아니다. 반가운 것은 요즘 들어 우리나라에도 이러한 차경기법이 신건축공법으로 각광받고 있다는 점이다. 차경기법은 건물이 들어서는 부지 특성을 주변 특성이나 자연물과 어우러지도록 외관 디자인에 반영해서 건축물이 주변환경과 어우러지도록 하는 것이다. 김포공항에 들어서는 쇼핑몰은 비행기 한 대가 곧 날아오를 듯한 모습이며, 춘천 의암호 옆에 짓고 있는 춘천 창작개발센터는 하늘 위에서 내려다보면 물음표 모양이다. 창작 정신을 상징하기 위해 차경기법을 썼다. 건물 내부는 지상에서 옥상 전망대까지 완만한 계단으로 연결돼 의암호를 한눈에 조망할 수 있다. 옥상과 2, 3층 중앙은 정원이 꾸며지고 지상 주차장은 잔디와 나무가 우거진 녹색광장으로 지어진다고 한다. 또한 거제해양특구에 들어서는 리조트도 차경기법을 채택해 거대한 범선과 돛의 역동적인 움직임을 형상화했다. 이렇게 건축에 대한 마인드가 변화되는 것은 반가운 일이며 점차 도시계획과 주택개선에 확산된다면 점차 우리의 주거공간이 더욱 자연스럽고 멋을 갖추게 될 것이다.

융합과 혁신의 아이콘이었던 스티브 잡스는 아이폰의 로고를 '한 입 베인 사과'로 하였다. 이는 첨단기술 혁신제품에도 사람들을 감동시키는 '맛'이 필요하다는 것을 시사하고 있다. 기술적으로 아무리 뛰어난 제품이라도 소비자에게 감동을 주지 못하면 무용지물이라는 것이다.

그렇듯이 우리네 주거문화가 아파트형으로 대부분 고착화된 지금, 정원을 가진 단독주택의 보급과 확산은 거의 불가능해 보이지만, 첨단 아파트일지라도 친밀한 인간관계가 가능하고 자연과 보다 가까워지는 구조와 공간으로 전환이 가능하지 않을까. 고산의 심미안과 예술 혼을 현대에 접목시킨다면 우리네 삶은 조금은 더 사람냄새가 풍길 수 있고 좀 더 아름답고 풍요로워질 수 있을 것이다.

05

미래를 향한 새로운 시선

— 이영호

공도공국 空都空國 의
공도정책 空島政策 은 이제 그만

왜, 우리는 해양지향적이지 않는가?

중국은 지난 2006년 11월 13일부터 24일까지 중국 중앙방송 CCTV 에서 후진타오의 제안으로 3년에 걸쳐 제작한 12부 역사다큐멘터리, '대국굴기 大國崛起'를 방영하였다. 스페인·포르투갈·네덜란드·영국·프랑스·독일·일본·러시아·미국의 전성기와 그 발전 과정을 다뤘다.

특히, 스페인·포루투갈·영국·프랑스 등은 일찍이 바다에 관심을 가지고 대양으로 진출하여 식민지를 개척하여, 현재는 해양레저관광과 해양의료단지 개발정책을 적극적으로 전개하여 강대국으로 성장하였고, 그 기반으로 오늘날에도 강대국의 명성을 이어가고 있다는 점을 부각시켰다.

중국은 12부 결론 大道行思 에서 대국굴기란 중국은 앞으로 '해양굴기 정책과 해양대국 건설'을 하겠다고 선언하였다. '굴기'란 우뚝 솟아오른 봉우리란 뜻으로, 후진타오의 국가정책 마인드가 "세계무대에서 해양강국으로 우뚝 솟아 오르겠다"는 것임을 만방에 선언한 것이었다. 이후 그들은 국가주도형 계획경제에 의해 이를 한 단계씩 실천해 나가고 있는 중이다. 최근 들어 중국의 이어도에 대한 야심 또한 이 계획과 무관하지 않다는 것을 우리는 알아야만 한다.

우리나라에서도 이 프로그램을 수입하여 EBS에서 2007년 1월 29일부터 2월 10일까지 첫 방송을 하였고, 시청자들의 재방송 요구에 따라 2007년 6월 25일부터 7월 10일까지 재방송한 바 있다. 그리고 어떻게 되었을까?

특별히 우리나라의 해양정책 기조가 바뀌었다는 점을 느낄 수 없었다. 여전히 정치인들의 시각은 바다를 등지고 있었고, 해양불법투기와 해양오염사고는 계속되고 있으며, 해양안전사고로 수많은 인명피해가 계속됨에도 그 대책은 미온적이었다. 그래도 바다는 수많은 사건과 사연을 묵묵히 받아들였고, 오랜 세월을 그래 왔듯 아무 일 없는 듯이 푸르게 출렁이고 있을 뿐이다.

나는 이 프로그램을 흥미롭게 보면서 우리나라는 반도국가라는 지정학적 특성을 가지고 있으면서도 "왜, 해양지향적 국가정책을 펼치지 못하는가?"에 대한 의문이 들지 않을 수 없었다.

예전 어느 곳에서 해양문화와 관련된 강연을 하면서, "아마도 우리 민족은 기마민족의 후예들이어서 바다를 두려워하고 외면했었던 것 같다. 그래서 해수욕하는 문화보다는 바닷가 해변에서 모래찜질하는 것을 더 좋아한다. 그러한 특성이 발현된 것이 오늘날의 찜질방 문화가 아니겠는가"라는 얘기를 한 적이 있는데, 내 자신 역시 그동안 근본적인 원인규명보다는 그저 생태려거니 하고 간과했었다는 점을 반성해 본다.

우리나라의 경우 국토의 면적이 작고 부존자원이 적은 대신 '삼면이 바다'라는 점은 그만큼의 또 다른 영토를 확보하고 있다는 뜻이다. 그런데 아쉽게도 우리는 헌법에서부터 바다를 영토의 범주에 넣고 있지 않다. 물론 암묵적으로는 바다를 포함하겠지만 대한민국헌법 제3조에 의하면 '대한민국의 영토는 한반도와 그 부속도서로 한다'라고만 되어 있다. 마인드 자체가 영해에 대한 개념이 없는 것이다. 결국 이러한 마인드하에 이루어진 한·중, 한·일 어업협정 체결 결과 앞으로의 어업 협상에 있어서 계속적인 국제분쟁의 말미를 제공하고 있는 것이다.

그렇다면 이러한 마인드가 형성되기까지 역사적으로 무슨 일이 있었을까? 구체적으로 이에 대한 의문을 갖게 된 것은 중국의 동북공정의 일환으로 의심되는 작업 중 하나가 '청해진은 중국에 있었으며 장보고는 중국인이다'는 주장을 접하면서이다.

자타가 공인하는 바다를 사랑하는 사람으로서, '청해진 장보고 대사는 우리의 해양역사에 매우 중요한 해양영웅인데, 자칫하면 중국에 뺏길 수 있겠다'라는 위기감을 갖게 되었다. 그래서 청해진을 중심으로 옛 선인들의 발자취를 따라가며, 역사를 들여다보니 거기에는 철저하게 위정자들이 형성한 해양천시 이데올로기와 잘못된 국가정책이 있었다.

청해진의 붕괴와 공도정책의 시작

백제시대 '서기 書記'에 의하면 고구려와 백제는 치열한 영토 각축전을 벌였는데, "한수(한강)를 점령하면 한반도를 차지할 수 있을 것이며, 서해를 점령하면 중원을 진출할 수 있을 것이다"라고 하였다. 이것은 우리 민족이 삼국시대까지는 자연스럽게 서해를 통하여 중국을 오갔으며 해상활동이 활발하였다는 것을 알 수 있다.

또한, 고려시대 때 편찬된 삼국사기나 삼국유사, 그리고 중국과 일본의 역사서에 의하면, 신라시대에는 '장보고' 대사가 청해진을 중심으로 중국과 일본은 물론 멀리 페르시아까지 교역을 확대하여 해상왕국을 건설한 것으로 보아 신라시대에는 해양실크로드가 형성될 정도로 해상활동이 활성화되었다는 것을 보아도 이때까지만 해도 바다를 경원시하기보다는 적극적이고 친숙하게 활용하는 장이었다고 생각된다.

장보고 대사에 의해 828년 출범한 완도의 청해진은 1만 명의 수군을 거느린 해상의 군사·교통·물류의 중심지로서, 한·중·일 삼국을 잇는 동아시아 해상질서를 장악하였다. 그리고는 당과 신라, 일본, 남양을 잇는 해상무역으로 조정을 능가하는 부를 쌓아올렸고 군진의 명성을 널리 떨쳤다. 마침내 강력한 경제력과 군사력을 바탕으로 청해진 대사 장보고는 중앙정치에까지 영향력을 미치기에 이른다. 하지만 왕권쟁탈과 권력의 암투 속에서 점차 세력화되어가는 장보고를 제거하고자 하는 조정의 사주를 받은 측근 염장에 의해 장보고는 암살되었다(841년). 염장이 통치한 10년이 있었으나, 신라조정에서는 장보고의 측근들과 부하직원들이 다시 재기하는 것을 두려워하여, 청해진 주민들을 벽골제(전북 김제)로 전부 강제이주(851년) 시켰다. 이로써 청해진은 완전히 붕괴되었으며, 정부 주도하에 섬을 비우는 공도정책空島政策 이 시작된 것이다. 역사기록에서 발견되는 최초의 공도정책은 '청해진 폐지'에서부터 시작되었다.

삼별초 항쟁과 해상세력의 진압

고려시대 해양세력으로는 '삼별초'가 있었다. 1270년 배중손이 몽골과의 화의에 반대하여 승화 후 온溫 을 황제로 추대하였다. 진도 용장성에 도읍을 정한 삼별초 정권은 호남과 영남의 섬과 해안지방, 그리고 제주도를 사실상 통치한 '해상왕국'이었다. 삼별초는 전라도의 장흥과 나주, 보성 등지는 물론이고 경상도의 합포(마산)와 동래, 김해, 밀양, 남해, 창선, 거제까지 공격하며 세력을 떨쳤다. 삼별초는 지방의 조세를 운송하는 해상 조운로漕運路 를 마비시킴으로써 조정에 압박을 가하였다.

급기야 진도 정권은 '고려국왕'의 이름으로 일본에 사신을 파견하여 항몽을 위한 국제연대를 모색하기도 하였다. 진도의 삼별초는 이듬해 고려와 몽골 연합군에 의해 붕괴되지만 김통정의 지휘하에 제주도로 기지를 옮겨 2년간을 더 활동하였다. 삼별초와 고려 조정의 대결은 해상세력과 내륙세력의 힘겨루기라는 측면도 없지 않았다. 하지만 몽골이라는 초대형 대륙세력과 내륙조정의 연합군에 의해 삼별초 군단이 무너지면서 해상세력의 파워는 결정적으로 약화된다.

장보고 시대 마감과 삼별초 항쟁이 있던 조선왕조는 해상세력을 철저하고 교묘하게 탄압하였다. 그동안 약간의 자치권을 인정했던 제주도도 조선조에 접어들면서 중앙정부의 완벽한 통제하에 들어갔다. 제주도의 탐라국은 육지에서 멀리 떨어진 데다 규모까지 커서 고려시대까지는 일정한 자치권을 유지하였지만, 결국 중앙정부의 행정단위로 편입되었다. 고려조까지만 해도 해변은 많은 인구가 거주하였다.

신라시대의 경우 거제도 섬 안에 3개의 현이 있었고, 전남 신안군 일원에도 백제·신라시대에는 3개 이상의 고을이 존재했던 것으로 확인되고 있다. 섬에 고을이 여러 개였다는 것은 그만큼 많은 인구가 거주하였다는 증거이다. 중국과 일본은 물론이고 동남아 등지로 이어지는 해상무역이 독자적으로 이루어졌고, 이러한 물자들이 내륙조정의 정치적·경제적 지원세력이 되었다고 여겨진다.

그러나 바깥세상과 연결되는 접점에 자리잡은 해변은 외부로 향하는 원심력의 최전선에 위치하고 있게 마련이다. 내륙 정부의 구심력이 약해질 때마다 해상에는 언제나 독립을 꿈꾸는 무리가 있기 마련이다. 중앙의 통제에서 벗어나 수평선 너머 더 큰 세상으로 나아가고자 하는 항해 본능이었을 것이다. 또한 다도해의 특성상 해류와 해풍을 이용한 항해술을 적절히 사용하면 외부의 침략시 공격과 방어가 용이한 지리적 이점이 있다.

섬에는 각종 해산물뿐만 아니라 해풍을 맞으며 자란 갖가지 풍부한 농작물이 있었기 때문이며, 자체적으로 대외무역이 가능하였기 때문에 중앙정부로부터 경제적으로도 독립하였던 세력이었으므로 내륙의 조정에서 보면 통제하기도 힘들고 왕권을 위협할 수 있는 불온지대가 될 소지가 있으므로 언젠가는 제거해야 할 세력이었을 것이다.

본격적인 공도정책의 시행

신라시대의 청해진 폐지에 이어 고려시대의 삼별초 토벌 이후 고려와 조선 조정은 일관되게 해상세력을 거세해 나갔다. 삼별초 세력을 평정하는 과정에서 이루어진 고려의 공도정책도 같은 맥락이다. 신증동국여지승람 新增東國輿地勝覽에 의하면 고려 조정에서는 진도와 그 일대서·남해변의 섬들에 대해 '공도령 空島令'을 내렸다. 이때의 공도정책 역시 삼별초 군단과 해변주민을 분리하여 삼별초 세력을 약화·토벌하기 위한 국지적인 방편이었다.

공도정책이 본격화되는 결정적 계기의 명분은 왜구의 창궐이었다. 거제도가 고려 원종 12년(1271) 왜구의 습격을 받게 되자, 조정에서는 거제도민들을 육지 깊숙한 거창군 가조현과 진주목 영선현 등지로 이주시켰다. 이때는 삼별초가 활동하던 시기여서 삼별초와의 연계도 끊을 목적에서 섬사람들을 내륙 깊숙이 몰아넣은 것으로 보인다.

거제도민의 후예들은 조선 태종 14년(1414)이 되어서야 일부가 귀향하여 거제라는 옛 지명을 다시 회복하였다. 거제섬을 떠난 지 무려 143년만의 귀향한 것이었다.

진도는 1350년 최초로 왜구침입이 있었던 곳 가운데 하나이다. 고려 조정에서는 진도 사람들을 영암군 시종면으로 옮겨 살게 하였다. 진도 사람들은 세종 19(1487)까지 80년 동안 섬을 비워 두고 영암 땅에서 더부살이를 해야만 하였다.

완도의 경우는 장보고 대사가 염장에 의해 살해 된 뒤 851년 청해진이 폐지되었다가 고려 원종 12년(1271년) 삼별초난 때 송징장군이 입도하였고 공민왕 원년(1352년)에 비로소 주민 입주를 허용하였다.

고려시대의 공도정책은 일부 섬에 국한되었지만 조선시대 들어서는 삼남지역 전역으로 확대되었다. 거제와 남해, 진도, 완도 등 몇몇 큰 섬을 제외하고는 대부분의 섬이 금단의 땅으로 비워질만큼 철저하였다.

조선왕조의 공도정책은 태종 3년(1403년) 시작되었다가 7년 전쟁을 계기로 크게 완화되었지만 480년의 세월이 흐른 고종 19년(1882년)에야 공식적으로 폐기되었다.

고종은 1883년 개척령을 공포하고 '버려진 땅'을 의미하는 '공도 空島'라는 용어는 잘못 사용된 것이며 안전 또는 외부 침략에 대비해 주민을 육지로 이주시킨 정책을 의미하는 '쇄환 刷還 정책'이라고 하였다.

공도정책은 초기에는 바다세력이 득세하는 것이 두려워 이를 통제하고 잦은 왜구의 침탈로부터 백성들을 보호한다는 명분에서 이루어졌다. 왜구의 섬지역 침입이 잦아지자, 도적과 강도 등 범죄자들과 지방 건달들이 왜구를 가장하여 노략질을 하는 가짜 왜구가 등장하였기 때문이다. 조정에서는 왜구를 소탕하기 위한 대책으로 아예 섬을 비우는 정책을 마련한 것이다.

왜구를 소탕하기 위한 대책으로 섬을 비울 것이 아니라, 섬의 방비를 굳건히 하고 적이 넘볼 수 없도록 해군을 증강시키는 적극적인 정책을 했어야 했다. 오히려 공도정책으로 인하여 섬을 장악한 범죄자들과 왜구의 내륙 침공 근거지를 제공한 셈이 되었기에 공도정책은 가장 실패한 정책 중의 하나라고 보여진다.

우리 역사에서 실패한 군왕의 사례를 보면, 전쟁이 일어났다는 연통이 도착하기만 하면 도성을 버리고 강화도로 평양으로 남한산성으로 도망가기 일쑤였다. 손자병법의 가장 하수인 36계 전략의 '도망치기' 전법인 것이다. 이렇게 도성 都城 을 버려 공도공국 空都空國 을 만든 군왕은 비록 보신은 했을망정 죽음보다 더 치욕적인 대접을 받아야만 했다.

왕조시대뿐만 아니라 6·25 전쟁 시에도 이승만 정부는 안심하라는 방송을 해 놓고 국민들을 버린 채 한강다리를 건넌 후 다리를 폭파해 버렸다.

유신정권시대에는 '공도정책'이라는 용어를 사용한 적이 없으나 이와 유사한 정책이 시행되었다. 그것은 휴전 이후 북한 간첩들의 침몰에 대비한다는 명분으로 외딴 섬이나 외딴 지역의 가옥들을 마을로 이주시켰다. 이로 인하여 1~2가구 어업인들이 거주하던 유인도들은 거의 무인도화하였고 섬을 황폐화시키는 결과를 초래했다.

생업에 종사하는 국민들을 강제로 이주시킬 것이 아니라 국민과 국토를 보존할 수 있는 군인이나 해양경찰을 1명이라도 상주시키려는 노력을 했다면 우리의 국력은 더 굳건해질 수 있었을 것이다.

현재 독도가 우리 땅임을 가장 확실하게 주장할 수 있는 것은 독도에서 실재로 거주하고 생업을 하고 있는 독도이장 김성도, 김신일 부부가 있다는 사실이며, 뜻을 같이하는 많은 사람들이 독도에 본적을 옮기고 있는 것은 이러한 의미이다. 앞으로 독도해양기지가 설치되면 더욱 우리 땅이라는 것을 공고히 하는 의미가 될 것이다.

바다와의 결별 선언, 해금령 海禁令

육지의 해변도 공도정책의 영향권에서 벗어날 수 없었다. 섬을 비우니 육지의 연안이 왜구의 최일선에 놓이게 되었던 탓이다. 다시 말해 공도정책은 섬만 비운 것이 아니라 해안에 가까운 육지까지 왜구의 침탈을 받는 몹쓸 땅으로 만들어버린 셈이었다.

더욱이 공도정책이 순조롭게 진행될 수도 없었다. 나름대로 이주대책을 세우고 철거를 진행하는 요즘의 도시재개발만 해도 엄청난 저항이 뒤따르는데, 섬주민들을 범죄자 다루듯이 강제로 섬에서 추방하였을 것이고, 삶의 기반이 없는 그들이 육지에서 살아남을 수 있는 방법은 일일이 열거하지 않아도 비참함 그 자체였을 것이다. 결국, 육지 사람들의 섬사람에 대한 부정적인 이미지는 조정에서 만들어 냈다는 점에서 참으로 나쁜 정부가 아닐 수 없다.

해금령 海禁令 은 해외무역을 금지시킨 정책이다. 전통적으로 해변의 양대 경제기반은 해외무역과 어업이었다. 그런데 조선왕조는 출범하자마자 해외무역을 금지시킨 것이다. 국내 상인들의 해상을 통한 무역 금지 및 외국 무역선의 접근을 차단시킨 것이다. 이는 삼면이 바다인 한반도의 경제적·지리적 우월조건을 없애버린 최악의 정책이었다.

예를 들어, 고려시대에는 전남 강진에서 생산한 청자를 국내상인이 수집하여 벽란도로 이송하면 해외무역상들이 사들여 중국 등지로 수출하는 구조였기 때문에 항구를 중심으로 경기가 매우 활발하게 이루어졌으나, 조선조 들어서는 해금령으로 거상들이 몰락하자 그들에게 납품하던 소규모 상인이나 객주들도 더불어 약화되어 해변경제는 활력을 잃고 말았다.

실학자 박제가는 "고려 때는 매년 송나라 상선이 찾아왔으나 조선조 들어서는 400년 동안 중국 배가 한 척도 들어오지 않았다"고 탄식한 바와 같이, 조선조 들어 해외무역 금지는 나아가 국내 상공업까지 억압하는 이데올로기가 생겨나고 해양천시 풍조까지 이어져 경제가 위축되었고, 삼남해변은 사람이 살기 힘든 황폐한 땅으로 변모하게 된 것이다.

해양천시의 이데올로기 형성

조선왕조의 건국이념은 농자천하지대본 農者天下之大本 이라는 말로 요약되는 농본주의였다. 이는 기말이반본 棄末而反本 이라는 구호로 표현되었는데, 말업 末業 인 상업과 공업을 버리고 본업 本業 인 농사로 돌아간다는 뜻이다. 기말이반본이란, 유학 사상에서 이상으로 여긴 농경국가인 주 周 나라의 '정전제 井田制 경제운용 시스템'을 현실 조선 사회에서 구현하겠다는 슬로건이었다.

우스개 소리로 요즘 세계인들이 이해하지 못하는 한국인들의 의식구조에 대륙인 중국을 우습게 보는 부분이 있다는 점이라고 한다. 세계지도만 놓고 보더라도 중국의 광활한 국토면적은 한국의 95.9배에 달하고, 중국의 인구가 13억 7,053만 명으로 한국보다 27배 가량 많기 때문이다. 그런데 경제규모에 있어서는 중국의 2010년 GDP는 5조 8,500억 달러로 한국(9,862억 달러)의 5.93배이지만, 1인당 국민소득은 한국이 2만 759달러로 중국(4,361달러)보다 4.76배 많기 때문에 일부 우월감을 갖는 사람이 있을지도 모른다. 그러나 역사적으로 중국은 정책과 문물의 주요 원천이었다는 것은 부정할 수 없는 사실이다.

문제는 대륙의 한 복판에 자리잡았던 내륙국 주나라와 삼면이 바다로 둘러싸인 조선은 지리적 환경부터가 완전히 다름에도 불구하고 조선의 건국이념을 농경 위주 대륙국의 국가경영 철학을 도입한 점이다.

기말이반본은 조선사회의 기본질서인 사농공상 士農工商 의 틀을 유지하기 위한 필수 이론이 되었다. 백성들이 상공업에 빠져드는 것은 사회안녕을 해치는 병리현상으로 간주되었고, 농사를 지으며 땅을 굳건히 지키도록 하는 것이 체제 유지를 위한 최선의 방안으로 여겨졌다.

조선시대에 상공업을 적극 육성하려는 국가정책이 시행된 적은 없었다. 해금정책으로 인하여 상업과 더불어 조선과 해양기술을 발전시킬 수 있는 공업 또한 발전할 수 없었다. 상업과 공업이 천대받는 상황에서 어업은 언급할 필요조차 없는 것이다.

잘못된 조직개편, 해양수산부 폐지의 과오를 묻다

제18대 이명박 정부의 개막과 함께 해양수산부는 정부조직개편에 의하여 해양정책 및 항만·물류 부문은 국토해양부로, 수산 부문은 농림수산식품부로 공중 분해되고, 지방해양수산청도 수산어업 지원 기능을 자치단체로 넘기고 1996년 발족한 지 12년 만에 사라졌다.

어떤 정부가 들어서건 초기에 혁신을 내세우며 정부조직개편에 손을 대기 마련이다. 특히 우리나라처럼 여·야가 교대로 정권을 잡게 되면 전 정권 심판론을 들고 일어나며 가장 문제점으로 지적되는 것부터 제거하려고 하는 것은 그런 연유이다.

그런데 문제점은 커녕 해양대국의 교두보 역할을 할 수 있는 해양수산부를 "작은 정부를 목표로 비효율적인 정부조직을 개편하고 줄이는 것은 세계적인 추세"라며 희생양으로 삼은 것이다. 이러한 배경에는 바다의 중요성을 모르는 무지한 자들과 '표'에 눈이 어두운 정치인들의 야합이 있었다.

더불어 해양수산부 폐지에 한 몫을 한 사람은 농림수산부 장관을 지낸 바 있는 당시 통합민주당 정책의장인 최인기 의원이었다. "과거 농림수산부 장관을 해본 경험에 비추어 볼 때 해양수산부를 별도로 둘 필요가 없다"고 한 것이다.

결국 이명박 정부의 인수위에서 '해양수산부 존폐론'이 거론되었다. 필자는 당시 '국회 바다포럼' 대표를 맡고 있었기에 앞장서 이를 저지해야 할 막중한 책임의식을 느꼈다. 우리 의원실을 중심으로 해양수산부 폐지를 국회차원에서 반드시 저지하고자, 여야를 불문하고 의원들에게 해양수산부 폐지를 반대해 줄 것에 동의해 주도록 설득하였다. 이에 무려 151명의 의원들이 서명해 주었다. 또한, 뜻있는 국민들과 수많은 해양수산인들이 이에 동참하였다.

당시 통합민주당 손학규 대표에게도 당차원에서 동참해 줄 것을 간청하였고, 해양수산인들의 열망을 보여 주겠노라고 하여 부산지역을 안내하였다. 수많은 해양·수산인들이 환영하였고, 그는 부산어시장에서는 "반드시 해양수산부를 사수하겠다"고 군중 앞에서 약속까지 하였다.

그런데 다음다음날 단 한마디 귀띔도 없이, 뜬금없이 한나라당의 해양수산부 폐지를 수용하고 여성부는 존치한다는 협상안에 최종 합의하여 버렸다. 손학규를 비롯하여 최인기 정책위원장, 김효석 원내대표, 이낙연 대변인 등이 주도하여 정부조직 개정안을 처리하게 되어 과학기술부, 정보통신부, 해양수산부 등의 미래부서가 없어져 버렸다.

그들은 얼마나 어렵게 151명의 의원들의 서명을 받아냈는지 짐작도 하지 못할 것이다. 그 모든 노력이 수포로 돌아간 시점이었다. 그들에게는 면전에서 해양·수산인들과 한 약속이나 미래국가운명은 안중에도 없었다. 다만 정치적 이해관계만 있었을 뿐이었다.

'최선을 다하면 반드시 하늘이 돕는다'는 신념이 무너지는 순간이었다. 나는 못나게도 "여당의 정부개편안에 동의한다"는 기자회견을 하는 손학규 앞에서 '해양수산부 폐지 결사반대'라는 피켓을 들고 울고 있었다. 그때 손학규를 처벌하고 의원직 사퇴를 했어야 마땅했다. 국가해양력이 확대되기는커녕 처참하게 분산 해체되어 대한민국의 미래가 추락하는 비통한 현실에 강력하게 대응했어야 했다. 그런데 나는 그러지 못했다. 18대 국회에 들어가야 한다는 생각으로 손학규 대표에게 정당한 대응을 못한 것은 내 일생일대의 과오로 두고두고 후회하고 있다.

정부조직을 사회적 합의 없이 오로지 정치적 이해관계로 결정하는 현실을 목격하였다. 바다의 전략적 미래가치가 오로지 정부축소라는 기능적 목표에 종속되는 무지에 또한 놀라움을 금치 못하였다.

해양수산부는 반드시 부활해야 한다

근대 세계사는 바다 쟁탈전으로 막을 열었다. 서구의 열강들은 영국뿐만 아니라 프랑스, 스페인, 포루투갈, 노르웨이, 덴마크 할 것 없이 앞다투어 해양으로 나갔다. 누가 세계패권을 차지하느냐는 바다를 누가 지배하는가에 좌우됐다.

1492년 콜럼버스의 신대륙발견이 있자 열강들은 앞다투어 식민지 개척에 들어갔다. 대양의 지배는 제국주의 시대에 대륙의 지배로 이어졌는데, 서로 자신들의 영토라고 주장하는 분쟁이 일자, 1494년 교황 알렉산데르 6세는 15세기 후반 항해자들이 탐험한 지역들에 대한 소유권 분쟁을 해결할 목적으로 대서양의 한 기점을 중심으로 앞으로 발견되는 서쪽은 스페인령으로, 동쪽은 포루투갈령으로 한다는 협정을 체결한다. 이를 '토르데시야스 조약'이라고 하는데 아시아와 아프리카 및 남미 대륙은 자신들도 모르게 세계 열강에 의해 수박 모양처럼 세로로 분할되어 각각 스페인령과 포루투갈령이 되었다.

그들은 막강한 신무기들로 무장하고 거대한 식민제국을 형성하였다. 세계 경제 중심축도 지중해에서 대서양으로 이동했고 세계경제의 주도권이 유럽으로 넘어가는 계기가 되었다. 17세기에는 후발주자였던 영국은 엘리자베스 여왕 시대에 스페인을 꺾고 해상무역의 선두자리에 올랐다. 이른바 빅토리아 여왕의 '해가 지지 않는 나라'의 전성기를 맞이하게 되었다.

19세기 후반에는 아프리카가 열강의 각축장이 되었고, 아시아 지역에서는 식민지 전쟁이 벌어졌다. 식민지 경쟁은 해군력에 의해 좌우됐다. 심지어 중국까지도 1840년 영국이 벌인 1차 아편전쟁으로 홍콩, 상하이 등을 개항하였고, 1856년 2차 아편전쟁에서는 영·불 연합군에 의하여 북경까지 함락되어 청조의 멸망을 맞게 되었다.

한편, 일본은 1853년 미국의 교역요구에 1854년 일본개국을 결심하고 '머리끝에서 발끝까지 바꾸겠다'는 메이지유신 明治維新 시대를 개막하였다. 일본은 스펀지처럼 서구문물을 받아들여 자신들의 것으로 변화시키면서 근대화에 돌입하였다. 이미 자신들도 '서구인'이라고 생각한 일본은, '세계에서 유일하게 서구의 영향이 미치지 않은 나라 조선'을 식민지화하기에 이른다.

이상은 우리가 세계사 시간에 들었던 이야기다. 그런데 문제는 바다의 지배가 어떻게 세계역사를 바꾸었는지와 우리의 운명이 어떻게 바뀌었는지를 연결시켜 생각하지 못하기 때문에, 1차 세계대전 전까지 서구의 해양지배 역사를 간단하게나마 정리해 본 것이다.

박정희 대통령은 열강들에 의하여 강제로 남북을 갈라 놓아 섬나라화돼 버린 한국이 어떻게 하면 바다로 진출할 수 있겠는가를 고심하였다. 삼성 이병철 회장은 '장보고'를 표상으로 삼아 해양강국으로 나가자고 건의했다고 한다. 이병철 회장은 경영인으로서 세계인들이 인정하는 '해상무역왕 장보고'를 염두에 둔 것이다.

그러나 군부출신인 박정희 대통령은 장보고는 역모를 꾀한 자이므로 '충무공 이순신'이 좋겠다고 하여 이순신 성웅화 사업을 추진하게 되었다는 일화가 있지만, 비로소 한국이 다시 바다에 관심을 가지면서, 아무것도 없던 나라에서 조선소를 만들고 원양어업과 세계무역에 진출하면서 근대화를 열어갔다.

드디어 1996년 김영삼 정부에서 '해양수산부'가 발족하게 되어 참여정부까지 이어졌다. 다시 해양에 눈을 열기 시작한 많은 나라들이 한국의 발전과 더불어 해양수산부는 롤 모델로 성장해가던 중이었다. 그런데 2008년 이명박 정부가 들어서면서 산산히 공중분해되어 사라진 것이다.

해양수산부는 반드시 부활되어야만 한다. 해양은 지구표면 71%를 차지하고 있는 광대한 영역으로, 해양수산부는 단순히 국내 업무만을 관장하는 정부 기관이 아니라 지구 전체를 대상으로 하는 외교통상부와도 같이 기능하는 부처임을 인지해야만 한다.

바다는 자원의 보고일 뿐만 아니라 전 세계 인구가 새로 개발해야 할 개척지이다. 세계 상위 10위의 경제대국으로 성장한 지금 해양강국의 필요성이 그 어느 때보다 절실한 상황에서 해양수산부를 해체하는 것은 해양을 통한 미래전략을 스스로 포기하는 것과 마찬가지다.

▲ 해양수산부 폐지 반대 궐기대회(2008.1.31.국회 본회의장 앞)

태도는 사실보다 중요하다

해양수산부 폐지 이후 해양부문 예산이 계속 줄고 있는 것으로 드러났다. 국토해양부 2012년 해양부문 예산안에 의하면 전년대비 무려 4천568억 원 감소한 1조 8천 591억 원으로 집계됐다. 이는 국토부 내년 전체 예산 대비 9.2%에 불과한 실정이다.

최근 5년간 옛 해양수산부 소관사업 예산 변동 추이는 2008년 2조 2천 126억 원(10.2%), 2009년 2조 5천 724억 원(10.4%), 2010년 2조 4천 476억 원(10.1%), 2011년 2조 3천 159억 원(9.8%) 등으로 지난 2009년 이후부터 줄곧 감소하다 급기야 내년 예산은 2조 원 밑으로 떨어졌다. '2011년 해양수산발전시행 계획보고서'의 올해 투자규모는 4조 6천 828억 원으로 지난해 5조 8천 929억 원 대비 79.5% 불과했고 단위사업도 지난해 205개에서 165개로 축소됐다.

반면 4대강 예산의 경우 국토부는 올해 해양부문 예산의 3배에 달하는 6조 8천억 원을 투입한 것으로 나타났다. 이와 같이 해양부문 사업축소와 예산삭감은 정부의 해양 정책에 대한 무관심과 우리나라 해양력의 감퇴를 보여주는 단적인 사례라고 볼 수 있다.

혹자는 이야기한다. 해양대국인 일본이나 영국에도 해양수산부가 없지 않느냐. 이것은 하나는 알고 열은 모르는 주장이다. 사회 전체적으로 바다를 중시하고 사회의 모든 기능들이 바다 중심정책으로 움직이고 있는 그들 나라와 육지 중심으로만 움직이는 한반도를 맞비교함은 어불성설인 것이다.

연전의 요미우리신문 특집연재물에서 보듯이 해양강국인 일본조차도 해양정책의 종합적 관리를 통한 한국의 사례를 본격적으로 검토하며 선진사례로 손꼽아 우리의 방식으로 따르고자 개혁에 착수한 사례를 주목해야 한다.

우리는 바다를 무시하다가 끝내 해양세력에게 침략당했던 슬픈 역사를 갖고 있음에도, 오늘날 독도를 비롯하여 EEZ 200해리 해양주권 확보라는 나라 간의 치열한 바다전쟁 속에서 바다를 포기하려는 절대절명의 위기에 처해 있음에도 그것을 인식하지 못한다는 것은 참으로 통탄할 일인 것이다.

우리는 '왜 바다의 미래가치가 민족의 운명을 걸 만한 소중한 것인지'에 대하여 깨달아야만 한다. 위정자들은 좁은 땅덩어리와 '표'에 집착하는 '육지중심사회'에서 조국의 미래를 생각하는 '해양지향 국가'로 변모해야 함을 반드시 인식해야만 할 것이다.

우리가 지금이라도 해양에 눈을 돌릴 때 한반도는 문명의 교차지로서 폭발적 시너지를 발휘할 수 있는 시점이라 여겨진다. 중국의 농경문화인 황색문화와 초원의 유목문화인 녹색문화, 그리고 서구의 해양문화인 청색문화가 교차하는 지점으로서 한반도는 인류의 새로운 희망과 가치가 집결될 수 있는 새로운 문명의 분출구가 되리라 믿어 의심치 않는다.

대륙지향정책에서 해양지향정책으로 전환

우리는 지난 역사에서 바다를 중시할 때 흥했었고, 바다를 외면했을 때 쇠락하였다는 사실을 기억해야 한다. 6·25 전쟁 이후 우리나라의 처지가 섬나라처럼 변하자 비로소 바다에 눈을 뜨게 되었다. 그래서 조선사업과 해양무역과 유통산업이 육성되었다. 그러나 이러한 산업개발이 대양지향적 국가전략 마인드하에 이루어진 것이 아니라 지엽적으로 이루어졌고, 여전히 위정자들의 시선은 대륙지향적이라는 것이 문제다. 바다는 등 뒤에 두고 좁은 국토에 이리저리 길을 놓고 산을 뚫고 운하를 개발하겠다고 야단이다.

마치 바다를 포기한 조선에서 이루어진 유일한 무역인 조공무역길도, 해로를 이용하면 한반도에서 산둥반도 등 중국 쪽 대안까지는 불과 2~3일이면 당도할 수 있는데도 불구하고 육로를 이용하여 최소 두 달 이

상씩 걸렸던 것을 끝까지 고수했던 것과 대동소이하다.

조선시대뿐만 아니라 현실정치인 중에도 북한 때문에 이미 반도에서 섬으로 처지가 변한 현실을 무시한 채, 실현가능성이 매우 희박함에도 북한을 거쳐 대륙으로 뻗어나가는 동북아 물류중심기지를 세우겠다는 허황된 대선공약을 내세우는 이들이 있다. 그리고 아직도 이러한 틀에서 벗어나지 못한 정치인들과 행정가들이 정책을 수립하고 국가를 경영하겠다고 나서고 있어 안타깝다.

바다의 신, 약若은 황하의 신 하백河伯에게 3가지 충고를 해주었다는 '장자'의 고사가 있다. '우물 속에 있는 개구리에게는 바다에 대하여 설명할 수가 없다 井蛙不可以語海. 그 개구리는 자신이 살고 있는 우물이란 공간에 갇혀 있기 때문이다 拘於虛也. 한 여름만 살다 가는 여름곤충에게는 찬 얼음에 대해 설명해줄 수가 없다 夏蟲不可以語氷. 그 곤충은 자신이 사는 여름이라는 시간만 고집하기 때문이다 篤於時也. 편협한 지식인에게는 진정한 도의 세계를 설명해 줄 수 없다 曲士不可以語道. 그 사람은 자신이 알고 있는 가르침에 묶여 있기 때문이다 束於敎也 라고 하였다. 하백이 자신이 다스리는 황하가 물이 불어나서 끝없이 펼쳐진 것을 몹시 만족하였다가 바다를 보고 경악하는 모습을 보고 바다의 신이 충고한 것이다. 마치 하백의 현신인양 바다를 보지 못하고 자신의 굴레와 한계에서 벗어나지 못하는 위정자들에게 들려주고 싶은 고사성어이다.

우리는 현대의 중국을 보며 각성해야 한다. 해양강국이 되겠다고 다짐하는 저들의 야망과 마인드를 경계해야 한다. 불리하면 섬과 궁궐마저도 버렸던 지난날의 의식이 아직까지 남아서인지 물건이 조금만 구식이 되거나 불필요하면 버리고, 아픈 기억과 불편한 과거는 잊어 버리려고만 한다.

사실 우리의 '버리는 문화' 때문에 역사적 사실을 제대로 증명할 수가 없다. 이제 성숙한 국가로서 치욕의 역사도 제대로 이해하고 평가해야만 근본문제를 해결할 수 있으며, 역사를 통하여 미래를 예측하고 비전과 계획하에 오늘을 살아야 됨을 다시 한 번 결심해야 할 전환점에 선 것이다.

아직도 해방되지 않은 동해 東海

"동해물과 백두산이 마르고 닳도록～" 우리 국민들이 애국가를 불러 왔는데 동해를 일본해라고 주장한다. 세계지도 표기의 90% 이상이 동해 East Sea 보다 일본해 Sea of Japan 이다. 우리 사회의 관심은 온통 독도에만 쏠려 있는데, 정작 동해문제도 심각하다.

15～17세기까지의 대다수 외국지도도 '동해', '한국해', '조선해', '오리엔탈해' 등으로 표기했다. '동해' 못지않게 조선해나 오리엔탈해 같은 명칭이 두루 쓰였음을 알 수 있다. 그런데 한일 강제병합 이후 '일본해'로 고착화 되어가고 있는 것이다.

1929년 열린 국제수로기구 IHO 에서 처음으로 바다 명칭을 공식화 시킬 때, 피식민지로서 자신의 입장을 개진할 수 없는 조건 속에서 일본해가 국제적 공인을 얻게 된 것이다. 이때부터 IHO에서 발간되는 '해양의 경계 Limits of Oceans and Sea'에 일본해로 등재되기 시작하였다. 문제는 2007년 제4판이 나올 때까지 명칭이 시정되고 있지 않다는 점이다. 제3판이 나온 1953년에야 전쟁의 와중이었으니까 그렇다고 하더라도 2007년 제4판에도 '일본해'로 표기되었다는 것은 심각한 문제이다.

1945년 우리의 영토는 해방이 되었으나 영해는 아직도 식민상태이다. '식민의 바다'를 해방시키려면 대한민국 헌법 제3조부터 개정해야 한다.

"대한민국의 영토는 한반도와 그 부속도서로 한다"는 우리의 영토 속에 영해를 포함시키지 않는 개념이다. "대한민국의 영토는 한반도와 부속도서 및 영해로 한다"라고 고쳐야만 한다. 이것은 마인드의 문제이며 상징성이기도 하다. 결연한 우리의 의지를 표출하는 것이기도 하다. '일본해' 명칭에서 동해를 해방시키는 일이 시급하다.

독도에 대한 관심의 10분의 1만이라도 동해 해방에 관심을 기울인다면 가능한 문제가 아닐까.

대한민국 지도를 거꾸로 놓다

나는 우리나라를 해양지향 국가정책으로 패러다임을 전환해야 한다는 신념하에, 어떤 일을 도모하기 전에 반드시 한반도 지도를 거꾸로 돌려놓는다. 이는 기존의 고정관념을 버리고 발상의 전환이 필요하기 때문이다. 지도를 거꾸로 놓고 보면 한반도는 대양으로 무한하게 진출할 수 있다. 확장은 원심력으로 이루어진다. 밖으로 무한히 뻗어 나가려고 하는 힘이 있을 때 물리적 공간을 확장할 수 있다.

우리가 가진 해양자원, 기술자원, 인적자원이 앞으로 한민족을 세계 속에서 우뚝 솟아 오르게 할 것이다. 자원을 충분히 활용할 수 있도록 국가전략 패러다임 전환이 필요한 시점이다. 필자는 지난 17대 국회에서 '국회바다포럼 대표의원'을 역임하면서, 대양지향적 국가전략에 의한 동북아중심 물류단지 및 항만개발, 조력발전 및 해조류를 이용한 에너지개발, 해산물의 우수단백질 식품원으로서 중요성과 더불어 안전성 확보, 생산기반시설의 확충, 세계수출시장의 다변화 등을 강조하였고, 해양바이오산업의 육성과 더불어 해양의료 및 요양시설단지의 조성 등에 관한 각종 정책보고서 작성과 간담회를 개최한 바 있다.

그러나 해양마인드의 불모지나 다름없는 상황에서 겨우 부정적 의식을 전환하고 본격적으로 정책을 전개할 수 있는 시점에서 안타깝게도 모든 것이 일시에 중단되고 말았다. 다시 운동화 끈을 묶는다. 새 출발을 다짐하면서.

지금 세계는
해양문명시대

꿈과 감성을 파는 시대

세계에서 가장 큰 미래문제 연구집단인 코펜하겐 미래학 연구소 소장을 역임했던 롤프옌센은 「드림 소사이어티」라는 책에서 '지금은 꿈과 감성을 파는 시대'라고 주장한다. 이는 지금은 정보인프라가 구축된 상태이므로 정보화 사회를 넘어서 누가 경쟁력있는 콘텐츠를 확보하고 있는가에 따라 승패가 달라진다는 것이다.

관광정책을 주도하는 시장도 마찬가지이다. 시장은 계속 움직이므로 시장을 앞서가려면 시장과 함께 흘러가야 한다. 만약 시장조사에 의하여 관광정책을 수립하고자 한다면 이는 과거만을 쫓아가는 정책이 된다. 드림 소사이어티는 미래의 시나리오라는 점에서 볼 때, 비전을 통한 영감으로 이루어져야 미래 지향적인 관광정책을 수립할 수 있다는 것이다.

해양문화는 육지와 바다를 연계시키는 매개체이다. 문화 Culture 는 '양육하다'는 의미를 가지고 있다. 있는 그대로의 자연상태가 아니라 만들고 가꾸어 나가는 것이 문화라는 점에서 해양문화도 자원기반이론적 관점은 유효하다.

우리가 가진 가치 있는 자원이 무엇인가를 먼저 파악하고, 여기에 미래지향적 시나리오가 덧붙여지는 스토리텔링이 이루어진다면 남이 모방할 수 없는 훌륭한 자원이 될 수 있다. 예를 들면, 중국은 '손오공'을 가지고 세계에서 제일 큰 59만 평 단일파크를 북경 주변에 만들고 있으며, 영국은 '반지의 제왕'을 테마로 올랜드에 테마파크를 만들고, '해리포터' 촬영지들이 이미 관광지로서 유명세를 타고 있다. 물론 우리나라의 경우 '남이섬'의 경우도 훌륭한 성공사례의 하나이다. 즉, 가상적인 상황까지도 현실화하여서 관광자원으로 활용하고 있는데, 실질적인 역사가 있고 자연환경이 있으니 실현의지만 있으면 훨씬 더 훌륭한 테마파크를 구체화할 수 있다.

이순신 장군과 장보고 대사를 주제로 한 해양테마파크도 얼마든지 조성할 수 있을 것이다. 진도의 용장산성을 중심으로 삼별초 항쟁과 호남인들의 구국항쟁지역을 연결하는 역사테마파크 조성도 시급하다.

지금 완도에 조성되어 있는 '해신 장보고' 촬영지와 같이 일회성으로 조성되어서는 안 되며, 전각이나 비석으로 해결 될 문제도 아니다. 강진청자와 해남녹자 및 옥공예와 같은 도자기문화, 원교 이광사와 소치-미산-남농에 이르는 우리나라 문학 및 서예와 회화사의 거장들을 만날 수 있는 미술테마파크를 만들 수 있을 것이다. 이와 더불어 다산 정약용 유적지와 고산 윤선도의 원림을 통한 고전의 향기와 진도의 소리문화를 연계하는 방안 등이 있다.

이들이 현재처럼 기념비적인 측면으로 단편적 또는 개별적으로 존재되어서는 지역발전에 의미가 없다. 천혜의 해양환경과 지리적 특성, 식문화, 예술과 휴양 및 의료시설 등과 함께 복합적인 스토리텔링과 함께 단지 조성이 필요하며 체험과 체류하는 문화가 되어야 한다.

해양관광산업은 관조에서 체험으로

해양관광은 바다를 여가활동의 중심이 되는 친숙한 국민 생활공간의 장으로 조성하여 바다를 체험하고 여가를 즐기는 것을 의미한다. 우리나라는 오랜 해양국가의 전통을 갖고 있음에도 불과하고 해양관광자원에 대한 전문적인 지식기반이 확립되어 있지 않을 뿐만 아니라 체계적 조사도 미흡하여, 귀중한 자원이 개발되지 못하거나 가치를 제대로 평가받지 못하고 있는 매우 안타까운 실정이다.

우리나라는 삼면이 바다로서, 1만 2천km에 달하는 해안선, 세계 5대 갯벌 자원, 3천 개가 넘는 섬, 세계의 주 항로에 위치한 항만, 연 1백조 원의 해양생태 가치 등은 해양국가로서 천혜의 자연적·지리적 조건을 가지고 있다. 하지만 우리 국민의 해양관광은 풍치관람이나 해수욕, 도서탐방, 바다낚시 등이 주류를 이루며 해양 레저스포츠 등의 비율은 낮은 편이다.

그나마 해양관광도 대부분은 여름철 방학기에 해수욕장에 집중되어 있다. 또한, 해상국립공원 지정과 다양한 보전지구의 설정 등 각종 규제

로 해양이용의 제한을 받고 있어 관광객의 해양이용과 개발에 다양한 제약요인으로 작용하고 있다.

그러나 해외의 해양관광산업은 관조에서 체험으로, 일회성에서 장기체류형으로 변화하고 있다. 바다를 매체로 이용자들이 직접 참여하거나 보다 근접하는 형태의 적극적인 방향으로 개발되고 있는 것이다.

해양자원은 무궁무진하다. 각종 해산물을 얻을 수 있으며, 자연경관이 빼어나 관광자원으로서 활용 값어치도 무궁무진하다. 과거 경치의 관람이나 해수욕, 낚시 등으로만 인식되던 해양레저 또는 해양관광은 소극적인 이용패턴을 벗어나 바다를 매체로 한 이용자가 직접 참여하거나 보다 근접하는 형태의 적극적인 방향으로 개발되기에 이르렀다. 또한 해양의료정책이 개발되고 해양치료가 시도됨에 따라서 장기체류형으로 전환할 수 있다.

서남해안 지역의 경우 지정학적으로 공통적인 자원은 바다에 인접해 있다는 것이며, 천혜의 청정자연환경과 더불어 훌륭한 문화유산을 보유하고 있다. 이러한 자원을 함께 묶어 핵심역량으로 강화한다면 미래의 신성장 동력으로 충분한 가능성을 가지고 있다.

해양관광지 벤치마킹

프랑스 남부 휴양도시, 니스

지중해는 전통적으로 유럽의 휴양도시 역할과 관광수요를 흡수해 왔다. 그중에서도 프랑스 남부의 '니스'는 성공적인 해양관광레저도시의 모델이라 할 수 있다. 니스가 해양관광도시로 성공한 것은 해양관광시설과 사회 인프라 그리고 미술관과 박물관 휴양시설 등 예술과 문화관광상품이 성공적으로 결합하여 관광과 휴양의 만족감을 더해주고 있다.

해양요법을 가장 활발하게 활용하고 있는 프랑스에서는 이미 예방의 학으로 인정을 받았고, 환자의 치료나 재활 그리고 스트레스 해소나 휴양을 위해 전문의와 전문 치료사들이 있으며, 프랑스에만 83개소 이상의 해양요법센터가 있고, 매년 90만 명 이상이 이용한다. 유럽의 여러 국가들에서는 이들 해양요법에 의료보험을 적용하고 있다고 한다. 프랑스에서는 해양요법을 "해수와 해양의 대기, 기후가 갖고 있는 여러 특성을 활용하여 실시하는 요법으로서, 이 요법을 실시하려면 오염되지 않은 청정해수와 온화한 기후, 해변시설 등을 갖추어야 한다"고 정의하고 있다.

멕시코 카리브 해변, 칸쿤

멕시코 동부 유카탄 반도 끝의 휴양도시 칸쿤. 초현대식 특급호텔과 수십 개의 리조트, 쇼핑센터들이 들어선 이곳에는 매년 유명 연예인과 부호들의 발길이 끊이지 않는다. 해변에만 140개의 호텔과 380개의 레스토랑이 들어서 있다. 매년 세계적인 행사와 국제회의도 열린다. 세계관광기구는 2007년 칸쿤을 최고의 관광지로 꼽기도 했다. 칸쿤이 벌어들인 관광 수입은 멕시코 국내총생산GDP 의 7.5%를 차지할 정도로 막대하다.

하지만 약 50년 전만 해도 칸쿤은 인구 100명에 불과한 카리브 해의 작은 어촌 마을에 불과했다. 그런데 지금은 세계 부자들과 유명인사들이 선망하는 세계적 휴양지가 되었다. 1960년대 멕시코 정부는 관광업이 일자리를 만들고 수입을 늘리는 성장 동력이라고 판단하고 해양 관광도시 개발에 나섰다.

멕시코 정부는 투자자들의 불안감을 해소하기 위해 직접 호텔을 짓고 도로, 다리 등 관광 인프라를 확충하기 시작했다. 관광객과 주민의 수요에 맞춰 장기적인 개발을 추진한 칸쿤은 멕시코 관광산업의 견인차가 됐다. 칸쿤이 멕시코 전체 관광산업에서 차지하는 비중은 45%다. 칸쿤의 성공비결은 멕시코 정부의 체계적이고 장기적인 개발 전략과 관광객에게 초점을 맞춘 민간의 철저한 관광 서비스 정신이다.

인도의 해양 휴양도시, 고아

인도의 대표적인 해양 휴양 도시인 고아는 약 100km 해안을 따라 형성된 넓고 깨끗한 백사장과 야자수, 열대식물들로 세계적으로 유명한 곳이다. 또한 고아는 인도 주들 중에서 가장 작은 연방주이며 인도반도 서쪽 해안에 위치해 있고 북으로는 마하라쉬트라와 경계를 나누고 있으며 남으로는 카르나타카주의 카나라 지역과 맞닿아 있다. 그리고 400년 된 유명한 쉬리만게시 사원과 샨따두루 사원이 있다. 뿐만 아니라 포르투갈의 영향으로 인해서 많은 성당이 있어 다른 인도 지역과는 다른 풍습과 모습을 지니게 만들었다.

고아의 해변은 시시때때로 달라지는 해변의 모습이 특색이다. 한낮의 뜨거운 태양 아래 달구어진 해변의 열기는 해지는 노을 속에서 새롭게 오묘한 분위기로 변화하므로 고아 해변의 일몰을 보려는 관광객의 발길이 끊이지 않는다.

스페인 항구도시, 바르셀로나

스페인 제2의 항구도시로 2,000년의 역사를 가진 까딸루냐 지방의 중심지인 바르셀로나는 1975년 프랑코 정권이 막을 내린 후 가장 먼저 자치권을 얻은 곳이다. '돈키호테'의 저자 세르반테스가 '유럽의 꽃'이라고 표현한 바르셀로나는 기후가 온화하고 경치가 좋은 도시로 92년 올림픽을 개최한 곳이기도 하다. 지중해 무역의 거점으로서 발전한 바르셀로나는 오늘날 스페인 상공업 지대의 중심적 역할을 하고 있다.

스페인에는 지방단위의 자치정부가 17개 있으며, 그중 1개 카타르샤 자치정부의 소재지가 바르셀로나로 카타르샤의 중심이다. 스페인의 지방 특색은 각각 독립된 역사, 문화, 습관, 언어가 있다. 천재 가우디와 달리가 이 땅에서 태어나 자랐고, 피카소가 이곳을 무대로 활약했다. '나는 스페인인이기 전에 카탈루냐 사람이다'라고 자랑스럽게 말하는 사람들을 만난다면 스페인이라는 나라에 대해서 더 잘 알 수 있을 것이다.

캐나다 미항, 밴쿠버

밴쿠버는 캐나다에서 세 번째 큰 도시로서 세계 4대 미항 중의 하나다. 관광 휴양도시로도 유명하고 아시아계 이민자들이 많이 정착해 사는 도시이다. 밴쿠버는 태평양 기류와 동쪽에 록키산맥의 영향으로 기후가 1년 내내 온화한 편이다.

이 도시는 캐나다 어느 지역보다 도시적인 면과 자연적인 면이 잘 조화된 지역으로서 노스쇼어 산맥과 조지아 해협으로 둘러쳐 있고 후레이저 강 주변의 해변과 울창한 산림 공원들이 꽉 차 있어 도시와 자연이 공존하는 모습으로 공원 안의 오솔길을 따라가는 자전거 행렬과 바다로 향하는 해변의 윈드서핑, 산측에는 행글라이더와 등산객 등 매우 다채롭다.

밴쿠버로부터 해안을 따라 올라가면 북미에서 최고로 여겨지는 스키장인 위슬러가 있다. 급경사로 깨끗하게 펼쳐진 두 개의 언덕은 천혜의 장관과 근처의 특급 호텔들로 어울려 있어 4계절 휴식과 관광이 가능하다.

해양의료정책과 해양요법

앞으로 우리 사회는 초고령화 사회가 될 것이므로, 관광은 일회성이 아닌 장기체류형 휴양과 치유형, 나아가 해양기후, 바다식품을 이용한 해양의료산업으로 변모할 것이라는 예측은 명약관화하다. 말 그대로, 무한한 가능성을 가지고 있는 바다라는 보고 寶庫를 어떻게 활용하는가에 따라서 우리의 미래는 달라질 것이다.

영국의 생물학자 다윈 Dawin 의 '진화설'에 의하면, 인간은 온도변화가 작은 바다 속에서 진화되어 육지로 이동해서 살아왔다고 한다. 즉, 바다는 생명의 모태라는 것이다. 바다는 지구표면의 70% 이상으로, 지구상에 존재하는 미네랄 성분이 가장 많이 저장된 곳이며, 화학적 유기적 원소가 매우 풍부하여 인체의 구성요소와 대단히 유사하여 정신적 기반에까지 지대한 영향을 미치는 것으로 나타났다.

그동안 생태학연구에서 해수와 해산물의 유용성에 관한 많은 연구는 우리나라뿐만 아니라 일본 및 유럽 등에서도 지속적으로 행하여지고 있다. 1750년경 영국의 럿셀은 '바다의 모든 장점을 응축하고 있는 해산물을 섭취해야 한다'고 주장하였다. 다행히 우리나라는 3면이 바다이고 전통적으로 해산물을 섭취해 왔다는 점은 고무적이다.

뿐만 아니라, 1756년 영국의 질크라이스트는 폐질환을 치료하는 데는 해양성 기후가 좋다는 것을 발견하였고, 1770년 세펠트는 결핵성 추골염을 치료하는 데는 해양환경이 유효하다는 연구결과를 제출한 바 있다.

이러한 연구들을 바탕으로 프랑스에서는 18세기부터 해수를 이용하여 류머티즘이나 조울증을 치료하는 시설이 문을 열었고, 이후 유럽 각지의 해양도시로 확대되면서 심신의 휴식이라는 부가가치가 붙은 해양의료

및 치유산업으로 모습이 바뀌게 되었다.

　프랑스의 보날디에르 박사는 해수에 녹아있는 미네랄과 기체성분을 몸속으로 침투시켜 통증을 완화시키거나 신체의 일부 능력을 회복시키는 치료에 이용하는 해양요법 海洋療法, thalassotherapy 을 개발하였다.

　이 해양요법은 점차 이용방법이 다양화되면서 해수, 해조, 해니(뻘)를 기본으로 하고, 이 밖에 해양기후가 갖는 각종 특성을 이용하는 기법을 활용하기에 이르렀다. 즉, 바닷가(천혜환경)에서 휴식을 취하고 한편으로는 해조찜질이나 해수입욕 등을 종합적으로 이용할 수 있도록 하는 것이다.

　대부분 해양요법을 받으면 증상이 가벼워지는 등 치유효과를 볼 수 있다. 특히 뼈나 관절 계통의 질환과 피부병에 매우 적용성이 높은 것으로 학계의 연구보고서가 제출되고 있다. 뿐만 아니라 소위 문명병으로 불리우고 있는 우울증, 정신적·육체적 피로, 자율신경 실조증, 이른 갱년기 장애 등에 효과가 있는 것으로 밝혀지고 있다.

전남해안지역의 경우 천혜의 자연 환경을 가지고 있다. 해양성기후와 오염되지 않은 해수, 풍부한 갯벌과 고운 모래 등이 거의 원시상태로 놓여있는 것이다. 현재와 같이 여름철에 일시적으로 개장하는 해수욕장만 가지고는 관광객을 유치할 수 없다. 해양요법을 시행할 수 있는 의료 휴양시설을 개발하는 것은 사계절 장기 체류형 관광수요를 창출할 수 있는 요건을 마련하는 것이다. 따라서 현행 몇 개의 지자체가 협의체를 만드는 등 지자체장의 의지에 의하여 얼마든지 개발과 도입 가능성이 있다는 점을 강조하고 싶다.

해양식문화, 수산정책 방향

해양문화에 빠질 수 없는 것이 해양식문화이다. 해양생물자원의 건강한 생태환경의 보존과 자원 및 환경영향의 최소화, 국제수산 질서에 순응하는 어업관리체계를 구축하여야 하고, 지속적 생산기반과 신뢰할 수 있는 안전한 식품의 안정된 공급체계를 통하여 사회경제적으로 경쟁력을 확보하여야 한다.

이러한 전제하에 첫째, 수산자원의 지속적 이용 및 자립 가능한 어업구조 구축을 위해 수산자원량에 맞도록 어업세력을 조정하고 이후의 자원관리기능을 강화하며, 어업인 스스로의 자율관리형 어업체제를 도입하고 자원남획형 불법어업을 고립시켜야 할 것이며 자원조성사업과 깨끗한 바다환경유지 정책을 강화해 나가야 할 것이다.

둘째, 양식업의 근본적 문제해결과 질적 도약을 위하여 정부 역할과 민간 역할을 명확히 구분하여 정부는 고비용·저효율 체제의 개선, 생산성·품질향상 그리고 가격안정에 주력하고, 양식 어장개발 한계수심 확대 등 민간의 기업적 경영체제 기반이 구축될 수 있도록 하여야 할 것이다.

셋째, 수산물 유통구조를 개선하기 위해서는 생산자·수협 등 산지유

통기능을 변화되는 신유통체제에 맞게 개편하고 소비지 도매시장의 공정·투명성을 확보해 나가야 할 것이며, 나아가서는 동북아 수산물 유통 거점체제를 구축해 나가야 할 것이다.

넷째, 어촌경제 활성화와 어업인 육성을 위하여 어항을 생산·생활 및 문화공간으로 개발하고 수산자원을 감안한 신규 진입을 제한해 나간다. 그리고 어업을 이끌고 나아가야 할 젊고 유능한 수산업경영인(어업인 후계자) 20,000명을 조기 육성하고, 수산관련 모든 정보를 한눈에 볼 수 있도록 수산행정 종합정보체제를 조기에 구축해 나가야 할 것이다.

해양관광산업의 활성화 방안

해양관광은 고부가가치 서비스업으로 고용유발 효과가 크고 수익성도 높다. 특히 삼면이 바다인 한국에는 새로운 기회의 시장이 될 수 있다. 특히 동해, 서해, 동중국해로 이루어진 바다는 카리브해 못지않게 해양관

광산업의 잠재력이 크다.

　문제는 한국의 관광산업이 여전히 육지 중심이고 해양관광이 크게 활성화하지 않았다는 점이다. 전 세계 외국인들을 대상으로 한 해양관광 거점을 육성하면 외화 획득으로 관광수지 개선에 큰 도움을 줄 수 있다. 지리적 이점을 살려 멕시코의 칸쿤 같은 경쟁력 있는 해양관광지를 골라 장기적이고 체계적으로 개발하는 지혜가 필요하다. 해양관광도시를 거점으로 특급 숙박시설과 리조트를 유치하고 크루즈 관광, 레포츠 등 해양관광 서비스업을 적극 육성해야 한다.

　해외의 해양관광지의 주요 특성에서 알 수 있듯이 해양관광정책이 성공하려면 정부와 지방자치단체가 합심하여 인프라구축, 해안이용과 규제에 대한 법과 규정의 개정 및 정비, 예산지원 및 홍보 등이 적극적으로 이루어져야만 한다.

　현재의 항만이 물류기능뿐만 아니라 관광기능을 고려하여 복합적으로 개발되어야 한다. 현재 우리나라의 항만은 물류 위주의 배후부지 확보

에 치중하고 있으나 그보다 더 고부가가치를 창출하는 것은 해양관광산업이다. 크루즈 정박을 위한 전용부두 인프라 구축도 시급한 실정이다.

다음으로는 해저관광도시 개발도 필요하다. 바다 속은 우주로의 진출이전에 우리에게 맑고 쾌적한 생활을 가능하게 할 수 있는 마지막 정착지가 될 것이다. 망망대해 수천 미터 깊은 바다 속에 해저도시를 만든다는 것은 현재의 기술로 쉽지 않은 일이다. 그러나 해저도시가 개발된다면 우리의 후손들의 생활 터전으로 물려줄 수 있음은 물론 전 세계 해양연구소를 유치할 수 있고 우리는 해양분야에 선진국이 될 수 있다.

이는 현재의 기술로도 검토 가능한 현실성 있는 대안이기 때문에 해양도시가 만들어진다면 그 나라의 실질 점유권을 의심할 그 어떤 나라도 존재할 수 없게 되는 것이다. 그리고 정부적인 차원에서 적극적인 지원책이 절실히 요구된다 할 것이다. 해양관광 분야는 선택의 문제가 아니라 생존의 문제이다.

해양관광산업은 향후 10년 이내에 세계 5대 해양강국으로 도약할 수 있는 산업으로 미국 일본 프랑스 등 선진국들은 21세기를 이끌어갈 국가 번영의 지렛대로 주저없이 해양을 꼽는다. 이들 나라들은 육상자원이 공해에 찌들고 고갈되면서 일찌감치 해양으로 눈을 돌렸음을 상기해야 할 시점이다.

앞으로 여가시간의 증대와 소득수준의 향상, 교육기회의 확대 등으로 웰빙관광과 휴식과 체험관광 욕구는 증대되리라고 본다. 그러므로 해양관광산업은 무궁무진하게 발전할 수 있는 미래지향적 웰빙산업으로 활성화를 시키면 해양강국으로 발돋움할 수 있는 초석이 될 것이다.

해양생태 체험과 어촌경쟁력 강화 시급

현재까지 발견된 행성에서 유일하게 해양을 가지고 있는 행성은 지구밖에 없다. 지구 표면적의 70% 이상을 차지하고 있는 해양이 없었다면 지구도 다른 행성처럼 생명체가 없는 황무지가 되고 말았을 것이다. 가장 오래된 화석이 해양에서 서식하였던 생물의 화석이라는 점과 모든 생물의 대사작용이 수용액 상태에서 진행되는 점 그리고 동물의 혈액 조성이 해수의 화학조성과 유사한 점 등은 해양에서 생명이 탄생하였음을 시사한다. 그래서 '바다는 생명의 어머니'라는 표현에 무리가 없는 것이다.

해양은 지구상에서 가장 규모가 큰 생태계이다. 해양에서는 육지보다 더 다양한 생물들이 발견되고 있다. 어류만 해도 2만여 종이 넘는다. 해양생물은 생활형태에 따라 부유생물plankton, 유영생물nekton, 저서생물benthos로 분류된다. 운동능력이 약하거나 없어서 물의 흐름에 의해 떠다니며 생활하는 것을 부유생물이라 하고, 어류와 같이 유영능력이 뛰어나 자력으로 이동할 수 있는 것을 유영생물, 암반·모래·펄과 같은 해양의 바닥에서 생활하는 것을 저서생물이라 한다.

이렇게 다양한 해양생물뿐만 아니라 해양물리와 해양화학 그리고 해양지질에 대한 지식과 정보는 매우 신비롭고 유용한 생활과학이지만 해양·수산을 전공하지 않은 일반인과 학생들에게는 쉽게 접근하기 어려운 것이 현실이다. 현재처럼 정부정책이 해양지향적이지 않은 상황에서 학과 과정이나 가족단위의 해양생태체험 기회는 매우 어려운 것이 현실이다. 따라서 지자체와 해양수산관련 기관이 어촌개발 차원에서 적극적으로 해양생태체험학습장을 조성하는 것이 더욱 현실적인 방안이라고 본다.

해양생태체험은 학생들에게 해양의 중요함을 일깨우는 매우 중요한 교육이다. 예를 들어, 해양물리의 경우 파도의 생성 원리와 파도의 이동에 대하여 학습하고 직접 측정 기구를 가지고 파도의 높이 및 속도를 측정하게 된다. 해양화학은 학생들이 직접 해수를 채수하여 해수의 온도 및 성질, 성분을 분석·토론하게 하거나, 바닷물로 소금을 만드는 과정을 체험할 수도 있다. 그리고 해양생물분야의 경우, 갯벌 생태계의 생물다양성을 직접 관찰하며 학습하고 해수 속에 존재하는 눈에 보이지 않는 플랑크톤 및 미생물을 직접 현미경을 통해 관찰하게 된다. 또한 해양지질분야의 경우, 해수의 풍화와 침식으로 만들어진 인근 도서(섬) 지형에 대하여 학습하는 프로그램을 실시함으로써 해양환경의 소중함을 알게 하고 장기적으로 해양과학 인재를 육성할 수 있는 밑거름으로 작용할 수 있다는 점에서 매우 의미있는 교육이다. 또한, 부모들과 함께 바다의 신비로운 생태이야기, 조개잡기, 갯벌썰매타기를 하면서 생태계 보전의 의미와 갯벌과 해양의 소중함을 이해하고 친밀감을 가질 수 있는 좋은 계기가 될 수 있다.

진도의 경우 매년 음력2월 초에 신비의 바닷길 축제를 개최하고 있다. 이 때가 가장 물이 많이 나기 때문에 100만 명의 인파가 동참하여 바닷길을 체험하고 있다. 그런데 진도에 비교할 정도는 아니더라도 섬과 섬 사이에는 조수 간만의 차이가 클 경우 바닷길이 열리는 것은 마찬가지다. 그러므로 이 또한 어촌관광자원으로 활용할 수 있을 것이다.

▲ 진도 신비의 바닷길 축제

　　국제화, 개방화 논리가 세계경제의 주요한 기조로 부상함에 따라 선진 수산국들의 수산물들이 우리나라 수산시장을 공략해오고 있는 상황에서 어업생산의 최전선인 어촌의 경쟁력 강화가 무엇보다도 절실한 시점이다. 다행히 우리 서남해안 지역의 경우 해조류 및 어류양식과 전복양식이 전국에서 가장 활발하게 이루어지고 있는 상황이다. 문제는 어떻게 마케팅전략을 세우고 경영마인드를 갖출 것인가가 관건이다.

　　이런 상황을 인식하여 지방자치단체 차원에서는 어촌의 경쟁력을 끌어올리는 것이 시급한 과제로서 다양한 수산정책을 수립, 집행할 필요가 있다. 즉, 중장기적인 어촌 육성방안의 수립과 구체적인 지원방안 결정, 어촌지역 정보화 사업 및 어업인 정보화 교육과 지속적인 어촌경영의 컨설팅사업 추진, 지역 특성을 살린 어업 및 양식업종 육성과 지속적인 기술 개발, 어촌관광의 활성화를 통한 어업외 소득 향상 방안, 수산물 브랜

드화 추진, 민·관·학이 연계가 된 지속적인 연구 및 협력체계 구축 등을 지속적으로 추진하여 국제적인 경쟁력을 확보해 나가야 할 것이다.

어업인들도 현재 어촌이 치한 상황을 냉정하게 인식하여 자주적인 대응 방안을 모색해 나가야 한다. 구체적으로는 종래의 무분별한 조업행위의 근절, 지역 특성에 맞는 어업질서 확립, 어업경영의 건전화를 위한 자율어업의 시행 등도 실시할 필요성이 있다. 우리나라 수산업 어촌 발전의 최종목표는 '어떻게 하면 주어진 수산자원을 최대한 지속적으로 이용하여 수산식량을 안정적으로 공급하고, 어촌에 살고 있는 어업인의 생활을 안정시키느냐'에 있다고 하겠다.

이를 위해서는 첫째, 수산자원이 남획되지 않도록 안정적이고 지속적 생산와 자립적인 어업경영 체제를 구축하여야 할 것이며, 둘째, 생산자와 소비자 욕구에 부응하는 유통·가공 체제를 확립하여 부가가치 향상을 제고하고, 셋째, 어촌지역을 사람이 사는 정주공간으로 조성하고 어업

경영체의 체질을 바꾸어 건전한 마인드를 지닌 산업주체로 육성하여야
할 것이다.

해양오염, 인간에 의한 부메랑 효과

올 여름은 유난히도 비오는 날이 많았다. 한 달여 가량 지루한 장마
가 계속되더니, 비가 그치자 불볕더위가 시작되었다. 도시 사람들이야 급
격한 기후변화가 생업에 크게 영향을 미치지 않지만, 자연과 동업자 입장
인 농업과 수산업은 잘 대처하지 않으면 그동안 애써 길러온 농사를 망치
게 된다. 그중에서도 과수농사나 밭농사 그리고 논농사는 제한된 면적에
신속히 조치를 취할 수 있어 그나마 형편이 낫지만, 바다 농사의 경우에
는 자칫 방심하면 큰 피해를 가져올 수 있다. 왜냐하면, 이러한 기후변화
에서 적조가 가장 많이 나타나기 때문이다.

해양오염의 대표적인 사례인 적조가 일단 발생되면 걷잡을 수 없이 확산되어 수산업의 막대한 피해를 가져온다. 막상 적조가 발생하면 황토를 살포하거나 산소공급기 등을 이용하는 정도에 불과하다. 그동안 많은 연구에 의해 최근 적조퇴치 신 물질 개발이 이루어지고 있지만 산업적 적용에는 한계가 있다.

따라서 적조발생을 근원적으로 줄일 수 있는 방안이 강구돼야 한다. 피해가 발생한 이후에 막대한 인력을 동원하고 황토를 살포하며, 피해 어업인에게 자금을 지원하는 구태를 답습해서는 안 된다. 지난 95년도에 적조로 인한 피해액은 7백 84억 원으로 집계된 이후, 매년 적조피해액은 줄어들고 있지만, 아직도 환경정책과 병행하여 추진하여 근본적인 오염원 차단과 같은 예방차원의 정책이 아니라, 사후에 수산정책으로 이를 해결하고 있다는 점은 매우 안타까운 일이다.

또 하나 해양에 막대한 피해를 입히는 원인은 유류 유출사고이다. 지난 95년도에 발생한 시프린스호 좌초와 2009년도에 발생한 허베이스피리트호의 유류 유출사고로 인한 태안의 참담함을 아직도 잊을 수가 없다. 국민들의 뜨거운 애정과 봉사로 지금은 푸른 바다의 모습을 되찾았지만, 그 이면에는 수많은 사람들의 재산에 피해를 입히고 여러 명의 안타까운 생명들이 희생되었으며, 아직도 보상문제가 해결되지 않아 피끓는 심정을 토로하는 어업인들을 만날 때마다 안타까움에 가슴이 저려온다.

이러한 유류 유출사고는 끔찍한 해양생태계의 파괴를 불러온다. 일단 유류 유출사고가 일어나면 기름이 바닷물 표면에 막을 형성하여 공기 중의 산소가 바닷물에 녹아드는 것을 막고, 태양광선의 투과를 감소시켜 식물성 플랑크톤의 광합성에 지장을 주고, 바다 표면의 수분 증발을 막아서 수온을 상승시키는 등 해양 생태계에 심각한 영향을 미치게 된다. 또한 기름성분 중 분해되지 않은 채 30년까지 잔존하는 유독성 물질이 미생물의 체내 조직에 파고들어 결국 인간에게 그 피해가 돌아올 수 있다는 점에 문제의 심각성이 있으므로, 이러한 사고가 발생하지 않도록 예방정책과 강력한 사후 피해보상 요구가 필요하다.

지구를 살아있는 생명체로서 보는 가이아 이론[1]에 의하면, 지구는 단순한 평형상태가 아니라 이러한 항상성 恒常性 을 위해 수많은 되먹임의 고리가 있다는 것이다. 예를 들어, 지구에 생명이 탄생한 이래 유입되는 태양에너지는 25% 정도가 증가했지만, 전 지구적인 표면온도는 비교적 일정하게 유지되었다. 또한 지구의 대기는 약 79%의 질소, 20.7%의 산소, 0.03%의 이산화탄소 비율로 비교적 일정하게 유지되고 있다. 바다의 염도 또한 3.4% 정도로 일정하다. 생물의 존재를 배제하고 단순히 화학적으로 보자면 이러한 상태들은 안정될 이유가 없다. 그러나 지구에서는 생물이 호흡과 광합성을 통해 산소와 이산화탄소를 순환시키고, 공기 중의 질소를 고정시키는 역할을 한다. 또 화산활동은 이산화탄소를 대기 중으로 방출하고, 비와 강물은 이산화탄소를 녹여 석회석이나 조개류의 껍질 등을 통해 탄산칼슘 형태로 고정시킨다. 이러한 작용들은 서로가 되먹임 고리를 통해 긴밀하게 연결되어 자기조절 능력을 보인다. 이산화탄소가 증가하여 온실효과로 지구에 축적되는 열이 증가한다면 이산화탄소를 소모하는 생물들이 늘어나서 대기의 이산화탄소 농도를 낮추고, 반대로 이산화탄소가 감소하여 기온이 떨어지면 이를 소모하는 생물이 줄면서 다시 농도가 올라간다는 원리이다. 즉, 최근 들어 인간의 능력으로 통제가 불가능한 지진과 홍수, 폭설과 같은 기상이변은 지구 자체가 항상성을 위한 몸부림이라고 보아야 한다는 것이다. 결국 인간이 저지른 환경파괴로 인

1 이 이론은 영국의 기상학자인 러브록(J. E. Lovelock)이 쓴 '가이아: 살아있는 생명체로서 지구(Gaia: A New Look at Life on Earth)'라는 책에 처음 등장했다. 러브록은 생활권, 대기권, 바다, 토양을 포함하는 이 유기체적인 지구의 시스템을 그리스 신화에 나오는 대지의 여신 이름을 따서 가이아라고 명명했다.

한 피해가 고스란히 인간에게 되돌아 오는 것이다.

세계 모든 환경학자들은 해양오염원의 80% 이상이 육지부로부터 기인한다고 한다. 우리나라의 경우는 평균치를 훨씬 상회하여 육지부의 오염영향력은 90%에 달할 것으로 추정하고 있다. 왜냐하면 우리나라는 서울을 비롯한 수도권과 광역도시에 70%의 인구가 집중되어 있어 생활하수 및 오염물질 정화가 제대로 이루어지지 못하는 것이 현실이다. 특히, 장마와 폭우로 그동안 쌓여 있던 육지부의 오염물질들과 온갖 쓰레기들이 한꺼번에 바다로 흘러들어 왔을 경우 바다는 자체 자정능력을 초과하게 될 경우, 해양오염에 의한 피해는 다시 인간에게 고스란히 돌아가게 되어 있다는 것을 간과해서는 안 될 것이다. 에너지 과소비와 공업 및 농수축산 폐수뿐만 아니라 생활오염을 줄이는 것이 지구환경을 보호하는 것이며, 나아가 우리의 생명을 지키는 길임을 주지하여야 할 것이다.

또한, 바다는 민주주의의 상징이다. 바다에 이르면 모든 것이 평등하기 때문이다. 바다는 편을 가르지도 않는다. 섬진강에서 흘러온 물과 낙동강에서 흘러온 물이 서로 근원을 따져 지역감정을 묻지도 않는다. 그렇게 민주주의 가치를 가르치는 바다에서 활동하지만 육지부와 비교하여 차별과 소외를 받고 있는 단체가 있다. 목숨을 담보로 인명구조와 해양환경보호에 앞장서고 있는 '한국해양구조단'이다.

한국해양구조단의 활동은 육지부의 119활동과 비슷하지만 거의 정부의 지원 없이 조명래 단장과 황대식·한근섭 부단장 등이 수년 동안 사재를 털어 전국조직으로 육성하고 유지해 온 민간자율단체이다. 그런데 최소한의 필수조건인 민간해양구조대원의 선박 및 구조장비 지원과 법적인 안정장치 등에 관한 '수난구호법'의 개정이 이루어지지 못하고 있음은 매우 안타까운 현실이다.

눈에 띄지 않는 역할이지만 반드시 필요한 해양구조단이 원활하게 활동할 수 있도록 국가가 법적·제도적으로 보장해 주어야만 국민들이 안심하고 해양활동을 할 수 있을 것이다.

사람을 살리는
농업이어야 한다

농업의 보이지 않는 가치

농업은 그저 먹거리를 생산하는 식량산업이라는 시각에서 벗어나야 한다. 즉 농업의 다원적 기능을 평가함으로써 진정한 가치와 시스템적 사고를 할 수 있을 것이다. 농업의 다원적 기능이란 식량생산 이외에 농업이 기여하고 있는 환경보전, 쾌적한 생활공간 유지 등 다양한 가치를 만들어내는 역할을 말한다. DDA 협상에서도 비교역적 기능 NTC: Non Trade Concerns 을 인정하고 있다. 돈으로 환산할 수 없고 무역 대상이 될 수 없는 농업의 고유한 가치를 존중하게 된 것이다.

또한 최근 다원적 기능을 경제적 가치로 환산하고 있다. 그러나 물·공기 등의 가치를 계량하기가 어렵듯이 농업의 무형가치를 계측하는 것은 어렵다. 그러나 분명한 공익적 가치를 우리는 폄훼해서도 안되는 것이다. 즉, 홍수조절과 같은 재해예방기능과 토양보전기능, 대기정화기능, 오수정화기능, 수자원함양기능, 휴식공간기능 그리고 생태계 보전과 지역사회 유지와 같은 부가가치를 제공한다.

농식품부분의 육성이야말로 현 농정과 민심을 제대로 이해하는 것이 필요하다. 농업의 문제는 다원적이다. 단순히 경제논리로는 해법을 찾을 수 없다. 그동안 농업은 '農者天下之大本'이라는 말에 이의가 없을 만큼 국민정서 속에 깊이 뿌리박힌 민족산업이며 정신문화의 한 축을 이루고 있다.

농업은 경제문제가 아닌 식량안보문제

농업은 개별적인 농업, 수산, 산림, 축산 등으로 문제를 해결할 수 없다. 농업과 농촌, 어업과 어촌, 산림과 산촌이 연계된 사안이며, 거기에는 우리 국민의 정서와 식문화와 같이 보이지 않는 가치뿐만 아니라 국민의 생존과 직결되는 식품안전과 보건위생, 식량안보와 직결되기에 시스템적으로 생각해야만 한다.

농업을 국민건강과 식량안보차원에서 업무를 추진하기에는 농수산 각료들의 마인드는 수십 년 전과 별 다를 바가 없음은 안타까운 일이다. 예를 들면, 구제역과 조류독감, 쇠고기파동, 배추파동 등의 문제점 및 산하 특수법인인 농협 등은 충분히 조기에 대처 가능한 사안이었으나 우왕좌왕하면서 일을 일파만파로 키웠다. 이는 공직자들이 과학적 사실에 근거하여 일처리를 하는 것이 아니라, 그때그때 상황논리에 의거 임기응변식 행정행태에서 벗어나지 못한 결과였다는 것은 부인하기 어려울 것이다.

문민정부, 국민의 정부를 거쳐 지역분권론자들이 득세한 참여정부, 경제 위주를 주장하는 현 이명박 정부에 이르기까지, 지방자치시대가 본격화되면서 중앙정부 공직자의 조정은, 권력을 배분하기보다 행정편의주의에 의한 권력 왜곡현상을 초래하고 있다. 예를 들면, 농식품부의 경우만 보더라도 농식품부 중 본부직원은 1,200만 농업인일 때에 비하여 인원 차이가 없으면서도(오히려 늘어난 부분도 있음), 힘없는 농촌지도소, 어촌지도

소, 통계업무 등을 지방에 넘겼기 때문에 손발이 잘린 기형적 조직으로 변하여 배추파동, 구제역, 조류독감과 같은 전국적인 문제 발생시 효율적으로 대처하지 못하였다. 그런데, 구제역 등의 문제가 발생하니 공직자들은 새로운 방역본부 운운하면서 조직을 통폐합하는 과정에서 오히려 공무원 수를 또 늘리고, 기존 조직의 이름을 바꾸어 상위직급의 공직자 수를 늘리고 말았다.

공직자 위계구조에서 상층부는 주로 고시출신들의 관료화된 집단이다. 이들 관료들은 계단을 밟으며 차근차근 올라간 것이 아니라 고속승진의 엘리베이터를 탔기에 현장의 생태를 알지 못한다. 늘 봄길만 걷는 사람은 주변의 가시덤불이 쌓인 숲속을 보지 못하며, 여름벌레에게 차가운 얼음의 느낌을 전할 수 없는 것과 마찬가지로 현장을 모르는 공직자는 탁상공론에 치우칠 수 있다는 점에 항상 유의해야 한다.

한편, 열흘 피었다 져 버린 벚꽃 덕분에 일년내내 벚나무로 불리는 것과 같은 사람들이 한 때의 공로로 비전문가이면서 주요 공직을 점유하고 있다. 정원수 몇 그루 심어서 산의 가치를 증진시키기보다는 그 산을 묵묵히 지켜온 못생긴 것들을 가꾸고 제대로 성장시켜 산을 가꾸는 것이 더 현명한 일이라는 것을 알아야 한다.

또한, 우리나라는 식품의 수입국이지 수출국이 아니라는 사실을 강조하고 싶다. 수입국과 수출국의 입장에 따라 정부조직을 운영해야 한다. 또한 식량산업에 대한 기본 마인드는 "식량산업만큼은 중앙정부의 책임이다"라고 전제하고 중앙정부 차원에서 일관성 있게 지휘 통제하였을 때 문제점이 해결될 것이다.

앞으로 식량이 주요 안보자원으로 대두될 전망이라는 점에서 지금부터 해외 협력 및 자원외교를 통한 식량공급망을 구축해야만 한다. 우선은 앙골라, 세네갈, 아르헨티나와 같이 우리 어업전진기지가 있어 우호선린관계에 있는 국가들을 대상으로 해외식량기지를 육성하는 방안을 적극

추진함으로써 글로벌 식량 위기에도 국내로 식량을 들여올 수 있는 시스템을 구축해야 할 것이다.

이제는 농업을 새로운 시각으로 보아야 할 때다. 그동안 우리 농업은 절대적 빈곤에서는 벗어났으나 급속한 성장을 거듭해온 타 산업에 비하여 상대적 빈곤감을 느끼는 것이 사실이다. 그러나 우리나라 농업도 첨단 과학기술과 생명과학기술의 접목이 가능해지면서 새로운 돌파구가 마련되고 있다. 직업으로서 농업은 퇴직정년이 없고, 자율경영체제가 가능하며, 본인의 건강도 챙길 수 있다는 점에서 도시 직장인들의 은퇴 이후 귀농방안이 적극 장려되고 있으며, 젊은 청년 전문인력들이 농어촌에 유입되고 있다는 것은 매우 긍정적인 부분이다.

생산이력제 실시

최근 국제 농수축산업계의 화두는 '안전한 먹거리'에 있다. 광우병 BSE, 무등록 농약 및 화학비료의 사용, 유전자조작식품 사용, 식품의 위장 표시 등으로 소비 위축은 물론, 소비자 불안이 증가하고 있어 전 세계적으로 농수축산물 생산이력제 Traceability System 의 중요성이 강조되고 있으며 이를 자국산 농수축산물 보호 수단으로 활용하고 있다.

이는 농수축산물의 생산에서부터 가공·유통·판매 등 모든 단계에서 투입된 정보를 추적하거나 소급할 수 있도록 공개해 식탁에서 농업인의 얼굴을 볼 수 있는 안전·안심 시스템의 구축을 의미한다. 즉 소비자들이 바코드, IC카드, 인터넷을 통하여 원재료는 물론 가공품까지도 원료의 생산·유통과정 및 상품에 관한 정보를 한눈에 검색할 수 있는 시스템을 말한다.

국내에서는 웰빙에 대한 소비자들의 관심 증대로 식품의 중요성에 대한 인식이 그 어느 때보다 크다. 소비자들은 원산지나 재배방법, 유통·가공과정 등 생산 정보를 직접 확인해 보다 안전한 식품을 선택할 수 있기를 바라고 생산자들은 자신이 출하한 우수 상품을 직접 소비자와 유통업체에 알려 더 많은 이익을 창출하기를 원한다.

국제적으로도 광우병과 구제역 파동 이후 축산물을 중심으로 생산이력제를 도입하고 있으며 점차 농산물로 확대되는 추세에 있다. 국내의 경우 '생산이력제'는 국내산 한우에 최초로 도입하여 소비자들로부터 안전 축산물로 인정받을 수 있도록 노력하고 있으며, 과채소류도 토마토, 참외 등을 시작으로 점차 다른 품목으로 확대될 예정이다. 이 제도가 도입되어 정착된다면 소비자가 농산물 및 가공품에 대한 생산자 등의 정보를 직접 확인할 수 있어 소비자·생산자 상호간의 신뢰 향상, 식품의 국제 경쟁력 제고에도 도움이 되며 또한 안전성에 문제가 있는 농산물 등을 단계별 정보 역추적을 통해 신속하게 회수하여 사고 원인을 규명, 피해가 확산되는 것을 방지할 수 있어 소비자는 물론 생산자에게도 도움이 될 것이다.

이제 농수축산물은 거의 완전 수입개방되었다고 해도 과언이 아니다. 따라서 소비자가 믿고 찾을 수 있는 우리 농산물의 경쟁력을 확보하는 수단으로 생산이력제 도입은 불가피한 시대적 요구이다. 그러므로 농수축산물 생산이력제는 대외적으로 시장 개방의 압력이 확대되는 상황에서 국내 농산물의 소비 촉진을 위해서도 반드시 필요한 제도이다. 이는 수입농산물과 차별화할 수 있는 충분한 대안이 될 수 있기 때문이다.

그러나 농수축산물 생산이력제가 완전히 정착되기까지는 해결해야 할 문제가 많다. 농촌 인구의 감소와 노령화로 인한 생산과정을 일일이 기록으로 남기는 데 대한 농어업인들의 거부감도 그중 하나다.

농수축산물의 생산과정을 투명하게 공개해 상대적으로 공개가 어려운 외국산 수입 농산물과의 차별화 정책을 시도하는 것이 최선의 방책일 것이다. 소비자들에게 식품 안전성에 관한 신뢰를 구축하여 조금 비싸지만 믿을 수 있는 우리 상품의 소비를 확산시켜야 우리 농업이 생존할 수 있는 것이다.

이제는 자연재배 농법이다

예전에는 식량증산정책의 일환으로 화학비료, 농약 등 고투입·고산출 농법을 수행하고 있었으나, 갈수록 친환경농업으로 전환을 요구되는 추세에 비추어 볼 때 여전히 비료, 농약의 투입량은 높은 수준이다. 농약과 화학비료의 과·오용은 농업 생산 환경을 여지없이 파괴할 뿐 아니라, 생산물의 안전성 및 보건상 심각한 문제를 빚고 있다. 급속하게 확산되고 있는 자연농법이나 유기농업운동은 이러한 근대 농법이 지닌 자기모순과 파괴적인 구조에 대한 경종이자 자연생태계의 원리에 부합하는 농업을 추진하려는 것이다.

이러한 배경에서 최근 생태계를 중시하는 농업관련 서적이 많이 출판되고 있거니와, 윤작체계에 대한 재인식, 천적의 이용과 미생물의 응용 등이 주목을 받고 있다. 또한 농촌진흥청 등에서도 유기농 농업과 친환경농법을 위한 미생물활용 등에 대하여 적극적인 지도활동을 전개하고 있는 것으로 알고 있다. 이에 대하여 농업인들도 적극적으로 동참해야만 한다. 우선은 농약과 화학비료를 사용하는 것이 효과가 빠르고 쉽겠지만 농업경쟁력을 악화시키고 시대를 역행하는 결과가 될 것임을 인식해야 한다.

노자의 도덕경에 "상선 上善은 물과 같다"라는 말이 있다. 물의 본질적인 작용은 무기의 세계와 유기의 세계를 연결하는 것이다. 즉 무기체와 생명체를 연결하는 모든 분야에서 물은 필요 불가결하다. 수질에 의해서도 뿌리의 활성, 양분의 용출과 흡수, 병충해의 발생과 억제 그리고 환경적응성 등과 깊이 연관되어 있음을 이해해야 할 상황에서 무분별한 농약과 화학비료 사용은 물론 무조건적인 퇴비사용이 친환경농법은 아니라는 것 또한 제고되어야 할 사항이다.

발효퇴비(아미노산 질소 및 당질 등이 존재)가 아닌 썩힌(부패부숙) 퇴비를 농작물에 사용해서는 안된다. 부패된 퇴비는 토양의 부식 증대효율이 높지 않을 뿐 아니라 조금 남은 질소분도 주로 무기태(화학비료와 같은 것)로 존재하고, 인산칼슘 등 무기질은 불용화 不溶化 상태이기 때문에 식물에 잘 흡수되지 않고 흙을 딱딱하게 하는 결함이 있다. 그 밖에도 유기물이 부패부숙 과정에서 발생하는 메탄, 황화수소 등은 식물의 생장에 장해가 될 뿐 아니라 메탄은 지구온난화의 원인물질이기도 하다.

모든 유기물은 발효퇴비(액비)화하여 논밭으로 돌려야만 환경보호와 더불어 토양을 살릴 수 있다. 농작물의 잎, 줄기, 잡초, 볏짚, 쌀겨 등과 가축분뇨, 생선뼈와 내장, 음식물 등 생 쓰레기는 발효시켜 논밭으로 돌리면 문제가 많은 화학비료도 필요 없어지고 병충해방제와 함께 빠른 시일 내에 토양을 비옥화할 수 있다. 유기물이 발효되면 독특한 향취가 나는 반면 부패되면 악취나 역겨운 냄새를 풍긴다.

토양이 부패하면 병충해가 다발한다. 부패균이 있는 논밭에서도 활

성산소가 많이 생겨나게 되어 있다. 생퇴비를 사용해보면 이내 악취를 풍기면서 부패할 뿐 아니라 구더기는 물론 온갖 병해충을 불러들인다. 유용미생물은 모든 물질을 발효하고 정균 및 합성하는 능력이 있다. 이들 미생물이 산화를 억제하는 물질을 생성하기 때문이다. 즉 유기물을 발효 분해하면서 항산화물질을 생성하므로 그런 논밭에서는 병충해가 생기지 않거나 감소한다. 2~3년간 유용미생물과 발효퇴비를 철저하게 사용한 논밭에 농기구 등을 꽂아두어도 쉽게 녹슬지 않는다. 그런 논밭은 유해한 가스나 활성산소가 발생하지 않기 때문에 일을 해도 피곤하지 않고 상쾌하다. 나아가 그곳에서 작업하는 이도 건강해진다.

토양 자체의 항산화력이 강화되면 병충해는 확실히 줄어든다. 토양의 통기성, 물 빠짐, 보습성을 개선시키고, 유용미생물을 많게 하는 것이 선결과제이다. 탄소질과 질소질의 균형을 맞춰 가며 유기물을 발효시비하고 양질의 유, 무기질(쌀겨, 유박, 어분, 게껍질, 숯가루 및 제올라이트 등)을 발효시켜 병용하는 등 발효퇴비나 발효액비 중심의 시비관리를 하여야 한다.

이에 더하여 무농약, 무제초제, 무화학비료, 즉 3무 無 농업을 계속하면 항산화력이 높은 토양이 될 수 있다. 농업의 지속적인 생산성과 소비자의 건강을 위하여 농업인들은 사람을 살리는 농법에 주력해야 한다.

자연농법을 수년간 연구해온 전 서울대 이문웅 교수는 이렇게 항산화력이 높은 토양이 되면 해충이나 벼멸구 등이 발생하지 않는다고 한다. 그렇게 되면 '자연재배'만으로도 우수한 농산물을 재배할 수 있다고 한다. 자연재배란 마치 숲에서 나무가 자라듯 아무것도 인위적으로 주지 않고 자연의 힘만으로 작물을 기르는 재배법이다. 이미 일본의 경우에는 자연재배 농법이 유기농보다 훨씬 경쟁력 있어 많은 농가들이 참여하고 있는 추세라고 한다. 앞으로 농업 선진국들과 FTA체결 등에서 경쟁력을 갖추려면 우리 농가들도 하루빨리 자연재배 농법을 도입해야 할 것이라고 강조한다.

농업의 부가가치 증대방안

　　앞으로 농업부분은 잦은 기상이변과 농산물 시장의 개방 등으로 인하여 인구 및 산업비중이 하향추세일 것이다. 그러나 그럴수록 농업부문의 부가가치는 점점 늘어날 수 있다. 현재 국내 농업은 곡류를 제외한 대부분의 농작물이 생산의 증가, 수입농산물의 급증 및 소비위축으로 농산물의 공급과잉상태에 있다.

　　그리고 농산물의 생산은 경작면적의 감소에도 불구하고 기술진보, 생산기반 정비 등으로 증가할 것이다. 농산물 소비는 쌀을 비롯한 과일 및 채소류 소비가 이미 감소국면으로 돌아섰고 축산물도 소비가 둔화되고 있다. 인구증가 둔화와 1인당 소비량의 감소로 농산물 수요는 위축현상을 보일 전망이다. 농산물 공급과잉은 농산물 가격하락으로 이어져 농가소득을 악화시킬 것이다.

　　농산물 수급불균형 문제는 농산물 생산을 줄이기보다는 생산품목을 다양화하고 새로운 수요개발에 힘써야 할 것이다. 농산물의 수요 개발은

농산물을 식품에 한정하지 않고 미용·건강·약품·레저 등과 같은 관련산업과 연관시키는 것이 중요하다.

이렇게 하려면 농업도 지식기반사회에 부응하여 생산요소를 토지·노동·자본과 같은 요소에 중점을 두기보다는 창의력·기술·정보와 같은 유연한 생산요소 개발에 집중해야 한다. 스위스·네덜란드·싱가포르 같은 나라는 자원이 없어도 국민을 교육시키고 지식을 활용하여 부자나라가 되었다. 그러므로 앞으로 농업도 새로운 기술을 알고, 받아들이고, 창조하는 농업인만이 성공할 수 있다. 농업분야는 더욱 창조적이고 차별화되고 다양한 영농형태와 영농방법, 제품개발에 중점을 두어야 한다.

농업 체질개선이 필요

우리나라 농가호당 평균 경지규모가 2ha도 못된다. 미국의 180ha나 네덜란드의 12ha에 비하면 너무나 왜소한 규모다. 경지형태나 영농 형태에 따라 생산성이 달라지고, 규모의 경제효과가 떨어지는 것은 당연하다. 평야지에서 쌀 재배를 할 경우는 규모화가 효과적이지만, 산간지역에서 기계화가 어려운 고추를 재배한다면 규모화는 비효율적이다. 우리나라에서는 논농사의 경우도 3ha 규모의 생산성이, 5ha 이상 경작하는 농가보다 생산성이 높다. 특정지역, 특정작물, 특정농가에 적용되는 믿음이다. 규모화의 한계를 이해할 필요가 있다. 규모화의 환상보다 효율성과 상품성에 관심을 두어야 한다.

우리나라 농업의 형태는 대체로 몇 가지 특성을 가지고 있다. 먼저 농업의 소득문제를 보면 타 산업에 비하여 낮다. 또한 농가 소득의 성장동력이 갈수록 취약하다는 점도 문제이다. 대체작물 등으로 생산성이 증가하였다고 하여도 일정수준이 되면 정체현상을 벗어나지 못하고 있는 점도 문제이다.

또한 농업인력의 감소와 노령화로 인한 농업경영 주체의 취약과 소규모 경영 구조로 인한 규모경제효과의 반감, 정보격차, 교육격차 등으로 인한 타 산업과의 비교할 때 저위에 있다는 구조적 문제점도 있다.

그리고 점점 식량자급률이 떨어지고 있어 국민 식량공급 기능이 미약한 점, 화학비료·합성농약 등의 과투입으로 환경에 악영향을 미칠 수 있다는 점, 독성 농약잔류, 악성가축질병으로 인한 인체유해 농산물 생산 가능성 등과 같은 농업의 공익성을 저해하는 문제점들을 과감하게 지적하고 이를 신속히 개선할 수 없다는 것도 문제점이다.

또한, DDA 협상과 FTA 추진이 급진전될 경우 국내영향은 더욱 커질 것이다. 국내 보조금의 감축과 각종 보호제도의 폐지도 위협요인이다. 시장대응체제의 취약도 위협요인이다. 무분별한 수입 농산물의 유입과 시장변화에 신속하게 대응할 수 있는 기반이 약하다.

그런데 다행히 구조적인 면에서 보면, 고령인구가 퇴진한 자리에 젊은 경영층이 형성되고 있다는 점은 매우 고무적이다. 교육수준이 높은 청년인구의 농업 진입은 우리 농업에 희망이 있다는 증거이다. 또한 신기술 개발의 진전도 강점이라고 할 수 있다. 생명공학, 정보기술의 농업이용이 확산되어 품종개발, 품질관리 및 유통개선에 기여하고 있기 때문이다.

정부의 농업부문에 대한 과도한 개입과 정부역할에 대한 농업인의 과대한 기대형성, 정부의 투융자사업 지원과 집행의 비효율성, 지방자치단체와 농업협동조합의 농업지원 체계의 효율성저하 등은 문제점으로 지적할 수 있다. 그러나 정부지원 의지가 강하고 국민정서도 농업에 대해 호의적으로 작용하고 있다는 점은 강점이다. 개방화에 대응한 정책마련과 투융자 확대는 농업발전의 바탕이 될 것이다.

앞으로 정부는 획일적인 농업정책이 아니라 농업인의 개별적인 능력에 따라 차등지원하는 방안을 강구해야 할 것이다. 영농형태별, 경지규모별, 연령별, 지역위치별 차이를 인정하고 개인별 기술, 경영 능력을 고려하여 지원과 지도를 해야 한다.

또한, 일본의 대지진 및 후쿠시마 원전사고의 여파와 중국농산물의 계속된 품질안정성 문제의 대두 등은 우리나라 농산물 수출의 호기가 될 수 있다는 점이다. 일본농업은 환경적 요인과 농산물의 가격상승으로 인하여 점차 우리 농산물의 수입수요가 높아질 것이며, 중국의 소득향상과 중산층의 등장은 우리나라에 대한 수출이 내수로 전화되고 국산 고급농산물의 대 중국 수출이 증가할 수 있다는 점이다.

농업직불제도

현재 우리나라에서는 농업도 안정적인 소득체계를 갖추기 위해서는 직접지불제도가 안정적으로 시행되어야 한다는 차원에서 논농업직불제, 경영이양직불제, 친환경농업직불제와 쌀소득보전직불제에 이어 필자가 17대 국회의원 재임시 산간·도서지역 직불제(조건불리지역직불제)를 주도적으로 추진하여 시행케 한 바 있다. 이는 영농조건이 불리하고 농외 소득기회가 없는 지역의 농가에 소득보조를 실시하는 것이다.

여기에 도농간 불균형을 시정하기 위하여 농가소득의 취약한 구조를 개선해야 하는 과제가 있다. 먼저 농업소득의 안정적 성장을 위해서 농업생산성을 향상시키고, 농가 교역조건의 개선, 재해예방 및 피해보전 등의 대책이 필요하다. 농외소득은 꾸준히 증가하고 있으나 앞으로도 경기동향과 기업호응도의 영향을 크게 받을 것이다. 이전소득은 농가의 보충적 소득원으로서 역할을 하고 있다. 노령층의 증가에 따라 사회보장적 지원 필요성은 커질 것이며 커져야 한다.

도시민과의 소득 균형성, 소득의 안정성, 소득의 성장성을 제고하기 위한 방안으로 직접직불제의 확대와 농업 취업기회 창출이 요구된다. 총체적으로 농가소득의 감소를 보전할 수 있는 '경기대응소득직불제'를 실시할 시점이 온 것 같다. 이는 흉작에 의한 소득 상실, 농산물 가격폭락으로 인한 소득 손실, 물가 상승으로 인한 생산재의 농가구입가격 급등 등에 따라 농가소득이 심각한 타격을 받을 경우에 대비한 사회 안전망이 될 것이다.

농업의 대북협력 방향

농업부문 대북지원은 대부분 식량과 비료가 큰 비중을 차지하고 있으며, 민간단체 중심으로 농약, 종자, 농기계 등을 지원하여 식량난 해소에 기여해 왔다. 앞으로 대북 농업협력은 긴급구호 차원에서 식량부족을 근본적으로 해결할 수 있는 방향으로 개선되어야 할 것이다

첫째, 긴급 구호적 지원과 함께 북한의 농업생산성 향상을 가져올 수 있는 농업기술지원과 농업개발지원에 중점을 두어야 한다. 그리고 북한 경제체제를 개혁할 수 있는 협력에 중심을 두어야 한다. 농지의 사유화와 시장의 자유화를 유도할 수 있는 전략적 협력사업에 비중을 두어야 할 것이다.

둘째. 남북 농업의 보완화·분업화의 시각에서 협력사업을 추진해야 한다. 남한 농업에 종속시킨다는 의미가 아니고 남북농업이 상호보완관계가 구축될 수 있도록 지역별 특화작목 개발에도 눈을 돌려야 한다. 남북간 합의를 바탕으로 북합농업의 새로운 발전모델을 개발하여 확산시키는 전략을 도입해야 한다.

셋째, 정부차원에서는 농촌진흥청에서 북한지역 적응성을 시험중인 종자의 시험재배, 토양개량, 수량증대를 위한 공동연구사업 등을 추진해야 하며, 민간차원에서는 계약재배를 활성화하고 협동농장의 경영참여나 인수경영도 추진해 볼 수 있다.

남북농업협력은 북한의 식량문제 해결에 초점을 둬야 할 것이다. 식량부족량은 연간 200만 톤 수준이지만, 현재 우리 남한이 지원하는 것은

턱없이 부족하다. 그러나 지금과 같이 안보문제가 안정되지 못한 상태에서 인도주의적 지원이 자칫 북한의 군사력증강으로 오히려 우리의 공격무기가 될 수 있다는 점에서 아이러니한 문제이다.

합리적 축산정책의 실현

최근 환경오염에 대한 국민들의 관심이 높아지면서 축산분야에서도 친환경축산정책이 요구되고 있다. 축산업등록제, 품질인증제, 생산이력추적시스템, 각 사업장에서의 HACCP 적용 등 다양한 축산정책들이 안전성과 위생 및 고품질의 친환경 축산구조와 생산기반 구축 등 다양한 노력이 시도되고 있다.

그러나 DDA 협상과 세계 각국과의 FTA 체결 등 국제 환경의 급격한 변화는 국내의 축산환경에도 심각한 영향을 끼치고 있어 이제는 더 이상 고통분담차원에서 국내산이라는 사실 하나만으로 소비자들의 구매를 자극하거나 소비를 호소할 수도 없게 되었다.

나는 종종 '한우가 양식산인가? 자연산인가?'라는 질문을 던진다. 그것은 유독 수산물에서 자연산을 찾기 때문에 양식산이 오히려 더 품질관리가 잘 된다는 결론을 도출하기 위해서 하는 말이다.

지금 농가엔 코뚜레 꿴 소는 없다. 무거운 농기계가 일손을 대신하자 소의 노동력은 필요 없어졌기 때문이다. 대신 일련번호가 새겨진 번호표를 귀에 달고 있다. 요즘 소들은 일을 전혀 모른다. 규칙적으로 먹고 규칙적으로 잔다. 최첨단 축산 기술은 1년 만에 임신하고 2년 동안 막대한 우유를 공급한다. 쇠고기 1킬로그램은 곡물 16킬로그램에 해당된다. 우유 1리터를 얻기 위해 곡물 4리터가 필요하다. 쇠고기 1킬로그램을 생산하려면 물 20만 리터가 소비된다. 그래서 축사 하나만 들어서도 일대의 개울이나 샛강엔 비상이 걸린다.

그런데 기업형 축산 과열성장 붐이 일었다. 구제역파동은 자연이 우리에게 보내온 '레드카드'다. 왜 이처럼 바이러스가 창궐하고 그것도 연례행사처럼 반복되는가. 방역체계가 엉망이라며 공무원을 탓하고, 소독 안 하는 축산 농가의 부주의를 꾸짖기도 한다. 그러나 구제역과 AI가 휩쓰는 현상을 단지 바이러스 감염 소동으로만 봐서는 안 된다. 우리는 국내 축산업의 고속 성장에서 중요한 단서를 찾을 수 있다.

최근 10년 동안 축산업은 숨겨진 성장 산업이었다. 축산업생산지수(한국은행)는 2000년 97.4에서 2009년 120.1까지 올라섰다. 축산업 총생산 규모는 5~6년 전 10조~11조 원에서 2009년에는 16조 5,000억 원으로 급성장했다.

축산에 '기업형' '공장형'이라는 수식어가 붙은 것도 최근이다. 닭고기는 90%가 계열화된 양계공장에서 출하된다. 20%의 돼지고기는 기업형 양돈장에서 나온다. 한우 50마리 이상 키우는 기업형 축산농가가 전국에 9,700명 안팎이다.

과열 성장은 반드시 문제를 낳기 마련이다. 너무 많은 숫자의 가축을 키우는 바람에 면역력을 잃어버렸다는 진단이다. 밀도가 높다 보니 감염 속도도 빨라지고 전염병이 돌면 그때마다 대량 살처분으로 마무리하는 일이 꼬리에 꼬리를 문다.

작년 11월에 발생한 구제역은 바이러스의 특성을 조금이라도 객관적으로 볼 수 있다면 분명하게 예견되는 문제였다. 또한, 전남과 제주, 경남에 발생하지 않거나 적게 발생한 것은 예년 발생한 바이러스의 특성이 따뜻한 곳에서는 활성이 저하된 이유이지 방역을 잘해서가 아니다. 그 단적인 예가 행정구역상의 도로경계에서의 방역을 대표적인 전시행정이라 생각한다. 이는 효용성은 거의 없고 교통 불편만을 초래한다는 것을 조금이라도 전문적인 상식을 갖는 사람이라면 모두 알 수 있는 일이다.

불행한 일이지만 올해는 백신접종에 의한 예방으로 전환하여 전년보

다는 적게 발생하겠지만 구제역과 기타 전염성 질병은 반복적으로 발생할 것이다. 그리고 지금과 같은 방식으로는 절대로 구제역 및 전염성질환을 완전히 방제할 수 없다. 그럴때마다 작년처럼 대량 살처분해서는 안된다. 불가피하더라도 극히 최소한의 제한적 살처분에 그쳐야 한다.

고깃집 간판에 보면 소나 돼지들이 무척 행복한 표정이다. 행복한 가축이 맛있는 고기를 생산하는 것은 자명한 이치다. 예전에 스위스 알프스 산맥에서 본 소들은 참 행복해 보였다. 너른 초원에서 마음껏 풀을 뜯고 있었다. 스위스는 한반도의 5분 1밖에 안 되는 좁은 면적에 그것도 70%가 산악지대이다. 그런데 해발 2,000m까지가 주거지역인데 산 위까지 선로를 깔고 톱니바퀴 열차를 운행한다. 그 사이사이 한가롭게 풀을 뜯고 있는 소들과 자연닮은 사람들이 어우러져 살고 있었다.

그런데 우리나라의 경우도 산지가 전 국토의 70% 이상으로 저 들과 산에 신록이 넘쳐나는데도 사료작물을 연간 수조 원씩 수입하고 있다. 그리고 지금 가장 문제되는 것은 기업형 축산이라는 점에서 우리의 축산정책은 반드시 제고되어야만 할 것이다.

행복한 축산을 하려면 축산정책뿐만 아니라 농업정책과 임업정책 등 국가시스템이 바뀌어야 한다. 그러므로 대통령 이하 위정자들의 마인드가 중요한 것이다. 그런데 지금 상황으로 봐서는 마인드가 변할 것 같은 조짐은 보이지 않는다. 그렇다면 현재의 시스템에서 최선책은 무엇일까?

먼저, 생명중시의 축산정책을 시행하여야 한다. 좋은 축산 환경에서 좋은 품질의 식량생산이 생산되므로 축산도 한계생산성을 설정하여야 하며, 밀집 사육방식을 시정하여야 한다. 그리고 축산물의 브랜드화뿐만 아니라 축산정책의 실명제를 시행하여야 한다. 경제적, 사회문화적 손실에 대해서는 책임을 질 수 있는 공직풍토가 정착되어야 한다.

그리고 구제역과 조류독감 등 가축전염병 예방에 대한 근본적인 문제 해결방안이 강구되어야 한다. 현재와 같이 가축에 대한 일방적인 살처분은 전시행정의 표본이다. 예방백신 및 면역성 강화 축산정책으로의 전환은 물론 생태연구와 수의학 연구성과를 반영한 산·정·학 방재시스템을 구축하는 것도 급선무이다.

결국 우리나라도 축산업이 경쟁력을 갖추기 위해서는 스위스와 같은 생태축산으로 전환되어야 할 것이라는 점에서 장기적인 안목으로 시스템을 개선해 나가야 할 것이다.

국토를 효율적으로
이용하려면

숲길에 들어서면 누구나 철학자가 된다

산은 사람을 겸허하게 한다. 한발 한발 자신이 내딛는 땅을 보며 걸어야 하며, 높은 곳만 쳐다보다가는 넘어질 수 있다. 호젓한 산길을 걷는다는 것은 자연의 기운을 온몸의 모공을 통하여 들이쉬고 내쉬는 호흡과 같다. 자연의 질서를 발견하는 일이며, 내 자신이 자연의 질서에서 얼마만큼 벗어나 살고 있는지를 깨닫는 시간이다.

숲길에서 만난 나무와 여러 가지 풀들과 꽃들은 제멋대로 방치되어 자라고 있는 것 같지만 치열한 생존경쟁의 현장이며 또한 공생의 지혜를 보여준다. 장자 莊子 의 '무위이무불위 無爲而無不爲'라는 가르침처럼, 자연은 아무 일도 하지 않은 것 같지만 숲은 조화와 균형의 원리를 잘 유지한다. 숲 속의 나무들이 제멋대로 자리잡고 있는 것처럼 보이지만, 각각의 나무들은 서로를 배려하기도 하고 치열한 생존경쟁을 하면서 살아가고 있는 것이다.

사람들은 세상을 접하면서 무엇이건 자기 생각을 가지고 변별하는 습성이 있다. 주관과 객관을 나누어 놓고 나와 남, 나와 사물을 변별하여 인식하는 과정이 바로 사람들이 살아간다고 느끼는 삶이다. 진달래는 자신이 붉다고 한 적이 없고 개나리는 자신이 노랗다고 한 적이 없다. 진달래는 분별함이 없이 붉은 빛을 나타내고 개나리는 분별함이 없이 노란 빛을 나타내고 있는데, 내가 진달래를 보고 붉다 하고 개나리를 보고 노랗다고 한다. 때로는 이들을 묶어 봄이라고 칭하기도 하고 생명이라고도 한다. 자연은 늘 그대로 있는데 사람들은 그렇게 분별하고 그렇게 인식하는 것이다.

세상살이에서도 '나는 나여야만 한다'는 집착에서 벗어나야 하지만, 때로는 그것을 지켜야만 할 때도 있다. 조화와 균형이 요구되는 인간사회 안에서 '있는 그대로'의 상태로 그저 보장되지는 않는다. 그렇다고 해서 인위적인 조작이 사회의 조화와 균형을 보장하는 것은 더더구나 아니다. 여기서 우리는 사회의 자연스러운 상태를 고려하면서 조화와 균형을 유지하는 숲의 지혜를 필요로 한다고 생각한다.

숲은 단일한 색깔로써 자신 안에 들어온 모든 것을 포괄하고 포용한다. 숲에 들어서면 이미 숲과 하나가 되며 외부세계의 모든 복잡함이 일순간에 사라진다. 푸근한 숲 속에서 모든 감정 또한 사라진다. 내가 더 행복할 것도 없고, 더 불행할 것도 없는 시간이 된다. 이렇게 꽉 찬 속에서 텅빈 마음이 되는 숲이 주는 휴식과 평화의 순간을 나는 사랑한다.

숲은 현대인의 오아시스이다

세상에는 아름다운 말이 참 많다. '오아시스 Oasis'도 그중 하나다. 사막에 오아시스가 있어야 사람이 살 수 있듯이 도시에도 정치에도 경제에도 사람의 마음에도 오아시스가 필요하다. 누구나 지치면 짜증을 내고 때때로 심하게 충돌하기도 하므로, 영혼과 육체를 내려놓을 수 있는 그런

장소가 필요하다. 숲은 삶에 지친 현대인들에게 생명과 행복감을 주는 오아시스이다. 그저 창을 통해 멀리서나마 숲을 볼 수 있다는 것만으로도 우리는 누구나 행복하다.

하물며 숲 속으로 들어가 푸른 신록과 들꽃들을 마주하고 깨끗한 계곡물과 너럭바위를 만나게 되면 그 편안함과 행복감은 보는 것에 비유할 수가 없다. 그래서 사람들이 기를 쓰고 산을 찾는가 보다. 자연에 가까이 있을 때 인간은 행복하고 심신이 건강해지기 때문이다.

그런데 한국은 평균 수명 80세에 육박하는 장수국가이지만, 건강수명은 67세로 중하위권에 머문다. 해마다 노인의료비가 20%씩 치솟고, 전체 의료비의 21%를 차지하기에 이르렀다. 이게 50%를 상회하면 국가재정이 흔들린다. 현재 추세로 볼 때 그렇게 되는 것은 시간문제라는 게 보건 당국의 걱정이다. 해답은 예방양생이요, 자연의학의 적극적 개발 연구 실천 뿐이다.

미국의 환경심리학자인 캐플란 Kaplan 은 'Attention Restorative Theory(집중회복이론)'이란 학설로 일상의 활동에서 기인된 피로는 빨리 원기를 회복해야 스트레스가 쌓이지 않는데 숲은 건강과 행복을 주는 장소라고 주장하였다. 숲은 물과 나무가 어울린 자연 경관, 야생화와 같은 아름다움을 간직하고 있어 사람들에게 행복감을 주며, 일상에서 탈출감과 해방감을 느끼게 하므로 피로회복에 좋다는 것이다.

그러므로 이런 숲의 특성을 잘 활용하면 일상에서 우리가 받은 스트레스를 효율적으로 해소할 수 있다. 우리는 스트레스를 받지 않고 살아갈 수 없다. 어쩌면 숲 속에서 살았던 우리 조상들도 스트레스를 받았을 것이다. 그러나 받은 스트레스를 어떻게 잘 해소하고 극복하느냐에 달려 있다. 그러나 스트레스를 해소할 수 있는 좋은 숲이 우리 주변에 많이 조성되어 있다면 그것은 오아시스를 곁에 두고 살고 있는 것과 마찬가지일 것이다. 숲을 가꾸는 일은 우리가 건강하고 행복하게 살 수 있는 필수 요건이다.

우리나라 산림, 구조조정이 필요하다

우리나라 숲은 단기간에 녹화된 세계적으로 드문 사례라고 한다. 우리나라 숲은 1970년대에 치산녹화 조림사업을 전국적으로 실천하였고, 이때 심었던 나무들이 아까시, 오리나무, 리기다, 잣나무, 낙엽송, 포플러류, 밤나무 등이었다. 수명이 짧은 오리나무와 포플러류는 다 사라졌고, 아까시와 리기다소나무도 수명이 다 되어가고 있다. 남아 있는 숲은 잣나무, 낙엽송, 밤나무림 등이 있고, 남쪽에는 삼나무, 편백림을 볼 수가 있다. 대부분 장기수이고 국내에 오랫동안 적응하여 왔던 수종들로 구성이 되어 있다.

반면에 건조지대에는 소나무와 상수리 등 향토수종으로 천이되어 있고, 땅이 좋아진 곳에는 참나무, 벚나무 등 낙엽활엽수림으로 변화되어 있다. 식재된 숲도 가꾸기를 하지 않고 자연에 방임시킨 결과, 대부분 향토수종으로 생태적 천이가 이루어져 있으며, 소나무류 병해와 잦은 산불에 매우 취약한 상황이다.

따라서 건강한 숲으로 구조조정할 필요가 있다. 그런데 숲을 개발하겠다고 하면 일단 환경단체 등으로부터 저항이 심하다. 만약 이대로 숲을 방치한다면 우리나라 국토면적의 70%가 되는 산에 모두 잡목만 무성해지고 말 것이다.

숲과 인간, 임업과 사회는 동반자 관계이다. 숲은 인간 생명유지의 기본이고, 임업은 지역사회발전의 기반이다. 따라서 숲의 생태와 경제를 조화롭게 발전시키는 일은 결국 인간사회와 지역사회 발전의 기본 행위로 인식을 하여야 한다. 숲을 가꾸고 경영하는 일은 산주들의 경제행위를 지원하는 것이 아니라 국민의 생명과 지역사회 발전을 지원하는 것에 해당한다.

▲ 도시인들의 숲속생태 체험

그러므로 우리의 국토이용에 있어 절대적으로 보존해야 할 백두대간이나 역사적 현장, 보호수림 등은 어떠한 이유에서도 손대서는 안되지만, '녹지'와 '녹지총량제'를 준수하되 그 밖에 활용가능한 녹지부분에 있어서는 점차적으로 수종을 변환하여야 한다. 또한, 우리나라의 산지가 전 국토의 70% 이상으로 산과 들에 신록이 넘쳐나는데도 사료작물을 연간 수조 원씩 수입하고 있다는 점을 볼 때, 교체

되는 수종은 경제 수종으로 변환하여야 한다. 이에 적합한 수종은 황칠나무, 꾸지뽕나무, 닥나무 등이다. 이들 수종들은 잎, 줄기, 열매, 뿌리까지 하나도 버릴 것이 없이 활용되고 있다.

　　나는 수년 전부터 황칠나무와 꾸지뽕나무, 닥나무의 매력에 빠져 있다. 이들은 조경수로도 아름답거니와 단백질과 칼슘 등의 비율이 뛰어나서 사료작물로도 우수하거니와 검증된 약효성분으로 대체의학과 보조식품으로도 매우 훌륭한 조성분을 지니고 있기 때문이다.

신이 내려준 나무 황칠나무 黃漆木, 千金木

　　나무 인삼이라고도 불렸던 황칠나무에서 추출된 수액은 '순수 천연 도료 중 단연 세계에서 최고다'라고 할 수 있으며, 우리나라가 원산지이다. 황칠나무는 백제시대 이전부터 왕실이나 궁의 기물에만 사용되었다. 이 나무는 완도, 보길도, 제주도 등지에서 자생하는 희귀수목으로서, 장보고 무역선단에 의해 본격적으로 중국에 알려지면서 주요 교역상품이 되었다. '신당서'에 의하면 "백제에 삼도가 있는데 황칠이 생산된다. 유월에 수액을 채취하여 바르면 그 빛이 금같이 반짝인다"고 하였다. 황칠은 우리나라에서만 생산되었기 '신라칠'이라고도 하였는데, 그 명성이 알려지면서 고려시대에 이어 조선시대까지

▲ 보길도 황칠나무 군락지

중국으로 보내는 주요 조공품의 하나가 되었다.

명나라를 세운 주원장은 궁궐의 자기 침실을 황칠로 장식하였다, 하루는 자객이 왕을 시해弑害하려고 침실에 들어왔는데, 황칠의 황홀감에 도취되어 멍청히 서 있다가 잡혔다는 일화가 있다. 그때부터 황칠은 황실에서만 쓰도록 하는 교지가 내려졌으나 부호들은 암암리에 사용하였다고 한다. 병자호란 때에는 중국황제가 직접 "조선의 왕은 황칠을 쓰지 말라"고 명령을 내리고 황칠을 모두 침탈해 갔다고 한다. 또 일제 강점기에도 황칠은 거의 전량을 일본으로 가져갔기 때문에, 우리나라에서 생산하면서도 우리 궁중에서조차 써보지 못하는 귀한 품목이었다.

다산 정약용의 '다산시선'에는 강진유배중에 지은 '황칠'이라는 시가 있는데, 황칠의 아름다움과 완도지역 사람들의 애한이 그대로 나타나 있다.

君不見弓福山中滿山黃	궁복산에 가득한 황칠나무를 그대 보지 않았던가
金泥瀅潔生蕤光	깨끗한 금빛 액체 반짝반짝 윤이 나지
割皮取汁如取漆	껍질 벗기고 즙 받기를 옻칠 받듯 하는데
拱把梢殘纔濫觴	아름드리 나무래야 겨우 한잔 넘친다
匲箱潤色奪髹碧	상자에다 칠을 하면 옻칠 정도가 아니어서
卮子腐腸那得方	잘 익은 치자로는 어림도 없다 하네
書家硬黃尤絶妙	글씨 쓰는 경황으로는 더더욱 좋아서
蠟紙羊角皆退藏	납지고 양각이고 그 앞에선 쪽 못쓴다네
此樹名聲達天下	그 나무 명성이 온 천하에 알려지고
博物往往收遺芳	박물군자도 더러더러 그 이름을 기억하지
貢苞年年輸匠作	공물로 지정되어 해마다 실려가고
胥吏徵求奸莫防	징구하는 아전들 농간도 막을 길 없어

土人指樹爲惡木	지방민들 그 나무를 악목이라 이름하고
每夜村斧潛來戕	밤마다 도끼 들고 몰래 와서 찍었다네
聖旨前春許蠲免	지난 봄에 성상이 공납 면제하였더니
零陵復乳眞奇祥	영릉복유 되었다니 이 얼마나 상서인가
風吹雨潤長髡枿	바람 불고 비 맞으면 등걸에서 싹이 돋고
杈枒擢秀交靑蒼	가지가지 죽죽 뻗어 푸르름 어울어지리

'궁복산'이란 청해진 대사 장보고의 아명으로서 완도의 상황봉을 일컫는다. 이 나무가 주민들의 소득원이 되지 못하고 착취의 대상이 되자 주민들이 오히려 나무를 도끼로 찍어 없앴다는 대목이 나온다.

처음 액을 채취하면 유백색이었던 황칠은 점차 공기와 서서히 접촉하면서 영롱한 고급스러운 황금빛으로 변하게 된다. '황칠안식향'이라고 하는 '사람의 신경과 마음을 안정시키는 성분'이 황칠에서 나온다. 뿐만 아니라 황칠은 항암기능을 가지고 있어서 남자들의 전립선암에 특히 좋다는 것이 최근 밝혀졌다. 뿐만 아니라 간세포 경조직 활성화, 치루, 치은염, 당뇨, 아토피, 골다공증, 고혈압 등에 매우 효과가 좋고, 여자들의 피부비용과 노환의 중풍에도 좋다고 알려져 있다.

또한, 황칠연구가들의 발표에 의하면 전자파 차단에 특별한 효과가

▲ 황칠나무잎

▲ 황칠을 바른 도자기

있다 하여 전투기의 도료로 사용하면 레이더의 감시를 피할 수 있다는 연구 발표가 있다. 그리고 우리의 생활과 밀접한 핸드폰의 전자파를 차단할 수 있는 도료로 개발된다면 황칠의 수요 및 부가가치는 엄청날 것이다.

닥나무

뽕나무과에 속하는 관엽식물이다. 닥나무는 줄기를 꺾으면 딱하고 소리가 난다 하여 '닥나무'라 불리게 되었다 한다. 암꽃과 수꽃이 한 나무에 따로따로 무리 지어 핀다. 수꽃은 새로 나온 가지의 아래쪽 잎겨드랑이에서 피며 암꽃은 위쪽 잎겨드랑이에서 핀다. 열매는 둥그렇고 6월에 붉은색으로 익으며 겉에는 아주 작은 가시들이 달려 있다. 키는 3m 정도 자란다. 잎은 어긋나고 흔히 2~3갈래로 나누어지며 가장자리에는 잔톱니와 가시가 있고, 잎 양쪽에 가는 가시가 달린다.

닥나무의 열매를 저실 楮實 이라 하는데 이것을 한방에서는 양기부족·수종 水腫 의 치료에 쓰고 있다. 뿌리를 잘게 썰어 밥 먹기 전에 달여 먹으면 소갈 消渴 을 치료할 수 있다. 또한 나무껍질 속의 섬유를 뽑아내 창호지를 만드는데 이 창호지를 얻기 위해 닥나무를 심고 있으며 조선시대에는 닥나무 껍질로 만든 종이로 저화 楮貨 라는 돈을 만들어 쓰기도 했다.

닥나무는 중국 한나라 때 우리나라에 들어왔는데, 제지원료로 재배하기도 하지만 전국의 산야에 자생하고 있다. 동물자원과학회[2]에 의하면, 닥나무를 이용하여 한지 원료를 만드는 작업공정중에 발생하는 부산물인 껍질과 잎 등을 가축사료로 급여한 결과 매우 유용한 연구결과를 얻었다고 발표하였다. 닥나무잎의 일반성분을 분석한 결과 조단백질이 11.24%, 조지방은 6.9%로 나타나 다른 사료작물에 비하여 영양성분이 우수하였다는 것이다.

동의보감에도 닥나무의 열매는 허약을 보하고 기육(살집)을 보충해

---

2 동물자원과학회지, 제22권 5호(1980), pp.336~340.

주며 뼈를 튼튼하게 하고 양기를 도와준다고 되어 있으며, 본초강목에도 신경통을 완화하는 효능이 있고 신장건강에 도움을 주어 얼굴의 붓기를 빼주며, 특히 여성의 자궁출혈 치유에 도움을 주며 눈 건강에 유효하다고 한다. 그러나 찬 성질이 있어 몸이 찬 사람에게는 식용 시 유의해야 한다.

이렇듯 한지의 원료로 사용될 뿐만 아니라 그 부산물을 사료로 이용할 수 있으므로 매우 유용한 수종이다. 또한 전국의 양지바른 산기슭이나 밭둑 등에서도 잘 자라므로 대체작물로 매우 바람직하다고 본다.

꾸지뽕나무 刺木

꾸지뽕나무 Cudrania tricuspidata 는 뽕나무과 꾸지뽕나무속에 속하는 갈잎작은키나무이다. 생김새가 '굳이' 뽕나무를 닮았다 하여 꾸지뽕나무라는 이름이 붙었다. 줄기에 길고 날카로운 가시가 있고, 열매는 오디를 닮았으나, 오디보다 훨씬 크고 빨갛게 익는데 맛이 매우 좋다.

우리나라 남부지방의 돌 많고 메마른 땅에서 흔히 무리 지어 자란다. 한자로는 자목 刺木 이라고 쓰고, 꾸지뽕나무, 돌뽕나무, 활뽕나무, 가시뽕나무 등으로도 부른다. 중국과 우리나라에서는 자라지만 일본에는 자라지 않는다.

꾸지뽕나무는 뽕나무과에 딸린 나무이기는 하지만 뽕나무와는 다른 점이 많다. 암나무와 수나무가 따로 있으며, 잎 모양도 뽕나무와는 다르게 생겼다. 열매는 반드시 암나무에만 달리고 수나무에는 열리지 않는다. 잎으로 누에를 칠 수도 있는데 꾸지뽕잎을 먹인 누에가 만든 실은 몹시 질기고 품질이 뛰어나서 거문고의 최고급 줄은 반드시 이 나뭇잎으로 기른 누에에서 뽑은 명주실을 쓴다고 한다.

높이는 3∼5미터까지 자란다. 나무껍질은 갈색이고 세로로 얕게 갈라진다. 잎겨드랑이에 가지가 변해서 된 길고 날카로운 가시가 있다. 잎은 어긋나고 달걀형으로 가장자리가 밋밋하지만 잎몸이 3개로 갈라지는 것도 있다. 잎 앞면에서는 잔털이 있으며 뒷면에 융단 같은 털이 있다. 암수딴그루로 잎겨드랑이의 두상꽃차례에 연노란색 꽃이 모여 핀다. 수꽃은 둥글며 노랗고 시간이 지나면 저절로 떨어져 없어진다. 암꽃은 둥글며 실처럼 생긴 암술대가 2개로 갈라진다. 시간이 지나면 저절로 탈락되며 둥근 열매는 처음에 푸른색을 띠다가 붉은색으로 변하는데, 이 둥그스름한 취과열매는 붉게 익으면 단맛이 나면서 먹을 수 있다. 개화기는 5∼6월이고 결실기는 9월이다.

한국식품저장유통학회의 연구에 의하면, 꾸지뽕나무는 단백질, 아미노산, 미네랄과 같은 우수한 영양소와 플라노보이드인 모린, 루틴, 모르찐 등과 같이 항암효과에 좋은 성분과 아스파라긴산, 글루타민산, 리보플라빈, 비타민B_1,비타민B_2, 비타민C 등의 성분이 다량 함유되어 있는 것으로 나타났다.

동의보감에는 여성의 자궁암, 자궁염, 냉증, 생리불순, 관절염, 신경통 등에 효과가 커서 여성들의 질병에 특효가 있는 것으로 알려져 있다. 또한, 어혈을 없애고, 오줌을 잘 나가게 하고, 간장과 신장의 기능을 튼튼하게 하고, 온갖 염증을 없앤다고 하였으며, 꾸지뽕 기름은 갖가지 피부병, 무좀, 습진, 부스럼, 피부궤양 등에 바르면 효험이 뛰어나고, 잇몸 염증이나 치주염, 구내염, 인후염 등에도 효과가 좋다고 한다.

꾸지뽕나무는 함암효과가 탁월한 것으로 알려져 있는데, 동물실험에서도 갖가지 암세포에 대한 억제작용이 있음이 입증되었고, 중국이나 일본에서도 실제 임상에서 활용하여 좋은 효과를 보고 있다. 식도암, 위암, 결장암, 직장암 같은 소화기관의 암에 주로 쓰고, 폐암이나 간암환자에게도 쓴다. 항암제나 방사선요법을 쓸 수 없을 정도로 악화된 환자들한테서 썩 좋은 결과를 거두었다고 하니 적극적으로 보급하고 육성이 필요한 유용한 수종이라고 생각된다.

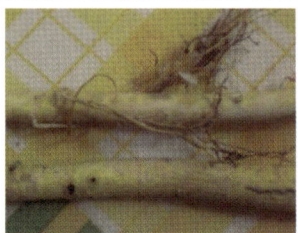

▲ 꾸지뽕

한국의 정치발전
방안에 대한 소고

현대판 삭탈관직

　　나는 난중일기를 읽으면서 '인간 이순신'에게서 많은 위로를 받았다. 걸어온 삶의 궤적이 많이 닮아 있었다. 나 자신도 권력자들의 횡포에 의하여 현대판 삭탈관직을 당한 사람이다. 권력자들은 자신이 할 수 있는 모든 방법으로 권력을 행사하였다.

　　나는 정치학과 출신이 아니어서 최근에야 버나드 맨드빌 Bernard Mandeville 의 "The Fable of the Bee(벌들의 우화)"라는 책을 접하게 되었다. 내가 가진 정치철학 가치관이 온통 흔들리고 있던 때였다. "어떻게 그럴 수가 있지?"라는 말만 되풀이하면서 공황상태에 놓인 내게, "정치라는 것이 본래 그런 것"이라며 친구가 복사본 소책자를 내밀었다. 외부적으로는 비공식적인 금서이고 내부적으로는 정치학도의 필독서라는 것이었다. 그래서 정치학과에서는 정규수업시간이 아닌 그룹발표 등에서 자주 거론되는 정치이론서라고 한다.

　　결국 사회가 너무나 평온하면, 일부러 혼돈을 조장하고 다시 이를 평정함으로써 에너지와 권력을 얻는다. "개인의 악덕은 곧 공공의 이익이다"는 모순을 거침없이 주장한다. 다른 무엇보다 가장 비열하고 악한 행위가 긍정적인 경제적 영향력을 낳는다고 주장한다. 예를 들어, 난봉꾼은 악한 인물이지만 그의 쓰임이 곧 재봉사, 종복, 향수 제조자, 요리사, 목수 그리고 기회주의적으로 몸 파는 남녀를 고용한다. 결국 난봉꾼이 가진 야비한 열정은 사회 일반에 득을 가져다 준다는 것이다. 따라서 악이 선을 만들어 내는 것이고 악을 옹호하는 발언과 권력과 이익을 위하여 일부러 사회를 혼란에 빠뜨리는 방법론이라는 점에서 경악을 금할 수 없었다.

충격으로 읽은 책이었으나 정치인들의 작태를 해석할 수 있는 눈이 조금 생긴 것 같았다. 그런 책으로 정치를 공부한 그들에 의하여 나 같은 사람은 전혀 양심의 가책도 없이 제거해 버린 일벌에 불과했고, 내가 올렸던 이의신청 등은 단지 벌의 웅웅거림이라고 간주하였을 그들이 겁이 날 지경이었다.

나는 본래 권력을 쥐어 천하를 평정하고 싶어 정치에 입문했던 사람이 아니다. 군대에 있으면서부터, 공무원으로 일하면서도 현실과 너무나도 괴리된 법률과 제도 때문에 고통받는 우리 농어업인들에게 도움을 주고, 수계산업의 중요성을 널리 알리고자 한다면 국회의원이 되는 수밖에 없다고 느꼈기 때문에 정치에 들어선 사람이다. 그래서인지 어떤 모임에 갔더니 당신 별명이 뭔지 아느냐며 '컨츄리꼬꼬'라고 가르쳐 준 이가 있었다. 세상 물정 모르는 촌닭이라는 뜻이겠지만, 나는 차라리 토종닭의 우수성을 보여 주겠노라며 호기를 부린 적이 있었는데, 다른 청치인들이 보기에는 오히려 내 자신이 별종이었나 보다.

2007년 말 18대 총선 지역구확정시 인구가 급감하는 우리농어촌 현실 때문에 내 지역구인 강진·완도는 독자적으로 선거를 치를 수가 없는 형편이었다. 내 지역구뿐만 아니라 대구달서와 전남여수, 부산남구에서

갑, 을이 통합에 해당되었다. 그러나 한나라당과 민주당 양당의 필요에 의하여 지역구 의원들 간에 결탁하면서 환상적인 게리멘더링으로, 오직 내 지역구인 강진을 영암·장흥에 붙이고 완도를 해남·진도에 붙이는 것으로 깔끔하게 해결되었다. 환상적이라는 나의 표현이 무리하지 않음은 이현령비현령의 무원칙이 난무한 상황이었기 때문이었다.

악조건 속에서도 나는 굴하지 않았다. 오히려 자신이 있었다. 나는 지역구에 국한하지 않고 전국적으로 민원처리와 활동을 해 왔고, 해남과 진도는 어촌지도소장을 지내면서 젊은 층들과 공감하고 있었기 때문이다. 그러나 통합민주당 공천신청과정에서 이 시대에 무소불위의 권력을 가진, '공천심사위원들'에 의하여 나는 18대 총선에서 피선거권조차 빼앗겼다.

그들의 표현에 의하면 1차 심사에서 '매우 미세'(박재승 심사위원장의 표현, 강진신문 2008년 11월 5일자)하게 이영호가 1등을 하였는데, 1등인 이영호와 차점자인 민화식, 두 명을 다시 여론조사 경선에 부쳤다고 했다.

경선과정에서 불공정과 비리를 포착하여 중지할 것을 요구하였지만 계속 진행되었고 결과는 공천탈락이었다. 이의를 제기하여 이의신청(위원장 신낙균)이 받아들여졌지만, 당대표였던 손학규는 당시 최고위원 15명 중 6명밖에 참석하지 않아 당헌 당규상 회의성립 요건조차 되지 않은 상황에서 회의를 진행시켜 기각하고 민화식으로 확정발표해 버렸다.

사필귀정이라고 불법으로 공천된 민주당 공천자 민화식 후보는, 경선 1차 심사에서 탈락하자 민주당을 탈당하여 무소속으로 출마한 후보에게 대패하고 말았다.

반면, 내 자신은 최종경선에 참여했다는 이유로 선거법에 의하여 당해선거에 출마할 수 없었다. 이후 당에서는 내게 부산 해운대·기장에 출마하도록 권유하면서, 선거비용 일부를 당에서 부담하겠다는 것이었지만, 나는 너무나 억울한 상황에서 이를 받아들일 여유가 없었다.

나는 그렇게 어이없는 상황으로 인하여 18대 총선에 출마조차도 하지 못하였다. 4년 동안 국정감사 우수의원으로 선정되고, 두 차례에 걸쳐 최우수의원으로 선정되어 국회의장상을 수상하였으며, 여러 단체들에서 우수의원으로 수많은 표창을 받았다. 입법실적이나 정책보고서 작성 등 의원활동성적 모든 부분에서도 최상위 5% 이내에 들었었다. 아울러 농·수산 관련 전국 20여 개의 단체의 지지성명 발표도 있었다. 하지만 공천에서 배제하겠다는 의지를 가진 소수 권력자들이 주도한 공천심사에서 이러한 것들은 아무런 힘도 발휘하지 못하였다는 점은 정말 애통한 일이었다.

사람들은 내게 정치를 너무 몰랐다고 했다. 어느 줄이 제일 센지 민첩하게 행동해야 되는데 썩은 동아줄을 잡았다고 비웃기도 하였다. 18대 대선경선에서 나는 정동영 후보의 부산·울산·경남 선거본부의 총괄책임자였고, 제일 처음 시작된 제주 경선에서 초반 타후보에 비해 불리하여 도와 달라는 강창일 의원의 부탁으로 당시 농수산인 등을 모아 3일 만에 역전하게 하는 등 가장 취약지구를 맡아 정동영 후보를 경선승리로 이끈 자타가 공인한 일등 공신이었다.

하지만, 대선 후 한나라당 3등이었다가 민주당으로 투항한 손학규가 경선에 패하고 당대표가 되었으며, 공천심사위원들의 선임을 손학규가 하였음에도 나는 정의와 공정과 법과 규정을 철석같이 믿고 그 시스템 안으로 들어갔던 것이다.

내가 진실이라고 믿었던 정치적 신념이 와해되었고, 헌신적으로 지원했던 사람에게도 그의 냉혹한 이해타산에 의해 외면당했다. 그럼에도 불구하고 내가 다시 일어서고자 하는 이유는 그동안 함께 했던 동지들에 대한 기대를 저버릴 수 없으며, 땀과 피와 눈물로 얼룩진 얼굴을 가진 안타까운 이들이 소외되고 차별받는 것을 그냥 두고 볼 수 없기 때문이다.

한국정당에 이념은 있는가?

한국정당에 이념은 있는가? 정당은 조직이 일관적으로 나아가야 할 통일적 인식과 수많은 현상을 일관되게 하나의 논리로 진단하고 처방할 수 있게끔 해주는 이념이 있어야 한다. 그런데 현재 한국정치에 이러한 원론적 차원의 정당이 있는가?라는 질문에 답할 수가 없을 것이다.

과거 수천 년 동안 절대빈곤에서 헤어나지 못하다가 이제야 겨우 살 만한 세상을 만났는데 우리는 아직도 당파싸움에 계보싸움 중이다. 세계 열강들이 식민지를 개척하고 일본은 머리부터 발끝까지 개혁을 외치며 변모하며 세력을 키워갈 때에도 조용한 아침의 나라는 문을 꼭꼭 잠그고 좁은 땅덩어리에서 피터지게 당파싸움에 열중하고 있었다.

아직 한국은 어설픈 자본주의 관념에 젖어 있다. 자본주의 시장질서를 오직 성장의 수당으로만 인식하고 그 질서를 유지하는 '공정한 경쟁'과 '약자 보호'의 원칙에까지는 미치지 못하고 있다. 정치적 안전판을 만들어 내지 못하고 있기 때문에 권력제일주의가 재력과 결탁하여 권력유지의 도구로 이용하고 있기 때문이다.

국가적 차원의 빈곤 탈피를 이뤘다 했지만, 당시 방책으로 채택한 정부의 직·간접 자원 분배를 통한 수출주도형 공업화 전략이, 결국 지금의 대기업 위주 경제구조와 양극화 상황을 초래했다는 비판이 있다. 그러나 일부의 원인일 수는 없지만 전적이지는 않다. 오히려 나는 수출주도형 공업화 전략은 매우 통찰력이 있는 선택이었다고 생각한다. 한 걸음 앞서 시대를 통찰하는 비전과 실행력만은 제대로 평가되어야 한다. 오늘날 우리가 이를 통하여 얻을 수 있는 교훈은 한치 앞의 승리와 정략이 아니라 통일 대비와 복지 시스템 강화, 성장잠재력 확충이라는 복잡한 시대적 과제를 풀어나가야 한다는 것이다.

민주화가 심화되고 확대되는 과정을 거치면서 정당이 정당화되기보다는 오히려 헤쳐모이기식의 정계개편으로 정당조직의 연속성은 상실되고 있다. 자주 변할수록 개별 색체는 옅어지고 거의 차별화가 이루어지지 않는다고 봐야 한다.

한국 선거정치에서는 정책적 문제의식보다는 누가누가 흠이 많은가가 관건이 된다. 인신공격과 금품살포까지 불사한다. 한국사회가 부지불식간에 박정희 대통령의 향수에 젖는 이유가 온갖 시련을 극복하고 한강의 기적을 이루어냈는데, 어두운 개발시대가 물질적 만족 속에서 어디로 가야 할지 모른 채 방황하고 있는 현재보다 더 살 만한 세상이었다는 진단에 적지 않은 이가 공감하고 있는 것이다. 미래에 대한 비전을 제시하고 그 비전을 현실로 바꾸어 놓을 정책의 구상에 전념하는 것이 아니라 권력투쟁의 현실에 안주한 채 헤쳐모이기를 반복하는 데 신물이 난 것이다.

선거만능주의 풍토에서 무조건 선거에서 이기고 보자는 식의 합종연횡이 이루어진다. 이러한 무이념성이 정당조직의 무정형성과 함께 한국 정당정치의 미래에 대하여 우려를 품게 하는 변수이다. 이념이 있었다면 경선과 대선이 그렇게 색깔 없이 치러지지는 않았을 것이다.

다른 당의 3등이 건너와 대선후보 경선에 들어오고, 총선에서는 상대당을 이기지 못하도록 제3당 후보를 지원하며 자기당에서는 후보를 공천하지 않는다. 같은 당인데도 계파별로 후보를 공천하여 본선에서 같은 당 후보끼리 서로 물고뜯고 싸운다. 그리고 선거가 끝나면 다시 한 울타리 안으로 들어간다. '정책'은 뒷전이며 오직 승리라는 목적만 남아 있다고 해도 과언이 아니다.

본래 정당은 다양한 계층과 부문 사이에 광범한 공감대를 형성하고 정치적 분열을 새로운 가치의 창조로 잇는 조직이어야 한다. 정강정책을 일관되게 구체화할 이념 역시 한국정당정치에는 없다. 한국정당을 움직이는 것은 여전히 '간부조직'이며 일차원적인 '지역감정'이다.

평소에는 잘 보이지 않지만 선거때만 되면 여전히 '공천'이 화두가 되는 것은 어쩔 수 없는 현상이다. 특히, 지역정당이 뿌리깊은 지역일수록 이러한 허상의 이데올로기에 매달리게 되는 것은 안타까운 현실이다. 선거가 모든 민주주의를 대변하지 않는다. 절차의 투명성과 공정성을 중시하는 정치문화가 존재 않는 상황에서 정치적 참여의 채널을 다양화하는 대중정당이 존재하지 않는다면, 직선제는 한국을 진정한 자유민주주의 길로 안내하지 못한다.

정당은 구심력이 강해야만 한다. 중심인물이 강할 때 결합력이 높아진다. 고만고만한 리더들이 이합집산할 때 밖으로 튕겨나가는 원심력이 작용하여 조직은 와해되고 만다. 다양한 갈등에서 태동하는 강렬한 정치적 원심력에 제동을 걸 만한 구심력이 있을 때 갈등은 새로운 가치창출로 거듭날 수 있다. 그러한 통합의 역할이 정당의 몫이다.

한국정당은 정치집단이 아닌 정책집단이 되어야 한다. 통지행위는 기대하기 어렵고 기득권을 가진 집단의 이해를 도모하기 위한 정치만 난무하다. 오늘날 한국의 사회경제가 겪고 있는 위기의 본질은 결국 질서의 해체와 통치의 상실에서 비롯된 것이다. 이것이 비전의 부재로 이어지고 있다. 이러한 위기의 탈출은 역설적으로 민주화를 강화해야 한다. 민주화란 법질서의 유지와 실천이다. 국가적으로는 시장경제가 정치로부터 독립할 수 있어야만 한다. 이해 집단과 각급 조직에서 탈정치화가 이루어지는 것도 중요한 민주화이다.

선거가 만능인 시대

우리 국민들이 민주주의와 선거를 동일시하고 거의 절대시하게 된 데에는 지난 정권에서 소수의 통치집단이 거의 모든 중요한 결정을 독점하고 국민들을 소외시켰던 역사가 있다. 하물며 대통령 선거까지도 간접선거가 이루어졌기 때문에, 대통령을 자신들의 손으로 직접 뽑는 선거야말로 민주주의의 모든 것인양 인식되어, 직접선거 만능의 시대가 된 것이다.

서울시의 무상급식 찬반투표 역시 오세훈 시장이 자신의 뜻을 관철시키기 위하여 승부수를 던진 사례이다. 직선만능, 선거만능 풍토는 우리의 민주주의를 오히려 퇴보시키고 있음을 간과해서는 안 될 것이다.

법질서가 민주주의의 기본이라면 법을 지키는 과정은 민주주의 요체이다. 그러나 선거가 민주주의의 기본이 되어 있는 나라에서는 선거의 결과가 모든 것을 좌우한다. 그러므로 선거에서 이기기 위해 정치인들은 오로지 대중의 환심을 사는 데 전력을 기울인다.

국회의원 4년 임기중 4년차로 접어들자 국회 의원회관과 본회의장에서 의원들을 점점 보기 힘들어졌다. 무심히 지나쳤는데 어느날 보좌관이 하는 말이 지역구가 분구나 통합될 우려가 있는데, 인근 유모 의원님은 의원실에 전화받는 비서 이외에는 전 비서진이 지역구에서 거의 살다시피하고 있는데 우리는 이렇게 일한다고 국회에만 있어 걱정된다는 말을 하였다.

나는 국회의원이 일로써 승부를 걸어야지 아직 선거기간도 아닌데 일은 안하고 주민들 환심 사는 데 급급해서야 되겠느냐고 일축해 버렸다. 그런데 임기 말까지 국회에 남아 일했던 나는 18대 국회에 입성하지 못하였는데, 그때 국회에서 보이지 않던 의원들은 18대 국회에 버젓이 승리의 깃발을 들고 당당하게 입성하였다.

나중 선배의원의 말을 들으니 초선은 재선을 위해, 재선은 삼선을 위해 있는 거라고 했다. 결국 권력을 잡으려면 대중주의에 빠질 수밖에 없으며 당장의 대중인기에 영합하여야만 한다는 것을 보여주었다.

정책적 입장과 능력보다는 대중성만으로 권력의 자리에 오를 수 있는 우리의 선거민주주의는 개선되어야 한다. 유신과 5공의 독재시절을 거치면서 공권력은 악이고 저항은 선이다는 등식이 무의식 속에 자리잡은 결과다. 민주주의 이상으로서의 무정부주의와 선거만능 풍토의 결합은 포퓰리즘을 만들어 냈다.

이제 우리 국민들의 자각이 필요하다. 정치집단이 아닌 정책집단을 개혁의 주체로 선택할 수 있어야만 우리나라에 희망이 있다. 지금까지는 정권을 잡아 '모든 것을 갖거나 아니면 모든 것을 잃거나 하는 게임 all or nothing'이었다.

그러니 지역중심으로 죽기 아니면 살기의 게임을 벌이면서 정책도 이념도 민생도 미래의 도전 등 정작 우리에게 중요한 것은 모두 뒷전으로 밀리고 마는 것이다. 권력의 집중구조가 해소되지 않고 정치개혁을 통해 지역주의 구도가 희석되지 않은 한 아무리 정권교체가 되도 우리에게는 희망이 없다. 집중된 권력을 잡기 위해 지역 대 지역 간의 갈등구조는 시간이 갈수록 증폭되고 세계화와 탈냉전의 시대에 우리는 세월 가는 줄 모르면서 희망없는 정치의 포로가 되고 말 것이기 때문이다.

참을 수 없는 건, 배고픈 것보다 꿈을 꿀 수 없는 것이다

2012년도에 치러질 총선과 대선의 화두는 '복지정책'이 될 것이라고 한다. 민주당에서는 '무상복지' 시리즈(무식급식·무상보육·무상의료)를 내놓았다. 한나라당의 유력한 대선주자도 약간은 변형되더라도 비슷한 공약을 제시할 것은 자명한 일이다.

정치란 국민들의 삶을 편안하게 해주는 데 목적이 있다. 그러므로 정치의 존재 이유는 물질적인 것이든 정신적인 것이든 가난을 물리치는 데 있다. 그러므로 정치인은 국민이 가난과 고통을 해결할 수 있도록 헌신하는 것은 당연하다.

그런데 왜 새삼스레 정치권과 사회에서 복지논쟁이 뜨거울까. 그것은 자신의 삶과 주장이 다르거나 복지재원 확보에 대한 구체적인 방안 없이 주장되고 있기 때문이다. 또한 사회의 소외계층에 대한 배려와 사회적 안정망 구축이 시급한 데도 전체 국민을 대상으로 하여 보편적 복지를 주장하는 것은 아무래도 포퓰러즘이라는 비난을 받지 않을 수 없다.

다산은 경세론에서 '이용후생'과 함께 '정덕'을 주장하였다. 국민들의 풍요로운 삶에 힘써야 하지만 그 실천방법론이 바르게 되어야 한다는 것이다. 아직도 우리 사회는 재난발생에 취약한 계층들이 많이 있다. 또한 교육시스템에 있어서도 빈부격차가 심하다. 각종 사회제도 등도 실질 생활수준에 못 미치고 있으며 청년실업과 조기퇴직에 따른 고용문제 등 정치권에서 '이용후생'을 위해 시급히 처리해야 할 일들이 산적해 있다. 실현가능성이나 복지 재원의 합리적 조달방안이 없는 복지논쟁은 '정덕'과 대립된다.

세계는 지금 대량실업, 인플레이션, 재정적자 누증, 국가부채 급증 등 글로벌 경제위기가 확산·심화되고 있다. 이런 가운데 미국의 월가를 비롯해 세계 각국에서는 계층 간 갈등이 심화돼 시위가 격화되는 양상이다. 시민들은 사회보장 급여의 확대를 요구하는 반면 정부는 재정위기를 염려해 재정적자 폭을 줄이기 위한 목적으로 사회보장 급여를 감축하고 있다.

우리나라는 어떠한가. 국민건강보험 기금은 2010년 1조 2,994억 원 적자이며 2012년에는 적립금이 완전히 고갈될 것으로 예상되고 있으며, 국민연금은 앞으로 30년 후부터는 적자가 시작되어 2060년에는 적립금이 완전히 고갈될 것으로 예상하고 있다.

그러면 우리가 나아가야 할 방향은 무엇일까. 일방적으로 보편적 복지냐, 선택적 복지냐의 선택이 아니라 대상과 사안에 대하여 선별적인 적용이 되어야 한다. 저소득층에게는 보편적 복지가 시행되어야 하지만, 소비성 복지는 여러 가지로 문제점과 사회적 폐단을 불러올 수 있다.

무상의료, 무임승차와 같이 개개인에게 사적으로 혜택이 돌아가는 복지제도는 시행이 되면 권리로 변질된다. 한번 권리화되면 이를 조정하려면 엄청난 사회적 저항과 반대에 부딪히게 된다. 그러므로 시행에 있어 선별적으로 시행되어야만 한다. 단지 나이가 기준이 되어서는 안 되며, 재산 및 소득이 반영되어야 한다. 노동생산성을 가지고 있는 사람에게는 무상복지보다는 고용창출이 우선되어야 함은 물론이다. 그리고 고용창출과 자산형 복지와 같이 생산형으로 복지 패러다임이 전환되어야 한다.

미래세대도 노령세대 못지 않게 복지의 대상에 검토가 필요하다. 참을 수 없는 건 배고픈 게 아니라 꿈꿀 수 없다는 것이다. 한참 정신적·육체적으로 성장할 나이에 환경적 요인 때문에 급식을 받지 못한다거나 취업이 안된 젊은 영혼들이 방황한다는 것은 개인의 문제가 아닌 국가적 차원의 문제이다.

빈곤층에게는 돈이 아닌 교육기회를 제공하여야 한다. 국가의 복지 예산의 상당부분을 교육장려를 통한 인적자원 개발에 집중하여 취업활동 증가를 위한 투자에 사용되도록 해야만이 장기적 복지정책이 될 것이다.

또한, 싱가포르가 2001년부터 시행 중인 자산형 복지도입도 필요하다. 싱가포르의 경우 아이가 태어나면 일정한 목돈을 고유계정으로 적립해 뒀다가 교육비용 등 특정한 용도로 쓰고 남은 금액은 은퇴까지 국가기금으로 노후 자금으로 지급해 주도록 하고 있다. 10~20년을 넘어 50~60년 후까지 내다보는 장기적 안목이다. 사회적 공동체 내에서 출생아에게 고유한 인생의 종자돈을 줌으로써 자활의 기반을 닦아줘 경제적 활력의 토대와 세대 간 통합의 길을 열어주자는 취지인데 이 돈이 국가펀드로 운용되면 재정적 압박도 줄이고 금융산업에도 활력을 제공할 수 있다. 미래세대의 짐을 덜어 세대 간 통합을 촉진할 수도 있다. 지금의 복지 및 교육예산 중에서도 우선순위를 제대로 정하면 추가 부담 없이도 재원 조달이 가능할 것이다.

복지 혜택을 사적 이익이 아니라 공동 소비가 가능한 안전망 형태로 공급하는 것은 적은 비용으로 큰 효과를 낼 수 있을 뿐 아니라, 장래 경제 위기나 인구구조 변화로 인해 복지 혜택의 변경이 불가피할 때 보다 유연하게 문제를 해결할 수 있게 해줄 것이다. 일회성 복지보다는 갑작스러운 사고와 질병, 그리고 실직과 노후 생활에 대한 걱정으로부터 오는 마음의 불안을 해소해주는 생활안전보장이 더 친서민적이고 비용 면에서도 효과적이라 생각된다. 그래야만 국민 모두의 삶의 질을 높일 수 있는 진정한 의미의 보편적 복지정책이라고 생각한다.

세계 속의 한국문화
어떻게 정립할 것인가

뿌리깊은 나무가 꽃을 아름답게 피울 수 있다

우리가 문화유산이 있다고 말할 수 있으려면, 문화를 창조하는 능력과 문화를 보존하는 능력을 가지고 있어야만 한다. 창조에는 재능이 필요하고, 보존에는 관리가 필요하다. 우리의 고유한 문화유산은 우리에게 '뿌리'가 있다는 상징성이며, 민족의 자부심이다. 우리 민족은 끊임없는 대륙세력의 침탈과 약탈을 일삼은 해양세력의 사이에서 수많은 역경을 겪어왔다. 그럼에도 불구하고 우리의 문화유산을 이만큼이라도 보존해오고 정체성을 지켜온 것은 매우 다행한 일이다.

그런데 근대화 과정에서 급속하게 들어온 서구적 방식을 선진형 삶의 표준으로 삼으면서 우리 것을 고루한 것으로 인식하는 경향이 팽배했던 것도 사실이다. 그 결과 우리는 귀중한 많은 한국 전통문화의 원형을 잃었다. 그러나 이제는 우리의 소중한 옛것을 전승하고 보존해야 할 시점이다. 우리 자신이 스스로 문화전통를 소중히 할 때 세계에서도 우리의 존재가치를 인정받을 수 있다는 점을 깨달아야 할 것이다.

지금 세계는 빠른 속도로 변화하고 있다. 우리에게는 세계를 선도할 수 있는 IT기술과 통신 및 조선기술 등 여러 가지 우수한 기술들이 있는데 이러한 속도의 시대를 선도하고 있다고 하여도 과언이 아니다. 뿐만 아니라 외국인들이 우리나라에 입국한 순간부터 놀라는 것들이 있는데, 먼저 인천국제공항 우수한 시스템과 청결성, 지하철과 시내버스의 시스템과 같은 우수한 교통망에 놀라고, 아름답고 거대한 한강과 그 주변을 둘러싼 아파트 단지, 밤에도 안전한 치안상태 등이다. 이것은 우리가 과거 50여 년 동안 그 어느 민족보다 열심히 노력했던 결과이며 앞서가는 선진국들을 벤치마킹했던 결과이다.

　　이러한 놀라운 경제성장과 선진기술 등에 비하여 전통문화를 홍보하는데는 미흡하다. 나는 우리 전통문화의 특징을 크게 두 가지로 본다. 하나는 '인본주의 문화'이며 또 하나는 '생명중시 문화'이다. 두 가지 모두 성리학을 바탕으로 한 유학의 정신이다. 우리 문화의식은 너무 거대한 중국이나 지나치게 기교가 넘치는 일본과는 다른 자연스러움과 편안함을 추구한다. 이러한 인본주의 정신은 건축의 조형미나 도자기 등의 미술품에서도 나타난다. 너무 크거나 너무 인공적인 것은 인간미가 없는 것으로 간주되어 아늑함과 아담함을 지향한다. 더도 덜도 아닌 인간적인 미를 가치기준으로 삼은 것이다.

　　한편, 삶의 방식은 생명중시 문화로서 활동적이며 역동적이다. 이는 전생이나 내세보다는 현세를 중시하는 유교정신의 표출이기도 하다. 그래서 수복 壽福이 가장 좋은 덕담이며, 힘차고 생명력이 넘치는 것을 좋아한다. 현재는 살아있는 것이고 따뜻하고 부드럽다. 그래서 우리 문화는 어떤 점에서는 아담하고 한없이 정적이면서, 한편으로는 힘차고 생명력을 가지는 '신바람 문화'이다.

　　나는 우리가 다른 나라 사람들에게 한국적인 것이라고 내보일 때는 두 가지가 모두 겸비되어야만 한다는 것이다. 그런데 지금 한류열풍이 아시아를 넘어 유라시아 대륙과 아메리카 대륙에까지 번지고 있다. 이는 '신바람 문화'가 번진 것이다. 우리나라가 세계가 인정하는 조수미와 정명훈과 정명화 자매, 장영주와 장한나와 같은 최고의 음악가들을 배출하였고, 김연아와 같이 불세출의 피겨스케이팅 여왕도 있다. 또한, 올림픽이나 월드컵과 같은 스포츠 경기에서도 선두그룹을 차지하고 있는 양궁에서의 석권은 물론, 사격에 이윤리, 포켓볼의 차유람, 프로 골프에서도 완도출신 최경주를 비롯하여 남녀를 불문하고 세계가 놀라는 우승을 거듭하고 있다. 이것은 모두 우리의 신바람문화가 표출된 것이라고 본다. 우리 민족들이 이렇게 세계로 나아가서 한민족의 우수성을 널리 알리고 있는 것은 매우 바람직한 일이다.

그런데 정작 세계인들이 우리나라에 들어와서 경제발전과 우수기술에는 경이감을 표하지만 고유의 전통문화를 보고 실망한다면 그것은 뿌리없는 나무에서 피우는 꽃과 같은 것으로 인식될 수 있다. 그러므로 이제는 문화 주체성과 정체성을 가지고 서구의 신진문물뿐만 아니라 전통문화를 벤치마킹하는 자세가 필요하고 생각한다. 그것은 우리의 뿌리를 지키는 일이기 때문이며, 우리 자신뿐만 아니라 세계인들과 공유하여도 손색이 없는 우수한 우리의 문화에 대한 시선과 애정이 필요한 시점이다.

지혜로운 문화능력, 법고창신 法古創新

우리는 지혜로운 문화능력인 법고창신 정신을 함양하여야 한다. 문화는 주체성과 보편성을 겸비할 때 비로소 생존능력을 높여준다. 주체성은 전통에 대한 사랑이요, 보편성은 열린마음으로 우수한 외래문화를 수용하는 자세다. 전자가 법고요, 후자가 창신이다. 이 양자가 조화를 이루지 못하는 문화는 퇴보한다. 우리 전통문화는 항상 법고와 창신의 두 바퀴를 균형있게 굴리면서 발전해 왔다. 그래서 중국의 우수한 문화를 받아들이지 않은 것이 없으면서도 우리의 정체성을 잃은 일이 없다. 그래서 우리의 정치, 경제, 사회, 종교, 문학, 예술 등 모든 부문에 한국의 고유색을 지니고 있다.

한국문화의 세계화가 세계적으로 민족적 주체성의 함몰이나 상실을 의미해서는 안될 것이며, 오히려 민족적 주체의 자기표현과 자기주장의 기회로 활용되어야 한다. 우리의 정체성을 공고히 하려면 우리 자신의 문화유산을 더욱 사랑하고 보존하려는 지혜를 가져야 한다.

미술계에서는 한국 근대미술계의 거장 박수근과 이중섭의 화법이 대표적인 법고창신의 지혜라고 말한다. 고구려 벽화는 거의 화강암에 그려져 있는데, 이를 응용하여 박수근 화백은 캔버스를 화강암처럼 한 후 그림을 그려 한국인의 정서를 나타냈으며, 이중섭 화백은 포도와 아이그림이 그려진 백자를 보고 그 아이의 형상으로 그림을 그렸다. '옛것을 토대로 두되 그것을 변화시킬 줄 알고, 새 것을 만들어 가되 근본을 잃지 말아야 한다'는 법고창신의 정신을 반영한 것이다.

미술계뿐만 아니라 세계적인 패션시장에서도 백자와 청자, 전통가옥과 한지 등 우리 고유의 문화재를 모티브로 창조한 디자인들이 호평을 받고 있다. 이렇듯 법고창신을 활용한 우수사례들은 우리나라의 훌륭한 전통과 맥을 현대적으로 새롭게 구현하면 더 좋은 브랜드를 창조할 수 있는 것을 알려주고 있다.

그런데 얼마 전 파리에서 열린 한복패션쇼의 화보를 보면서 뭔가 인식과 발상이 잘못된 것이 아닌가 싶은 생각이 들었다. 내 생각에는 외국에서 패션쇼를 하기 위한 것은 우리의 우수한 전통문화와 아름다움을 알리기 위한 것으로 생각되는데, 모델들이 입은 옷은 조선시대의 기녀복도 개화기 신여성의 패션도 아닌 정체성이 모호한 옷들이 대부분이었다. 기획자들은 전통에 시대적 감각을 더하였다고 하나 이것은 완전히 본말이 호도된 것이었다.

현대사회가 아무리 급변하고 새로움을 추구한다고 하나 결국 진정한 경쟁력은 우리 고유의 색깔로 세계인들에게 인정받을 수 있는 것이다. 전통 문화유산에 내재한 나눔과 배려, 소통과 화합, 생명과 평화의 정신을 재해석하고 문화콘텐츠화하여 국내외에서 공감을 확산할 수 있도록 노력하여야 한다. 옛것을 본받아 새로운 것을 창조하며, 현대에 되살려서 새로움을 창조하는 법고창신의 지혜가 필요한 시점이다.

해외 문화정책도 법고창신의 지혜를

나는 개인적으로 최근의 한국 드라마와 케이팝이 주도하는 한류열풍이 우려된다. 긍정적인 면과 더불어 부정적인 면들이 예상되기 때문이다. 특히, 우리의 우수한 문화들은 모르는 채 케이팝[3]이 한국을 대표하는 문화로 인식될까 염려되서이다. 외국인들에겐 '한국은 아이돌 그룹의 나라'라는 단순한 등식이 성립될 수 있다. 한국이 아이돌 그룹으로만 대변될 경우 20대 이상의 연령층에게는 한국의 매력을 어떻게 호소할 수 있을까.

문화는 시대성을 반영한다. 옛것을 답습만 해서는 문화가 발전할 수 없다. 케이팝은 시대를 반영한 것이고 타국에서 호평을 받는 것은 반가운 일이다. 그러나 우리를 알리는 문화정책이 케이팝 위주로만 가서는 안된다는 것이다. 케이팝과 더불어 고유의 문화도 알려야 한다. 케이팝의 파리공연에 고무된 문화체육관광부와 한국관광공사 및 서울시와 각 지방자치단체들이 앞다투어 한국행 티켓을 놓고 '한국방문의 해 기념 2011 K-POP 커버댄스 페스티벌'을 모스크바, LA, 상파울루, 도쿄, 방콕, 타이페이 등의 도시에서 펼치고 있는데, 여기에 더불어 우리 전통문화도 소개되

---

3 K-pop은 한국의 대중음악을 총칭하는 이름이다. 영미권의 대중음악을 팝(pop)이라고 부르는데 국가 이니셜을 붙여 나타내는 데서(태국: T-pop 일본: J-pop 중국: C-pop) K-pop이라고 쓴다.

어야 한다는 것이다.

세계적인 박물관인 대영박물관을 비롯하여 루브르 박물관과 최근에 개관한 메트로폴리탄 박물관의 한국관을 방문해 본 사람이라면, 다른 나라와 비교했을 때 턱없이 부족한 전시품과 규모에 기가 죽을 것이다. 대영박물관이나 루브르 박물관은 제국주의 시절 약탈문화재를 전시하고 있는 만큼 본국에도 없는 귀한 진품들을 많이 소장하고 있다. 당연히 우리나라는 진품이 적을 수밖에 없다. 그러나 일단 관광객들은 국가와 국가 간을 비교하기 마련이다.

중국과 일본 사이의 지정학적인 특수성에도 불구하고 우리 고유의 전통문화를 5천여 년 지켜온 문화민족이라는 자부심을 갖고 있는데, 다른 나라에 내 보이는 것이 그토록 빈약해서는 우리의 우수한 문화를 제대로 알릴 수 없다. 박물관을 찾은 외국인들이 한국문화재를 보고 한국에 오고 싶도록 알려야 한다. 원본이 부족하면 명장이나 명인들로 하여금 영인본이나 재현품을 만들게 하거나 또는 사진이라도 기증하고 전시될 수 있도록 해야 한다. 한국문화의 품격과 우수성을 알리는 것이 정부가 해야 할 해외 문화정책이라고 생각한다.

한국의 신바람 문화는 어디서 비롯됐을까?

우리의 신바람문화는 한국인의 정서를 대변한다는 '한恨'과는 대치되는 개념이 아닐까? 한을 표현하는 것은 대표적인 것이 판소리이다. 판소리 창에는 세계에서 가장 슬픈 음색이 들어 있어 폐부를 찌른다고 한다. 그러나 판소리에는 한만 있는 것은 아니다. 때에 따라 감정표현의 격정적 폭발성이나 광폭성이 잠재해 있고, 울음과 웃음, 비장과 익살이 공존하고 있다. 한국 민중의 삶이 그대로 반영되어 있는 것이 판소리인 것이다. 마치 판소리의 노랫가락에 높낮이의 격차가 큰 것처럼 비극과 희극, 슬픔과 기쁨, 눈물과 웃음의 격차를 오르락 내리락 하면서 끊어질 듯 이어지는 가락은 우리 민초들의 끈질긴 삶의 의지를 보여주는 것이다. 이 또한 고난을 딛고 일어서려는 의지의 표출이 아니겠는가.

슬픔은 슬픔대로 기쁨은 기쁨대로 표출할 줄 아는 우리는 역동적인 민족임이 확실하다. 우리 민족들의 노골적인 신바람문화는, 끼리끼리 모여서 노래하며 춤추는 것을 보면 금방 이해가 된다. 얼마 전까지만 해도 관광버스에서 춤추고 노래하는 모습을 쉽게 볼 수 있었다. 요즘은 과태료를 부과한다고 하니 관광버스 안에 '차 안에서 뛰거나 춤추지 마시오'라는 표어가 붙어있지만, 노래방 시설이 안 갖추어진 관광버스는 별로 없을 것이다.

이화여대 최준식 교수는 이러한 신명 문화는 한국인의 내면에 흐르는 '무속'의 힘이라고 했다. 그의 주장에 의하면 무속의 '무 巫'자를 파자 破字 하면 '一 + 一 + ㅣ + 人人'으로 구성되어 있는데 맨 윗 획은 하늘 혹은 영계를 뜻하고, 아래 획은 땅 혹은 인간계를 상징한다. 가운데 작대기는 바로 이 두 세계가 연결되어 있다는 것을 말해주는데 그게 바로 무당을 뜻한다. 다음 '人人'은 무당이 춤추는 모습이라는 것이다. 즉, 무당은 춤과 노래를 통해 망아경 혹은 엑스타시 ecstasy 에 빠져 들어 신령들과 만나게 되는데 그것이 바로 한국의 신바람 문화의 근원이라고 했다.

그런데 우리 민족은 자신의 종교와 상관없이 이 무속적 특성이 뼛속 깊이 배어 있어서 아무리 미신이라고 하여 없애려 하여도 끈질긴 생명력으로 지속되고 있다는 것이다. 단군이 세운 제정일치의 역사에서부터 지금까지 한국인들은 독특한 종교적 특질을 가지고 있기 때문에 기독교나 불교 역시 외국의 그것과는 차이가 나는 극단성을 보이게 된다고 하였다. 한국인의 문화적 뿌리에 무속적인 특징이 있다는 말이 과학적이고 합리적인지는 알 수 없으나 생각해보니 우리나라 사람들이 확실히 춤과 노래를 좋아하는 것 같기도 하다.

그의 논리가 과학적이고 합리적인지는 알 수 없지만 흥이 있는 민족

임에는 틀림이 없다. '삼국지' '위지동이전'에도 제천 행사 때 술마시고 노래하고 춤추기를 몇날 며칠한다는 것 말고도 부여와 고구려 등지에서는 '노래하는 소리가 끊이지 않았다'거나 '길에 다니면서도 노래를 했다'는 기록도 있다.

　서울시립대 한명희 교수는 예부터 중국인은 궁리진성窮理盡性 을, 한국인은 고무진신鼓舞盡神 을 했다고 한다. '궁리진성'이란 사물 뒤에 숨겨진 이치를 파고 들어가 인간 내면에 내재한 고유의 성품을 실현시킨다는 뜻이고, '고무진신'이란 두드리고 춤추면서 신명을 다한다는 뜻이다. 이런 중국인의 특성이 송대의 주자학을 탄생시켰다면, 반면 한국인은 언제 어디서나 마시고 노래하면서 노는 데는 어떤 민족에게도 뒤지지 않는 민족이 되었다는 것이다.

　실제 외국인들은 우리나라 TV나 라디오의 프로그램 편성을 보고 깜짝 놀란다. 오락과 음악방송, 코미디 프로로 넘쳐난다. 심지어 하루종일 음악만 하는 방송들도 여러 개다. 우스개 소리로 '한국에서 제일 행복한 여자는

80이 넘은 나이에 건강하게 돈 벌어 오는 남자인, 전국노래자랑 MC 송해의 부인이다'는 말이 있는데, 거의 30년 가까이 전국을 순회하며 노래자랑을 개최하고 있다. 이렇게 프로그램이 MC와 더불어 장수하고 있는 것은 국민의 성정에 맞는다는 이야기일 것이다. 이 프로그램뿐만 아니라 요즘은 오디션 프로그램에 가수들의 서바이벌 프로그램까지 온통 노래잔치이다.

이렇게 한 맺힌 속내를 속시원히 털어낼 줄 알고, 신바람이 나면 마음껏 즐길 줄 아는 민족정서가 88올림픽과 2002년 월드컵을 거치면서 에너지로 분출되었고 이제는 K-POP 열풍으로 이어진 것은 아닐까 싶다.

우리 춤과 음악의 매력은 무엇일까?

케이팝 한류 열풍 이전에, 한국인의 '고무진신' 특성을 널리 알리는 데는 토종 뮤지컬 '난타'의 해외공연 성공이 있었다. 마구 두드린다는 뜻을 가진 '난타'는 우리의 사물놀이 리듬을 근간으로 해서 한국적인 리듬을 창출해내고 서양식 공연양식을 접목하였다. 비언어극 Non-Verbal Performance 이므로 배우들의 대사 없이 리듬과 비트만으로 국가간의 언어장벽을 뛰어 넘어 신명나고 다이내믹한 우리의 리듬을 세계에 선보이는 데 성공하였다.

이뿐만 아니라 우리의 사물놀이도 한바탕 한류를 위한 길닦이를 하였다. 세계 어느 곳, 어느 경기장이든 우리 사물놀이패가 등장하면 시·공간을 평정해 버리는 힘이 있다. 또한, 사물놀이의 리듬은 어떤 음악적 장르와도 어울릴 줄 알며, 어느 민족의 음악과도 융화되는 매력을 가지고 있다.

요즘 들어, 케이팝이 세계 시장에서 인기를 구가하자 국내외 언론과 학자들이 그 원인 규명에 나섰다. 대부분은 케이팝이 갖고 있는 단순한 리듬이나 쉬운 멜로디, 입에 감기는 흥미로운 노랫말이 아시아권은 물론 유럽인들에게 새로운 차원의 충격과 재미를 선사한다는 평가다.

KIST 감각생리연구실 정수영 박사는 과학적으로 이에 대한 원인규명을 했는데, "K-POP만이 갖고 있는 비트와 멜로디가 뇌파에 긍정적 영향을 줬을 것이다. 쉬운 예로 일반 의례나 행사에서 음악은 군중들로 하여금 일체감과 몰입감, 황홀경으로 유도하기도 한다. 또 우리가 명상을 하거나 최면을 유도할 때 음악을 사용하는데 이것은 소리의 반복과 흐름이 뇌파를 조절하고 변화시키기 때문이다"라고 하였다. 마치 최준식 교수가 말하는 무교가 주는 몰아경의 원리와 비슷한 분석이다. 케이팝이 뇌파를 바꿔 최면은 물론 열광의 도가니로 빠져들게 만드는 기제로서 작용을 한다는 것이다.

특히, 전두엽이 미성숙된 10대 후반이나 20대 초반에서 집단 열광 분위기에 쉽사리 휩쓸리는 것도 이러한 현상이며, 서구의 다른 팝과 달리 음악에 비주얼적인 요소가 강하게 부각돼 있다는 것, 한 곡을 파트별로 여러 사람이 나눠 부르며 지루함을 덜하게 하는 점이나, 다양한 개성의 팀원과 재미있는 가사와 안무 등 흥미로운 콘텐츠, 5인 중 1명만 좋아해도 팀 전체를 좋아하게 되는 그룹의 특성 등 여러 측면에서 가수 한 명이 선사하는 매력보다 훨씬 더 많은 감동과 재밋거리를 준다고 사회심리학적인 설명을 덧붙였다.

비단 케이팝만이 아니라 강렬한 비트의 록음악이나 감동적인 음악을 들었을 때 느끼는 카타르시스에 도움이 되는 도파민이 뇌에서 분비된다고 한다. 기분이 좋을 때 분비되는 신경전달물질인 도파민은 음악이 주는 쾌감을 이어주는 역할을 한다. 케이팝이 유럽인들에게 공감을 줄 수 있었던 배경에도 바로 이런 생체과학이 숨겨져 있다고 할 수 있다.

즉, 우리의 신바람 문화가 세계에 공감대를 형성할 수 있는 리듬과 가락을 갖추었다는 것은 확실한 듯하다. 그러면 가사는 어떠한가? 만약, 외국인들이 가사내용을 인지했을 때 제대로 전달이 될까? 일회성이 아닌 더욱 발전되고 사랑받을 수 있는 케이팝에 대한 논의가 있어야 할 시점으로 생각된다.

한글의 우수성 인식이 필요하다

외국에서 우리 드라마와 가요의 인기가 높아 한류 열풍이 부는 것은 좋아하면서, 국내에서 외국문화와 외국어의 범람을 우려하는 것은 모순일지 모른다. 어쩌면 '세계 속의 한국'이나 '한국화'를 논의하는 것 자체가 아직은 우리나라가 변방에 머물고 있다는 것일 수 있다. 그러나 "자신의 얼굴을 가장 못 보는 사람은 자신이다"는 말처럼 우리 스스로의 정체성을 확립하지 않는다면 주체성마저 쉽게 잃을 수 있기 때문에 우수문화는 당연히 흡수해야 하지만, 저급문화는 받아들여서는 안될 것이다.

그런 차원에서 우리 한글의 우수성을 우리 국민들이 재인식하고 자긍심을 가지고 멋있고 맛있게 사용할 때 세대간 계층간의 소통의 장이 열려 우수한 우리의 문화가 고양될 수 있을 것이다. 우리 국민들은 한글의 우수성을 제대로 인식하지 못하고 있는 것 같다. 한글은 세계 문자 가운데 가장 적은 숫자로 가장 다양한 소리를 낼 수 있는 우수한 문자이다. 24개 부호의 조합으로 우리가 발음하는 대부분의 소리를 표현할 수 있다.

한글은 가장 과학적이고 배우기 쉬운 문자로 세계가 인정하고 있으며, 한글 총수는 1만 2,768자로 제일 많은 음을 가진 글자이다. 유네스코가 문맹퇴치에 공헌한 사람에게 주는 상이 바로 '세종대왕상'이며, 한글은 1997년 유네스코 세계기록문화유산으로도 등재됐고, 우리의 국력이 커가면서 세계 64개국 742개 대학에서 가르치고, 국제특허협력조약에선 10대 국제 공용어로 채택한 국제적인 문자가 됐다.

현재 제2외국어로 채택한 나라가 7개국이며 실제로 한글을 사용하고 있는 인구도 남북한을 합한 7천 500만 명에서 날로 늘어나 세계 12위권에 들어가고 있다. 해외에서 한글을 표기 문자로 처음 도입한 나라는 인도네시아다. 인도네시아 소수민족 찌아찌아족과 볼리비아 아이마라족이 한글을 표기문자로 받아들였다. 한글은 배우기 쉬울 뿐 아니라 다양한 소리를 표현할 수 있기 때문이기도 하지만 문맹퇴치와 한글세계화 운동에 힘입은 결과다.

세종대왕께서 훈민정음을 반포하실 때는, 지식층에 있는 사람들에겐 한자가 유일하다시피한 표현 수단이자 지적과시 수단이었다. 한자는 진서라 하여 양반글이고 한글은 언문이라 하여 천한 글로 폄하했다. 그러나 배우기 쉽고 쓰기 간편하고 표현하기 편리하면 좋은 글이다. 바로 한글의 최대 장점이 배우기 쉽다는 데 있다. '물'을 물이라고 발음하고 쓰며, '돌'을 돌이라고 발음하고 쓸 수 있는 글자이다.

해방 당시 80~90%이던 문맹을 단기간에 퇴치할 수 있었던 것도 한글 덕택이다. 이뿐만이 아니다. 지구상에서 가장 정보사회에 적합한 문자로, 컴퓨터와 절묘한 조화를 이루며 정보사회를 이끌어가는 힘이 되고 있다. 휴대폰 등의 모바일 기술이 전 세계에서 가장 앞선 나라가 된 이면엔 한글의 과학성이 자리잡고 있다. 이렇게 한글이 주는 힘은 무궁무진하다.

케이팝 열풍과 함께 전 세계에 한글이 자연스럽게 보급되고 있는 현상을 볼 때 아이돌 그룹들이 자랑스럽다. 얼마 전 TV에서는 러시아, 브라질, 미국, 일본, 태국, 스페인 등에서 열리고 있는 '커버[4]댄스 페스티벌 K-POP 로드쇼 40120'를 소개한 프로그램이 방영되었다. 외국의 젊은이들이 한국어 가사로 된 노래를 따라 부르고, 심사하는 아이돌들이 우리말로 진행하는 풍경은 참으로 신기할 정도였다. 프랑스와 영국 등 유럽에서도 케이팝의 관심이 점점 증가되고 있다고 하니 매우 바람직한 현상이다.

케이팝을 열광하는 젊은이들에게 "가사내용을 아느냐?, 한국어 발음이 어렵지 않느냐?"는 기자의 질문에 "가사의 내용보다는 한국어는 말소리가 풍부하여 그 자체로도 듣는 즐거움이 있고, 가사가 일정한 규칙성이 있기 때문에 리듬감과 멜로디가 좋다"라는 대답이었다. 그러면서 가사의

---

4 커버(cover)는 팬코스프레의 일종으로, 특정 가수의 노래를 부르거나 퍼포먼스에 해당하는 댄스를 모방하는 행위를 말한다. 그 뜻은 '대신하다, 리메이크하다'라는 의미를 가진 영어단어 cover에서 비롯된 것이며, 개인이 모방할 경우에는 커버라고 불리고, 단체가 모방할 경우에는 커버팀으로 불린다.

내용을 알기 위해 한국어를 배우고 있는 중이라는 것이다. 공감가는 멜로디와 리듬에 가사의 내용까지 공감이 갈 수 있어야 할 것이다.

한글은 인류가 창조한 문자 중 가장 우수하다고 평가되고 있다. 이러한 평가는 자화자찬이 아니라 세계의 석학들이 내린 평가이다. 미국 시카고 대학의 세계적인 언어학자 막콜리 J. McCawley 교수뿐만 아니라 라이샤워 O. Reichaurer 하버드대 교수를 비롯하여 영국의 샘슨 G. Sampson , 네덜란드 언어학자 보스 F. Vos 교수도 "한글이야말로 세계에서 가장 훌륭한 문자"라고 평가했다.

미국 캘리포니아대학 다이아몬드 J. Diamond 교수는 Discover(1994년 6월호)에서 "세종이 만든 28자는 세계에서 가장 훌륭한 알파벳이자 가장 과학적인 표기법 체계"임을 입증했는데, 그 특성으로 첫째, 한글은 글자가 소리와 일대일로 대응된다는 점이다. 둘째, 한글은 음소문자이면서도 음절문자로 조합하여 쓸 수 있다는 점이다. 한글은 음소문자와 음절문자의 양면성을 모두 낼 수 있다는 점에서도 그 유례를 찾을 수 없다. 셋째, 한글은 모음과 자음이 한눈에 구분된다. 로마 알파벳 등은 글자 모양만으로는 자음과 모음이 구분되지 않는다. 넷째, 한글은 발성기관을 본따서 만들었다는 점이다. 이렇게 음성학적인 근거를 가지고 만든 글자는 유사 이래 한글밖에는 없다는 것이다.

그런데 정작 우리 한국인들은 한국어의 우수성을 제대로 인식하지 못하고 있는 것 같다. 심지어 한글 사용에 모범을 보여야 할 정부는 동사무소를 동주민센터로, 파출소를 치안센터로, 소방파출소를 119안전센터로, 한국철도공사를 코레일로 이름을 바꿨다. 외국인에게 보일 거라면 영어를 병기하면 된다. 그런데 한글로 외래어를 표기하고 있으니 어떻게 해석해야 할지 아득하기만 하다.

아름답고 우수한 한글을 두고 외래어를 남발하는 것은 그 사람의 격을 높이는 것이 아니라 오히려 천박하게 보이게 한다. 부득이하게 외래어가 필요한 경우가 아니라면 지식인층에서 솔선하여 한글을 애용하는 것이 옳다고 본다. 우리글을 외면하는 것은 우리의 정체성과 주체성을 포기하는 것이다. 아무런 고뇌 없이 혼란을 방치하고 있는 것이 우리의 슬픈 자화상이다.

더불어 문제가 되는 것은 청소년들의 '욕사용'과 '신조어 사용'이다. 소통이 잘되는 사회가 되려면 언어가 먼저 순화되어야 한다. 부모·자식 간의 대화에서 소통이 잘 되지 않는다면 어른들의 삶의 지혜를 자녀들에게 전달해 줄 수 없다. 한국어의 깊은 맛을 이해하고 한국어를 제대로 구사할 수 없다면 의미 있는 한국 문화를 만들 수 없다. 품격있는 문화 전통을 세우려면 먼저 우리말에 대한 인식을 새롭게 하고, 한국인 모두가 한국어로 소통하는 데 어려움이 없도록 한국어의 소통 능력을 증대하고 품격인 언어를 사용하도록 노력해야 할 것이다.

그런데 편리함에 치우쳐 전통을 함부로 포기한다면, 우리의 전통을 후손들에게 물려주지 못하여 뿌리를 잃게 할 수 있다. 만약에 기존의 전통에 악습이 있다면 개선하도록 노력해야 하지만, 미풍양속마저도 지켜지지 않는 것은 합리성을 가장한 전통파괴라는 생각마저 든다.

아직도 전통이 생활과 습관에 체화되어 있는 우리 세대들은 다음 세대들에게 강제로라도 전통을 물려주도록 노력해야만 한다. 그래야만 자신의 정체성과 주체성을 알고 살아갈 수 있다. 머지않아 소득수준과 지적활동이 높을수록 디지털적 삶보다는 아날로그적 삶을 선호하는 시대가 도래할 것이다. 무조건 편리함만 추구하는 인생은 삶의 격조를 떨어뜨리기 때문이다.

지난 몇 해 동안 뼛속 깊이 고독을 느꼈습니다. 육체노동 위주인 육지농사, 바다 농사로 눈코 뜰 수 없이 바쁜 시간을 보내오고 있으면서도 여기저기 대학과 기업체에 강의와 컨설팅을 하였습니다. 제주 올레길과 지리산 둘레길을 며칠씩 걷기도 하고, 오랜만에 지인들과 시간 걱정없이 만나기도 하였지만, 외롭고 채워지지 않는 갈증과 공허함으로 늘 허허로웠습니다.

그렇지만 한편으로는 제 자신을 되돌아보는 성찰의 시간이었습니다. 그 모든 것을 떠나 제가 많이 부족했다는 것을 느꼈고, 부족함을 채우고자 선지식들을 만나 길을 물었습니다. 비로소 저는 고독에서 벗어날 수 있었습니다. 제가 만난 선지식들은 새롭게 태어나야 한다고 깨우쳐 주었습니다. 마치 독수리가 새로운 삶을 살기 위해 150일간의 죽음을 각오한 고행의 시간을 갖듯이 감내하고 환골탈태하라고 가르치셨습니다.

독수리는 대략 70년 정도를 산다고 합니다. 그런데 40년은 명대로 살고 나머지 30년은 자립갱생의 노력이 있어야만 살 수 있습니다. 40살쯤

되면 발톱은 굽어지고, 길고 예리하던 부리 또한 굽어지며, 두터워진 털로 인해 날개는 무거워지고, 몸통은 경직되어서 더 이상 날기도 어려워지게 되어 먹이 사냥을 할 수 없게 되는 것은, 모든 독수리에게 주어진 '사실'입니다.

그러나 이 때 독수리는 중대한 결단을 해야 합니다. 그냥 살다가 조용히 삶을 마감할 것인가? 아니면 150일간의 변신을 위한 고통스런 도전을 할 것인가?의 두 가지 중 하나의 '태도'를 결심하여야 합니다.

도전을 결심한 독수리는 절벽 꼭대기에 올라가 급강하하면서 자신의 부리를 바위에 부딪혀 부수고 제거하는 고난도의 모험을 감행합니다. 여차 하면 머리가 바위에 부딪혀 생명을 잃을 수도 있지만 오래된 부리를 제거한 후, 그 자리에 다시 날카로운 새 부리가 돋아나면 새로 생긴 부리로 휘어서 못 쓰게 된 발톱을 하나하나 뽑아냅니다. 그렇게 빠진 발톱 자리에 새 발톱이 돋아나고, 새 부리로 오래된 깃털을 뽑아낸 독수리는 5개월 후부터 새로운 삶을 살게 된다고 합니다.

독수리가 새롭게 태어날 수 있느냐의 여부는 태도에 달려 있습니다. 결국 '태도는 사실보다 중요하다'는 결론입니다. 저 역시 많은 시간 동안 변화를 위해 노력했습니다. 과연 환골탈태에 성공했는지에 대한 평가는 아직 이릅니다. 그러나 그 어느 때보다도 뜨거운 열정과 용기가 생겼고 다시 밤을 낮 삼아 움직이기 시작하였습니다. 다른 사람이 불가능 Impossible 하다고 말하더라도 가능성 I'm possible 을 믿고 도전할 수 있는 자신감도 생겼습니다.

끝으로 위대한 선인들의 호칭을 부득이 문장의 흐름에 따라 본명과 아호 또는 시호를 존칭없이 사용한 점에 대해 양해를 구합니다.

그리고 이 책이 나오기까지 지혜와 노력을 아낌없이 보태준 아내와 형제들에게 감사드리며, 훌륭한 사진들을 제공해 주신, 안기철 님, 백형

인 님, 김세중 님, 김희선 님께 깊이 감사드립니다

　　더불어 늘 다함없는 애정과 관심으로 격려해 주시고 성원해 주신 많은 분들께 머리 숙여 감사드립니다. 감사합니다

참고문헌

- 강만길·정찰열 외 공저, "다산의 정치경제사상", 창작과 비평사, 1996.

- 강항 지음, 김찬순 옮김, "간양록 – 조선선비 왜국 포로가 되다", 보리, 2006.

- 금장태, "실천적 이론가 정약용", 이끌리오, 2005.

- 김문식, "조선 후기 경학사상연구", 일조각, 1996.

- 김상홍, "다산문학 재조명", 단국대학교 출판부, 2003.

- 김선욱, "정치와 진리", 책세상, 2005.

- 김천식, "장보고의 해상활동의 범위와 역사적 의의", 2004.

- 김태길, "유교적 전통과 현대한국", 철학과 현실사, 2001.

- 김재승, "장보고 통상네트워크의 현대사적 의의", 2004.

- 김하명, "조선고전문학선집", 문예출판사, 2005.

- 김형근 편저, "해상왕 장보고의 국제무역활동과 물류", 2001.

- 마공남, "배무이가 쓴 거북선", 청해진선박연구소, 2011.

- 박기봉 편역, "충무공이순신전서1,2,3,4", 비봉출판사, 2006.

- 박명섭, "장보고의 해양네트워크 경영의 재조명을 통한 동북아 허브항만 구축에 관한 연구".

- 박범호·백경연·이상일·김순동, 꾸지뽕잎차의 품질 및 항산화 특성에 관한 연구, 한국식품저장유통학회 제16권 3호 461~468쪽, 2008.

- 박석무, "다산기행", 한길사, 1996.

  ———, "다산 정약용 유배지에서 만나다", 한길사, 2003.

  ———, "유배지에서 보낸 편지", 창작과 비평사, 1994.

- 박요순, "고산의 문학의식 연구", 고산연구 창간호, 1987.

- 박준규, "고산 윤선도의 생애와 문학", 전남대 출판부, 1997.

- 박혜일, 최희동, 배영덕, 김명섭 공저. "이순신의 일기", 서울대학교출판부, 1998.

- 성종상, "고산 윤선도 원림을 읽다", 나무도시, 2010.

- 신동호 역주, "난중일기", 일신서적출판사, 1995.

- 유성종·전형권·김영술, "장보고 상단의 해상교역망 구축과 그 현대적 함의 – 한상네트워크의 관점에서", 중국사학회 중국사연구, 제48권 79~112쪽, 2007.

- 유봉학, "연암일차 북학사상연구", 일지사, 2000.

- 윤명철, "장보고 시대 동아지중해의 해양활동과 국제항로", 2001.

- 윤숙자·김나영·장명숙, "닥나무 열매의 유리당, 아미노산, 유기산 및 무기질의 조성", 한국식품 영양과학회지, 제23권 6호 950~953쪽, 1994.

- 윤정하 편역, "고산 윤선도 시가집", 홍이재, 2003.

- 윤주현·박호백 역, "고산 윤선도 문학선집", 정미문화, 2003.

- 이덕일, "정약용과 그의 형제들", 김여사, 2004.

- 이병로, "장보고와 훈야노 미야다마로와의 교역에 관한 연구", 2005.

- 이서호·이현수·박영식·황백·김재헌·이현용, "황칠나무 잎의 면역활성증진기능 탐색", 한국약용작 물학회, 제10권 2호, 109~115쪽, 2002.

- 이순신 지음, 송찬성 엮어옮김, "난중일기", 서해문집, 2005.

- 이순신역사연구회, "이순신과 임진왜란1,2,3,4", 비봉출판사, 2005.

- 이지형, "다산경학연구", 태학사, 1996.

- 이진이, "이순신을 찾아 떠난 여행", 책과함께, 2010.

- 이혜진·도정룡·권중호·김현구, "꾸지뽕나무 부위별 추출물의 생리활성 탐색", 한국식품영양과학회, 942~948쪽, 2011.

- 장보고연구회, "오늘에 살아 숨쉬는 장보고", 2010.

- 장한식, "이순신 수국 프로젝트", 행복한 나무, 2009.

- 정동오, "윤선도의 부용동 원림에 관한 연구", 고산연구 창간호, 1987.

- 정민, "다산선생 지식경영법", 김영사, 2007.

- 정병헌, 이지영, "고전문학의 향기를 찾아서", 돌베개, 2006.

- 정약용, "여유당전서", 한국문집총간본, 민족문화추진회, 2004.

- 정영래, "낚시꾼이 풀어 쓴 어부사시사", 2011.

- 정운채, "윤선도, 연군지정과 이념의 시세계", 건국대학교 출판부, 1995.

- 정현승·이을희·정장용, "닥나무의 사료가치에 관한 연구", 한국동물자원과학회지 제22권 제5호 336~340쪽, 1980.

- 조남국, "한국사상과 경제윤리", 교육과학사, 1999.

- 조요한, "한국미의 조명", 열화당, 1999.

- 조태현, "장보고 해상 무역활동의 재평가와 글로벌 경영의 미래 비전", 무역학회지, 2006.

- 조한욱, "문화로 보면 역사가 달라진다", 책세상, 2001.

- 최성규, "완도지역 황칠나무의 자생지 환경 및 생육특성", 한국약용작물학회, 제4권 1호, 1996.

- 최정호, "한국의 문화유산", 나남출판, 2004.

- 최희남, "정다산의 경제윤리사상", 김영사, 2007.

- 탁석산, "한국의 정체성", 책세상, 2001.

  ———, "한국의 주체성", 책세상, 2001.

- 한국건축문화연구소, "윤선도유적 및 현산고성 학술연구보고서", 해남군, 1999.

- 해남문화원, "고산문학 현장조사 보고서", 고산문학대축제 총서 제1집, 1996.

- 허경진 옮김, "고산 윤선도 시선", 평민사, 1998.

- 히가데루오 저, 배명창 역, "미생물의 농업적 이용과 환경보전", REDUP, 2008.

- 허일 외, "장보고와 황해해상무역", 국학자료원, 2001.